MW01689618

Elie Wiesel
Pèlerin de la mémoire

Du même auteur

Notre Malraux (avec François de Saint Cheron) Paris, Albin Michel, 1978.

Le Mal et l'Exil – Rencontre avec Elie Wiesel, Nouvelle Cité, 1988.

Entretiens avec Paul Ricœur, Genève, Centre Protestant d'Etudes, 1991.

Penser après la Shoah in *La Terre et le souffle* – Rencontre avec Claude Vigée, Paris, Albin Michel, 1992.

Le Pardon (en collaboration), Paris, Centurion, 1992.

En préparation

Journal d'une conversion : du christianisme au judaïsme.

Philippe-Michaël de Saint Cheron

Elie Wiesel
Pèlerin de la mémoire

Plon
76, rue Bonaparte
Paris

© Librairie Plon, 1994.
ISBN 2-259-18017-5

A Sa Sainteté Tenzin Gyatso, XIVe dalaï-lama,
en qui se rencontrent l'intelligence la plus haute
et la compassion universelle.

Pour que vive le Tibet libre!

Pour Sophie de Vilmorin,
qui m'a ouvert un jour une porte
semblable à celle du temple d'Artémis.
En témoignage d'une affectueuse gratitude
qui n'a d'égale que mon admiration.

« Je pense qu'il n'y a rien
de plus urgent que de donner
une force morale à la mémoire.
Elle est menacée par ceux
qui veulent la détruire.
Dans ce monde froid et cynique,
il est juste qu'on se souvienne.
Vaincre pour l'homme et pour Dieu. »

Elie WIESEL.

Prologue

Pourquoi cette vie d'Elie Wiesel aujourd'hui, au milieu de son parcours ?

L'étymologie du mot *biographie* signifie écrire la vie. N'est-ce pas alors tenter d'apporter un supplément de vie à un auteur vivant que d'écrire sur lui ?

J'ajoute que, venant après mes entretiens avec Elie Wiesel publiés en 1988, cette première ébauche de sa vie, qui est une forme de « dialogue intérieur » avec lui, marque l'aboutissement d'une décennie passée à scruter les arcanes de cette œuvre et de cette destinée uniques en notre siècle. Elle s'inscrit aussi dans la perspective du colloque international que j'organiserai à Cerisy-la-Salle, en Normandie, durant la première semaine du mois de juillet 1995 et qui sera le premier à lui être consacré en France.

Un film s'était d'abord imposé à moi pour tenter de raconter ce qu'Elie Wiesel lui-même ne peut pas dire, ne dira jamais, de son enfance, de Sighet. Mais il m'aurait fallu tenter de ressusciter tous les êtres depuis Shlomo et Sarah Wiesel, ses parents, jusqu'à Moshe-le-Bedeau, tous les êtres qui peuplèrent Sighet avant la Pâque juive de 1944, et qui sont devenus cendres et fumée. Ce n'est pas la fiction que je recherche, mais quelque chose d'au-delà du dicible.

I

UNE ENFANCE À SIGHET
UN SHTETL HASSIDIQUE
DE TRANSYLVANIE

Dans le judaïsme, le mystère du commencement, du *Maassé Beréshit*, est plus envoûtant que celui de la fin.

Perdue dans les Carpates, quelque part en Transylvanie, une petite ville comme tant d'autres petites villes, un Shtetl comme tant d'autres shtetl se dressait à l'intérieur des monts Maramures, où depuis des siècles vivaient des juifs et des chrétiens. A peine moins de juifs que de chrétiens, jusqu'au jour où apparut le bourreau avec ses trains de marchandises. Pourquoi faire autant de wagons ? Que veut-il emmener en si grande quantité ? Et pourquoi tant de trains ? Bientôt, dans toute la région, dans toutes les gares, les mêmes trains interminables. Ce fut au printemps, juste avant *Pessa'h* *, la Pâque juive, – ce temps où les Juifs célèbrent depuis plus de trois mille ans, la Sortie d'Egypte, la terre d'esclavage – que surgit le nouveau tyran qui parqua les Juifs dans des ghettos pour mieux s'en saisir et les emmener comme on emmène des moutons à l'abattoir. La ville, pour les Juifs, se rétrécit à quelques rues, d'où ils partirent sans emcombre, à pied, pour la gare, sous le regard indifférent, parfois même satisfait de leurs voisins chrétiens. Puis ils montèrent dans ces wagons à bestiaux pour le voyage sans retour.

Il y eut jadis quelque part en Transylvanie une petite ville

* Les lettres hébraïques transcrites selon le cas *'h* ou *kh*, se prononcent comme un **ch** allemand ou une **j** espagnole, soit un **r** guttural. Il en est de même pour les mots de la même famille que *hassidim* ou *hassid*, dont nous avons conservé la transcription conventionnelle.

nommée Sighet – et cette ville n'existe plus. Son nom seul est encore inscrit sur les cartes: Sighetu Marmatisi. Avant l'éclatement de l'Empire austro-hongrois, la Transylvanie appartenait à la grande Hongrie. Après 1919, elle se trouva sous domination roumaine, puis en 1940 redevint hongroise. A la fin de la guerre, la Roumanie la récupéra. Décimée, elle le fut dans la tourmente de ce siècle. La Transylvanie fut l'une des régions de Hongrie, où s'étaient établis de nombreux shtetl au cours des derniers siècles. Plus d'un demi-million de Juifs y vivaient avant la « Solution finale ». A partir du printemps 1944, six cent mille furent déportés... en six semaines. Moins de deux mois suffirent pour détruire tout un monde, tout un peuple.

Sighet est une petite ville frontalière, où la famille paternelle d'Elie Wiesel s'était installée depuis trois siècles. Dans ce Shtetl, dix ou quinze mille Juifs vivaient, constituant environ la moitié de la population et une part essentielle de la vie économique. La deuxième langue parlée y était le yiddish. Les rues, les maisons, les boutiques, l'air et le vent, les synagogues, les écoles, et ceux qui les habitaient, adultes, enfants, médecins et commerçants, portefaix et artisans, colporteurs et *Talmidé 'Hakhamim*, les savants, les sages, tous étaient juifs à Sighet, et même ceux qui ne l'étaient pas, vivaient pratiquement dans un temps juif. Comme me le dit le professeur Ady Steg, originaire d'un autre Shtetl de Transylvanie: « Nous avons vécu, Elie comme moi, dans un village pauvre, mais riche de bonheur. Personne ne manquait de *'halla**. La vie entière était orientée vers le Shabbat. »

Et aujourd'hui? Aujourd'hui, rien n'a changé à Sighet. Les rues et les maisons sont les mêmes. Celle de la famille Wiesel, celle de la grand-mère d'Eliezer comme celles de ses maîtres, de ses amis, celle du Borsher Rebbe, sont toujours là. Rien n'a donc changé sauf que les Juifs n'y sont plus. Disparus, volatilisés. Tous leurs biens appartiennent à d'au-

* Brioche tressée que l'on mange le Shabbat.

tres, à tous ceux qui n'étaient pas juifs, mais chrétiens. La rue des Juifs elle-même est devenue la rue des Déportés. Sauf que rien n'indique qui furent ces déportés.

Né le 30 septembre 1928, le jour de *Sim'hat Tora*, fête par excellence de la joie de la Torah – ou le 4 octobre, selon son état civil communiqué par lui-même à l'OSE, (l'Œuvre de Secours aux Enfants) dès sa libération de Buchenwald – le troisième d'une famille de quatre enfants, Eliezer sera le seul garçon. Sa sœur Hilda est de huit ans son aînée, et Batya de cinq ans. Judith-Tzipora viendra au monde en 1934... Pourquoi ? Pour mourir étouffée dans une chambre à gaz de Birkenau à la fin du printemps 1944 ? Aucune réponse n'est à la mesure de ce *Pourquoi ?* Elle avait dix ans. L'enfance d'Eliezer semble évanouie, effacée, enfoncée dans la nuit, c'est à peine si Elie Wiesel a pu, plusieurs années après la guerre, retrouver une photo de lui avec sa mère, qui figure dans le film *Sighet, Sighet,* réalisé par le metteur en scène américain Harold Becker, quelques textes de jeunesse et quelques rares documents de famille comme une photo d'identité de son père, datant du printemps 1940. « Sighet n'existe plus que dans la mémoire de ceux qu'elle a chassés. » Trois siècles engloutis en un jour. Cette enfance est celle d'un petit garçon qui se prénommait Lázár, que l'on prononce en yiddish Leizer, diminutif d'Eliezer.

Si les trois êtres qui sont au cœur de sa vie d'enfant et de jeune adolescent, sont sa mère, Sarah –ou Szerena comme l'on disait en Hongrie –, son grand-père maternel, Reb Dodye Feig, et son rabbi, le Rabbi Israël de Wizhnitz, c'est qu'il ne fut vraiment proche de son père, Shlomo, que dans ce lieu hors du temps, hors de l'espace des vivants, où ils partagèrent le même enfer, ou presque le même...

Son père, né en 1894, à Marmarosszighet, était un juif émancipé, alors que sa mère, née en 1898 à Bocsko, cadette de six enfants devenue orpheline de bonne heure, appartenait à une famille hassidique, et était très pieuse ; Eliezer eut une enfance ancrée profondément dans cette tradition. Le Rabbi Israël de Wizhnitz et son grand-père étaient tous deux d'authentiques hassidim. Eliezer ressemble légèrement à son père, qui était de constitution et de visage plus fort que lui, et portait une barbe courte, un collier. Son apparence presque frêle, de qui la tient-il ? Il nous faut imaginer le jeune Eliezer, que l'on appela longtemps Lázár, jusqu'à la fin des années 1940, avec ses *payess*, ces mèches de cheveux qui pendent derrière les oreilles des juifs orthodoxes, son chapeau hassidique et son *talith qatane*, son petit châle de prière que les plus pieux portent sous leurs vêtements en permanence.

Comme tous les enfants juifs de ces bourgades d'Europe centrale, c'est à l'âge de trois ou quatre ans, qu'après l'avoir enveloppé dans son *tales*, son châle de prière, et béni, son père l'emmena le premier jour au *'héder*, l'école juive traditionnelle, où l'on apprend l'hébreu, qui est en même temps la porte de la liturgie et la porte de la Torah. Comme cela était l'usage, le père assistait à cette leçon qui marquait pour son fils l'entrée dans l'infrangible tradition du peuple juif, qui est l'étude, et qui fut de tout temps le garant de sa survie, de sa pérennité. Ce fut une grande déchirure pour Eliezer comme pour ses nouveaux camarades, chacun pleurant amèrement cette séparation d'avec sa mère ; Eliezer, qui en était particulièrement proche en parle comme de son « premier exil ». Itz'hak Wolff (Fisher), qui travailla douze ans dans l'épicerie de Shlomo Wiesel, se souvient de ce premier jour, où il avait également accompagné Eliezer au *'héder*, situé à 50 mètres de leur maison, car le *melamed*, l'instituteur, était de sa ville, Versanov. Il se rappelle surtout que le garçon ne voulait étudier que chez lui, mais avec le jeune acolyte, et non avec le vieux maître [1].

« Il n'y avait que le premier jour qui était agréable : enveloppé dans le châle rituel de son père, le petit garçon de

1. Les souvenirs d'Itz'hak Wolff sont rapportés par Yaël Armenet.

trois ans découvrait que les lettres sacrées étaient des morceaux de sucre ou de miel. Une fois avalées, celles qui lui succédaient étaient de vraies lettres, dessinées sur les pages jaunies de livres aussi vieux que le monde : impossible de les avaler. N'empêche, il fallait continuer. Un Juif, ça doit apprendre la Torah. La pénétrer et la recevoir. Un Juif illétré faisait honte à ses parents [1]. »

Alors que dans la plupart de nos pays occidentaux, les petits commencent l'école avec une maîtresse, dans les Shtetl, au *'héder*, c'est un maître, un *melamed*, portant barbe et casquette ou kippa, qui faisait la classe.Aujourd'hui encore dans les écoles Loubavitch, c'est un *melamed* qui initie les petits aux lettres carrées. Mais qu'était le *'héder*? N'imaginons-pas que c'était une école établie, avec son infrastructure, son jardin d'enfants, sa cour de récréation, sa salle de jeu pour les plus petits. Non, le *'héder*, l'école des petits, était la plupart du temps une pièce de l'appartement modeste, sinon pauvre, du *melamed*, qui n'en comprenait souvent que deux. Bien que sa tâche fût noble, il était déconsidéré dans la communauté, car pour être *melamed*, maître des petits, « il ne faut pas savoir faire un nœud », comme on disait dans certains Shtetl. Il était aidé d'un assistant. La journée du petit garçon commençait chez le maître à huit heures du matin et ne se terminait qu'à six heures du soir, hormis le vendredi après-midi réservé aux préparatifs du Shabbat. Il ne faut pas se faire une image enjolivée du *'héder*, ni d'ailleurs du Shtetl. L'apprentissage pour des garçons souvent à peine âgés de quatre ans, n'avait rien d'attrayant, bien au contraire ; de plus, étudier dans de vieux livres usés cette langue sans voyelles, qui n'avait d'existence précisément que dans ces livres incompréhensibles, rendait plus ennuyeux encore ces premiers mois d'étude, qui marqueraient toute une vie. Si l'on imagine mal toutes les épreuves liées au dur privilège d'aller au *'héder* et endurées par ces petits enfants,

1. *Silences et mémoire d'hommes.*

dans ces lieux où l'enseignement de la langue sainte et de la Tora était l'origine, le milieu et le fin de tout, on comprend en tout cas la nostalgie sans fin que les survivants en ont.

Vieil homme à barbe blanche, le *melamed* de Sighet faisait un peu peur à Eliezer et à ses camarades, mais une fois la peur atténuée, il eut sur le futur écrivain une influence certaine en lui inculquant l'amour des vocables. Trente huit-ans plus tard, Eliezer devenu Elie Wiesel se souviendra de lui et de ses autres maîtres de Sighet, auxquels il consacrera l'un de ses plus beaux chants des morts. Evoquant le premier d'entre eux, il écrit: « C'est lui qui, le premier m'avait parlé du langage avec amour. Dans chaque syllabe, dans chaque ponctuation, il mettait et son cœur et son âme. L'alphabet constituait le cadre et le contenu de sa vie, enveloppait ses joies et ses déceptions, ses ambitions et ses souvenirs. Hors des vingt-deux lettres de la langue sacrée, rien n'existait pour lui. Il nous disait avec tendresse: " La Torah, mes enfants, c'est quoi? Un trésor rempli d'or et de pierres précieuses. Pour y pénétrer, il vous faut une clef. Je vous la confierai, faites-en bon usage. La clef, mes enfants, c'est quoi? L'alphabet. Donc, répétez après moi, avec moi, à haute voix, plus haute: *Aleph, beit, guimel.* Encore une fois, et une fois encore, mes enfants, dites-le avec force, avec fierté: *Aleph, beit, guimel.* Ainsi la clef fera désormais partie de votre mémoire, de votre avenir: *Aleph, beit, guimel*". »

Combien ces enfants juifs furent-ils marqués par leur premier maître, comme le fut Lázár. Peut-être que la pédagogie véritable n'est pas séparable de ce pouvoir de contagion que certains enseignants possèdent au plus haut degré.Ce vieil instituteur juif l'avait donc cet amour des mots, pour l'avoir transmis à son jeune élève, et ainsi, lui avoir donné de comprendre qu'ils avaient une âme et un visage. Mais ce que celui-ci comprendra plus tard tout seul, c'est que les êtres disparus peuvent revivre en nous à travers cette âme des vocables, qui est leur mystère propre.

La langue courante au Shtetl était le yiddish, la langue

religieuse était évidemment l'hébreu, et les enfants entendaient réciter les prières depuis avant leur venue au monde, mais à Sighet, la langue officielle fut tour à tour le hongrois et le roumain, et certains paysans parlaient même le ruthène et le russe. Elie Wiesel écrira longtemps plus tard un véritable hymne à la langue de son enfance. Ecoutons-le :

« Il y a des prières que seules des grand-mères juives murmuraient dans une atmosphère de *Bein Hashmashot* *. Il y a des chansons que je ne peux chanter qu'en yiddish. Il y a une tristesse et une nostalgie dont seule la langue yiddish peut rendre la magie et le mystère.

« Il y a des temps qui courent comme les aiguilles d'une montre folle, soit venant d'un, soit allant vers un précipice invisible, contre quoi la yiddishkeit est la seule protection.

« Il y a un amour qui me lie au yiddish et à tout ce que le yiddish incarnait jadis ou tout au moins reflétait et je veux précisément parler de cet amour. Le yiddish est le monde de mon enfance [1]. »

A l'âge de six ans, Lázár connaissait déjà toutes les prières selon le rituel en usage chez les hassidim de Wizhnitz, dont son grand-père, Dodye Feig était l'un des piliers.

Vint l'âge de l'école laïque obligatoire, c'est-à-dire de la confrontation avec les enfants non-juifs, qui, dans ces régions, étaient antisémites de tradition. Le soir après l'école, Lázár et ses camarades se dépêchaient de rentrer chacun chez soi, de crainte d'être battus par les enfants chrétiens, et cette crainte redoublait à la veille de Pâques et de Noël, où de véritables meutes pourchassaient les écoliers juifs sans défense. Ce qui explique la peur que, très tôt, Lázár ressentit à l'égard des chrétiens, qui dans ces régions étaient d'ailleurs pratiquement tous catholiques. Il écrit dans *Signes d'exode* :

« A l'école, j'étais assis avec des garçons chrétiens de mon

* Terme hébraïque désignant l'heure où le Shabbat, le samedi à la tombée de la nuit, disparaît et où revient le profane.

1. Traduction de Jacques Mandelbaum. *Band Marshoves vegn yiddish*, **Di Goldene Keyt**, n° 123, 1987, Tel-Aviv.

âge, mais nous ne nous adressions pas la parole. Aux heures de récréation, nous jouions séparés par un mur invisible. Je n'ai jamais visité un camarade chrétien chez lui. Nous n'avions rien en commun. Plus tard, ayant atteint l'âge de l'adolescence, je les fuyais ; je les savais capables de tout. De me battre, de m'humilier en m'arrachant les *payess* ou en s'emparant de ma casquette sans laquelle je me sentais nu. »

Lázár alla fort peu à l'école, comme il le confie lui-même, car son père « soudoyait » les maîtres, comme cela se faisait couramment au Shtetl. Au cours du dernier mois de l'année, il y venait pour se préparer aux examens, qu'il réussissait sans difficultés. C'était là l'un des précieux apports de la *yéshiva*, que de savoir travailler et apprendre rapidement. Il fréquentait donc peu les chrétiens, bien que trop à son goût. La peur de l'église et du curé reste très significative à cet égard. A Sighet, il changeait de trottoir lorsqu'il approchait de la paroisse, car des rumeurs se répandaient parmi les Juifs que des enfants étaient enlevés et baptisés de force. Le Shtetl se caractérisait donc par une communauté soudée sur elle-même autant que par la peur du non-juif. Un juif ne marchait jamais normalement. Elie Wiesel se souvient qu'il courait sans cesse pour aller d'un lieu à un autre, de peur d'être guetté et poursuivi, même si la rue était déserte.

Il nous faut aller à la recherche des traces d'Eliezer et des siens. La maison des Wiesel se trouvait à l'angle de Kigyo utça, la rue des Serpents, et de Kamar utça, en yiddish Kammergasse, numéro 16 ; cette rue était à la limite du quartier juif et de ce fait, ne sera pas intégrée au ghetto que créeront les nazis en 1944. Cinquante ans ont passé, la maison se trouve toujours là, entre les mains d'étrangers, qui se la sont appropriée indûment ou l'ont achetée aux précédents.

En arrivant à Auschwitz-Birkenau – était-ce à l'ouverture des portes plombées du wagon ou déjà sur la rampe ? – Sarah Wiesel, pensant à l'*après*, dira à ses enfants et à son mari cette parole ultime : « Si l'on nous sépare, nous nous retrouverons chez nous». «Je ne sais plus, écrit Elie Wiesel dans *Signes d'exode*, si elle a hurlé ou murmuré». «*Nous nous retrouverons chez nous...*» Pendant quarante-six années au moins leur maison fut habitée par des étrangers, leurs lits, leurs chaises, occupés par des inconnus; leurs souvenirs – et leur souvenir – oubliés, pire occultés, niés.

Mais revenons à ce temps des années d'enfance d'Eliezer. Leur père tenait une épicerie importante au rez-de-chaussée de leur maison, où l'on pouvait également consommer des boissons; il était surtout aidé par un commis, Fisher, et à un certain moment, en 1939, peu avant la guerre, par un jeune garçon de treize ans, Tony, qui venait d'un village des environs, Saldbos, à une vingtaine de kilomètres de Sighet. Lorsque Shlomo Wiesel était en déplacement à Budapest ou ailleurs dans la région, son épouse tenait le magasin et ses deux filles aînées Hilda et Batya l'aidaient aussi. A chaque repas, il lui fallait préparer à manger pour au moins huit personnes, parce que Fisher était à demeure, et bien que Tony ne resta que quelques mois, il était fréquent pour Shabbat et les fêtes en particulier que les Wiesel reçoivent quelqu'invité à leur table, souvent un pauvre. Tzipora, la benjamine, aimait jouer à la marchande. Eliezer, lui, partagé entre l'école hongroise le matin, le *'héder* l'après-midi, et la synagogue pour les offices du matin et du soir, était beaucoup moins présent que ses sœurs à la boutique. Il préférait de loin passer ses rares temps libres avec Moshé-le-Bedeau, appelé également Moshé-le-fou, l'écouter raconter ses histoires un peu bizarres, ou bien encore étudier une page du Talmud ou du Zohar, le chef-d'œuvre de la littérature mystique juive. Du fait que Sighet était une ville très proche de la frontière, une importante gendarmerie y avait pignon sur rue, qui faisait face à l'épicerie des Wiesel. Ainsi Shlomo Wiesel connaissait-il tous les officiers, qui venaient fréquemment boire quelque chose ou acheter chez lui. Il a pu compter sur certains d'entre eux quand il en eut besoin.

Jamais Lázár n'a vu son père sans un livre, même à la

boutique, entre deux clients ; il lisait beaucoup, jusqu'aux ouvrages de Freud. Tony se souvient que Hilda et Batya étaient également férues de lecture, cela tenait de famille. Parfois, il lui arriva, de se promener avec leur frère âgé alors de dix ans. Lázár aimait acheter dans la rue des marrons chauds et du maïs grillé, dont ils se régalaient ensemble.

Toute son enfance, Lázár crut appartenir à une famille aisée, car ses parents œuvraient continuellement pour ne pas montrer leurs soucis à leurs quatre enfants. La réalité était-elle autre ? Itz'hak Wolff (Fisher) parle d'une maison cossue. Les Wiesel n'étaient certes pas pauvres, mais comme tous les commerçants, au Shtetl, son père et sa mère travaillaient énormément, seize heures par jour. « Endettés, accablés, ils étaient continuellement exposés aux brimades et au chantage du gendarme, du contrôleur du fisc : à combien de perquisitions nocturnes ai-je assisté, moi, dans mon enfance !... », écrit-il dans ces mêmes *Signes d'exode*.

Le mysticisme le hante déjà ainsi que le mystère de la folie. Sans en avoir conscience, la mystique était pour lui une sorte de refuge, qui l'isolait d'une certaine façon de la vie si dure de ces communautés qui constituaient le royaume juif d'Europe centrale. Mais pauvre royaume, menacé de l'extérieur, harassé à l'intérieur ! Il fallait être poète dans l'âme ou plus souvent pieux à l'excès pour ne pas avoir été submergé par la misère de ce monde.

Souvent le Shabbat, Lázár se rendait à l'asile de Sighet, visiter les malades, et leur apporter des gâteaux. S'il aime les *meshugene*, les pauvres fous du Shtetl, cela tient à son tempérament, car s'ils apitoyaient les enfants, ils leur faisaient davantage peur. La folie a quelque chose en elle qui dérange, trouble, et attire finalement de la part des enfants moqueries et cruauté, plutôt que compassion.

Parmi ses proches parents, hormis sa mère, Lázár portait une affection particulière à son grand-père, reb Dodye – diminutif de Dovid en yiddish – Feig. A Sighet, il était connu parmi les Hassidim comme « le petit-fils de Dodye

Feig» car son grand-père était célèbre dans ce monde hassidique.

Lorsqu'il allait le voir dans sa ferme, il ne manquait pas de s'arrêter dans son jardin pour cueillir quelques-uns de ses abricots, de ses pommes ou de ses cerises selon la saison. Un jour, qu'il devait avoir treize-quatorze ans, il quitta Sighet. Pendant plusieurs heures il disparut. S'est-il enfui ? Quand il réapparut, il venait de parcourir à pied les six ou sept kilomètres qui séparent sa ville de Bichkev – Bocsko en hongrois – la bourgade où vivait son grand-père. La raison en est qu'il lui manquait.

«Tous les étés, ma mère m'envoyait à Bocsko en vacances, c'était merveilleux», se souvient Hilda. La maison était si belle avec son jardin, ses arbres fruitiers, de plus, Dodye Feig possédait quelques animaux de basse-cour, et deux ou trois vaches. Il était pauvre, mais ne le montrait pas.

Ce que reb Dovid Feig transmit à Lázár, c'est son amour du hassidisme et du chant, son don pour les histoires. Aimé des juifs, il était respecté des non-juifs. Sa foi rayonnante faisait de lui l'un de ses êtres rares qui transfigurent par leur seule présence la réalité. Le bonheur de Lázár était à son comble, lorsque son grand-père venait à Sighet, dans leur maison, passer les grandes fêtes et certains Shabbat, afin de prier auprès du Rabbi de Borshe, dont les disciples étaient nombreux dans la région. Dans *Le Chant des morts* Elie Wiesel rapporte ce souvenir : «Vêtu de son caftan de soie, coiffé de son *shtreimel*, il s'arrêtait au seuil de la maison pour saluer en chantant les anges qui protègent les enfants et les joies d'Israël ; et il chantait avec tant d'amour et tant de conviction que j'entendais un bruissement d'ailes au-dessus de ma tête. Il rayonnait de bonheur, et moi aussi. Je chantais avec lui, en me balançant en avant et en arrière, et je savais que la paix du Shabbat était aussi divine que le Shabbat.»

Si le Shabbat est en lui-même la source de la sainteté pour Israël, «grand-père reb Dovid» lui conférait par sa présence une plénitude que ces lignes nous font pressentir.

Ni Elie Wiesel ni Hilda, la seule de ses trois sœurs encore en vie, n'ont oublié ce dernier Shabbat à Sighet avec « grand-père Dodye ». C'était au début du printemps 1944, après la prise du pouvoir par les nazis à Budapest. Malgré l'arrivée des SS et de la Gestapo dans la capitale hongroise, accompagnée par les premières mesures antisémites, la foi en Dieu de Dodye Feig restait inébranlable. A son gendre qui s'en prenait au silence de Dieu, il répondait : « Dieu est Dieu et ses voies sont parfois incompréhensibles ; et doivent l'être. Si tu comprenais toujours ce qu'il fait, il ne serait pas ce qu'il est ; et toi non plus. » Dans *Un Juif, aujourd'hui* Elie Wiesel ne fait que rapporter ses paroles, mais on sait qu'après avoir vécu ce qu'il a vécu, et en être revenu presque seul, cette foi inébranlable n'est plus la sienne.

La dernière parole du grand-père à son petit-fils fut plutôt un murmure : « Il se pencha sur moi et me chuchota dans l'oreille avec sa douceur coutumière : Tu es juif, ta tâche est de le demeurer ; le reste appartient à Dieu. Puis comme d'habitude, il m'ordonna de le regarder pour ne pas pleurer ; ce que je fis.

« Je ne le revis plus. »

La prière de reb Dodye Feig s'est métamorphosée en bénédiction. Mais y avait-il encore un Dieu en ce temps pour les entendre ?

Lázár connut aussi sa grand-mère paternelle, et pourtant il en parle très rarement. Il lui consacre quelques pages dans son roman *Le Jour*. La mère de Shlomo Wiesel vivait à Sighet et Lázár était très attaché à elle. Sans doute la raison pour laquelle il en parle si rarement, provient-elle du fait que son affection pour sa grand-mère était d'un autre ordre que celui du dicible. Creusons un peu ce silence autour de cette femme, dont on devine l'importance qu'elle eut pour son petit-fils, à lire précisément ses « fragments de silence » arrachés à la nuit, que, devenu homme et écrivain, il lui consacrera. Vingt ans après la Catastrophe, quand il voulut revoir « sa » ville, Elie Wiesel s'arrêta devant la maison de sa grand-mère : « J'attendis qu'elle m'appelât pour m'offrir un cadeau, un sourire ».

Petit garçon, Lázár avait peur de « mourir vivant », c'est-à-dire de paraître mort alors qu'il ne le serait pas, d'où l'angoisse d'être enterré vivant, car son cri ne pourrait pas sortir de lui. Cette angoissante proximité avec la mort était peut-être due au fait qu'il était un enfant maigre, qui consultait médecin après médecin, tant sa santé causait d'inquiétudes à ses parents.

Dans *Le Jour*, il rapporte ce dialogue sur la mort qu'il eut une fois avec sa grand-mère :

« – Qui n'oublie pas Dieu n'a pas froid dans la tombe, dit-elle.

« – Qu'est-ce qui le tient au chaud ? insistai-je.

« – Sa voix mince s'était faite chuchotante : c'était un secret.

« – Le bon Dieu lui-même.

« Un sourire bienveillant l'illumina jusqu'au bord du fichu qui lui couvrait la moitié du front. Elle souriait ainsi chaque fois que je lui posais une question dont la réponse lui paraissait évidente.

« – Est-ce à dire que le bon Dieu se trouve dans la tombe, avec les hommes et les femmes qu'on enterre ?

« – Oui, assura ma grand-mère. C'est lui qui leur tient chaud.

« Je me souviens qu'alors une tristesse descendit en moi. Je pris Dieu en pitié. Je me disais : Il est plus malheureux que l'homme, qui ne meurt qu'une seule fois, qu'on enterre dans une seule tombe.

« – Grand-mère, dis, est-ce que Dieu meurt, lui aussi ?

« – Non, Dieu est immortel.

« Sa réponse me frappa au cœur. J'eus envie de pleurer. Dieu – on l'enterre vivant ! J'aurais préféré intervertir les rôles, penser que Dieu est mortel et que l'homme ne l'est pas. Croire que, lorsqu'un homme fait semblant de mourir, c'est Dieu que l'on couvre de terre. »

Sa grand-mère, comme sa mère et sa petite sœur Tzipora, ne reviendra pas d'une petite gare perdue en Haute-Silésie, au nom étrange de Birkenau.

« Soudain, il me vint à l'esprit que le sourire de ma grand-mère avait un sens que l'avenir devait déchiffrer : elle savait que ma question ne la concernait pas, qu'elle ne connaîtrait pas le froid du tombeau. Son corps n'avait pas été enterré, mais confié au vent qui l'avait dispersé dans toutes les directions. Et c'est lui – le corps blanc et noir de ma grand-mère – qui fouettait mon visage, comme pour me punir d'avoir oublié. Non, grand-mère ! Non ! Je n'ai pas oublié. Chaque fois que j'ai froid, je pense à toi, je ne pense qu'à toi. »

Elie Wiesel rapporte encore un témoignage, un souvenir de sa grand-mère. Un jour qu'il avait chipé de l'argent dans la caisse du magasin et que son père l'avait giflé, il s'était réfugié chez elle, et lui expliqua que cet argent, il l'avait pris pour le donner à un orphelin, « un petit garçon chétif, pauvre ». Mais il ne put rien dire à son père. « Je ne pouvais tout de même pas lui avouer que je me sentais coupable d'avoir un père vivant ! »

« Assise au milieu de la chambre, elle m'avait pris sur ses genoux, et elle s'était mise à sangloter. Ses larmes étaient tombées sur ma tête, qu'elle tenait appuyée contre sa poitrine et c'est avec surprise que j'avais découvert que les larmes d'une grand-mère sont tellement chaudes qu'elles brûlent tout ce qu'elles rencontrent sur leur chemin. »

Son nom, plus exactement son prénom, Elie Wiesel ne le mentionne pas dans ces pages, alors que celui de sa mère nous est familier, il en parle dans tant de ses livres. Sarah Wiesel née Feig. Selon l'Etat civil, elle est née Szerena Feig en 1898, à Bocsko, en Roumanie. Elle avait trente ans lorsque Lázár vit le jour. Mais que dit de sa mort l'Etat civil ? Aucun médecin légiste ne fut appelé pour constater sa mort. Aucune tombe, nulle part, ne porte son nom – ni les noms de six millions d'êtres. Aucun registre de décès non plus. En 1967, dans Jérusalem réunifiée, Elie Wiesel se trouve devant le *Kotel*, ultime vestige du Temple détruit par Titus en l'an 70. Dans son roman *Le Mendiant de Jérusalem*, il note : « Je contemple le mur qui porte le visage de ma mère. Elle avait deux visages, ma mère. L'un reflétait les peines quotidiennes de dimanche à vendredi, l'autre la sérénité du Shabbat. Et maintenant, elle n'a plus que celui-ci. »

De grandes différences de tradition existaient entre le Shtetl polonais et celui de Transylvanie ou des Carpates. Une chanson populaire yiddish, véritable hymne mélancolique à la mère, qui était fort célèbre en Pologne, était complètement inconnu en Roumanie comme en Hongrie. En voici le premier verset :

Je te vois encore allumer les bougies du Shabbat.
La lueur rouge et douce sur ton visage.
Sacrée, chacune de tes paroles !
Heureux celui qui a pu te voir
Bénir la lumière.

Ce n'est qu'à New York qu'Elie Wiesel découvrit ce chant.

De sa mère, nous pouvons dire qu'elle est au cœur de son œuvre. La vie, dès l'enfance, ne fut pas tendre avec Sarah, la fille de Dovid Feig. Sa mère, Raba-Déborah, meurt alors qu'elle a dix-sept ou dix-huit ans, au milieu de la première Guerre Mondiale, laissant seul avec six enfants son pieux mari, qui mena une vie dure pour arriver à les nourrir et à les élever de son mieux. Des années plus tard, il se remariera. Nous ne savons pratiquement rien sur l'enfance de Sarah Feig, parce qu'elle n'en parlait pas à ses propres enfants. Devenue femme et mère, sa vie fut jusqu'à la fin orientée par la *guemilout 'hassadim*, les actions charitables, et par une foi profonde et pure. Elle était souvent seule avec ses enfants, du fait des activités nombreuses de son mari au sein de la communauté, qui ne ménageait guère ses efforts pour aider à libérer de prison tel malheureux juif, ou pour permettre à tel autre réfugié d'obtenir un faux passeport, afin de gagner la frontière, et ce, au mépris de sa propre sécurité, de son propre bien-être et de celui de sa famille. Itz'hak Wolff (Fisher), qui habite aujourd'hui Israël, rapporte que l'on disait à Sighet, aux gens qui avaient des problèmes sérieux: «Va à Shloïme Wiesel, il arrangera çà!» Et d'ajouter: «Il le faisait sans argent». Il fut une fois arrêté et passa plusieurs mois en prison, à Budapest, où il fut torturé par la police hongroise. Il n'en dit jamais un mot. L'un comme l'autre, les parents d'Eliezer vivaient l'authentique amour du prochain, qui ne se prêche pas sinon par l'exemple. Sa mère, à l'intérieur de la foi et de la tradition hassidique,son père en esprit libéral, qui se souciait davantage de ses frères juifs dans le besoin que de Dieu, qui paraît si souvent indifférent au sort de ses créatures. Sans doute en avait-il assez de voir les hommes venir au secours de Dieu et non Dieu venir au secours des hommes. Sarah Wiesel était elle-même une femme cultivée, éclairée, mais aussi élégante et féminine.Son fils rapporte que dans les dernières années de sa vie, elle «s'était découvert des sympathies communistes». Comment arriva-t-elle à concilier son hassidisme avec ses idées communisantes, cela est resté son secret.

Extrêmement fidèle aux règles qui régissent la vie juive, «elle portait une perruque, tenait une cuisine strictement kasher, allumait les bougies aux heures prévues, disait ses prières, s'occupait de son foyer et – chose frappante dans notre société – s'intéressait à la littérature moderne», citant Goethe et Schiller par cœur. C'est elle aussi qui suivait de près les études de son fils, qui allait chercher le petit à la sortie du *'héder*, et l'interrogeait: «As-tu posé une bonne question à tes maîtres?» C'est elle encore qui l'emmenait, autant qu'elle le pouvait à la cour du Rabbi de Wizhnitz. Et c'est toujours elle, qui transformait ses trois filles et son fils unique en prince et princesses pour accueillir la Reine du Shabbat. «C'est elle qui conférait au Shabbat sa splendeur et sa sérénité.»

1936, 1942, 1944. Trois dates qui correspondent à trois

souvenirs phares dans la vie d'Eliezer. Commençons en 1942, avec cet épisode prémonitoire, annonciateur de la catastrophe. Le jour du Shabbat, les Juifs « apatrides » furent déportés de Sighet par l'armée hongroise. Sa mère avait pris en main l'organisation des secours dans leur quartier, ramassant ici fruits et gâteaux, là vêtements et médicaments, mais également de l'argent. Les Juifs religieux avaient déserté les synagogues pour venir en aide aux victimes. « Les spoliés, les damnés, les deshérités : leur sort la touchait. Elle nourrissait une compassion particulière pour les mendiants. " Nul ne doit quitter notre maison les mains vides ", nous répétait-elle sans cesse. »

Qui eût pu deviner que ce qui se passait là ce Shabbat n'était que le prélude, la répétition presque, de ce que les Juifs de Sighet en règle avec l'Etat civil hongrois vivraient trois ans plus tard ? Et que ce serait les mêmes soldats ou gendarmes hongrois qui conduiraient les opérations, toujours les mêmes ? Que tout serait pareil, à ceci près qu'il n'y aurait plus une seule main secourable, un seul cœur compatissant, pour porter les valises ou les baluchons des vieillards, donner à boire aux enfants qui pleureraient. A croire que les Juifs de Sighet avaient le monopole de la charité ! Il est vrai que quelques rares chrétiens tenteront quelque chose pour venir en aide à ceux auxquels ils étaient liés, mais si peu qu'ils ne purent rien faire. Dans *La Nuit*, Elie Wiesel rapporte que lorsqu'ils furent au petit ghetto après la liquidation du grand ghetto, Maria, leur ancienne servante, vint les voir un soir : « Elle nous implora à chaudes larmes de venir dans son village, où elle avait préparé pour nous un gîte sûr. Mon père ne voulait pas en entendre parler ».

Revenons à ce Shabbat tragique de 1942. Que faisait Eliezer dans cette indescriptible pagaille ? Il est à la gare avec ses sœurs, ses trois sœurs, et tous les enfants des parents venus aider. Chacun, selon son âge, se rend utile en portant les bagages des déportés, qui une valise, qui une besace. Quand le dernier Juif fut monté dans le train de la mort, chacun s'en retourne le cœur lourd, d'une tristesse désarmée, désespérée, doublée peut-être chez certains d'un inexprimable pressentiment.

Elie Wiesel rapportera dans *Signes d'exode* cet épisode, et en particulier les mots de sa mère à leur retour: « "Avez-vous vu les hommes courbés ?" Oui, nous les avions vus. "Et les femmes en sanglot ?" Oui, elles nous avaient bouleversés. "Et les enfants apeurés ? Et les visages dans les lucarnes ? Et les cris d'adieu ? Et le sifflement du train, l'avez-vous entendu ?" Oui, répondîmes-nous, oui. Ma mère retint son souffle un long moment et enchaîna d'une voix rauque: "Eh bien, il s'agit désormais de ne rien oublier". »

Le deuxième épisode phare d'Eliezer avec sa mère est plus tardif, puisqu'il est de janvier ou février 1944. Les voici partis tous les deux passer le Shabbat à la cour de leur Rabbi, à Nagyvarad, une autre petite ville, un autre Shtetl de Transylvanie. « Célébration à nulle autre pareille: c'est comme si nous sentions la catastrophe proche, si proche. Chants à n'en plus finir, extase collective, danses frénétiques, visages allumés: ce Shabbat restera dans ma mémoire. Je suis heureux. Heureux d'être avec ma mère. Heureux de fondre dans la foule. Heureux d'être hassid. »

Comment un Juif d'Europe centrale pouvait-il être heureux en hiver 1944 ? Cette question a de quoi nous troubler. La Hongrie fut le dernier pays à être occupé par les armées hitlériennes, en raison de la collaboration active du Président-régent, l'amiral Horthy, qui avait profité de la guerre pour reconquérir des territoires qui lui appartenaient au temps de l'Empire austro-hongrois, à savoir: une partie de la Roumanie, à l'Est, de la Yougoslavie, au Sud, de la Tchécoslovaquie, au Nord. En 1944, 750 000 Juifs « survivaient » en Hongrie. Raul Hilberg, dans *La Destruction des Juifs d'Europe*, écrit: « La Hongrie fut le seul pays où les auteurs du crime savaient la guerre perdue quand ils passèrent à l'action. Les Juifs hongrois furent presque les seuls à avoir été pleinement avertis, à avoir eu pleinement connaissance du sort qui les attendait, alors que leur communauté n'avait pas encore été atteinte. Enfin, les déportations massives en Hongrie ont aussi de remarquable qu'elles ne purent être dissimulées ; elles se firent ouvertement, au su et au vu du monde entier [1]. »

Ces lignes révèlent et soulèvent des points essentiels à la compréhension de ce dernier acte de la « Solution finale ». Or Wiesel réfute complètement la thèse de Hilberg, selon laquelle les Juifs hongrois avaient été les seuls « à avoir eu pleinement connaissance du sort qui les attendaient ». Ce qui était peut-être en partie exact pour la communauté de Budapest, était totalement faux pour celles des Shtetl. Avertis, les dix mille Juifs de Sighet ? Comment ? par qui ?

Quelques mois plus tard, au printemps de la même année 1944, lorsque Eliezer débarquera dans une baraque avec son père, et les autres hommes jeunes de Sighet « sélectionnés » pour le travail, un déporté leur hurlera : « Ne saviez-vous donc pas ce qui se préparait, ici, à Auschwitz ? Vous ignoriez cela ? En 1944 ? » Que répondre ? Quelques uns, il est vrai, comme sa mère, écoutèrent les radios de Londres ou de Moscou, et quelques rumeurs de tueries en masse étaient parvenues jusqu'à Sighet, mais qu'une usine de mort tel que Birkenau pût exister, cela, non, les Juifs des provinces hongroises ne l'avaient jamais su – et quand bien même on le leur aurait dit, qu'ils ne l'auraient pas cru. C'est donc cette ignorance totale des événements qui ravageaient l'Europe et emportaient les Juifs dans un cataclysme sans précédent dans l'Histoire, qui explique qu'à quinze ans Eliezer pouvait encore être un « hassid heureux » !

Revenons à 1936. Eliezer n'a que huit ans et le Rabbi Israël de Wizhnitz était en visite à Sighet. Wizhnitz est une petite bourgade perdue dans les Carpates, un autre Shtetl, avec sa grande synagogue, ses *shtibel*, ses oratoires hassidiques, ses *yéshivot*, ses écoliers, ses étudiants et ses hassidim.

1. Folio-Histoire, 1992.

Le Rabbi Israël de Wizhnitz était une personnalité et les hassidim se pressaient à sa cour pour recevoir son enseignement, ses conseils et ses bénédictions. Il fut le seul qu'Eliezer considérera comme son maître spirituel, son « Rebbe ». Quelques mois après sa visite à Sighet, le Rabbi mourra et son jeune disciple accrochera sa photo au mur de sa chambre. Cette rencontre ultime demeure l'une des plus bouleversantes et des plus marquantes qu'ait faite Lázár accompagné de sa mère. Il a attendu près de cinquante ans pour la dévoiler dans son livre *Signes d'exode*, paru en 1985 : « Ma mère m'avait pris par la main et m'avait poussé dans la chambre où le vieux Maître, face rayonnante et yeux inondés de bonté, était assis dans un fauteuil trop grand pour lui. Il nous avait interrogés sur la santé de mon grand-père, sur la situation de mon père, sur mes études. Intimidé, j'avais répondu maladroitement. Puis, le Rabbi avait demandé à ma mère de sortir ; il désirait rester seul avec moi. Je ne sais plus de quoi nous avons parlé. Je me souviens seulement du sourire du Rabbi. Et je me souviens aussi d'autre chose : il me pria de sortir et de lui envoyer ma mère. Celle-ci sortit à son tour peu après, secouée de sanglots. Pris de peur, je lui demandai : “Pourquoi pleures-tu ? Qu'est-ce que j'ai fait ?” Elle refusa de me répondre. »

Ces pleurs de sa mère, il lui faudra attendre trente ans pour en connaître la raison. Un cousin éloigné, Anshel, doit être opéré dans les années 1960, à New York, mais il ne veut pas être emmené au bloc opératoire avant d'avoir reçu la bénédiction d'Elie Wiesel, qui, appelé à son chevet, et après avoir d'abord refusé, finit par « murmurer quelques mots inaudibles ».

Anshel est sauvé et quelques jours plus tard, comme Elie Wiesel lui rend visite, il lui demande : « Peut-être te souviens-tu de la dernière fois où le Rabbi de Wizhnitz a rendu visite à notre petite ville ? » Et il lui raconte pourquoi sa mère a pleuré en sortant de chez le Rabbi : « J'étais dans l'antichambre, j'ai vu ta mère qui pleurait, alors je l'ai raccompagnée ;

et, en grand secret, elle m'a répété ce que le Rabbi lui avait dit : " Sarah, avait-il dit, ton fils sera quelqu'un dont tu seras fière, et moi aussi ; mais ni toi ni moi ne serons là pour le voir, c'est pourquoi je te le dis maintenant... " »

Dans ce premier récit qu'Elie Wiesel donne de l'épisode, il n'est pas encore prêt à révéler les vraies paroles du Rebbe, que, par pudeur, il édulcore. Il finira tout de même par les rendre publiques deux ans plus tard, lors d'un entretien – en 1986, l'année du prix Nobel – qu'il eut probablement dans la période proche du cinquantième *Yahrzeit* – jour anniversaire de la mort – de son Maître, le Tsaddik Rav Israël de Wizhnitz. Curieux hasard tout de même d'avoir attendu justement cette année où le prix Nobel lui fut décerné, pour rapporter tout l'événement. Rien n'interdit pourtant de penser que c'est, non pas Elie Wiesel mais d'une certaine manière l'histoire elle-même et le Rabbi, qui attendirent ce demi-siècle pour se révéler à lui en totalité.

Voici la fin de l'histoire : « Le Rabbi de Wizhnitz avait dit à ma mère quelque chose de beaucoup plus grave : " Ton fils sera un grand d'Israël et un grand en Israël ; mais ni toi ni moi ne serons là pour le voir... c'est pourquoi je te le dis maintenant ". »

Et Elie Wiesel d'ajouter : « Cette histoire me bouleverse car j'ai dû attendre quarante ans pour comprendre les larmes de ma mère [1]... » Visionnaire, Rabbi Israël de Wizhnitz le fut. Quel était à cette époque le projet d'avenir d'Eliezer ? Suivre la voie de son maître, le Rabbi de Wizhnitz, devenir un rabbin miraculeux, « un de ces hommes qui, selon notre croyance, précipitent la venue du Rédempteur. Cette évidence s'était imposée à moi depuis toujours. Mes parents n'avaient pas tardé à l'admettre [2] ».

Parmi toutes ces ombres qui hantent Eliezer depuis qu'il est devenu Elie Wiesel, à son retour des camps, il en est

1. Brigitte-Fanny Cohen, *Elie Wiesel, qui êtes-vous ?*
2. *L'Express*, 6 juin 1963.

une qui a une place à part, car l'être qu'elle appelle n'était ni tout à fait un ami, ni tout à fait un maître, ni l'un de ses proches ; et pourtant, il lui voua une fidélité totale et en fit même un personnage qui réapparaît dans pratiquement tous ses romans. Il s'agit de Moshé-le Bedeau, le *Shames* de sa synagogue hassidique, le « bon-à-tout-faire ». En quelque façon cependant, il fut plus qu'un ami, plus qu'un maître. Elie Wiesel le porte en lui, chemine sur ses traces. Simplet, il était, et « il avait la gaucherie du clown ». Le père d'Eliezer aimait beaucoup la *'Hazanout*, le chant synagogal, rapporte Itz'hak Wolff, et il invitait le Shabbat *Moïshele meshugene*, comme on l'appelait en yiddish, « à venir chanter à la maison. Il venait pour une demi-heure. »

« De tous les visages qui hantent mon enfance, celui de Moshé-le-fou reste le plus en vue dans ma mémoire. [...]

« Avec les années, j'aurai oublié certains de mes camarades de jeu et la plupart de mes compagnons que j'ai connus avant et pendant la guerre. Pas lui. Comme si nous étions prisonniers l'un de l'autre. Où que j'aille, il me précède. Parfois je ne sais plus lequel d'entre nous poursuit l'autre [1]. »

La Nuit, son livre premier, s'ouvre par l'évocation de Moshé-le-fou, Moshé-le-Bedeau. Personnage majeur, disions-nous de l'œuvre postérieure d'Elie Wiesel, il fut d'abord un être de chair et de sang, qui marqua de son empreinte l'esprit du jeune hassid de Sighet, devenu un peu son complice. Pourtant, il ne le connut que peu de temps, mais il est vrai que le temps comme durée ne fait rien à la profondeur d'une amitié. Ils se connurent de la fin 1941 au printemps 1944. Moshé était du premier convoi et son apparence ne peut laisser de doute sur sa destination finale. Sur le chemin de la gare, Lázár l'a vu qui « chantait et dansait, peut-être simplement parce qu'il n'avait encore jamais pris le train ». Il apprendra plus tard, sans doute même au Royaume de la Nuit, son arrivée sur « les quais d'une autre petite gare perdue d'où on ne repartait plus ».

1. *Le Chant des morts.*

« Marchant en tête du cortège silencieux, Moshé chantait toujours, de plus en plus fort, jusqu'à la fin, comme pour se moquer d'un ennemi connu de lui seul ».

Il riait et dansait ce jour de printemps 1944 en partant à la mort. Il ne riait ni ne dansait ce jour de 1942, lorsque sa condition de juif apatride le destinait au tout premier transport, en partance pour la forêt de Galicie, près de Kolomaye en Pologne, précise Elie Wiesel dans *La Nuit* – pour la fosse commune. De ce lieu de mort il revint, nul ne sut comment sinon par miracle... mais il n'y eut pas de miracle au deuxième transport pour Birkenau. De sa première mise à mort il témoigna, mais personne ne reçut son témoignage. Tant qu'il était encore temps, il parlait, racontait comment on l'avait tué sans le tuer. Il raconta l'agonie et la mort de Malka, « la jeune fille qui agonisa durant trois jours, et celle de Tobie, le tailleur, qui implorait qu'on le tue avant ses fils... » A l'entendre, les gens le prenaient pour un fou, plus dément que jamais ; où avait-il été cherché ces histoires incroyables, qui dépassaient l'imagination et étaient à la lettre inimaginables ? Comme les autres, Eliezer l'écoutait et avoua : « Moi-même, je ne le croyais pas. Je m'asseyais souvent en sa compagnie, le soir après l'office, et écoutais ses histoires, tout en essayant de comprendre sa tristesse. J'avais seulement pitié de lui.

« – On me prend pour un fou, murmurait-il, et des larmes, comme des gouttes de cire, coulaient de ses yeux. »

Moshé-le-fou provoqua d'abord la pitié de son jeune ami, après ce retour. Mais lorsque Eliezer reviendra de *là-bas*, Moshé-le-fou deviendra alors pour lui, d'une certaine manière, le paradigme du Juif survivant, qui porte témoignage du martyre du peuple juif. Il traversera tous ses livres, y laissera son empreinte ineffaçable.

La question que le jeune Eliezer lui posa, un soir, à la *Shoul**, après l'office de *Maariv*, raportée dans *La Nuit*, est

* Mot yiddish désignant la synagogue, qui est aussi le lieu d'étude par excellence.

celle-là même qui, après son retour, ne cessera de le hanter sous sa forme interro-négative :

« – Pourquoi veux-tu tellement qu'on croie ce que tu dis ? A ta place, cela me laisserait indifférent, qu'on me croie ou non... »

Moshé lui répondra :

« Tu ne comprends pas, dit-il, avec désespoir. Tu ne peux pas comprendre. J'ai été sauvé, par miracle. J'ai réussi à revenir à Sighet pour vous raconter ma mort. Pour que vous puissiez vous préparer pendant qu'il est encore temps.[...] »

Comme si toute cette tragédie avait été écrite par avance, personne ne voulut – ou ne put – la croire. A l'époque où commença leur amitié, Eliezer était en pleine phase mystique, il venait d'avoir treize ans, et préparait sa *Bar Mitzva*, sa majorité religieuse, tant attendue par sa mère, son père et tous ceux qui l'aimaient. Il se sentait attiré vers ce qu'il y avait de plus secret dans la tradition, son mystère intrinsèque. Sa foi était telle que la nuit, il courait « à la synagogue pour pleurer sur la destruction du Temple ». Etait-ce le fait d'une irréductible émotion ou le simple besoin de pleurer ? Peut-être qu'avec ses larmes, il arrivait à exprimer ce « je-ne-sais-quoi » d'inexprimable, qui leur donne leur dimension mystique, inégalée, et qui a fait dire à nos Maîtres dans le Talmud : « Quand toutes les portes du ciel sont fermées, celle des larmes reste ouverte. »

Moshé le vit pleurer un soir et il l'interrogea sur la raison de ses larmes. Mais Eliezer ne put expliquer au pauvre *Shames*, la raison de cet épanchement. Elles sont sans doute à l'origine de leur amitié, de cette amitié qui fit du bedeau le premier maître d'Eliezer dans le domaine de la Kabbale, du Zohar, le « Livre de la Splendeur », chef-d'œuvre de la mystique juive. Moshé-le-Bedeau était également un sage, lui qui dit à Eliezer : « Il y a mille et une portes pour pénétrer dans le verger de la vérité mystique. Chaque être humain a sa porte. Il ne doit pas se tromper et vouloir pénétrer dans le verger par une porte autre que la sienne. C'est dangereux pour celui qui entre et aussi pour ceux qui s'y trouvent déjà. »

« Et Moshé-le-Bedeau, le pauvre va-nu-pieds de Sighet, me parlait de longues heures durant des clartés et des mystères de la Kabbale. C'est avec lui que je commençais mon initiation. Nous relisions ensemble, des dizaines de fois, une même page du Zohar. Pas pour l'apprendre par cœur, mais pour y saisir l'essence même de la divinité.

« Et tout au long de ces soirées, j'acquis la conviction que Moshé-le-Bedeau m'entraînerait avec lui dans l'éternité, dans ce temps où nos question et réponse devenaient UN. »

Revenons aux maîtres de Lázár.

Après la découverte de l'hébreu, ce fut celle de la Torah avec Zeide le Melamed, qui devait l'initier en même temps que ses petits camarades aux commentaires de Rachi. Manès Sperber qui, comme Elie Wiesel, fréquenta au Shtetl le *'héder*, garda toute sa vie le souvenir de son vieux Melamed qui posait sans cesse la question : « Que dit Rachi sur ce verset ? » Plus encore que le premier maître, « Zeide le Melamed », avec sa barbe noire, laissa sur Elie Wiesel une image ténébreuse et sévère. Il inspirait à ses jeunes élèves « un malaise mêlé de peur ». C'était de plus un homme irascible et dur, mais pour le seul de ses élèves qui survécut à la Shoah et sut restituer une part de sa mémoire, il était en vérité « un homme tourmenté et sentimental ». Sans doute, mais pour l'écrire et pour le ressentir, ne fallait-il pas être précisément Elie Wiesel ?

« Son école se trouvait dans une maison délabrée au fond d'une cour et ne comportait que deux pièces. Il occupait la première. Dans l'autre, son assistant, un jeune érudit nommé Itzkhak, ouvrait pour nous les lourdes portes de la tradition orale. Nous commençâmes par le traité de *Baba-Metsia* : il s'agit d'une dispute entre deux personnes ayant trouvé un vêtement, à qui le donner ? Itzkhak lisait un passage et nous le répétions en chantonnant. A la fin du semestre, nous étions en mesure d'absorber une page entière par semaine. L'année d'après vint le tour des *Tossafot* qui commentent les commentaires. Et le cerveau lentement, s'aiguisait, perçait le sens de chaque mot, dégageait la lumière qu'il contient depuis que le monde est monde» *(Le Chant des morts).* Au *'héder* de «Zeide le Melamed», Eliezer n'étudia pas la Bible et les seuls versets qu'il en apprit sont ceux qui étaient cités dans le Talmud. Il ne connaissait que le *'Humash*, le Pentateuque, dont il rédigea un commentaire à l'âge de douze-treize ans. Ce n'est qu'après la guerre, qu'il lira et étudiera le *Tana'h*, la Bible hébraïque en totalité.

Aujourd'hui, cinquante ans après, il suffit à Elie Wiesel de fermer les yeux pour se «retrouver sur le banc du *'héder* en train de lire la *Guémara* et de se tourner les *payess** avec le doigt», comme l'évoque Ady Steg, avant d'ajouter: «C'était suave. Nous vivons dans le même *niggoun.*»

Au *'héder*, apprendre signifie apprendre par cœur. Cette mémoire juive en travail n'a jamais cessé d'avoir une formidable place autant comme méthode pédagogique que comme méthode d'approche des textes. Apprendre par cœur des pages entières de la Torah et du Talmud n'a pas peu contribué à faire des Juifs le peuple de la mémoire. Mémoire de l'Histoire d'abord – quel autre peuple constitue à ce degré la mémoire même de l'humanité, quel autre peuple en ce sens remonte à l'origine de Dieu qu'est l'origine de l'homme, car en qui d'autre l'homme s'origine-t-il depuis que Dieu lui est venu à l'esprit? Mémoire des textes ensuite, acquise sur les bancs du *'héder* et de la *yéshiva*, l'école talmudique, et devenue une part constitutive de la survie d'Israël. Chaque semaine, les élèves des *yéshivot* apprennent une page du Talmud par cœur; au bout d'un semestre, ils connaissent le traité entier. Ce travail de mémorisation, par lequel est passé Elie Wiesel, est spécifique au judaïsme en ce qu'il est

* Mèches de cheveux qui pendent derrière les oreilles.

favorisé, secondé par le balancement d'avant en arrière des étudiants, qui accompagne leur *niggoun*, leur cantilation du texte hébreu. Elie Wiesel raconte que son ami d'enfance Yerakhmiel, « mon ami, mon camarade, mon frère », comme il l'appelle dans *L'Aube*, lui prêta un livre de grammaire d'hébreu moderne pour une semaine seulement, car il y tenait énormément, et qu'avant de le lui restituer il l'apprit par cœur. Aujourd'hui encore, Elie Wiesel s'en rappelle des pages entières. Yerakhmiel est sans doute l'ami d'enfance qu'il évoque le plus souvent, en particulier dans *L'Aube* Il écrit : « Fils de cocher, il avait les mains d'un laboureur et l'âme d'un saint. Nous étions les élèves préférés du maître. » C'est avec lui qu'il avait décidé de faire venir le Messie, comme nous le verrons.

Ni au *'héder* ni à la *yéshiva*, la mémoire n'est prise comme une fin en soi, elle n'est qu'un moyen, et Elie Wiesel est le premier à dire que l'important est l'aptitude de l'étudiant à lire et à commenter la Torah et le Talmud, car il sait qu'il y a une secondarité du pouvoir de la mémoire sur l'interprétation. Eliezer resta jusqu'à l'âge de dix ans avec « Zeide le Melamed » et Itz'hak, son assistant. A travers la voix de son élève, écoutons la sienne : « J'entends encore le vieux Melamed, je le vois, je vois son doigt arrêté sur la page jaunie, j'entends sa voix chantonnante : "Voyez, mes enfants ; contrairement à ce que prétendent nos détracteurs ignorants, la Torah n'est pas là pour rendre l'existence du Juif plus insupportable." »

Ils venaient de lire une page relative aux interdits du Shabbat.

A dix ans donc, Eliezer devint, selon son propre terme, le disciple du « Selichter Rebbe ». « Un homme morose aux yeux sauvages, à la voix rauque, brutale. Lui présent, nul n'osait ouvrir la bouche ni s'abandonner à la rêverie. Il nous terrorisait. » C'était l'entrée au *'héder* supérieur, où le jeune juif commence la véritable étude du Talmud. Les six ou sept ans qui précédent, ne sont rien de plus – ni rien de moins non plus – qu'une préparation au Talmud, l'incomparable chef-d'œuvre du génie juif. En fait, Eliezer avait déjà acquis, comme nous l'avons vu, quelques connaissances en la matière, avec Itz'hak, qui lui en avait ouvert les portes avec le traité *Baba-Metsia* (La Porte médiane), qui se trouve dans le Talmud entre les traités *Baba-Kama* (La Première Porte) et *Baba-Bathra* (La Dernière Porte).

Les souvenirs d'Elie Wiesel concernant le « Selichter Rebbe » sont angoissants. Il rapporte en particulier, qu'à la tombée de la nuit, entre l'office de *Min'ha* et celui de *Maariv*, il leur lisait des pages tirées de la littérature de *Moussar*, relative aux châtiments et donc aux souffrances du pécheur dans la mort. En lisant ces textes, « des sanglots lui secouaient tout le corps. Il s'arrêtait et se cachait la tête dans les mains ».

C'est à cet âge que se révèlent les capacités intellectuelles des élèves, leur compréhension des Traités du Talmud et, leurs aptitudes à discuter les questions que se posaient les *Talmidé 'Hakhamim*, voici dix-sept ou dix-huit siècles, et qui restent d'une contemporanéité que rien ne pourra altérer. Cette aptitude juive à discuter les textes, on l'appelle en hébreu *pilpoul*, mot dérivé de *pilpel*, le poivre. En effet, les discussions talmudiques sont en ce sens « poivrées », ou ne sont pas. Mais parallèlement à la parole, au dialogue, Eliezer devait trouver une autre voie d'accès à la connaissance. N'est-ce pas le « Selichter Rebbe », ce maître versé dans le mysticisme, qui lui fit découvrir la voie du silence ? Il raconte dans *Silences et mémoire d'hommes* qu'avec son camarade Yerakhmiel, « qui habitait la maison d'en face », il pratiquait le *Taanit hadibour*, le jeûne de la parole, et ce, chaque Shabbat.

« Mes pauvres parents ne savaient s'ils devaient se fâcher ou rire : je ne répondais pas à leurs questions, sauf par des hochements de tête ; comment leur expliquer que l'on pouvait,par un mot profane, violer la sainteté du Shabbat ? et que par le silence, l'on pouvait accroître sa beauté et prolonger son règne ? L'expérience mystique, précisément, se situe au-dessus des explications. » Le mysticisme que vivait Eliezer était sans aucun doute plus difficile à supporter pour ses parents que pour lui, qui le vivait de l'intérieur, et après tout l'avait choisi – alors qu'il le leur imposait. Cet épisode montre qu'il était capable de sacrifice pour atteindre le but qu'il s'était fixé. Il affirmait par là qu'il ne cherchait pas tant à être compris par les autres, mêmes si les « autres » étaient ses parents, qu'à avancer dans ce qu'il croyait être sa voie.

Pendant la guerre, à l'époque de son amitié avec Moshé-le-Bedeau, il essaya avec deux camarades, dont l'un était Yerakhmiel, d'ébranler les portes du ciel, afin de faire venir le Messie, de le libérer de son propre exil, car la tradition juive dit que c'est à l'homme, au juif, de libérer le Messie. Son père s'en inquiéta et lui demanda s'il n'avait pas peur ? La réponse fut évidemment non. Durant des mois, les trois garçons vécurent hors du temps, hors de l'histoire, avec leur maître. Dans *La Ville de la chance*, Elie Wiesel racontera cet épisode étonnant, qui faillit mal tourner pour lui. Il écrit :

« Hersh-Leib, le fils du cordonnier, fut le premier des trois disciples à perdre la raison. [...]

Hersh-Leib ne quitta plus son lit. Il semblait frappé de paralysie totale. Ses yeux grands ouverts disaient qu'il n'y avait plus rien à voir ; sa bouche fermée criait qu'il n'y avait plus rien à dire. Une étrange apathie s'était emparée de lui. »

Quelques mois plus tard, le deuxième disciple sombra dans la folie. On imagine l'angoisse des parents d'Eliezer face à ses deux camarades qui avaient perdu, à trois mois d'intervalle, la raison, sans aucune explication médicale ; un très grand psychiatre de Stockholm, le docteur Olivecrona, fut même dépêché à Sighet, en vain. Demeuré seul, Eliezer, dut abandonner ses investigations mystiques, qui l'auraient peut-être conduit aussi au bord de la folie.

Eliezer était-il un révolté ? Oui, si le mysticisme est une révolte contre la normalité, non, si elle lui est parallèle et non concurrente. Et ses rapports avec son père, qu'étaient-ils ? Comme ceux de tous les fils avec leur père. Ses crises de mysticisme inquiétaient son père, l'agaçaient également à n'en pas douter. Pour qui n'est pas mystique, et son père était tout sauf mystique, le mysticisme dérange, agace. En toute logique, Shlomo craignait pour son fils et Eliezer se sentait incompris de lui. Elie Wiesel n'évoque quasiment pas ses souvenirs d'offices à la synagogue avec son père. Lors des fêtes, Dodye Feig présent chez eux, Eliezer préférait aller prier avec son grand-père chez le Borsher Rebbe, plutôt qu'avec son père.

Dans le premier chapitre du *Chant des morts*, Elie Wiesel écrit : « L'ambition de mon père consistait à faire de moi un homme plutôt qu'un saint. " Combattre la solitude et non la développer ou la glorifier, voilà ton devoir ", me disait-il. Et il ajoutait : " Dieu a peut-être besoin de saints ; les hommes, eux, peuvent s'en passer. "

« On le trouvait plus souvent dehors et dans les bureaux officiels qu'à la synagogue et parfois, en temps de danger, plus souvent même qu'à la maison. Tous les malheurs survenus au sein de la communauté le touchaient directement. [...]

« Ma mère m'enseignait l'amour de Dieu. Mon père, lui, ne me parlait presque pas de questions touchant aux lois qui dictent les rapports entre créature et créateur. »

En fait, son enfance, comme il le confiera en 1963 à un journaliste, fut « écartelée entre un père positiviste et une mère mystique [1] ». Il avouera lui-même avoir été ce que l'on appelle un fanatique. Hors de sa quête de Dieu et du judaïsme, rien n'avait de sens pour lui.

On peut se demander légitimement si les enfants juifs des Shtetl, d'une manière générale et sans même parler des enfants de la génération d'Eliezer, ne vieillissaient pas trop vite, ne devenaient pas trop tôt adultes, car l'étude prenait rapidement toute la place ou presque. Dans les souvenirs

1. *L'Express*, 6 juin 1963.

d'Eliezer, le jeu semble restreint à son minimum. Pourtant, comment imaginer des enfants qui ne joueraient pas, ne sortiraient jamais de leurs livres, qui auraient déjà le sérieux des adultes ? Eliezer apprit à sortir de ses livres avant d'entreprendre ses recherches mystiques. Dans son livre *Signes d'exode*, il raconte comment il apprit à jouer aux échecs avec deux hassidim, alors qu'il se trouvait en dehors de Sighet pour des vacances. Cet épisode qu'il situe entre huit et dix ans, constitue d'ailleurs son seul souvenir écrit de vacances. « Nous étions en vacances, dans les montagnes. Nous passions les journées à nous promener, les soirées à chanter autour des feux de camp. J'essaye de me souvenir combien nous étions. Une vingtaine de familles. Plus ? Moins ? Quand il s'agit de chiffres, de dates, ma mémoire devient imprécise. Je me rappelle les visages et leurs expressions, les paroles et leurs réverbérations, c'est le contexte qui me paraît flou. » Il raconte comment l'exemple de ces deux hassidim, qui passaient leurs journées à jouer aux échecs, stimula son intérêt. Ils ne lâchaient leur partie que pour dire leurs prières trois fois par jour, et celles-ci sitôt terminées, ils se rasseyaient à leur table. Les autres préféraient pendant ce temps faire de longues marches dans les Carpates. Ce qui, chez ces deux joueurs, intriga le plus Eliezer, c'était leur pouvoir de concentration, qui était comparable à celui qu'il mettait, lui, dans l'étude et dans la prière. Comment était-ce possible ? A force de les regarder jouer, l'un des deux, Avrémele, lui apprit les secrets de ce jeu fascinant pour plus d'un. Avrémele fit si bien qu'Eliezer se passionna pour les échecs. Comme son père craignit que cet engouement ne nuise à ses études, c'est Avrémele, âgé d' une quarantaine d'années, qui le rassura : « Ce jeu est bon pour l'esprit ; il aiguise l'intelligence. »

Les échecs ne quittèrent plus Eliezer. Au camp, il se souvient avoir fait des parties de mémoire. Chtcharansky raconte dans ses souvenirs de Lefortovo et du Goulag, l'importance qu'avait recouvrée pour lui ce jeu, qu'il jouait en virtuose dès l'âge de cinq ans. Dans sa cellule, il faisait des parties tout seul.

Un autre épisode de sa vie d'enfance est très important, c'est celui de son apprentissage de la musique, plus précisément du violon. « Comme toutes les mères juives du Shtetl, ce royaume juif aux rêves dispersés entre le Dniepr et les Carpates, la mienne tenait à ce que son fils étudie le violon. » A la veille des années 1940, le nom de Yehudi Menuhin, l'enfant prodige,de douze ans l'aîné d'Eliezer, et celui de Jacha Heifetz, né en 1901, avaient franchi toutes les frontières, même celles des Shtetl, surtout celles des Shtetl, où les mères rêvaient que leur fils devienne un autre Menuhin, un autre Heifetz. Le violon a été de tout temps l'instrument favori des juifs, car il est facilement transportable. Sarah et Shlomo Wiesel se mirent donc en quête d'un professeur, ce qui ne fut pas aisé à trouver. Son père dénicha enfin un capitaine de gendarmerie, qui enseigna donc le violon à son fils. Le prix de la leçon était une bouteille de *Tzuika*, un alcool très réputé d'Europe centrale : « il me montra comment me tenir et comment tenir l'archet, où mettre ma jambe droite, comment battre la mesure et faire en sorte que le violon devienne prolongement de la main, expression de l'âme ». Deux fois par semaine, Eliezer se rendait à la caserne de gendarmerie, portant d'une main son instrument et tenant dans l'autre la bouteille. Cela dura quelques années, et devait aboutir dans un premier temps au concert qu'Eliezer avait projeté de donner chez le Borsher Rebbe, qui « habitait la maison d'en face ».

Mais c'était sans compter avec l'histoire, ou plutôt avec ce qu'André Malraux appela « les crises de folie de l'Histoire » !

Le 30 août 1940, un an après l'invasion de la Pologne par les armées nazies, la Transylvanie devint hongroise. Le capitaine violoniste rejoignit avec son régiment Bucarest et le concert n'eut jamais lieu. En l'absence d'autre professeur, Eliezer ne devait plus rouvrir sa boîte à violon. Evoquant son maître de violon, Elie Wiesel écrira : « En m'initiant aux secrets de son art, il m'en communiqua le rythme et le feu. »

Au Shtetl, la musique tenait un rôle irremplaçable ; le chant, le *niggoun*, était une part constitutive de la vie juive. Le Shabbat en particulier, le chant emplissait chaque maison juive et au-delà, chaque Shtetl, et au-delà encore chaque ville ou plutôt chaque ghetto. Ce chant, le monde ne l'a pas reconnu, ne l'a pas écouté. Il a voulu le faire taire, l'étouffer, et il y a réussi en partie, mais en partie seulement, car c'était sans savoir que sur ses propres cendres, il renaîtrait.

L'enfance et l'adolescence de Lázár se place sous le signe du chant, et de la joie de célébrer la Torah. C'est d'abord le chant de sa mère qu'il écoute. Il le retrouve aujourd'hui encore, il lui suffit de fermer les yeux et de rentrer en lui-même : « J'entends la voix de ma mère qui, le soir, me chante une berceuse, la plus belle de toutes, celle qu'à mon tour je chanterai à mon fils pour l'apaiser : *Oifn pripitchik brent a faierl*, un feu brûle dans l'âtre, il fait chaud dans la chambre. Et le Rabbi enseigne à ses élèves l'*aleph-beit.* » « Quand vous grandirez, vous comprendrez combien de larmes et de pleurs sont contenus dans ces lettres [1]. »

Le matin de bonne heure, les premiers bruits qu'il entendait, étaient ceux de son père, qui ouvrait son magasin et auxquels répondaient les chants des disciples du Borsher Rebbe, qui « habitait la maison d'en face ». A Sighet, le même chant s'élevait d'une soixantaine de maisons, sinon davantage.

Le Shabbat, sa mère chantait des mélodies hassidiques. Depuis son enfance, il est un chant entre tous pour lequel Elie Wiesel a une prédilection particulière, c'est le chant de l'espérance juive du Messie *Ani maamin beémounah shlema beviat ha-Massia'h*, Je crois d'une foi parfaite en la venue

1. Traduction d'Elie Wiesel.

du Messie et bien qu'il tarde, malgré tout, chaque jour j'attendrai.

En janvier ou février 1942, Eliezer se trouve chez le nouveau Rabbi de Wizhnitz, pour célébrer Shabbat *Chira*, qui est le Shabbat pendant lequel on lit le *Chirat hayam*, le chant de la mer, que chantèrent Moïse et les enfants d'Israël au sortir de la mer Rouge. Or, cet *Ani maamin*, appris ce Shabbat-là par Eliezer et les hôtes du Wizhnitzer Rebbe était nouveau pour beaucoup. Celui qui le leur chanta était le neveu du *Tsaddik*, « échappé de justesse au massacre de toute sa communauté », en Galicie. Elie Wiesel oubliera ce chant et ne le retrouvera que quarante ans plus tard, un soir du *Sédèr* pascal, du repas du soir de Pâque, passé avec l'un de ses rares amis d'enfance survivants. Les notes allongées comme des sanglots écrasés aux portes du silence, ou très hautes comme des cris que l'on ne pousse pas, font de ce chant un *niggoun* déchiré qui monte plus haut que nombre de prières. Ce que dit cette prière, le poète allemand Paul Celan l'a deviné dans son poème *Tenebrae*:

Nah sind wir, Herr,
nahe und greifbar.

Nous sommes proches, Seigneur,
proches et saisissables.
Prie, Seigneur,
prie-nous,
nous sommes proches[1].

Son adolescence est tout orientée vers le mysticisme. On ne voit Lázár que chez les rabbis ou avec ses amis, étudiant la Kabbale. Il était fort timide et ne s'intéressait nullement aux jeunes filles, ou s'y intéressait sans oser se l'avouer. Vivant au milieu de ses trois sœurs, dont les deux aînées

1. Grille de parole, Bourgois, Paris, 1992.

étaient déjà en 1940 de jeunes femmes, on imagine mal qu'il put ne pas rencontrer telle ou telle de leurs amies, même si au Shtetl la séparation des sexes dans toutes les activités de la vie étaient de rigueur. Dans son premier roman, *L'Aube*, publié en 1960, il évoque sa timidité envers les femmes. Relisons ses quelques lignes qui présentent un intérêt autobiographique évident :

« Avant la guerre – je ne regardais pas les femmes. Dans la rue, en allant à l'école ou à la synagogue, je marchais les yeux baissés, en rasant les murs des maisons, et les femmes, je ne les voyais pas. Je savais qu'elles existaient – je savais même pourquoi – mais j'ignorais qu'elles avaient un corps, des seins, des jambes, une bouche et des mains qui, en vous touchant, vous font palpiter le cœur. »

Mais s'il ne les regardait pas, c'est qu'il ne devait pas ignorer qu'elles avaient des yeux, ni qu'une jeune fille ou une jeune femme peut faire vaciller, le temps d'un regard, l'esprit du jeune étudiant de la *yéshiva*, qu'il était – et fait tout autant palpiter le cœur qu'une caresse. Une parole comme un regard féminin suffisait à le faire rougir, sans savoir que le contraire était sans doute tout aussi vrai. Le charme de Lázár, s'il fit fondre plus d'une jeune fille après la guerre à Taverny comme à Versailles, et par son physique de « beau ténébreux » et par sa voix mélodieuse et envoûtante, ne put vraisemblablement laisser indifférent celles de Sighet. Mais combien d'entre elles revinrent des camps pour en témoigner...

Il fut plus précoce pour l'écriture. Sans doute ce don lui vient-il de sa mère. Son rêve vers treize ou quatorze ans fut de trouver une machine à écrire hébraïque, pour écrire soit en yiddish soit en hébreu, et il ne se contentait pas de connaître l'hébreu biblique et talmudique, il avait également acquis, grâce à son père, l'hébreu moderne, qui lui servirait peu après son retour de déportation. A Sighet, il n'y avait qu'une seule machine à écrire, qui appartenait à la communauté. Une fois par semaine, il pouvait l'utiliser. C'est ainsi qu'il tapa son premier manuscrit, ce commentaire sur le *'Humach*, le Pentateuque, qu'il perdit au moment où il dut quitter Sighet. Il le retrouvera vingt ans plus tard et reconnut que ce texte était tout simplement mauvais, mais il avait réussi la gageure de l'écrire en hébreu biblique et non en yiddish. Il aimait l'écriture, mais savait-il dèjà qu'il écrirait ? Oui, car l'écriture, comme la prière et comme l'étude, était déjà pour lui une respiration. Au même titre que le chant.

Janvier 1942. Eliezer a treize ans depuis le 30 septembre 1941. Treize ans est, pour un juif, l'âge de la *Bar Mitzva*, de la majorité religieuse, comme nous l'avons dit. Date capitale dans la vie d'un jeune juif religieux, d'un hassid. Or, curieusement, Wiesel évoque très rarement cet événement. Comment comprendre ce silence, ou tout au moins cette sorte d'extrême pudeur qu'il aurait à parler de lui directement, sans détour, – mais est-ce bien de cela qu'il s'agit ? – à évoquer un souvenir aussi important que la *Bar Mitzva* ? Economie de relations littéraires qui surprend le lecteur attentif, avide d'en savoir plus, toujours plus sur l'enfant, sur l'adolescent de Sighet. Son silence n'est-il pas le silence de tous ses camarades partis sans laisser de traces ? Les premières relations qu'il en fit, laisse le lecteur sur sa fin, ou plutôt le laisse un peu plus songeur – comme si curieusement, l'événement de la *Bar Mitzva* était passé de l'état de souvenir à celui de dé-souvenir. Nous n'avons pas de mot pour dire simplement tout le poids de ruines, de fractures, de cendres, dont un souvenir peut être porteur. La trace transmise par Elie Wiesel laisse un goût amer dans la bouche.

En 1962, il publie *La Ville de la chance*. Le titre seul est en lui-même déjà l'évocation, et presque l'invocation, d'un temps béni : Sighet – devenu dans le roman Szerencsevàros – où le héros, Michaël, retourne après la guerre, rechercher des traces à jamais perdues de son enfance. L'un des passages qui nous éclaire ici, est celui où l'on assiste au troisième repas du Shabbat – la *Séouda shlishit* – au cours duquel on chante quelques psaumes et surtout des chants spécifiques d'une communauté à l'autre, dont l'un des plus connus aujourd'hui par sa mélodie hassidique pleine de chaleur et de mélancolie, est *Yédid néfesh*, l'Ami de l'âme. Poème mystique non fugué, dont la mélodie d'abord chantée sur le texte du poète Eliézer Askari, puis fredonnée, élève avec prégnance celui qui le chante ; ce chant, on ne peut le chanter qu'en se balançant comme les vagues océanes suivent les fluctuations lunaires.

Comment tenter – simplement tenter – d'évoquer Sighet, si l'on ne prend pas conscience que la vie du Shtetl a un cœur, qui s'appelle le Shabbat – *Shabbes* en yiddish – et que pour en comprendre la profondeur immarcescible, on peut dire que de la même manière que la terre tourne autour du soleil, le Shtetl gravitait autour du Shabbat.

C'est au professeur Ady Steg, qui vient du même monde yiddish qu'Elie Wiesel, que je dois d'avoir pu approcher ou pressentir la force incroyable que revêtait le Shabbat dans la vie de ces communautés juives, souvent pauvres, d'Europe de l'est. Déjà à partir du mercredi la préoccupation majeure de la maîtresse de maison était le Shabbat. « Le mercredi soir, se souvient Ady Steg, ma mère demandait à mon père : "Qu'est-ce que nous allons faire pour *Shabbes* ?" Dans la nuit de jeudi à vendredi on cuisait les *'halot*, les brioches. Cette odeur de cuisson emplissait la maison de ma grand-mère. Le vendredi matin, nous allions encore au *'héder*, mais c'était simplement la répétition de la leçon de la semaine, et dèjà les gâteaux de Shabbat. En rentrant à la maison, tout était nettoyé, le parquet ciré. J'ai toujours vécu le vendredi dans la hâte des préparatifs, on n'y arriverait jamais. »

Mettons en parallèle le récit que fait Elie Wiesel dans *La Ville de la chance* de la dernière heure du Shabbath, nommé en hébreu *Shalosh Séoudot* ou *Séoudah Slishit*, le troisième repas, avec le témoignage d'Ady Steg.

« Hersh-Leib et Menashe venaient avec lui [Michaël] tous les samedis au repas de *Bein Hashmashot* du Rabbi de Borshe qui habitait dans la maison d'en face. C'est le service le plus beau et le plus triste du Shabbat. Il a lieu au crépuscule, à l'heure qui sépare "les deux soleils". Une obscurité à la fois inquiétante et exaltante règne dans la petite synagogue. C'est l'heure où l'astre du jour s'est retiré, tandis que celui de la nuit ne s'est pas encore montré. Présidant la table longue et étroite, le Rabbi chante en sourdine. On ne le voit pas. Même sa barbe, blanche comme la neige, ne se détache pas de l'obscurité. Les hassidim balancent leurs ombres sur les murs et joignent leurs voix à celle du Rabbi, mais ne la couvrent pas. Les chants sont lointains, d'une mélancolie délicate et pure. Le Shabbat s'en va et l'on ne veut pas le laisser partir. On cherche le moyen de le retenir, de le faire durer. (...) Quand le messie viendra, tous les jours de la semaine se dissoudront et il ne restera que le Shabbat. C'est pour cela que le chant du Rabbi est si triste, sa voix brisée. Le Shabbat s'en va et cela signifie que cette semaine encore le messie ne viendra pas. »

Le chant auquel Elie Wiesel fait ici allusion est un chant yiddish qu'il adorait au point qu'il lui suffisait de le chanter pendant la semaine pour retrouver la ferveur du Shabbat. « *Ven ich volt gehaht kaeakh, volt ich in di gahssen gelohfn, un ich volt geshrien haeakh, "Shabbes, haeliker Shabbes".*– Si j'avais la force, je courrais dans les rues criant et hurlant de toute ma puissance: *"Shabbes, saint est le Shabbes"*[1]. » Ce à quoi il voulait parvenir avec ses deux camarades, en cette année où il venait de célébrer sa *Bar Mitzva*, c'est avoir un jour « assez de force pour retenir le Shabbat » – et donc pour faire venir le Messie. Mais le Messie qui arriverait, qui était déjà arrivé dans toute l'Europe sans qu'il le sache, c'était le messie de la mort, l'anti-messie.

1. *Against Silence*, t. I, Holocaust Library, edited by Irving Abrahamson, New York, 1985.

Les paroles du professeur Steg font entendre un même *niggoun,* un même chant inimitable :

« Shabbat soir, il n'y avait pas de lumière à la maison. Ma mère se tenait près de la fenêtre, dans le noir, en attendant que les trois premières étoiles apparaissent dans le ciel. Elle chantait un chant mystique, que chaque femme chantait à cette heure : « Got foun Abraham, foun Itz'hak, foun Yaakov... Dieu d'Abraham, d'Isaac et de Jacob... Le Saint Shabbat s'éloigne. Puisse la semaine qui vient nous apporter la santé, la vie et le bien, nous offrir subsistance et bonnes nouvelles. Délivrance et consolation. Amen. »

Pendant ce temps, les hommes se rendaient au *shtibel,* pour le *shalosh séoudot.* Après les chants, venait la lecture du *Moussar,* le livre de morale pour ne pas dire d'autoflagellation. Nous marmonions dans le noir. »

A l'heure de l'ultime prière de *Maariv,* après les psaumes, on chante *veou ra'houm* (le Seigneur est miséricordieux) et Ady Steg de préciser que chaque syllabe était prolongée afin de rester une minute, une seconde de plus, dans la sainteté du Shabbath. Et comme en écho à Elie Wiesel, il ajoute : « cette fin de Shabbat était le moment le plus tragique, en tout cas le plus bouleversant – quelque chose d'absolument intransmissible ». Ady Steg est l'un des rares qui sait combien Elie Wiesel vit dans le souvenir de la Shoah et plus encore dans Sighet, non parce que c'est l'enfance, mais parce que c'est ce *monde-là.* « Que ce *monde-vivant-là,* que cette *vie-là,* ait disparu, c'est cela l'incroyable déchirure ».

Revenons à *La Ville de la chance.*

Elie Wiesel y écrit ces lignes, les premières à avoir ce caractère personnel sur l'événement majeur de ses treize ans : « Mais Michaël (...) était dans sa treizième année. Il venait de passer sa *Bar Mitzva* et avait obtenu le Borsher Rebbe pour faire le nœud des *Tephiline-shel-Yad,* la première fois qu'il les mit.[...] Seul Dieu existait. Et seul Kalman savait comment on s'unit à lui. L'année qu'il passa près de son maître fut pour Michaël la plus merveilleuse de sa vie. »

Si la cérémonie de la *Bar Mitzva* est celle qui marque l'entrée du juif dans la communauté à part entière, elle est également l'occasion pour lui de mettre pour la première fois sur son bras et sa main gauches ainsi que sur son front, ces petits étuis dans lesquels sont inscrites les paroles de la Torah prescrivant que l'on s'attache à elle ; chacun d'entre eux est fixé à une lanière de cuir qui forme les *Tephiline,* les phylactères. Qu'Eliezer ait eu le Borsher Rebbe, Pin'has Hagar, frère du Rabbi Israël de Wizhnitz, pour faire le nœud de ses *Tephiline,* fut pour lui une chose importante, l'une des rares choses qu'il ait rapportée de sa *Bar Mitzva,* mais nous ne sommes encore qu'au balbutiement de notre recherche.

En 1970 seulement, dans son livre *Entre deux soleils* – au titre bien énigmatique pour celui ou celle qui n'aurait pas lu *La Ville de la chance* et qui ne rend rien du tout du caractère si éminemment mystique du *Bein Hashmashot* – Elie Wiesel évoque, pour la première fois, à la première personne sa *Bar Mitzva.* Cependant, ce que nous en apprenons est très allusif, une vingtaine de lignes seulement, où il rapporte l'étrange supplique qu'il fit à son maître quelques jours avant la cérémonie :

« – Comprenez-moi, je n'oserai pas desserrer les lèvres en votre présence. Ce que je pourrais innover, je le tiens de vous. Ce que j'aurais à dire, vous le connaissez déjà, et même mieux que moi. Parler devant vous serait jouer au maître devant mon maître.

« C'était un homme solitaire et plein de douceur. C'est pourquoi il me surprit en repoussant ma requête :

« – Tu veux m'exclure de ta fête ? Je regrette, mais je viendrai.

« Voyant mon désarroi, il se hâta d'ajouter :

« – Plus tard tu enseigneras, tu communiqueras ce que tu auras recueilli chez moi et mes pareils. Je ne serai plus là pour t'écouter. Souviens-toi de ceci : je ne demande pas au conteur de jouer au maître, mais de remplir son devoir de messager et de témoin. »

Pauvre maître, sût-il à quel point ses prédictions se réaliseraient ! Comment eût-il pu imaginer qu'Eliezer, le *Bar Mitzva*, le fils de la *Mitzva*, remplirait son devoir de messager et de témoin ainsi, sans l'oublier, lui, le maître sans nom de Sighet !

Quoi qu'il en fût, « à l'étonnement de mes parents et camarades, je passai la fête sans discours ». Par ce récit autobiographique, Elie Wiesel témoigne et de sa timidité d'adolescent et de son humilité vis-à-vis de son maître ; celle-ci est évoquée dans le célèbre Traité des Pères, les *Pirqé Avot* : « Le sage ne prend pas la parole en présence d'un homme qui le surpasse en science ou qui est plus âgé que lui. » Mais il y est écrit aussi : « Il faut apprendre afin de pouvoir enseigner et afin de pratiquer ce que l'on a appris. » Il n'en reste pas moins qu'en refusant de faire sa *drasha*, c'est-à-dire son commentaire biblique devant son maître, à l'occasion de sa *Bar Mitzva*, Eliezer dérogeait à une tradition fort ancienne. Cela paraît d'ailleurs si étonnant, que l'on peut se demander si ce récit retrace bien l'événement dans sa réalité.

Dans son roman *Le Crépuscule, au loin*, Elie Wiesel évoque encore très brièvement sa *Bar Mitzva*. Parlant de son personnage Yoël, il écrit : « Il se revoyait, à treize ans, célébrant sa *Bar Mitzva*. A la Maison d'étude, entouré de fidèles, il récitait la *Haftara** qui, cette semaine-là, était tirée du livre de Jérémie. En chantonnant le texte devant son père et ses Maîtres, il se rappela ce que son père lui avait dit la veille : "Quand un garçon juif récite Jérémie, il est Jérémie." » Ces bribes, ces fragments de mémoire, éclairent de leur lumière déchirée cet événement advenu dans un temps si lointain qu'il semble nous échapper.

Avançons encore dans notre recherche pour découvrir ce

* Texte tiré des Prophètes, lu après la section de la Torah.

qui, aux yeux d'Elie Wiesel, prévalut en vérité sur la *Bar Mitzva* elle-même, qui, pour importante qu'elle fut à l'époque, est, d'une certaine manière, devenue – après tout ce qui advint – secondaire par rapport à sa propre histoire. Cette fois, le récit est long de plusieurs pages et écrit à la première personne. Il n'est tiré d'aucun roman mais de ce livre, déjà entrouvert, *Entre deux soleils,* sous-titré simplement : textes. Il y rapporte un souvenir qui prend la première place dans sa mémoire traumatisée. Il ne s'agit plus de sa *Bar Mitzva* proprement dite, mais plus exactement du cadeau qu'il reçut à cette occasion. Est-ce là un souci purement matériel, possessif, de la part d'Elie Wiesel ? Qui pourrait raisonnablement le croire ? Loin de la possession d'un objet – fût-il son cadeau de *Bar Mitzva*! – c'est de dépossession qu'il s'agit. Le cadeau de ses parents fut une montre en or. « C'était le cadeau d'usage qu'on faisait aux garçons pour leur rappeler que désormais ils seraient tenus responsables de leurs actes devant la Torah et les lois intemporelles qu'elle contient. »

« Mais mon cadeau, je n'ai pu le garder. Il m'a fallu m'en séparer le jour même où ma ville natale a fait l'orgueil de la nation hongroise, en chassant hors de son enceinte jusqu'au dernier de ses Juifs. Débarrassés de nous, les glorieux maîtres de la municipalité jubilaient : on ne verrait plus de caftan dans les rues. (...)

« Ce jour-là, au petit matin, après une nuit d'insomnie, le ghetto se changea en cimetière labouré et ses résidents en fossoyeurs. Fébrilement l'on creusait dans la cour, dans le jardin, dans la cave. On confiait à la terre ce qui subsistait de nos avoirs amassés depuis plusieurs générations, la peine et le fruit de dizaines et de dizaines d'années de labeur. »

Combien plus grave que tous les souvenirs de *Bar Mitzva* réunis, ce souvenir-là, cette déchirure-là, allaient secondariser tout le reste, tout ce qui n'était pas brisé ; tous les souvenirs entiers – car d'avant cette nuit-là, cette aube-là – ne seraient plus « entiers » désormais, parce qu'ils s'étaient fracassés.

Dans ce murmure à peine identifiable d'Elie Wiesel, se terrait donc un souvenir d'enterrement, un souvenir de mort, de destruction et, devant la destruction du monde : Quoi !?

Ekhah ! Comment ! s'écrie Salomon au début de son Ecclésiaste. Quoi ! *Ekhah !* s'écrie à son tour Elie Wiesel. Et nous nous étonnions de son silence, de son éloignement vis-à-vis de cet événement ! L'événement s'était déplacé, et s'y était substitué l'Evénement qui a tout englouti sur son passage. Même le grand, le magnifique jour de *Bar Mitzva.*

« Père se chargea des bijoux et des titres de valeur. Courbé, muet, il bêchait près de la grange. Plus loin, ma mère, accroupie, s'occupait des candélabres en argent qu'elle n'allumait que la veille de Shabbat : elle gémissait sourdement et j'évitais son regard. Mes sœurs creusaient près de la cave. La cadette, Tzipora, avait préféré le jardin. Comme moi. L'air grave, elle maniait la pelle, refusant mon aide. Qu'avait-elle à cacher ? Ses jouets, ses cahiers d'écolière. Quant à moi, je ne possédais que ma montre. J'y tenais. Aussi, pour la protéger, je l'enfouis dans un trou noir et profond, à trois pas de la clôture, sous un peuplier dont le branchage vigoureux et épais semblait offrir une couverture passablement sûre. »

Et ses livres, qu'en fit-il ? Et la photo du Rabbi Israël de Wizhnitz, qu'il avait accrochée au mur de sa chambre en 1936, juste après sa mort – et cette rencontre devenue l'ultime ? Ses livres, ils étaient à sa *yéshiva.* Il en achetait beaucoup. Que tout son argent de poche passait en livres ne devrait pas nous surprendre. Mais que sont-ils devenus, eux ? Mais plus important que les livres, ses libraires, que sont-ils devenus ? Elie Wiesel se souvient de deux d'entre eux : Rabbi Avigdor Gryndwald, Reb Shlomo Weiss... « J'achetais plus de livres que je ne pouvais me le permettre, mais l'on me faisait crédit – pas toujours à bon escient. Bien des livres sont restés impayés, mais ce ne fut pas ma faute – un certain " événement " survint et nos vies furent interrompues. Quand je fus emmené vers un lointain royaume, j'emportai dans mon havresac plus de livres que de nourriture.

« Lorsque, bien des années plus tard, je suis revenu dans ma ville natale, j'ai retrouvé quelques– uns de mes chers volumes gisant dans la poussière parmi des milliers et des milliers de volumes, dans cette Maison d'étude et de prière où j'avais passé tant de jours et tant de nuits à étudier et à prier, et à attendre la venue du Messie » *(Signes d'exode).*

Cet amour des livres, de la connaissance, Lázár le tenait de son père et de Dodye Feig. Ni l'un ni l'autre, il ne les vit une seule fois sans un livre à la main, nous l'avons dit. Lui-même ne quittait la maison, que ce fût pour aller à la *Shoul,* à la fois maison d'étude et synagogue, ou autre part, sans emporter un livre ; il parait ainsi à la moindre perte de temps, ce que l'on appelle en hébreu le *bitoul z'man.* Entre l'office de *Min'ha* et celui de *Maariv,* qui sont les prières de l'après-midi et du soir, il étudiait encore. C'est cette passion de l'étude – cette insatiable quête du savoir – dira-t-il, qui, au lendemain de la guerre, le sauvera. Il lui doit d'avoir gardé la raison.

Le souvenir de la *Bar Mitzva* ne resurgit qu'avec le retour d'Elie Wiesel à la recherche d'Eliezer, vingt ans après ce jour qui marqua la fin de tout, la fin de la jeunesse. Une matinée de printemps 1944... Souvenir de sa *Bar Mitzva ?* Non, de la montre enterrée. Le souvenir se confondait-il avec une cachette sous un peuplier ? « Nous espérions tous récupérer nos trésors. A notre retour, la terre nous les rendrait. Elle les sauvegarderait pour nous jusqu'à la fin de la tourmente. »

Le récit d'Elie Wiesel atteint son paroxysme lorsqu'il décrit comment, en pleine nuit, il entra dans « son » jardin et se souvint de son premier cadeau, « le dernier aussi que j'eusse reçu de mes parents ». « Bien sûr, je fus saisi d'une envie irraisonnée, irrésistible, de le voir, de voir s'il était toujours là, au même endroit, si, en dépit de toutes les probabilités, il avait comme moi survécu, par accident comme moi, sans savoir comment ni dans quel but. La curiosité se fit obsession. Je ne songeai ni à l'argent de mon père ni aux candélabres de ma mère. Ma montre en or, elle seule comptait dans cette ville. Son battement seul avait encore de l'importance.

« Malgré l'obscurité, je m'oriente aisément dans le jardin. Je redeviens l'enfant après sa *Bar Mitzva.* Voici la grange, la clôture, l'arbre. Rien n'a changé. »

On lit ces pages, ces lignes, la respiration suspendue. Suspens, tension du corps, Eliezer devenu homme fouille la terre à la recherche de sa montre. Il la retrouve. Sauf qu'elle est rouillée. Cette découverte lui cause une blessure de l'âme totale. Elle signifie une deuxième mort. L'espoir fou et vain qu'elle l'avait attendu. Que lui vivant, elle avait survécu. Plus, qu'elle avait *dû* survivre ! Comme s'il avait attendu en fin de compte de cette *chose* unique, que représentait le cadeau de *Bar Mitzva,* une fidélité dont les humains ne furent pas capables. Cette irrésistible appel à la fidélité et à la survie des objets d'un passé assassiné, ébranle le silence de la mémoire lorsqu'elle se fait oubli. La montre est devenue « la dernière relique, l'unique symbole de ce que j'avais aimé, de ce que j'avais été ». « Recouvert de crasse et de rouille, grouillant de vers, l'objet était méconnaissable, répugnant. Pendant un long moment, immobile, je le fixai avec le dégoût qu'inspire l'amour trahi, le corps flétri, me demandant ce que j'allais en faire. »

Envahi d'une tristesse inconnue, Elie Wiesel regarda sa montre comme « une survivante, une revenante humiliée par ses blessures, par ses souvenirs morts. Alors j'eus envie de la porter, sale comme elle l'était, à mes lèvres et l'embrasser et la consoler en pleurant, comme si ç'avait été un être vivant, un ami malade qui, revenant de loin, aurait besoin de beaucoup de tendresse et de repos, surtout de repos ». Cette montre enterrée et retrouvée souillée, est devenue le symbole de son enfance détruite. Non pas à la manière dont un objet peut survivre à son propriétaire, non. Alors que l'objet et son jeune propriétaire furent ensemble condamnés à disparaître, cette fois, contrairement à toute logique, seul l'adolescent réchappa à la mort, la terre ayant fait sur la montre son travail de décomposition.

Au-delà de ses sentiments de perte, de tristesse, Elie Wiesel, tout au fond de lui, éprouva de la reconnaissance, une mystérieuse reconnaissance pour ce cadeau retrouvé. Pourquoi ? Comment en arriva-t-il à cette déhiscence de l'âme et du cœur pour cet objet finalement infidèle ? « C'est que les hommes que j'avais cru immortels ont disparu par-delà la brume incendiaire ; mes maîtres, mes amis, mes guides m'ont abandonné. Tandis que cet objet, sans nom ni souffle, leur a survécu pour m'accueillir chez moi, et donner une suite à mon enfance. »

Est-ce la fin ? Non. Les temps du récit eux-mêmes en disent long sur la force de la rencontre qui se passa à la fois dans un temps réel et dans un passé devenu brutalement présent, comme sous l'effet d'un choc tellurique, temporel plus exactement, où le passé percuterait le présent. En quelques pages, Elie Wiesel passe de l'imparfait au passé simple pour, tout à coup, parler au présent – lorsque Elie dans le jardin redevient « l'enfant après sa *Bar Mitzva* ». Premier réflexe, il glisse la montre dans sa poche et se dirige vers le portail qui donne sur la rue, puis brusque retournement, il revient jusqu'au trou et la replace dedans, le rebouche et quitte le jardin.

La retrouvera-t-on encore ? La cherchera-t-on seulement ?

« Le soleil s'était levé, je déambulais dans les rues et les ruelles, et il me semblait entendre les chants des écoliers qui, au *'héder,* apprenaient le Talmud depuis l'aurore, les invocations des hassidim célébrant, en trente-trois endroits à la fois, l'office du matin ; au-dessus de leurs incantations, je percevais, proche et lointain, le tic-tac de la montre que je venais d'enterrer conformément à la loi juive. Car après tout, il s'agissait d'un premier cadeau qu'un enfant juif avait reçu jadis pour sa première fête. »

Nous voici à la fin de la première époque de la vie d'Eliezer.

Seule sa mère pressentait quelque évenement inquiétant, au début de ces années 1940. Il se souvient de ce repas de Shabbat, où il l'entendit tout d'un coup sortir de son silence :

« – Je me demande, dit-elle d'une voix blanche, je me demande si nous ne devrions pas tout emballer, tout vendre ou tout abandonner et partir.

« – Partir où ? fit mon père interloqué.

« – En Palestine.

« – Quand ?

« – Le plus tôt sera le mieux.

« (...) – Et puis, ajouta-t-elle avec gêne, j'ai un pressentiment que je n'aime pas. Une sorte de malaise. Mon cœur me dit qu'on nous prépare quelque chose, que les ennemis ne vont pas tarder à aiguiser leurs couteaux [1]. »

C'est qu'elle avait l'« imagination tragique », Sarah Wiesel. Elle voyait venir ce que personne autour d'elle ne voyait venir.

1. *Le Mendiant de Jérusalem.*

II

DE SIGHET À BIRKENAU

PESSA'H 1944

Le 5 mars, Eliezer étudiait encore dans sa *yéshiva* telle page de tel traité du Talmud – et Drancy ne lui aurait pas dit davantage que Treblinka ou Sobibor ou Belzec ou... Auschwitz. Son univers était hors du temps, le sien comme celui de ses camarades. C'est que le temps du Shtetl n'était pas le temps de l'histoire, et qu'en voulant tuer les Juifs, les assassins de l'histoire ont détruit et le Shtetl et son temps. Eliezer savait pourtant qu'en Pologne, en Galicie, des communautés avaient été massacrées, et il avait entendu Moshé-le-Bedeau lui narrer son propre meurtre manqué pour lui, mais pour lui seul.

Le 19 mars, les responsables de la « Solution finale », dont Adolf Eichmann, arrivèrent à Budapest. Les nazis débarquèrent à Sighet avant la fin mars, peu de temps avant *Pessa'h*, la Pâque juive. Ce dernier *Sédèr* de *Pessa'h*, comme pour un demi million de Juifs hongrois, fut pour Eliezer sans doute le plus chargé d'angoisse de toute sa vie, pour l'avoir partagé aussi avec Eliahou Hanavi, le Prophète Elie, précurseur du messie, qui apparaît tout au long de l'histoire juive à de rares élus. Le Talmud rapporte quelques-unes de ses apparitions, mais contraires à la tradition juive celles-ci sont des phénomènes rarissimes et se rapportant presque exclusivement à Eliahou.

D'aucune fête Elie Wiesel ne parle aussi souvent que de *Pessa'h*. Pourquoi ? Parce qu'elle fut la dernière fête qu'il ait célébrée « à la maison » ? Pas seulement, car elle est l'une des deux ou trois fêtes les plus aimées des enfants avec *Pourim*, qui célèbre la victoire de la Reine Esther et de Mardoché sur Aman et ses funestes desseins d'extermination des Juifs du royaume de Perse ; et avec *Sim'hat Tora*, cette festivité où les enfants reçoivent cadeaux et bonbons, et qui marque la fête de la joie de la Torah. Mais *Pessa'h* est une fête d'une autre nature, plus familiale, c'est-à-dire moins communautaire, et durant laquelle l'extériorisation de la joie est davantage retenue, réfléchie. Cette célébration de la libération d'Egypte est l'événement fondateur du Peuple juif en tant que tel.

Dans *Signes d'exode*, il écrit : « Pourquoi le cacher ? Comme tous les enfants juifs, j'aimais cette fête plus que les autres. A la fois solennelle et joyeuse, elle nous permettait de vivre en dehors du temps. Esclave sous les pharaons, je suivais Moïse vers l'inconnu, le désert, la mort : son appel à la liberté était plus fort que la peur. »

Pessa'h est marqué avant tout par le *Sédèr*, le repas du premier soir, répété le deuxième soir. Le *Sédèr* pascal est bien la fête familiale par excellence, où la maison est comme neuve après le grand remue-ménage préparatoire, au cours duquel chaque chambre, chaque placard, chaque recoin de la cuisine et de la salle à manger sont balayés, nettoyés, où la vaisselle de toute l'année est emballée pour faire place à la vaisselle spéciale de *Pessa'h*, dans laquelle tout juif observant mangera huit jours durant. Car à Pessa'h, toute trace de *'hametz*, c'est-à-dire de farine levée et tout autre élément utilisé à faire lever les produits alimentaires, est strictement interdit. D'où ces préparatifs extraordinairement méticuleux auxquels chaque enfant juif est associé.

D'autre part, pendant le *Sédèr*, les enfants ne sont pas seulement spectateurs, ils sont acteurs, car la *Haggada* de *Pessa'h*, le récit qui raconte la Sortie d'Egypte et son enseignement dans la tradition juive, lu et chanté avant le repas proprement dit, commence par un dialogue entre l'un des enfants présents à table, généralement le plus jeune garçon ou la plus jeune fille, et son père qui officie. Au Shtetl, l'enfant commençait en yiddish par dire : « Papa, je voudrais te poser quatre questions [1]. » « Le Seder nous transformait jusque dans notre être. Mon père, ce soir-là, jouissait de l'autorité souveraine d'un roi ; ma mère, plus douce et plus belle que jamais, ressemblait à une reine. Et nous, les enfants, étions tous des princes. Les visiteurs eux-mêmes – voyageurs de passage, mendiants esseulés que nous avions invités à notre table – se comportaient comme des messagers porteurs de secrets ou comme des princes déguisés. »

A cette évocation, Elie Wiesel ajoute une vision plus cosmique, plus universelle de la Pâque : « *Pessa'h* signifiait la fin de l'hiver, la victoire du printemps, le triomphe de l'enfance... » Remarquons là encore le temps auquel il écrit : l'imparfait, qui, si nous y réfléchissons un instant, signifie bien ce manque, et plus métaphysiquement cette nostalgie d'un *temps-qui-n'est-plus.*

Pessa'h, c'est tout autant la préparation des *Matzot*, ces galettes de pain azyme que les Hébreux emportèrent en quittant l'Egypte, dans la précipitation de « la Nuit prédestinée », où Pharaon, après la mort de son fils premier-né, dépêcha Moïse pour lui faire quitter le pays sans retard avec tout son peuple, et que depuis, les Juifs mangent chaque année pendant les huit jours que dure la fête.

Pessa'h est donc la fête la plus riche en événements, et la majorité d'entre eux se vivent à la maison, et cela était vrai sans doute plus encore dans le monde du Shtetl. Voilà pourquoi, parmi toutes les solennités, toutes les fêtes de l'année juive – et elles sont nombreuses – Elie Wiesel aime *Pessa'h* d'un amour particulier, d'une mélancolie sans pareille.

1. Cf. l'extraordinaire ouvrage de Mark Zborowski et Elisabeth Herzog, *Olam*, publié aux Etats-Unis en 1952, et édité en France en 1992 par Jean Malaurie dans sa collection « Terre Humaine » (Plon), sur la vie du Shtetl.

Que se passa-t-il donc en cette soirée du *Sédèr* du vendredi 7 avril 1944 ? Pour la première fois, les Juifs de Sighet ne pouvaient plus se rendre librement dans leurs synagogues et leurs *shtibel.* Ils devaient prier et étudier chez eux entre voisins et amis. Ce soir-là, chez les Wiesel, tout était suspendu au retour du maître de maison. Tout d'un coup, voilà que la porte s'ouvrit : Shlomo amenait un pauvre étranger, ou comme l'on dit en yiddish l'*oyrekh,* un hôte de passage, qu'il trouva à errer seul dans une rue – peut-être ne se trouvait-il là que pour être invité à leur table. Quoi qu'il en soit, la tradition de *Pessa'h* est stricte – ou du moins l'était au Shtetl – qui prescrit, lorsque l'on rencontre un juif seul le soir du *Sédèr* de l'inviter par cette parole rituelle : « *Kol dikhfin yétéi veyakhol,* que celui qui a faim vienne et mange. *Kol ditzrikh yétéi veyipessa'h hashata hakha,* que celui qui doit fêter *Pessa'h* vienne le faire avec nous. »

Chaque année les Wiesel recevaient à leur table du *Sédèr* un invité et, cette année 1944, il n'y avait plus d'invité à attendre, car les rues étaient désertes – comme les synagogues. Eliezer, qui avait hérité de ses parents et de sa tradition le don de l'accueil du prochain, ne pouvait concevoir de *Sédèr* sans qu'un *oyrekh,* un hôte de passage, fût convié à partager le repas pascal, et cette année, il était triste, car, pour lui, *Pessa'h* seuls tous les six n'était plus tout à fait *Pessa'h.* Si nous pouvons nous imaginer un peu ce que fut pour Eliezer l'attente du retour de son père et la joie de le voir revenir, accompagné de l'étranger, comment, en revanche, imaginer le repas qui suivit, dans l'atmosphère lourde et inquiétante, suscitée par les propos de l'homme.

« D'habitude, le soir de *Pessa'h,* nous chantions dans l'allégresse et l'enthousiame. Pas cette fois. Nous ne fîmes que murmurer.

« Je me souviens, je me souviendrai toujours du Seder. Presque en silence, le front courbé, le cœur lourd, nous évoquions nos souvenirs anciens ; nous n'osions pas nous demander si, maintenant encore, Dieu interviendrait dans l'Histoire pour nous sauver. »

Revenu brièvement sur cet épisode dans *Signes d'exode,* c'est surtout dans *Le Chant des morts,* vingt ans plus tôt, qu'il narre en détail ce *Sédèr,* dont l'autre dernier témoin reste sa sœur aînée survivante.

Témoin silencieux et retiré, que cette sœur aînée d'Eliezer, Hilda, et ceux à l'avoir vue avec lui ne sont pas légion. Cette chance, ce bonheur, m'ont été donnés à Lyon, un soir d'octobre 1992, en pleine fête de *Souccot,* où Elie Wiesel présidait avec Michel Noir le colloque Résistance et Mémoire. Il ne la retrouvera lui-même qu'en 1945, après la Libération.

Revenons à Sighet, ce soir du vendredi 7 avril 1944, en ce *Sédèr,* le dernier que les trois sœurs, leur frère et leur parents vivront ensemble – et pour trois d'entre eux, il sera le dernier.

Le récit d'Elie Wiesel est hallucinant. Lisons-le.

Après le *Kiddoush* du premier soir de *Pessa'h,* bénédiction qui ouvre toute fête et tout Shabbat dans le judaïsme, Shlomo Wiesel se préparait à lire la *Haggada,* qui commence par ces mots appartenant à l'éternité d'Israël :

« *Ha la'hma anya di akhalou avahatana bear'a démitsraïm.* Voici le pain de misère que mangeaient nos pères en Egypte. »

Puis vinrent les quatre questions rituelles, que posa la benjamine, Tzipora : « En quoi cette nuit-là est-elle différente de toutes les autres nuits ? » Et son père de répondre : « Parce que nous étions esclaves sous le règne de Pharaon, mais que, cette nuit-là, Dieu fit de nous des hommes libres. »

C'est ici que le récit se brise, à sa racine.

Ecoutons Elie Wiesel :

« Mécontent et de la question et de la réponse, l'invité les reprit à sa manière : “Pourquoi cette continuité de la souffrance ? Et pourquoi nous, toujours nous ? Et Dieu, pourquoi n'intervient-il pas? Où est le miracle? Qu'attend-il? Quand s'interposera-t-il entre nous et les bourreaux?" »

Quelle parole le maître de maison eût répliqué à cet homme qui voyait dans cette nuit prédestinée, la préfiguration de la mort de tout un peuple? Pas davantage qu'au récit hallucinant de Moshé-le-bedeau, on ne voulut se laisser accroire aux visions d'apocalypse de cet inconnu, qui déniait au récit de la Pâque sa lecture traditionnelle, en lui substituant une signification nouvelle, selon laquelle il n'y avait plus ni de Moïse, ni de traversée de la mer Rouge à sec, mais seulement un Pharaon qui avait de quoi exterminer tous les Juifs d'Europe et du bassin méditerrannéen pour peu qu'on lui en laisse le temps.

Le désespoir de celui qui sait de quoi il parle, quand il évoque le bourreau à l'œuvre, est absolu, car il doit encore supporter la surdité de ceux qui ne préfèrent pas savoir.

Comme Shlomo Wiesel essayait de l'apaiser, « L'invité lui lança un regard brûlant et dit :

« – (...) Avez-vous déjà vu des enfants qu'on égorge en présence de leur mère? Moi, j'en ai vu. »

Entre tous les récits d'Elie Wiesel sur son enfance, celui-ci est particulièrement remarquable en ceci qu'il est le premier où apparaît le révolté absolu, plus que le blasphémateur, le juge qui met Dieu en accusation. Moshé-le-fou, lui-même témoin de l'horreur, dans le récit que nous avons lu, ne s'en prend pas à Dieu. Il ne réclame rien autre que l'attention que l'on doit au témoin de l'ignominieuse mort des enfants d'Israël. Discours-rupture que celui de l'étranger de *Pessa'h*, de l'*Oyrekh*, il marque pour Eliezer le point de non-retour, à quelques semaines de la fin de Sighet.

« J'écoutais l'invité et me demandais : qui est-il? Que veut-il? Je le croyais malade et malheureux, fou peut-être. Ce n'est que plus tard que je compris : c'était lui le prophète Elie (...)

« Qu'il ait été notre visiteur, j'en demeure convaincu. Bien sûr, souvent, je ne parviens pas à le croire. Rares sont ceux qui ont réussi à le voir. Le chemin qui mène à lui est obscur et dangereux, le moindre trébuchement provoquerait la perte de l'âme. Mon rabbi aurait donné allègrement sa vie pour l'entrevoir le temps d'un éclair, d'un battement de cœur. En quoi aurais-je mérité ce qui est refusé à tant d'autres ? Je l'ignore. Mais je maintiens que l'invité, c'était lui. D'ailleurs, j'en eu aussitôt la preuve. »

Entre toutes les bénédictions qui marquèrent la vie d'Eliezer – et tous les hasards qui permirent sa survie ! – cette épiphanie d'Eliahou Hanavi à celui qui porte son nom, n'aurait rien que de très normal, de presque logique, pourrions-nous penser.

A la fin du repas du *Sédèr,* après avoir prononcé le *Birkat hamazone,* la longue bénédiction sur la nourriture, au moment où l'on boit la troisième coupe de vin, accoudé sur le côté gauche en signe de liberté, on remplit la Coupe du prophète Elie, attendu à *Pessa'h.* Cette coupe, qui ne peut être bue que par lui naturellement, est le signe de l'inachèvement de la mission d'Israël dans le monde, de l'attente du Messie qui est inscrite dans la liturgie de chaque fête juive et particulièrement de *Pessa'h.*

Rappelons-nous, ici, l'ultime enseignement du dernier prophète d'Israël, Malakhie : « Je vous enverrai Eliahou, le prophète, avant que n'arrive le jour du Seigneur, jour grand et redoutable. » Nous le retrouverons, cet enseignement, plus tard, au cours de notre acheminement.

Mais à cet instant du *Sédèr,* quelqu'un se lève de table et va ouvrir la porte en récitant quelques versets de psaumes et celui, célèbre, des Lamentations : « O vous qui passez, voyez s'il est une douleur comparable à la mienne ! » Par ce geste, on s'apprête à accueillir le prophète Elie – quoiqu'un certains nombre d'exégètes n'y voient qu'un « simple appel à l'aide et à la protection divines [1] ».

1. Cf. *La Haggada commentée* par Robert Nerson, Librairie Colbo, Paris, 3e édition, 1991.

Autour de la table des Wiesel, une tension particulière monte à ce moment précis :

« En silence, conscients de l'importance du moment, nous nous levâmes pour saluer solennellement le prophète avec l'honneur et le respect qui lui sont dus. Ma petite sœur quitta la table et se dirigea vers la porte, lorsque soudain l'invité s'écria :

« – Non ! Petite fille, reviens ! J'irai ouvrir moi-même !

« Quelque chose dans sa voix nous fit tressaillir. Nous le vîmes s'élancer vers la porte et l'ouvrir avec fracas.

« –Regardez ! hurla-t-il. Il n'y a personne ! Personne ! Vous m'entendez ?

« Là-dessus, il bondit dehors et laissa la porte ouverte. Debout, le verre à la main, pétrifiés, nous attendions son retour. »

Il ne revint pas.

C'était la fin du *Sédèr.* La fin provoquée. Non pas parce que le Prophète vint annoncer la Rédemption et l'arrivée du *Massia'h,* le Messie, mais parce que, présent dans une famille juive à Pessa'h, il n'avait pas été reconnu par ses frères, par ceux auprès de qui il avait été envoyé. Eliezer seul, le reconnut, lui, toujours inspiré par le mysticisme. Encore n'eût-il pas immédiatement la certitude de ce qu'il avait pressenti.

Le prophète parti, Eliezer allait reprendre ses questions, et les faire siennes.

Mais le *Sédèr* ne se termine pas avant que l'on ait chanté le célèbre *'Had Gadya,* qui est l'histoire de ce chevreau que « mon père acheta pour deux zouzim ». Le chevreau est tué par un bâton, qui est brûlé par le feu, qui est éteint par l'eau, qui est bue par le bœuf, qui est tué par le *Shoret,* l'abatteur rituel, qui est lui-même tué par l'ange de la mort. A la fin arrive le Messie et il tue *Hamalakh hamavet,* l'ange de la mort. Eliezer, à l'écoute de ce chant qu'il connaît depuis son plus jeune âge, sent monter en lui les questions révoltées de l'étranger-prophète.

Pourquoi cette apologie de la mort ? Et le Messie, ne

pouvait-il pas arriver plus tôt! Pourquoi arrive-t-il quand tout le monde est mort?

« Le septième jour de Pâque, le rideau se leva: les Allemands arrêtèrent les chefs de la communauté juive.

« A partir de ce moment, tout se déroula avec beaucoup de rapidité. La course vers la mort avait commencé. »

Nous étions le vendredi 14 avril 1944.

Le 20 avril, six jours plus tard seulement, les Juifs de Sighet furent concentrés et répartis en deux ghettos, « un grand, au milieu de la ville occupait quatre rues et un autre, plus petit, s'étendait sur plusieurs ruelles du faubourg ».

La maison des Wiesel formant l'un des angles du premier ghetto se trouvait par conséquent à l'intersection du quartier juif et de la partie non juive de la ville. Position qui aurait pu leur sauver la vie, lorsque la veille du premier transport « un inspecteur de police, un ami de mon père », essaya de les prévenir du danger en frappant « à la fenêtre condamnée », donnant sur la Kammergasse. Dans cette pièce, Shlomo Wiesel avait recueilli la sœur de sa mère, expulsée de son appartement car extérieur au ghetto. Le temps qu'il leur fallut pour l'ouvrir, il avait disparu. Leur seul accès fut à ce moment par la Schlangengasse, la rue des serpents. Toutes les pièces de leur maison étaient occupées par des amis ou parents, qui s'étaient pareillement retrouvés à la rue.

La vie dans le ghetto, encerclé de barbelés, dura du 20 avril au dernier Shabbat avant *Shavouot*, la fête des Semaines, qui se situe le cinquantième jour après *Pessa'h*, c'est-à-dire le dimanche 28 mai 1944.

Ce dimanche, à huit heures du matin, « des gendarmes hongrois avaient pénétré dans le ghetto et hurlaient dans la rue voisine:

« – Tous les Juifs dehors! que ça ne traîne pas!

« Des policiers juifs entraient dans les maisons et disaient, la voix brisée:

« – Le moment est venu... Il faut laisser tout cela... ».

Ce jour-là, Eliezer revit l'invité de *Pessa'h*.

« Le premier convoi quittait le ghetto, il en faisait partie. Il semblait plus à l'aise que ses compagnons, comme s'il avait déjà parcouru ce chemin mille fois. Hommes, femmes et enfants, tous portaient des sacs à dos, des couvertures, des valises. Lui seul avait les mains vides. »

A cet instant, plus rien qui lui permît de penser que ce pauvre juif, parmi tant d'autres pauvres juifs, pût être Eliahou hanavi. Plusieurs jours plus tard, qui furent comme des années lumières, lorsqu'à son tour, il eut fait le même voyage pour arriver au même endroit, ses yeux se dessillèrent.

« Aujourd'hui, je sais ce que j'ignorais alors : qu'au bout d'un long voyage qui allait durer quatre jours et trois nuits, il débarqua dans une petite gare, près d'une bourgade tranquille, quelque part en Silésie, où l'attendait déjà son carrosse de feu pour l'emporter au ciel : cela ne prouve-t-il pas assez qu'il était le prophète Elie ? »

Après le départ des quelques milliers de premiers juifs de Sighet, ceux qui restèrent durent changer de ghetto, passer du grand au petit. C'est alors que la famille Wiesel – et combien de centaines d'autres ! – durent abandonner leur demeure en quelques instants, laissant derrière eux leur vie et leurs souvenirs – pour marcher au-devant de la mort.

« Mon père pleurait. C'était la première fois que je le voyais pleurer. Je ne m'étais pas imaginé qu'il le pût. Ma mère, elle, marchait, le visage fermé, sans un mot, pensive. Je regardai ma petite sœur, Tzipora, ses cheveux blonds bien peignés, un manteau rouge sur ses bras : petite fille de sept ans. Sur son dos, un sac trop lourd pour elle. Elle serrait les dents : elle savait déjà qu'il ne servait à rien de se plaindre. »

Combien de fois, ces images furent-elles décrites par ceux qui survécurent – et pourtant non, elles ne furent en vérité jamais décrites. Elles nous glacent comme si nous les lisions pour la première fois. Parce que nous les lisons pour la première fois. Chaque récit est un nouveau récit, chaque mémoire, chaque souvenir de ce temps, est une mémoire unique, un souvenir unique.

Il y eut encore cette dernière image que les maîtres d'Eliezer gravèrent en lui, ce jour de Shavouot, dimanche 28 mai 1944, et qu'il rapporte non pas dans *La Nuit,* mais dans *Le Chant des morts :*

« A l'exception d'un seul, tous mes maîtres ont péri dans les usines de mort, inventées et perfectionnées pour la gloire du génie national allemand.

« Je les ai vus, mal rasés, amaigris, voûtés ; je les ai vus se diriger, un dimanche ensoleillé, vers la gare, destination inconnue. J'ai vu " Zeide le Melamed ", son sac trop lourd lui écrasant les épaules. Je m'étonnai : dire que ce nomade nous avait terrorisés. Et le " Selishter Rebbe ", je l'ai vu lui aussi au milieu du troupeau, l'air absorbé, comme si, dans son monde à lui, il semblait pressé d'arriver plus vite. Je pensai : son visage a revêtu l'expression de Shabbat, et pourtant c'est dimanche. Il ne pleurait pas, ses yeux ne lançaient plus de flammes ; peut-être allait-il enfin découvrir la vérité – oui, l'enfer existe, comme existe ce feu dans la nuit. »

Ce feu nocturne avait étouffé « le chant nostalgique des élèves et de leurs maîtres ». « Je donnerais tout ce que je possède, tout ce qui m'a été promis, pour l'entendre à nouveau. »

Ce fut donc pour quelques jours l'« installation » au petit ghetto. Elie Wiesel exprime bien ce sentiment terrible qu'il y a à vivre dans une maison, dans des chambres, avec les objets, de ceux qui venaient d'en être expulsés, en se demandant ce qu'ils sont devenus – ou pire encore, en ne se le demandant pas. La vie reprend vite le dessus, elle se rassure elle-même, persévère dans son être – ce que Spinoza nommait le *conatus essendi.* Il raconte sa visite à la maison de son oncle, où il trouva encore sur la table une assiette à moitié pleine, et près du four une pâte qui n'attendait qu'à être cuite.

Au même moment, eux encore à Sighet, les maisons du

grand ghetto n'étaient-elles pas déjà en proie à la convoitise des voisins, d'une population trop heureuse de pouvoir s'enrichir à bon compte, sans trop d'efforts? Tout ne leur tombait-il pas du ciel pour qu'ils eussent encore à se gêner, d'autant que les Allemands n'avaient pas attendu, eux, pour faire leur besogne de détrousseurs de futurs morts!

Quant à eux, à l'écart dans le petit ghetto – qui « n'était pas gardé. Chacun pouvant y entrer et en sortir librement » – ils eurent encore cet ultime *Erev Shabbat,* ce vendredi soir 2 juin 1944, veille de Shabbat, à vivre ensemble. Leur déportation était fixée au samedi. N'y avait-il pas une certaine préméditation de la part des nazis, d'organiser si souvent leurs transports, et tant de leurs actions de mort, le Shabbat ou les jours de fêtes juives, comme pour écraser moralement un peu plus leurs victimes avant de les liquider? Mais comment les Juifs de Sighet – et d'ailleurs – pouvaient-ils, à ce moment-là, ne fût-ce que prononcer le *Kiddoush,* cette prière de sanctification du Shabbat sur le vin? Comment comprendre que l'angoisse n'ait pas paralysé, à cette heure de leur destin, toute forme de prière, et que les Wiesel – comme probablement leurs voisins – eurent encore cet insensé courage, cette impossible volonté de réciter le *Kiddoush?*

« Nous étions, nous le sentions, ensemble pour la dernière fois autour de la table familiale. Je passai la nuit à remuer des souvenirs, des pensées, sans pouvoir trouver le sommeil. (...)

« Le lendemain matin, nous marchions vers la gare, où nous attendait un couvoi de wagons à bestiaux. »

Le départ. Le grand départ. La mère d'Eliezer avait-elle emporté sans doute quelques livres et certains de ses propres écrits, car elle écrivait.

Ni son père, ni sa mère, ni ses sœurs aînées, personne, n'osa penser que ce pût être le dernier voyage. « Seule ma vieille grand-mère, belle femme de soixante-dix ans, eut l'intuition de la fin. Avant de quitter la maison, elle avait revêtu le linceul des morts [1]. »

Ce fut le dernier convoi de Juifs à quitter Sighet pour Birkenau, ce samedi 3 juin 1944.

A quelques kilomètres de Sighet, à Bocsko, son grand-père eut aussi un pressentiment funeste. Il possédait un costume qu'il s'était fait faire pour son mariage et qu'il n'avait porté qu'une seule fois, ce jour-là. Depuis, il l'avait rangé avec beaucoup de soin et avait dit : « la prochaine fois, ce sera pour accueillir le Messie ». C'est seulement de la bouche de son petit-fils Lázár, que sa fin est parvenue jusqu'à nous :

« Là, ça fait mal, ça fait très mal [la voix d'Elie Wiesel devient douloureuse], parce que le jour où on l'a déporté avec sa famille, mais pas avec moi car nous habitions des ghettos différents, on m'a dit qu'avant de partir, il avait mis ce costume-là. Effrayant... [lourd silence de Wiesel] Effrayant... Savait-il, avait-il eu une prémonition ? Mais pour aller au feu, pour aller mourir, pour aller au lieu où mon peuple, de tous les coins de l'univers, de l'exil, a été réuni pendant toute une nuit, pour périr, pour être offert en holocauste, que pensait-il, qui pensait-il rencontrer là [2] ? »

A cette période, près de douze mille personnes furent quotidiennement déportées depuis les Carpates et la Transylvanie, pour Auschwitz. Entre le début de la concentration systématique en ghettos, qui eut lieu le 16 avril 1944 dans les Carpates et le 4 mai en Transylvanie, et le 7 juin de la même année, date qui marqua la fin des déportations dans ces seules régions de Hongrie, 289 357 Juifs furent arrachés à leur foyers et déportés. Le nombre total de déportés de Hongrie fut de 437 402 personnes [3]. Sur les 750 000 Juifs

1. Interview recueillie à New York par Ben Porat, cf. *L'Evénement du jeudi*, 31 décembre 1986.

2. *Rencontres hassidiques* avec Philippe Nemo, France-Culture.

3. Nous tenons ces chiffres de *La Destruction des Juifs d'Europe* de Raul Hilberg, *op. cit.*

y vivant au début de 1944 (Transylvanie comprise), il n'en restait après la guerre qu'à peine plus de 200 000. Les 402 000 victimes de Hongrie [1] représentent 70 % de la population juive du pays !

On écrit ces chiffres hallucinants sans comprendre ce que l'on écrit. Si la seule qualité d'un chiffre est d'être exact, quand il s'agit d'êtres humains assassinés, il devient incompréhensible. Mais au même moment, combien de millions de Juifs avaient déjà disparu de la surface de la terre, sans qu'elle tremblât ? Selon Hilberg, quatre millions cinq cent mille étaient déjà exterminés.

Sur le quai de la gare de Sighet, Eliezer aperçut deux officiers nazis, qui regardaient à la fois satisfaits et un peu déçus, le dernier transport quitter Sighet. L'un des deux, se souvint Elie Wiesel, était Eichmann en personne. N'était-il pas attristé de n'avoir plus de Juifs à mettre dans les trains, se demandera Elie Wiesel beaucoup plus tard ?

1. Cf. Léon Poliakov, *Bréviaire de la haine*, Complexe, Paris, 1986.

BIRKENAU

Quatre jours et trois nuits. Ce fut ce que dura ce voyage au bout de la nuit.

Il y a le mystère de ces trains qui arrivèrent à Birkenau, et dont Rudolf Vrba, survivant d'Auschwitz, parlait dans le film *SHOAH,* de Claude Lanzmann :

> « La rampe était le terminus des trains
> arrivant à Auschwitz.
> Ils arrivaient jour et nuit,
> tantôt un par jour, tantôt cinq,
> de tous les lieux du monde.
> J'ai travaillé là du 18 août 1942
> au 7 juin 1943.
> Les trains se succédaient sans fin,
> j'en ai bien vu deux cents à mon poste sur la rampe :
> c'était une routine à force.
> Sans répit, de partout,
> les gens arrivaient au même endroit,
> avec la même ignorance du sort des transports précédents.
> Et de cette masse de gens
> je savais bien que deux heures après,
> 90 pour cent seraient gazés, je savais cela.
> Je ne comprenais pas que les gens puissent
> disparaître ainsi... »

Quand tout bascula dans l'enfer, quand la terre se fendit pour séparer les vivants des morts, quand sa mère et sa grand-mère, Tzipora, qui avait dix ans, et ses grandes sœurs durent prendre la file des femmes, sans même qu'il eût pu leur dire au revoir, Eliezer n'avait plus que son père au monde. Hilda n'oublia jamais les premiers instants :

« Nous sommes arrivés à 2 heures, la nuit. On ne peut pas comprendre si on n'a pas vécu ça. Tout s'est passé à une vitesse infernale. Les femmes d'un côté, les hommes de l'autre. Ma mère a seulement eu le temps de me dire : " Cours, cours dire à papa de ne pas se séparer de ton frère ! ". Puis je lui ai demandé : " Quand est-ce qu'on se reverra ? – Demain ", me répondit-elle. En cinq minutes tout était fini ! »

C'est dans cette Nuit abyssale qu'il se rapprocha de lui, et qu'il vécut d'une manière absolue et horrible la parole de Malakhie :

« *Hiné anokhi sholea'h lakhme èt Eliyah hanavi... Vehéshiv lév-Avot al Banim velév-Banim al Avotam pène-Avot vehiqéti èt-haaretz 'hérem* : Je vous enverrai Elie le prophète (...) Il ramènera le cœur des pères aux fils, et le cœur des fils aux pères, de peur que je ne vienne et ne frappe la terre d'interdit [1]. » Mais la prophétie, une fois de plus, ne s'accomplit qu'à moitié : le prophète ramena effectivement le cœur des fils à leur père et le cœur des pères à leurs fils, sauf que son peuple fut quand même massacré – et sauf que la terre sur laquelle le massacre se produisit ne fut pas frappée d'anathème.

Tout fils, en âge de comprendre, arrivant sur quelque lieu que ce fût avec son père, pendant le *'Hurban,* le cataclysme, eut-il le temps de penser que l'histoire avait rattrapé la Torah, en faisant de chaque enfant juif, de chaque fils d'Israël, le frère d'Isaac, et de chaque père juif un Abraham montant au Moriah – à cette seule différence, là encore, que le plus souvent et le père et le fils étaient sacrifiés ensem-

1. Traduction d'André Chouraqui.

ble par le bourreau et que nul ange n'intervint. Parfois, au contraire du récit biblique, le fils revint seul du mont Moriah-Treblinka, du mont Moriah-Birkenau – tel Eliezer.

Racontant son arrivée à Birkenau, Elie Wiesel écrira dans *La Nuit*:

« Quelqu'un se mit à réciter le *Kaddish*, la prière des morts. Je ne sais pas s'il est déjà arrivé, dans la longue histoire du peuple juif, que les hommes récitent la prière des morts sur eux-mêmes.

« – *Yitgadal veyitkadach chmé raba*... Que Son Nom soit grandi et sanctifié... murmurait mon père.

« Pour la première fois, je sentis la révolte grandir en moi. Pourquoi devais-je sanctifier Son nom ? L'Eternel Tout-Puissant et Terrible se taisait, de quoi allais-je Le remercier ? »

La rampe, la « sélection », les flammes dans la nuit. Eliezer a quinze ans, son père cinquante. Leur survie à cet instant, ils la doivent à un déporté, voix sans visage, qui leur ordonna de dire : « Dix-huit et quarante. » Eliezer devint le numéro A-7713 – dont la somme est curieusement égale en guematria, qui est la valeur numérique des lettres hébraïques, au mot *'Haï*, la vie, qui est de dix-huit.

De cette première nuit de camp, qui brisa sa vie en deux, qui anéantit d'un coup son adolescence, Elie Wiesel garde la cicatrice, qui hante son œuvre et ceux qui la lisent. « Jamais je n'oublierai cette nuit, la première nuit de camp qui a fait de ma vie une nuit longue et sept fois verrouillée.

« Jamais je n'oublierai cette fumée.

« Jamais je n'oublierai les petits visages des enfants dont j'avais vu les corps se transformer en volutes sous un azur muet.

« Jamais je n'oublierai ces flammes qui consumèrent pour toujours ma Foi.

« Jamais je n'oublierai ce silence nocturne qui m'a privé pour l'éternité du désir de vivre.

« Jamais je n'oublierai ces instants qui assassinèrent mon Dieu et mon âme, et mes rêves qui prirent le visage du désert.

« Jamais je n'oublierai cela, même si j'étais condamné à vivre aussi longtemps que Dieu lui-même. Jamais. »

Elie Wiesel rapportera une autre image de cette première nuit de camp, de cette première nuit à Birkenau, une image mystique qu'il décrira dans *Célébration hassidique*:

« A l'ombre des flammes, on y procédait au rassemblement des exilés, qui arrivaient de partout [...] A les voir réunis sous le même ciel embrasé, l'enfant en moi s'était dit : voilà, c'est la fin du temps, la fin de tout ; c'est le Messie qui va surgir de la nuit. Le Messie de la peur, le Messie de la mort. »

D'Auschwitz nul ne peut parler. Sauf celui qui en est revenu. Elie Wiesel parle peu de sa propre souffrance, il évoque davantage celle des autres, à commencer par celle de son père. Au cours de ses huit mois passés dans ce camp et ses satellites, jusqu'au 17 janvier 1945 à la nuit tombante, jour de l'évacuation d'Auschwitz, Eliezer rencontra des êtres exceptionnels, qui le marquèrent pour la vie. Quand les nazis refermèrent derrière eux le lourd portail en fer, sur lequel était écrit l'inscription : ARBEIT MACHT FREI, « le travail rend libre », ils ne laissèrent dans le camp que des malades incapables d'entreprendre la marche à la mort, à laquelle peu de déportés valides – ou jugés tels – purent se dérober. Parmi les malades abandonnés à eux-mêmes dans un état souvent indescriptible, au Revier, qui, pour ne pas mourir de faim, durent par eux-mêmes se débrouiller pour trouver de la nourriture dix jours durant, se trouvait Primo Levi. Ce 17 janvier, il restait à Auschwitz-Birkenau 31 894 détenus, et 35 118 autres à Monowitz et ses camps satellites. Danuda Czech rapporte pour sa part, que sur les 15 317 hommes recensés à Auschwitz-Birkenau, 11 102 étaient des Juifs [1].

Entre le 17 et le 19 janvier, pas moins de 58 000 per-

1. Raul Hilberg, *op. cit.*

sonnes « quittèrent le camp, presque tous à pied, par un temps glacial ». Lorsque les Soviétiques libérèrent enfin Auschwitz, ils trouvèrent un peu plus de 7 000 survivants, selon le chiffre de Hilberg, mais malheureusement dans les jours et les semaines qui suivirent, beaucoup allaient mourir. Eliezer et son père firent partie des 14 000 détenus d'Auschwitz qui durent parcourir cinquante kilomètres à pied jusqu'au camp de Gleiwitz, d'où ils furent envoyés à Buchenwald, dans un immense train à bestiaux, découvert, alors qu'il neigeait sans fin. Le voyage dura dix jours et dix nuits ! « Nous étions montés une centaine dans ce wagon. Nous en descendîmes une douzaine. Parmi eux, mon père et moi-même. »

Les quelques êtres rares rencontrés au royaume de la nuit, Elie Wiesel les évoque au détour d'un livre, d'une conférence, presque par hasard. Deux ont des noms : Juliek, évoqué dans *La Nuit,* et Pin'has, dans *Le Chant des morts.* Les autres, il les surnomme : « Ce maître sans nom, sans visage », le « prophète », « mon premier hassid de Bratzlav ». Il leur consacre cinq lignes ou un chapitre entier, et à travers ces êtres et leur voix, c'est Elie Wiesel que nous entendons – de la même manière qu'à travers lui, c'est eux, qui ne sont pas revenus, que nous écoutons.

Le premier de ces visages transfigurés est celui de Juliek, ce violoniste juif de Varsovie, dont Elie Wiesel raconte la fin dans *La Nuit.* Il avait partagé un temps la même baraque que lui à Buna, où il avait été transféré, avec son père, quelques semaines après son arrivée à Birkenau. La scène se passe à Gleiwitz, après la marche de cinquante kilomètres. Et voilà qu'ils se retrouvèrent dans une sorte de hangar, où par manque de place pour contenir un aussi grand nombre d'hommes à moitié morts de faim, de froid, de fièvre, ceux-ci étaient obligés de se coucher les uns sur les autres, étouffant ainsi ceux qui n'avaient plus la force de lutter pour remonter à la surface. Dans cet enfer, au milieu de la nuit, Eliezer crut entendre dans son sommeil le son d'un violon: « N'était-ce qu'une hallucination ? »

« Ce devait être Juliek.

« Il jouait un fragment d'un concert de Beethoven. Je n'avais jamais entendu de sons si purs. Dans un tel silence.

« Comment avait-il réussi à se dégager ? A s'extraire de de sous mon corps sans que je le sente ?

« L'obscurité était totale. J'entendais seulement ce violon et c'était comme si l'âme de Juliek lui servait d'archet. Il jouait sa vie. Toute sa vie glissait sur les cordes. Ses espoirs perdus. Son passé calciné, son avenir éteint. Il jouait ce que jamais plus il n'allait jouer.

« Je ne pourrai jamais oublier Juliek. Comment pourrai-je oublier ce concert donné à un public d'agonisants et de morts ! Aujourd'hui encore, lorsque j'entends jouer du Beethoven, mes yeux se ferment et, de l'obscurité, surgit le visage pâle et triste de mon camarade polonais faisant au violon ses adieux à un auditoire de mourants. »

A l'aube, Eliezer trouva Juliek en face de lui : « Recroquevillé sur lui-même, mort. Près de lui gisait son violon, piétiné, écrasé, petit cadavre insolite et bouleversant. »

Un soir de décembre 1975, au cours d'une conférence qu'il prononçait à New-York, Elie Wiesel exhumait de sa mémoire l'image de ce hassid rencontré au royaume de la nuit : « Je me souviens de ce maître sans nom, sans visage, dont nous recevions les paroles comme des offrandes que nous devions partager et transmettre. Il nous parlait de la Torah et du Talmud, et de lui j'appris davantage que de tous mes autres maîtres. Chaque parole qu'il prononçait était entourée d'un cercle de feu comme celles que prononçait Jonathan ben Uzziel dans le Talmud. » Dans *Célébration hassidique,* il nous livre cette fois sa rencontre avec celui qu'il appelle « mon premier hassid de Bratzlav ». Etait-ce le même ? Peut-être.

« Il répétait à qui voulait l'entendre la parole de son Rabbi, le seul qui se survécut à lui-même : " Pour l'amour du ciel, Juifs, ne désespérez pas ! " Il priait et racontait des histoires. J'ai oublié son nom, pas sa voix. Je l'entends encore : " Sais-tu quand Rabbi Na'hman était vraiment seul ? Quand il n'était pas seul. C'est lui qui l'a dit. Au milieu d'une foule, il pouvait crier en silence, et son cri alors s'entendait d'un bout du monde à l'autre... C'est comme nous, ici. Nous ne sommes jamais seuls. Pourtant nous n'avons jamais été si seuls, ni si silencieux. Mais notre cri n'est pas entendu. " (...) Un soir quelqu'un lui demanda : " Que dirait ton Rabbi Na'hman aux milliers d'hommes, femmes et enfants qui vivent et meurent ici, en un même lieu, en une même nuit ? Qui répondrait à leur question ? " La bouche du hassid se convulse avant de laisser échapper dans un soupir, une phrase à peine audible : " Qui vous dit que nous sommes question ? Et si notre mort était réponse ? " »

Un autre personnage nous fascine, le héros de L'Histoire d'une promesse, qui figure dans son livre *Entre deux soleils.*

« Il était une fois un pauvre illuminé qui voulait libérer les damnés de la nuit. Pour les forcer à vivre, il s'était proclamé immortel.

« Je ne me souviens pas de son nom ni de son âge ; je me rappelle seulement son visage et surtout ses yeux qui le dévoraient. Il avait le visage d'un obsédé et les yeux d'un saint, ennemis l'un de l'autre. Il parlait et ses lèvres remuaient à peine : sa voix lui parvenait de loin (...). »

Eliezer et ses compagnons l'appelaient le « prophète ». Sur lui, il écrivit davantage que sur ses autres rencontres au royaume de la nuit – exception faite de Pin'has auquel un chapitre du *Chant des morts* est consacré. Sa présence et sa parole le soir d'un certain samedi terrible, leur fut une bénédiction – sa « promesse ».

Ce récit d'Elie Wiesel est unique dans son œuvre – unique comme l'était le « prophète » lui-même. Ni un maître en tant que tel, ni un hassid, ni véritablement un ami, il était le « prophète », un *Tzaddik,* un Juste d'Israël, mais il était également saint, prenant sur lui la sainteté de Dieu. Tous l'aimaient et, secrètement l'admiraient. Il fut l'un de ces êtres, qui, au fond de l'abîme, proclame contre tout espoir la vie. Ses récits, rapporte Elie Wiesel, n'évoquaient pas le passé mais se rapportaient au contraire à l'avenir. Tandis que pour la plupart des déportés le temps du camp était par définition le temps sans avenir, clos sur lui-même, un temps mort, lui cherchait justement à insuffler la vie dans la mort, l'avenir dans un temps sans avenir.

« Nous lui étions reconnaissants pour ce qu'il accomplissait à visage découvert, dans le présent qu'il s'acharnait à rendre supportable. Nous l'aimions parce qu'il répondait à tout appel, qu'il combattait le mal, qu'il se voulait humain dans un univers qui niait l'humain – et ne s'en vantait guère. Il fuyait les remerciements. Il disait : “ Ce que je fais, c'est en votre nom que je le fais ; je ne suis que votre messager. ” Ou bien : “ Mais vous n'y êtes pas du tout ! C'est grâce à vous que je suis tel que je suis ; c'est vous qui avez le droit à ma gratitude ! ” Nous l'aimions parce qu'il nous incitait à la fierté autant qu'au courage, à la fraternité des victimes autant qu'à leur devoir de survivre. »

Alors que le Tout-Puissant était devenu muet et impuissant à sauver son peuple, à sauver ses enfants promis à l'extermination, ne sont-ce pas certains d'entre eux précisément qui prirent sur eux, sur leur vie même, l'inimaginable mission de promettre la vie à certains de leurs frères. Ces martyrs intégraux, Dieu en avait besoin – s'Il existe ? – pour ne pas avoir honte de se taire. Il était attesté par ses hérauts. Que serait devenu le nom du Dieu d'Israël, si certains Juifs n'avaient pas pris sur eux l'abyssal silence, l'insupportable indifférence divine ? L'héroïque présence à Buna du « prophète » sauva peut-être Dieu du silence et de l'absence, qui firent croire à sa mort absolue – à sa mort cérébrale. Le « prophète » de Buna fut, à la lettre, un martyr de la foi –

témoin pour l'homme, témoin pour Dieu – qui sacrifia sa vie pour le *Kidoush Hashem,* la Sanctification du Nom.

Ecoutons sa voix à travers celle d'Elie Wiesel, au soir d'un « samedi sanglant » : « Juifs, mes frères, écoutez-moi. C'est tout ce que je demande : ne rejetez pas mes paroles. Nous n'avons pas le droit de ne pas survivre. Qui témoignera pour nous, sinon nous-mêmes ? De quelle nuit jaillira l'étincelle sinon de la nôtre ? Un jour il faudra tout raconter, et nul ne parlera à notre place. Il faudra hurler contre les fous de la mort ; nul ne criera pour nous. Or ce jour est proche, la délivrance est en vue, je vous le dis, je vous le promets. Pour l'amour du ciel, amis, ne vous laissez pas abattre. Pour l'amour de la vie, frères, ne vous résignez pas à subir la loi du bourreau ; il est dans votre pouvoir de la conspuer, de la révoquer. Ne capitulez pas. Accrochez-vous à moi. Je vous donne l'avenir, le mien, le vôtre. Tenez bon, vous dis-je ! »

Alors que d'habitude ses paroles avaient un effet salutaire sur ses auditeurs, cette fois, nous dit Elie Wiesel, elles n'en eurent pas. Le voyant affligé de leur silence, ils le crurent tous vaincu. Tous ? Même Eliezer ? « Je ne pus réprimer envers lui un sentiment de pitié : allait-il tourner la page, entrer dans le rang ? » Il n'était pas vaincu. Il s'emporta un instant et sa colère retomba aussitôt. Puis, de « sa voix grave et mélodieuse », « arpentant la travée, les mains nouées dans le dos, il nous livrait sa vision secrète :

« Lorsque le malheur frappe une de nos communautés dispersées, c'est le peuple dans son ensemble qui est atteint. L'ennemi qui s'attaque à nous ne vise pas seulement les sages myopes, les somnanbules, les marchands ou les clients. Qui donne la mort à un Juif cherche à anéantir tous les Juifs. Banquiers et rabbins, scribes er vagabonds, vieillards et enfants : nous formons des écorchures sur le corps d'Israël. Oscillant entre deux absolus, celui de la vie et celui de la mort, le Juif engage par son choix son peuple tout entier. Pour lui tout est signe, et tout signe est destin. Tant qu'il est dans la vie, tant que l'un de nous est vivant, tout est encore possible... »

Puis les entraînant dans un développement mystique sur le Messie, il leur annonce qu'en fait « il a rejoint les victimes ». Après quoi, il leur révéla enfin sa bénédiction, qui n'était autre qu'une promesse :

« Nous sommes les émissaires d'une ère nouvelle. Bientôt retentira le son du Shofar qui dissipera les ténèbres. Il s'agit donc de tenir un jour, une semaine, un mois, et vous assisterez au lever de l'aube, et les hommes à genoux, vous demanderont pardon : c'est moi qui vous le promets, c'est Lui qui vous l'affirme. »

La suite revient à Elie Wiesel – le seul témoin, le seul survivant, à nous l'avoir rapportée. N'était-ce pas là aussi une promesse implicite que le prophète attendait qu'on lui fît ? Emporté par la « *sélection d'hiver* », il n'en accomplit pas moins sa promesse :

« Nous tous qui étions autour de lui, nous, nous avons survécu. »

Dans les jours qui suivirent la *sélection,* tout a été fait par les détenus pour le sauver. « Jamais tant d'efforts n'avaient été déployés par tant de détenus pour sauver un seul Juif. »

De lui, Eliezer et les autres déportés de la baraque eussent pu dire qu'il était de « ceux qui nous préservaient des sentences rigoureuses, qui nous servaient de rempart dans les mauvais jours, qui savaient apaiser la colère par la prière, qui écartaient le courroux par leurs supplications ; [de] ceux qui étaient exaucés avant d'invoquer, qui savaient prier et fléchir, ceux enfin qui ne se retiraient jamais de ta présence, ô Seigneur, sans être exaucés, et pour l'amour desquels tu avais compassion de nous comme un père a compassion de ses enfants [1] ».

1. *Seli'hoth* de Rosh Hashana, de rite séfarade, trad. d'A. Crehange, Editions Colbo, Paris.

Après Juliek, le « maître sans nom, sans visage », le hassid de Bratzlav, le « prophète » de Buna, voici Pin'has, rencontré lui aussi dans ce même camp satellite d'Auschwitz. Elie Wiesel évoque Pin'has dès *Le Chant des morts,* c'est-à-dire dès son premier livre de témoignages après *La Nuit*, curieusement sous-titré « Nouvelles ». Avant que sa vie ne soit brisée et ne vienne se consumer dans cette Capitale de la mort, Pin'has fut *Rosh-Yéshiva,* directeur d'une école rabbinique « quelque part en Galicie ». Avec lui, Eliezer étudia de tête des pages entières du Talmud, dès qu'un moment favorable s'offrait à eux. Dans cet enfer, chaque minute où deux êtres parvenaient à puiser en eux-mêmes assez de force pour élever leur esprit exsangue vers les demeures secrètes de l'étude et de la prière, était inespérée. Eliezer nomma son récit « Yom Kippour, le jour sans pardon ». Mais était-ce jour sans pardon pour Dieu ou pour les Juifs ? Ce *Yom Kippour* fut le premier – et heureusement l'unique – qu'Eliezer devait passer au camp – il fut aussi le dernier qu'il devait vivre au côté de son père. Elie Wiesel écrit :

« Dix jours auparavant, la veille de *Rosh-Hashana*, tous les Juifs du camp, kapos inclus, s'étaient rassemblés sur la place de l'Appel et nous avions imploré le Dieu d'Abraham, d'Isaac et de Jacob, de mettre fin à notre humiliation, de changer de côté, de rompre son pacte avec l'ennemi. Nous avions récité, à l'unisson, le *Kaddish* pour les morts et aussi pour les vivants. Officiers et soldats, mitraillettes au poing, se tenaient de l'autre côté des barbelés, en spectateurs amusés.

« Nous n'y sommes pas retournés pour la prière de *Kol Nidré.* On craignait une " sélection " : les années précédentes, elle avait transformé le jour de pardon en jour de deuil. *Yom Kippour* était devenu *Tisha be'Av,* le jour de la destruction du temple. »

La question qui prédominait chez un grand nombre de Juifs était de savoir si, dans ces conditions effroyables, il fallait ou non jeûner ? « Jeûner signifiait une mort plus rapide. On jeûnait ici toute l'année. Toute l'année, c'était

Yom Kippour. Et le livre de la vie et de la mort ne se trouvait plus entre les mains de Dieu, mais dans celles du bourreau. Les mots *Mi yichye umi yamut,* qui vivra et qui mourra, avaient ici un sens terriblement réel, une portée immédiate. Et toutes les prières du monde ne pouvaient altérer le *Gzardin,* la marche inexorable du destin. Pour vivre, ici, il fallait manger et non prier. »

Et voilà que ce *Yom Kippour là,* Pin'has avait décidé de ne pas jeûner, lui, l'ancien *Rosh-Yéshiva.* Il l'annonça à Eliezer la veille, alors qu'ils se trouvaient en kommando de travail, la pelle à la main. « Demain, c'est le jour du grand pardon et je viens de prendre une décision : je ne jeûnerai pas. Tu m'entends ? Je ne jeûnerai pas. »

Pin'has traversait une crise effroyable et son refus de jeûner n'était qu'un cri immense hurlé en silence à un ciel muet. *Là-bas,* ce refus de jeûner à *Yom Kippour* était comme une ultime protestation à l'encontre de l'Absent, de celui que Celan nomme Personne – comme pouvait le devenir paradoxalement le fait même de jeûner.

J'entends le cri de Fackenheim évoquant la prière et le jeûne d'un groupe de jeunes filles juives, un *Yom Kippour,* dans un camp : « Si cette prière ne fut pas entendue, alors aucune prière à *Yom Kippour* n'a été et ne sera entendue. » Que sont devenues ces jeunes filles ?

Refuser d'entendre ce cri, ou seulement essayer d'en diminuer la portée, n'est pas admissible.

Pin'has expliqua à Eliezer le sens qu'il voulait donner à son acte :

« – (...) Jusqu'à maintenant, j'ai tout accepté. Sans amertume, sans arrière-pensées. Je me disais : " Dieu sait ce qu'il fait ", je me soumettais à sa volonté. Maintenant, j'en ai assez, j'ai atteint la limite. S'il sait ce qu'il fait, c'est grave ; s'il ne le sait pas, ce ne l'est pas moins. Aussi ai-je décidé de lui dire : " Je ne marche plus. "

« Je me tus. Quel argument pouvais-je lui opposer ? Je traversais la même crise. Chaque jour, je m'éloignais un peu plus du Dieu de mon enfance. Il me devenait étranger; parfois je le croyais mon ennemi. »

Ni Pin'has, ni Eliezer ne mettent en doute, à ce moment-là, semble-t-il, l'existence de Dieu – comme si son inexistence, *là,* à Auschwitz, eût été la chose la plus insupportable au monde! Paradoxe que cette foi à l'agonie, qui s'accrochait au fer rouge qui aurait normalement dû la détruire, l'empoisonner à mort! « Le cri véritable est celui que l'on ne pousse pas », disait le Rabbi de Worke.

Le lendemain de Kippour, lorsque Pin'has révéla à Eliezer: « Tu sais, j'ai jeûné », il ne sut quoi lui répondre, tant sa stupéfaction fut grande. « Oui, j'ai jeûné. Comme les autres. Mais pas pour les mêmes raisons. Non par soumission, mais par défi. Vois-tu, avant guerre, certains Juifs s'insurgeaient contre la volonté divine en allant au restaurant le jour du grand pardon; ici, c'est en observant le jeûne qu'il nous est donné de faire entendre notre protestation indignée. Oui, mon disciple et maître, sache que j'ai jeûné. Non pour l'amour de Dieu, mais contre Dieu. »

Ce jeûne-là fut le seul à la hauteur de l'abomination que ces lieux incarnaient. Autrement, quel pardon pour quels péchés les Juifs auraient-ils pu attendre, auraient-ils pu chercher? Etait-ce bien à eux d'ailleurs à se faire pardonner? Pardonner de n'être pas encore morts! Et Dieu, n'était-ce pas à Lui de se faire pardonner d'avoir oublié son peuple? Comme le « prophète », Pin'has fut victime d'une « *sélection* ».

Primo Levi décrit dans son livre *Si c'est un homme* le déroulement d'une « *sélection* » à Auschwitz. Il évoque à ce propos l'un de ses voisins de châlit, qui est juif comme lui, et qui « remercie Dieu de n'avoir pas été choisi »:

« Kuhn est fou. Est-ce qu'il ne voit pas, dans la couchette voisine, Beppo le Grec, qui a vingt ans et qui partira après-demain à la chambre à gaz, qui le sait, et qui reste allongé à regarder fixement l'ampoule, sans rien dire et sans plus penser à rien ? Est-ce qu'il ne sait pas, Kuhn, que la prochaine fois ce sera son tour ? Est-ce qu'il ne comprend pas que ce qui a eu lieu aujourd'hui est une abomination qu'aucune prière propitiatoire, aucun pardon, aucune expiation des coupables, rien enfin de ce que l'homme a le pouvoir de faire ne pourra jamais plus réparer ?

« Si j'étais Dieu, la prière de Kuhn, je la cracherais par terre. »

Et, à la fin de son livre, il ajoute encore :

« Aujourd'hui, je pense que le seul fait qu'un Auschwitz ait pu exister devrait interdire à quiconque, de nos jours, de prononcer le mot de Providence [...]. »

Celui qui a lu une fois au moins les dernières paroles que Pin'has dit, à Eliezer avant de le quitter, en lui serrant la main, doit se faire un devoir de ne pas les oublier : « J'aurais voulu mourir autrement et ailleurs. J'avais toujours espéré faire de ma mort, comme de ma vie, un acte de foi. Dommage. Dieu m'empêche de réaliser mon rêve, il n'aime plus les rêves. »

A la surprise d'Eliezer, il lui demanda de réciter le *Kaddish* « trois jours après son départ du camp », qui devait correspondre au jour de son assassinat. En appeler au *Kaddish* de son « ami et disciple », n'était-ce pas l'acte suprême par lequel il voulait faire vaciller les portes du ciel ?

Adonaï, le Dieu d'Israël, le seul Dieu, sauvé par ses propres enfants ! Sauvé par Pin'has, qui en jeûnant ce *Yom Kippour* à Buna, n'avait sans doute pas pardonné à Dieu, mais voulait se prouver encore une fois, peut-être la dernière fois, que ce Dieu qu'il cherchait désespérément, il l'attestait quand même par son refus de croire qu'il pût ne pas exister, qu'il pût être mort !

BUCHENWALD

Puis il y eut ce dernier voyage avec son père. C'était vers le 20 janvier 1945.

« Dix jours, dix nuits de voyage. Il nous arrivait de traverser des localités allemandes, très tôt le matin, généralement. Des ouvriers allaient à leur travail. Ils s'arrêtaient et nous suivaient du regard, pas autrement étonnés. Un jour que nous étions arrêtés, un ouvrier sortit de sa besace un bout de pain et le jeta dans un wagon. Ce fut une ruée. Des dizaines d'affamés s'entretuèrent pour quelques miettes. Les ouvriers allemands s'intéressèrent vivement à ce spectacle. »

De cet interminable cauchemar, on se demande comment qui que ce fût, a pu sortir vivant. Comment le père d'Eliezer lui-même put avoir encore assez de vie dans son corps écrasé par un épuisement total, pour y survivre – ne fût-ce que quelques jours ? Nul ne le sait et nul ne peut l'imaginer non plus. Dante put certes imaginer un enfer, mais comment eût-il pu imaginer qu'il y aurait un jour, quelques siècles après lui, un enfer sur terre sans commune mesure avec celui qu'il avait pu élaborer dans son cerveau génial ! « Dante, banalités ! Là, pour la première fois, l'homme a donné des leçons à l'enfer », s'écria André Malraux, le jour où il commémora le trentième anniversaire de la libération des camps, le 10 mai 1975, à Chartres.

Ce voyage de la mort, Elie Wiesel l'évoque comme l'un des souvenirs les plus atroces de son expérience concentrationnaire. « Nous ne recevions aucune nourriture. Nous vivions de neige : elle tenait lieu de pain. Les jours ressemblaient aux nuits et les nuits laissaient dans notre âme la lie de leur obscurité. »

Quarante ans plus tard, Elie Wiesel se retrouve à Birkenau avec d'anciens survivants, « quelques compagnons et amis ». Ils marchent ensemble vers le lieu où s'effectuaient les « sélections », en silence. A un certain moment, « doucement d'abord, puis de plus en plus fort, nous commençons comme des fous à réciter la prière éternelle du Juif : " Shema Israël ", – Ecoute Israël, Dieu est notre Dieu, Dieu est un – une fois, deux fois, cinq fois... »

C'est à ce moment précis qu'il se revit en 1945 « dans le train découvert qui nous menait d'Auschwitz à Buchenwald » : « La veille de notre arrivée au camp, une effroyable tempête de neige nous avait entièrement recouverts. Et soudain, dans ce wagon, nous nous sommes tous mis à hurler " Shema Israël " au vent, à la neige, au ciel, au monde, à Dieu nous hurlions ce " Shema Israël ". A cet instant, j'avais senti que cette prière, issue de la Bible, n'avait attendu que nous pour revêtir une autre signification. Un lien très fort se nouait, à ce moment précis, entre le Livre et nous [1]. »

Ils arrivèrent à Buchenwald, mais c'était déjà trop tard pour Shlomo, son père, et pour combien d'autres qui avaient survécu à tant de « sélections », jusqu'à cette marche de la mort et cet indescriptible voyage, pour venir mourir dans ce camp ! Du wagon où se trouvaient Eliezer et son père, douze hommes, peut-être moins, descendirent, sur la centaine qui y avait été embarquée. Sur les onze mille déportés d'Auschwitz pour Buchenwald, deux mille arrivèrent vivants...

L'agonie de Shlomo fut tragique : il était si affaibli qu'il ne pouvait plus se lever et ses voisins lui volaient ses rations de nourriture, accablés qu'ils étaient par ses souffrances.

1. *Elie Wiesel, qui êtes-vous ?, op. cit.*

Eliezer, lui, prenait sur sa part pour nourrir son père et il se souvient de ce jour, l'un des tous derniers, où il lui apporta un gobelet de ce jus noirâtre appelé *là-bas* café : « Je n'oublierai jamais la gratitude qui illuminait ses yeux lorsqu'il avala ce breuvage. La reconnaissance d'une bête. Avec ces quelques gorgées d'eau chaude, je lui avais sans doute procuré plus de satisfaction que durant toute mon enfance. »

Eliezer éprouva en ces jours, pour la première fois, un sentiment horrible, qui ne prouvait que trop son épuisement moral autant que physique : « Si je pouvais être débarrassé de ce poids mort, de façon à pouvoir lutter de toutes mes forces pour ma propre survie, à ne plus m'occuper que de moi-même. »

Chaque jour, il venait donc dans sa baraque lui apporter quelque chose à manger, à boire surtout, car Shlomo Wiesel dans son agonie avait atrocement soif. Le chef de bloc, voyant les vains efforts d'Eliezer pour secourir son père moribond, lui dit : « Ici, il n'y a pas de père qui tienne, pas de frère, pas d'ami. Chacun vit et meurt pour soi, seul. Je te donne un bon conseil : ne donne plus ta ration de pain et de soupe à ton vieux père. Tu ne peux plus rien pour lui. Et tu t'assassines toi-même. Tu devrais au contraire recevoir sa ration... »

Si l'argument était vrai à ce moment précis, il ne l'était pas dans le contexte de toute la déportation d'Eliezer et de son père, au contraire. C'est précisément les liens unissant un père et son fils, une mère et sa fille, deux frères ou encore deux amis, qui devenaient dans cet univers où chacun luttait pour sa propre vie, sa propre survie, un *refuge*, comme l'a écrit Wiesel. « Mon père ? Je n'ai jamais été aussi proche de lui, ni de quiconque : je ne vivais que pour lui. Et par lui. Il avait besoin de moi – et moi de lui – pour vivre un jour de plus, une heure de plus. Je le savais, lui aussi » *(Paroles d'étranger)*.

Shlomo Wiesel mourut le 18 *Shvat* 5705 selon le calendrier hébraïque, c'est-à-dire le 28 janvier 1945, dans la nuit ou aux toutes premières heures du jour. La veille, avant l'extinction des feux, un officier furieux de l'entendre gémir et appeler son fils, alors qu'il lui avait ordonné de se taire, « lui assena un coup violent de matraque sur la tête ». « Lorsque je descendis après l'appel, je pus voir encore ses lèvres murmurer quelque chose dans un tremblement. Penché au-dessus de lui, je restai plus d'une heure à le contempler, à graver en moi son visage ensanglanté, sa tête fracassée. Puis je dus aller me coucher. Je grimpai sur ma couchette, au-dessus de mon père qui vivait encore. C'était le 28 janvier 1945. Je m'éveillai le 29 janvier à l'aube. A la place de mon père gisait un autre malade. On avait dû l'enlever avant l'aube pour le porter au crématoire. Il respirait peut-être encore... »

Eliezer, qui avait tout vécu, tout éprouvé comme abandon, comme désespoir, ressentit ce 29 janvier 1945 un évidement de tout l'être et le néant le submerger : « En vérité, j'étais mort. A Buchenwald, depuis la mort de mon père, je n'avais personne. Tant que mon père était vivant, je m'accrochais à la vie pour lui. Après la mort de mon père, je ne vivais plus. Les jours et les nuits s'écoulaient en moi, autour de moi et je ne savais plus ce que j'étais. Je ne voyais rien. »

Ces sept mois pendant lesquels père et fils luttèrent côte à côte une lutte sans merci pour survivre au royaume de la mort, s'achevèrent donc par la mort du plus vieux, qui brisa un peu plus et le cœur et la foi et la volonté de survivre et l'espoir moribond du fils. Eliezer se réveilla orphelin en cette aurore glaciale de janvier, dans ce camp de Buchenwald, dans les hauteurs de Weimar. Quel héroïsme pouvait encore faire face à cette réalité ? L'héroïsme lui-même était mort – comme tout le reste d'ailleurs.

Comment des êtres humains ayant subi cette déréliction suprême ont-ils pu recouvrir tout ce qui fait qu'un homme est un homme, qu'une femme est une femme ? Ainsi, s'écoulèrent dans ce néant, dans cette assomption de la mort, les derniers deux mois et deux semaines de camp d'Eliezer et de tous les autres déportés, chaque jour apportant avec lui son interminable cortège de victimes. Le 11 avril les Américains libérèrent le camp de Buchenwald où restaient « Quelque vingt mille » survivants, parmi lesquels un millier d'enfants juifs. Dans les jours qui précédèrent, plus de vingt-mille déportés furent évacués par les nazis vers Dachau, qui moururent dans les trains de froid, de faim, de soif, d'épuisement. Mais qu'était, au fait, cette destination sinon la mort elle-même ? Combien moururent encore dans les jours et les semaines qui suivirent...

Je me suis interrogé sur ce que put être ce 11 avril pour Eliezer et ses compagnons de malheur ? La haine, la vengeance, le deuil, ou bien l'effondrement, ou encore... la joie ? En vérité, ce ne fut ni la joie, ni la haine, ni la vengeance même, ni tout à fait le désespoir, mais avant tout le désir de manger, d'assouvir sa faim. « Notre premier geste d'hommes libres fut de nous jeter sur le ravitaillement. On ne pensait qu'à cela. Ni à la vengeance, ni aux parents. Rien qu'au pain. Et même lorsqu'on n'eut plus faim, il n'y eut personne pour penser à la vengeance. Le lendemain, quelques jeunes gens coururent à Weimar ramasser des pommes de terre et des habits civils – et coucher avec des filles. Mais de vengeance, pas trace » *(La Nuit)*.

Mais vint le moment d'après, et ce que rapporte Elie Wiesel est essentiel car en opérant ce retour en arrière, il montre bien la spécificité de ce que pouvait représenter pour le Juif religieux qu'il avait été avant sa déportation, la libération des camps pour les autres Juifs du Shtetl, survivants comme lui. Il juxtapose l'attitude des Juifs à celle des Russes de Buchenwald, qui à peine libérés sont partis à Weimar se venger.

« Pour les Juifs, peut-être parce que nous étions si faibles, ou pour d'autres raisons, ce que nous faisions, ce que nous avions envie de faire, c'était de nous réunir et de prier, de dire la prière pour les morts. Je ne dis pas que les autres étaient pires que nous ou que nous étions meilleurs qu'eux, pas du tout. Qui suis-je moi, pour juger les uns ou les autres? Je raconte un fait, c'était comme ça, sans réfléchir, un acte collectif que nous avons senti en nous jaillir, s'exprimer.»

Il est plus nuancé dans la première version de *La nuit* écrit en yiddish sous le titre *Un di velt hot geshvign, Et le monde s'est tu*, publié en 1956 à Buenos Aires, où il écrit:

«Le lendemain, de jeunes Juifs coururent jusqu'à Weimar pour y piller des vêtements et des pommes de terre.

«Et pour violer des Allemandes [1].»

Bien qu'il ne s'agisse pas non plus ici, à proprement parler, de vengeance, ces jeunes Juifs n'ont tué personne, il ne s'agissait pas non plus pour eux de dire le *Kaddish*.

Les Résistants connurent, eux, la joie de la libération, bien que là encore, la joie soit un mot trop faible, inadéquat pour dire *cette délivrance*, survenue après parfois trois ou quatre ans de camp, voire en ce qui concerne les Résistants allemands, huit ou dix ans de Buchenwald ou de Dachau, qui furent les premiers camps construits pour les opposants au régime nazi et rapidement aussi pour les Juifs allemands.

Yitkadal veyitkadash shemé raba... C'est par ces mots que commencent le *Kaddish*, la prière des morts, prière des orphelins également, par laquelle on sanctifie le nom de Dieu, et dans laquelle aucune référence à la mort n'est faite. C'est ce *Kaddish* qu'Eliezer prononça donc le 11 avril, mais qu'il avoue ne pas avoir prononcé le jour de la mort de son père, le 29 janvier. Trente ans plus tard, il évoquera encore ce *Kaddish* devant ses étudiants du City College de New York: «Je dirai ceci à chacun; je le dirai en public; je le dirai même face au Sefer Torah: Dieu ne méritait pas ce *Kaddish* [2].»

1. Traduction de Jacques Mandelbaum.

2. Extrait d'*Hadassah Magazine*, décembre 1978, traduit par Yvonne Lévy et repris dans *Information juive*, février 1979.

La nourriture et la prière des morts, voilà ce par quoi Eliezer recouvra les balbutiements de la liberté. Mais à quel moment a-t-il commencé à ressentir la culpabilité du survivant ? Est-il advenu après son retour ce sentiment invicible que « quelqu'un a dû mourir pour que je vive ».

On ne peut assurément comprendre cette parole qui glace le sang, sans la relier aux semaines qui précédèrent immédiatement la Libération de Buchenwald. Chaque jour, les Allemands emmenaient dix mille hommes avec eux, vers d'autres camps, comme nous venons de le voir, et le jour où les garçons de la baraque 66 avaient reçu l'ordre de se rendre sur l'Appelplatz, ce n'est qu'à l'instigation des étudiants norvégiens, qui avaient pris en main la Résistance du camp, qu'ils se cachèrent et furent ainsi sauvés. *Pour faire le compte*, d'autres durent être évacués à la place des manquants. Effroyable arithmétique de la mort ! C'est pourquoi Elie Wiesel se demande si souvent : « Qui est cet homme, sans visage et sans nom, qui est parti à ma place ? »

Quelques jours après la libération du camp, il tomba affreusement malade, ayant contracté une infection intestinale. Là encore, il vit la mort de près, de si près. Le récit qu'il fait dans *Un di velt hot geshvign* de sa lutte pour survivre est plus complet que dans *La Nuit*, c'est pourquoi il importe de le citer :

« Mon état empirait chaque jour.

« Un beau jour, je rassemblai mes dernières forces pour me lever et me dirigeai vers le miroir suspendu au mur.

« Je voulais me voir. Je n'en avais pas eu l'occasion depuis l'époque du ghetto. Dans la glace, un squelette me contempla.

« La peau et les os.

« Je vis ma propre image après la mort. C'est à ce moment précis que s'éveilla en moi la volonté de vivre.

« Sans savoir pourquoi, je levai un poing osseux et cassai la glace, brisai la forme qui vivait en elle.

« Puis je perdis connaissance.

« Depuis cet instant, mon état de santé s'améliora.

« Je gardai le lit encore quelques jours, au cours desquels j'écrivis l'ébauche du livre que tu tiens, cher lecteur, entre les mains [1]. »

Etonnant texte, où l'on apprend que c'est au camp de Buchenwald que Lázár se mit à écrire ses premiers souvenirs sur sa déportation. Par son acte de briser la glace, il détruisit en même temps ce Juif qui allait mourir, et qui le contemplait, comme s'il avait détruit du même coup la mort qui voulait le happer. Le style lui-même diffère de celui de *La Nuit.* Nous y reviendrons. Après sa guérison, il retrouvera ses camarades de la baraque 66. Chaque survivant des camps de la mort a vécu plusieurs de ces instants infinitésimaux durant lesquels il n'y avait plus qu'un cheveu qui le séparait de sa fin.

Les responsables de la Croix-Rouge demandèrent aux garçons de Buchenwald s'ils voulaient retourner chez eux. Bien peu choisirent cette possibilité, car chacun d'entre eux, même les frères, pensait qu'ils ne retrouveraient personne, alors à quoi bon ?

Des deux sœurs aînées d'Eliezer, Bea et Hilda, évacuées en janvier 1945 d'Auschwitz à Dachau, Bea choisit, elle, pourtant de retourner à Sighet et s'installa quelques mois à Arad. Sans doute espérait-elle retrouver son frère et peut-être son père ? C'est Hilda qui devait le retrouver la première, quelques deux mois plus tard en France.

1. Traduction de Jacques Mandelbaum.

III

LA FRANCE

Le premier souhait d'Eliezer, au moment de choisir une destination, fut de partir pour la Palestine. Le 30 mai 1945, moins d'un mois et demi après la libération de Buchenwald, il remplit une demande d'obtention de visa pour Tel Aviv, où vivait un parent à lui. A l'époque, il avait également une cousine à New York, ainsi qu'un cousin du côté Wiesel, tandis qu'à Anvers et à Londres vivaient des cousins Feig, de sa branche maternelle.

Les Britanniques avaient rendu, juste après la guerre, l'entrée des Juifs en Palestine, extrêmement difficile. Il fallait un visa, mais très peu l'obtinrent. Il ne put donc partir. Si la Croix-Rouge proposa à cinq cents de ces garçons la France comme terre d'accueil, c'est que le général de Gaulle avait signé l'accord qui leur ouvrait les portes de l'espoir. Le 8 mai 1945, le Quai d'Orsay transmit aux Services américains l'information, en même temps qu'il confia la mission de cet accueil à l'OSE (Œuvre de Secours aux Enfants). Ainsi, le 6 juin au matin, le train des « enfants » – la plupart étaient des adolescents – affrété par les Américains et la Croix-Rouge, quitta enfin Buchenwald, avec un total de 535 garçons à son bord. Ils arrivèrent le lendemain à Thionville, où, dans la nuit du 7 au 8 juin, un train français emmena les 427 garçons attendus par l'OSE. Un autre groupe fut dirigé sur la gare de l'Est, pour être hospitalisé. Le 8 juin dans la journée, Lázár – comme il continuera à se faire appeler jusqu'à la fin des années quarante, mais prononcé en yiddish : Leizer – débarqua avec ses compagnons, à Ecouis, en Normandie. Une vie nouvelle commençait pour chacun d'entre eux.

Essayons de prendre du recul pour imaginer ce groupe d'enfants, les plus jeunes ont huit ans seulement, quelques autres dix ou douze, et d'adolescents « déplacés », rescapés d'une ou deux années – pour certains davantage – de camps de la mort, où tout un peuple disparut. De ce peuple, ils étaient les survivants. Chacun d'entre eux avait réchappé de la mort, ils étaient cependant un certain nombre à avoir été témoins de la mort des leurs.

– Que faisait ton père ? demanda, en yiddish, une assistante polyglotte à l'un de ces enfants.

– Relieur à Cracovie.

– Où est-il ?

– Déporté, mort à Belsen.

– Et ta mère ?

– On l'a mise dans le four à gaz, à Trablimka (sic) avec ma sœur et mon frère.

– Et toi, qu'est devenu ton père ?

– Mon père, tué à Lublin, ma mère, ma sœur, au four crématoire à Trablimka.

Comme eux, Lázár aurait répondu :

– Ma mère, ma petite sœur et ma grand-mère sont mortes dans la chambre à gaz de Birkenau. Mon père est mort à Buchenwald, on l'a mis au four crématoire.

Quelle est la première chose qu'ils ont faite en arrivant dans cette maison ? Elie Wiesel se souvient : « D'abord, on a pris un bain. Ensuite pour la première fois, on nous a donné des vêtements civils. » Comme tout vêtement, la plupart portaient un pyjama rayé ou un costume militaire et, s'ils étaient pieux, une casquette. L'était-il encore, lui dont le Dieu de l'enfance était mort à Auschwitz ?

Un journal du soir publia un reportage d'une page sur l'accueil de ces jeunes déportés dans les maisons de l'OSE, au bas de laquelle on pouvait voir une photo de Lázár, en tenue rayée avec sa casquette, jouant aux échecs avec un autre garçon, vêtu lui d'un costume civil, assis sur un banc du parc d'Ecouis. C'est grâce à cette photo qu'Hilda découvrit qu'il avait survécu. Par quel « miracle », ce quotidien tomba-t-il entre ses mains ? Elle décrocha aussitôt son téléphone pour appeler l'OSE et tomba sur le directeur de la maison, Sam Wolf, qui ne fit pas le rapprochement entre le nom de Wiesel et Lázár, qui se trouvait par hasard, à ce moment précis, dans son bureau. Il était venu s'enquérir du Talmud qu'il avait réclamé dès son arrivée. Elie comprit dans l'instant qu'on parlait de lui. Pendant quelques minutes ou de très longues secondes, la situation fut dramatique car Lázár ne crut pas possible que sa sœur ait pu survivre, et lorsqu'il voulut la rappeler, Sam Wolf n'avait gardé aucun numéro de téléphone, où la joindre – seulement une heure et un lieu de rendez-vous. Pendant vingt-quatre heures Lázár fut pourtant persuadé qu'il ne pouvait s'agir que d'une erreur. Mais elle fut bien au rendez-vous du lendemain à Paris. Qui eût dit qu'Eliezer reverrait sa sœur aînée en France en 1945, lui, rapatrié de Buchenwald, elle de Dachau, avant de retrouver sa deuxième sœur survivante, Bea !

L'expérience des maisons d'enfants de l'OSE fut pour Lázár, comme pour tous les jeunes, complètement nouvelle. A l'épreuve de la vie concentrationnaire, faisait suite le réapprentissage de l'existence à travers une vie communautaire organisée par une Œuvre sociale juive, qui avait pris soin pendant la guerre des enfants dont les parents avaient été déportés. C'est la deuxième expérience de groupe qu'il vécut, mais alors que la première avait été totalement subie, celle-ci fut acceptée, comprise comme un passage obligé vers la vie. Ce retour à la vie « normale » eût-il été différent, Elie Wiesel n'eût pas emprunté les mêmes voies ni surtout fait les mêmes rencontres, comme celle de Shouchani, ce « fou » génial, qui fut deux ou trois années durant son maître à Paris et marqua son existence.

A Ecouis début juin 1945, 427 garçons juifs sont effectivement confiés à l'OSE, mais à la fin de ce même mois, il n'en reste déjà plus que 274, après le départ d'un premier groupe pour la Palestine, dans lequel se trouvait un jeune garçon de sept ans et demi, Lolek – dont un seul frère avait survécu –, futur rav Lau qui deviendra quarante-huit ans plus tard Grand Rabbin d'Israël. Les témoins de cette époque se souviennent que ces garçons qui avaient connu l'extrémité de l'horreur, arrivaient à chanter. Ils chantaient en yiddish, leur seule langue commune, car dans le groupe se trouvaient certes une forte proportion de Polonais, et beaucoup de Roumains, mais aussi des Hongrois et des Tchèques. Il n'était pas facile de s'occuper de ces garçons, qui n'avaient côtoyé que des brutes sadiques et des assassins, dans un monde de démence totale, halluciné. Au départ, une seule personne de l'encadrement parlait couramment yiddish, Rachel Minc, qui joua un peu le rôle d'une grand-mère pour tous ces jeunes gens, et à laquelle Elie Wiesel resta lié jusqu'au bout, comme en témoigne sa correspondance avec elle. Le directeur de la maison ne parlait, outre le français, que l'allemand et put ainsi parler avec les quelques garçons, originaires d'Allemagne. Peu à peu pourtant, les éducatrices, et en particulier Niny, d'une famille juive alsacienne religieuse, se mirent au yiddish avec succès.

Niny, « cette jeune éducatrice si belle et si dévouée » comme la décrira Elie Wiesel dans sa préface au livre de Judith Hemmendinger, *Les Enfants de Buchenwald*[1], se souvient des premiers jours qui suivirent l'arrivée à Ambloy. Deux garçons se distinguaient du groupe : Lázár et Kalman, qui venait de Pologne, plus silencieux que les autres ; c'est à Ambloy qu'ils se lièrent d'amitié et s'installèrent dans la même chambre. Ils partageaient cette même soif d'apprendre. Kalman était le « matheux », le scientifique, et Lázár le littéraire, le mystique. En plus de cette avidité intellectuelle qui habitait Lázár, il y avait en lui comme une inquiétude, l'inquiétude de n'avoir pas le temps d'aller jusqu'au bout.

1. Editions Pierre-Marcel Favre, Lausanne, 1984, diffusé par Sphère, Paris.

Alors que les autres voulaient d'abord *vivre*, lui et Kalman voulaient d'abord apprendre, étudier.

Dans tout groupe, fût-il un groupe de jeunes juifs rescapés des camps de la mort, certains sont plus rapidement remarqués que d'autres. Lázár était et se voulait différent. Son allure, son silence, faisaient qu'il ne restait pas inaperçu. Niny se souvient qu'« il créait une traînée de romantisme. Il était le « beau ténébreux » angoissé. Il écrivait déjà et s'isolait souvent. De plus, il chantait superbement «. Toujours, ce chant venu des ténèbres de la mort, du feu de l'enfer, qui proclamait l'amour de la vie et l'espérance en un monde meilleur. C'était un chant de miraculés.

Des quatre cents garçons, près de quatre-vingts formeront le groupe des religieux, parmi lesquels on comptera un futur *Roch-Yéshiva*, Menashé Klein, plusieurs rabbins, un pédagogue, des professeurs d'université, des physiciens, des psychanalistes, des hommes d'affaire et un écrivain, futur prix Nobel. « Ces garçons avaient tout perdu, leur famille, leur maison, leurs objets, et ils chantaient. Nous, moi, qu'étions-nous à côté de cette douleur ? » interroge Niny.

Les jeunes femmes étaient recrutées en leur qualité d'éducatrices et de pédagogues. Niny fait remarquer qu'elles avaient tout à apprendre de ces garçons, et qu'elles ne pouvaient leur apporter que ce qu'elles étaient. Le rôle joué par Niny fut considérable, car, comme le rappelle Elie Wiesel, c'était « le premier contact que nous avions avec une femme, une jeune fille qui était belle, très très belle, mais nous, les religieux, nous avions peur de regarder une femme, et voilà tout d'un coup qu'une femme est notre monitrice ! »

Comme d'autres directeurs des « maisons B. », ainsi qu'on appelait celles abritant les jeunes rescapés de Buchenwald, celui d'Ecouis considérait ces garçons comme des « psychopathes nés ». Le Dr Eugène Minkowski, psychiatre de renommée internationale, était médecin-chef du service médico-social de l'OSE, et à ce titre s'occupa de ces rescapés. Comme le rapportèrent Niny et Judith, les plus jeunes de ces garçons ne savaient plus jouer, mais avaient-ils jamais beaucoup joué pour la plupart, ceux qui avaient quitté le *'héder* pour être déportés ? A ce propos, Judith Hemmendinger évoque ce souvenir de l'un d'eux : « Nous restions assis toute la journée, comme dans un asile, mais nous étions tous semblables ». Le même rescapé explique : « Glisser quelque nourriture dans sa poche alors qu'il y avait assez à manger, était un réflexe que ceux qui n'ont pas vécu les camps n'auraient pu comprendre ». C'est que tout était transposé à une autre échelle. En même temps, ils avaient de sept ans et demi à dix-huit ans et plus, mais en réalité leurs épreuves leur donnait un regard, une profondeur, que même les adultes les plus riches d'expériences ne pouvaient tout simplement pas avoir.

Dans la même préface, Elie Wiesel évoque clairement cette période et du déphasage que pouvait ressentir le groupe vis-à-vis des « responsables », ou au moins de certains d'entre eux.

« Sais-tu, Judith, que nous vous plaignions ? Vous nous faisiez pitié. Tu ne m'en veux pas pour ma franchise ? Vous pensiez pouvoir nous éduquer, alors que les plus jeunes parmi nous en savaient plus que vos aînés sur la valeur des choses, sur la futilité de la vie et sur le triomphe brutal de la mort. Point impressionnés par votre âge ni par votre autorité, nous vous observions d'un air amusé et méfiant : nous nous sentions plus forts que vous.

« Comment as-tu fait, Judith, comment avez-vous fait pour nous apprivoiser ? Je repense à nos expériences communes et je rougis : c'était dur pour vous, n'est-ce pas, dur de trouver pour vous-mêmes et pour nous un chemin, une possibilité d'entente.

« (...) Maintenant je comprends que vous aussi, les moniteurs, vous aviez des obstacles à surmonter, des problèmes à résoudre. Eduquer un groupe humain comme le nôtre avec ses particularités et ses obsessions, cela n'est pas facile : vous aussi, vous manquiez de repères.

« (...) Chaque fois qu'un représentant du monde extérieur

essayait de s'approcher de nous, nous nous refermions davantage. Nous vous opposions un refus total. Nous ne voulions pas de votre secours, ni de votre compréhension, ni de vos examens psychologiques, ni de votre charité. »

Durant le mois qu'ils restèrent à Ecouis, un rapport d'activité nous permet un tant soit peu d'entrevoir le déroulement d'une journée passée par ces garçons dans cette Normandie d'après-guerre accueillante. Le matin et l'après-midi, des cours de français, d'anglais étaient proposés aux garçons. Certains réagirent immédiatement auprès du directeur, et lui dirent : « Si vous voulez nous enseigner le français, c'est certainement pour que nous restions en France », sous-entendu, c'est donc sûrement mauvais pour nous. Rappelons qu'à cette époque, la majorité de ces jeunes ne pensaient qu'à partir en Palestine ou aux Etats-Unis. Quelle était alors l'utilité d'apprendre le français ? L'après-midi, vers 17 heures, une conférence – en yiddish si possible – ou une promenade, les réunissait tous. Certains jours, des excursions avaient lieu. Le rapport ajoute qu'ayant perdu l'habitude du travail consenti, certains dormaient n'importe quand, et d'autres mangaient à toute heure du jour.

Le 8 juillet, à l'initiative de Bô Cohn, responsable de l'éducation à l'OSE, soit un mois, après leur arrivée, quatre-vingts garçons, accompagnés par Niny et bientôt rejoints par Judith, qui arrivait de Suisse, quittèrent Ecouis pour former dans le château d'Ambloy, près de Vendôme, le groupe dit des « religieux ». Cette scission, qui était déjà dans l'air depuis le début parmi les plus religieux, du fait en particulier que ne leur était pas servie de cuisine cachère, s'opéra grâce à la démarche d'un homme unanimement aimé et respecté, Léo Margulies, âgé de trente-trois ans, qui était l'aîné de tous les rescapés recueillis par l'OSE. En 1939, voulant fuir l'Allemagne, où il vivait, pour la Hollande, il fut arrêté à la frontière, puis interné à Buchenwald, où il devait rester jusqu'au 6 juin 1945, soit six années de camp. Comment en sortit-il vivant ? Sa « foi inébranlable », doublée de la « chance » d'avoir partagé un temps le sort des déportés politiques. De par son âge et son autorité naturelle, il fut, à Ecouis, considéré comme le porte-parole des garçons. Au château d'Ambloy, où il fut nommé comme éducateur par la direction de l'OSE, ce qu'il avait été effectivement avant la guerre, une authentique vie juive put être menée par les quatre-vingts garçons qui avaient quitté Ecouis, parmi lesquels se trouvaient les plus jeunes rescapés, deux enfants à peine âgés de plus de sept ans, Izio et David, qui n'étaient pas issus de familles orthodoxes et s'étaient retrouvés avec les religieux sans l'avoir même cherché. La vie juive tenait non seulement à la cuisine cachère mais encore aux pratiques liturgiques quotidiennes menées selon les règles établies et dans un cadre où l'éducation juive pouvait s'épanouir. Le jeune hassid hongrois Moshé-Beer, aujourd'hui rabbi à Brooklyn, s'imposa comme le « chef spirituel » du groupe ; il était secondé par Menashé, qui s'attribua rapidement la responsabilité de la vie juive – jusqu'à l'excès, puisqu'un vendredi soir, à l'entrée du Shabbat – c'était déjà à Taverny – il se laissa aller à gifler l'un de ses camarades, rentré après le coucher du soleil, alors qu'il aurait dû l'être depuis peut-être deux heures.

Les trois mois d'Ambloy furent de vraies vacances pour tous ces jeunes ; vacances durant lesquelles se déroulèrent les grandes fêtes de *Tishri*, qui commencent par *Rosh-Hashana* et se poursuivent avec *Yom Kippour*, le Jour du Pardon, pour s'achever avec *Sim'hat Tora*, la fête de la Torah, qui chaque année emporte dans un tourbillon de danses, de chants et d'exultation toutes les communautés juives. Dans son isolement, Ambloy, avec son parc, sa forêt, son étang – où certains parmi les plus âgés prirent leur bain rituel juste avant *Kippour*, selon la tradition – sa brume matutinale, dégageait une atmosphère de *Grand Meaulnes*, faite de mystère et de romantisme hors du temps. A l'intérieur du château, outre les quarante chambres, une superbe bibliothèque d'auteurs classiques et français, incarnait tout le génie de la culture et de la littérature françaises, c'est-à-dire précisément son classicisme, son cartésianisme en même temps que son romantisme le plus échevelé, celui de Hugo, de Musset, de Lamartine. J'imagine Lázár, ne maîtrisant pas encore le français, passant des heures à contempler ces livres, à les ouvrir, à les toucher, avec l'envie de les déchiffrer pour les dévorer.

Yom Kippour, le jour du pardon, disons-nous. Mais en ce premier *Kippour* après la catastrophe, quel fut le dialogue entre les survivants et Dieu – ou le monologue des Juifs avec eux-mêmes ? Quel pardon, pour quelles fautes, étaient-ils venus chercher ? Et était-ce à eux à se faire pardonner ? Pardonner d'avoir survécu peut-être ? Et Dieu, n'était-ce pas à lui, à se faire pardonner plutôt, pardonner d'avoir été incapable de sauver son peuple – un tiers de son peuple – dont un million et demi d'enfants, de l'extermination ? Imagine-t-on ce que dût être ce premier *Yom Kippour* pour ces adolescents qui sortaient tout juste de Buchenwald ? Nous ne pouvons l'imaginer, seul celui qui le vécut pourrait raconter, et même, le pourrait-il ?

Le très remarquable penseur juif agnostique, d'origine allemande, qui enseigne à Oxford et à Genève, George Steiner, écrivait récemment que le peuple juif dans la Shoah peut être vu « comme étant mort pour Dieu, comme ayant pris sur lui l'inconcevable culpabilité de l'indifférence ou de l'absence, ou de l'impuissance de Dieu ». Qui peut dire que le peuple juif a pris sur lui « l'inconcevable culpabilité de l'indifférence... » ? Peut-on seulement faire de la théologie à partir de la Shoah ? Quel survivant s'y est-il jamais risqué ? Elie Wiesel s'oppose à cette conception théologique de la destruction des Juifs d'Europe et il répond : « La souffrance pour autrui ou même pour Dieu n'est pas une notion juive. La souffrance comprise ainsi ne fait pas partie de notre tradition. »

Pourtant, en ce *Yom Kippour*, que restait-il dans les âmes, dans le cœur de ces garçons, lorsqu'ils se retrouvaient face à eux-mêmes, et face à ce Dieu qui se tut? Prier à Kippour, au sortir du royaume de la nuit, n'était-ce pas la suprême provocation, la suprême protestation? Niny, toujours elle, se souvient: «Toutes ces souffrances, toute leur expérience, ils les ont dites dans leurs chants et dans les modulations de ces chants. Ce *Yom Kippour*, c'était un deuil terrible en même temps qu'une glorification de la vie. Il y avait une ferveur extraordinaire à travers cette prière écorchée. Je me souviens que lorsqu'ils disaient simplement «*Baroukh ata Adonaï*, bénis sois-Tu, Seigneur», cette bénédiction devenait elle-même un sanglot, le chant de l'âme ressuscitée en même temps que celui d'une douleur inimaginable.»

«Ce qu'il restait de la nuit et des flammes, ces enfants l'ont exprimé dans ce cri. De ce premier Yom Kippour de la liberté, il ne reste rien ou plutôt il ne reste que la parole d'Elie, qui a les accents bouleversants d'une mélopée. Il y a un écho qui le porte.

«Tous ces garçons nous bouleversaient par leur regard, leurs chants, tout ce qui n'était pas parole.»

Ce *Yom Kippour* fut, pour la plupart, terrible, car certains ne voulaient pas dire *Yzkor – que Dieu se souvienne...* –, la prière que l'on prononce pour les morts, d'abord les plus proches, les parents, les frères, les sœurs, avant de le réciter pour tous les martyrs d'Israël. Certains espéraient contre toute raison, disant: «Ils ne sont peut-être pas morts. C'est impensable et honteux de prier pour eux comme s'ils étaient morts!» Les plus lucides, qui constituaient la majorité du groupe, tentèrent vainement de leur faire perdre leur dernière illusion. Judith Hemmendinger écrit à ce propos dans son livre: «Est-ce hasard ou coïncidence si ceux qui quittèrent la synagogue, niant la mort des leurs, ont tous épousé des Françaises, des Américaines ou des Israéliennes ayant toujours habité en Israël? Ils ont profondément occulté leur passé et ne parlent jamais des camps.» Les autres, ceux qui dirent le *Yzkor*, épousèrent soit des rescapées des camps, soit des femmes qui avaient vécu en Europe occupée pendant la guerre. La plupart épousèrent des juives.

A écouter les témoins de ce *Yom Kippour*, il n'y eut aucune trace de protestation d'ordre théologique à cette occasion. « Où était-elle passée ? » demande Elie Wiesel. Pas plus chez lui que chez les autres nous n'en trouvons trace. « Comment pouvais-je passer sans transition aucune de Buchenwald à la foi et à la prière de mon enfance ? » demande-t-il. C'est en effet la question des questions, pour ne pas dire le fondement même de la question. On se serait imaginé une sorte de *Taanit dibour*, de jeûne de la parole, de la prière. Sauf si la prière recélait au plus profond de son essence l'ultime forme de la protestation. Pour certains des compagnons de Lázár, tel Moshé Beer, cette protestation eût été sans doute blasphématoire, lui qui croyait que la Shoah était une punition envoyée par Dieu à son peuple ! Est-il la peine de dire qu'Elie Wiesel se situe aux antipodes d'un tel raisonnement, qui lui est incompréhensible fondamentalement. Son sentiment sur cette non-protestation est que « le réveil fut trop brusque. Nous avions besoin de quelques mois pour croire que nous étions vraiment hors de danger et vivants ».

Quelle place avait Lázár dans cet univers ? Beaucoup se souviennent de lui assis sur la pelouse du parc et chantant des chants yiddish, entouré de jeunes filles sensibles à son charme, et de garçons. Les jeunes filles étaient celles du groupe Yeshouroun, des Eclaireurs Juifs de France, venu passer le mois d'août au château d'Ambloy. 'Haïm et Yankel se souviennent qu'il avait toujours une « dose de mysticisme », et qu'il officiait d'une façon extraordinaire. Comme la plupart des garçons du groupe, il connaissait presque par cœur les différentes parties des trois liturgies quotidiennes, et pouvait faire fonction de rabbin et de *'Hazan*, de chantre, pendant les offices de Shabbat et des fêtes.

Il ne cherchait vraiment pas à être le chef spirituel, telle n'était pas sa nature, ni sa vocation. Il était incontestablement d'un tempérament sociable mais sa soif de solitude et de silence l'emportait sur tout le reste. Moshé Catane a gardé en mémoire « son sérieux, la profondeur du sentiment dans le chant et dans la prière, enfin sa merveilleuse énergie ». Alors que Kalman, son ami, donnait l'impression de transparence, il était « lumineux » se rappellent certains, Lázár, lui, était la poésie, le mystère et le chant. Il semblait plus lointain que les autres, son visage était plus grave. Au début du séjour à Ambloy, beaucoup évoquaient encore les souvenirs des camps, l'évacuation d'Auschwitz, qui fut un véritable traumatisme pour tous, puis les derniers jours de Buchenwald. Lui, gardait le silence, et lorsqu'il parlait, « le mot qu'il employait, creusait encore, approfondissait encore le silence » rapporte une responsable.

C'est dans ce château d'Ambloy qu'il commença à s'isoler pour écrire. Ce qu'il écrivait alors dans un cahier d'écolier, ce n'était nullement ses souvenirs de déportation. C'est probablement à cette époque, au contraire, qu'il se promit dix ans de silence sur cette épreuve qui avait besoin pour se dire d'un temps intérieur, que l'on peut appeler le temps du deuil, comme l'appela Freud, mais ce deuil-là n'était pas un deuil comme les autres. D'abord, était-ce bien un deuil ? Il n'y a pas de mot en français. Seul sans doute le yiddish serait la langue la plus appropriée pour dire ce que c'était, ce n'est donc pas par hasard si la première tentative d'Elie Wiesel d'en parler, fut en yiddish, dans son livre *Un di velt hot geshvign, Et le monde se taisait.*

A cette époque Lázár entra dans une profonde crise mystique, qui dura trois ans, et aboutira à une crise non moins profonde de protestation et de révolte à l'encontre du Créateur, comme si, pour recouvrer le procès de Dieu qui s'était fait jour dans *La Nuit*, qu'il avait vécu au camp, il avait dû traverser cette phase qu'il décrivit ainsi : « J'étais fanatique à ce moment-là, il n'y avait que Dieu qui m'intéressait. Les hommes m'avaient déçu, les hommes ne m'intéressaient pas. Je me disais : les hommes, je sais déjà ce qu'ils valent. C'est Dieu qui me préoccupait. Pourquoi le silence de Dieu ? Pourquoi la complicité de Dieu ? Alors, pendant deux ou trois ans, j'ai vécu en Dieu contre Dieu [1]. » Ce qu'il écrivit alors ? Aussi curieux que cela puisse paraître avec le recul, une étude sur l'ascétisme, qui n'a d'ailleurs jamais vu le jour. « L'ascétisme m'a toujours fasciné, ça veut dire la souffrance volontairement acquise ou appelée. L'ascétisme juif, l'ascetisme bouddhique. J'ai étudié et j'ai redécouvert dans le Talmud l'ascétisme. Maintenant, je comprends pourquoi, mais à l'époque, c'était comme cela. Et lentement je m'adaptais, je me réadaptais à l'existence dans la mesure du possible [2]. »

Une rencontre fondamentale dans la vie d'Elie Wiesel se situe pendant le séjour à Ambloy. Lázár et Kalman allèrent passer un Shabbat dans la Maison d'enfants « L'Hirondelle », près de Lyon. A l'office du vendredi soir, il aperçut pour la première fois Harav Shoushani, mais sans lui adresser la parole. Plutôt que rencontre, ce fut la première apparition de celui qui deviendrait son Maître, un peu terrifiant, un an plus tard à Paris. Durant ce Shabbat, le vieil homme inquiétant n'ouvrira pas la bouche et disparaîtra le samedi pour réapparaître à l'heure de la *Havdala*, l'office de clôture, qui se déroule à la tombée de la nuit. Où était-il passé, personne jamais ne le saura.

Quarante-cinq ans plus tard, Elie Wiesel racontera cette vision de celui qui fut pour lui l'incarnation du « Juif errant » :

« Quelqu'un, à « L'Hirondelle », m'a dit :

« – Tu vois cet homme ? Ah ! c'est un génie.

1. Emission « Apostrophes », 1987.
2. « Au bon plaisir d'Elie Wiesel », France-Culture, 1987.

«– Un génie! En quoi est-il un génie?

«– On ne sait pas, mais c'est un génie.

«Un autre me dit:

«– Tu vois cet homme?

«– Oui.

«– C'est un fou.

«– En quoi est-ce un fou?

– On ne sait pas, mais c'est un fou [1].»

L'impression première qui frappa Lázár au visage ce fut son apparence d'étrangeté et de «cynisme». Shoushani tenait à la fois du clochard et du fou. Il y avait donc en lui quelque chose d'inexplicable, de profondément étrange, qui attirait et repoussait en même temps. C'est à la synagogue de la rue Pavée que Lázár devait le retrouver l'année d'après.

Les trois mois d'été à Ambloy passèrent ainsi, redonnant sinon la joie, du moins l'envie de vivre, à ces jeunes rescapés. Pas à tous. Judith Hemmendinger raconte dans *Les Enfants de Buchenwald*, qu'une nuit, elle rencontra, en allant se coucher, un jeune homme qu'elle n'avait encore jamais vu. «Il était près de trois heures du matin et, accoudé à la fenètre, il regardait les merveilleux arbres du parc. Je lui demandais son nom. Il me répondit: "– Je n'existe pas, je ne veux plus vivre, je ne veux plus voir le soleil ni le jour. Je me lève la nuit pour respirer le vent"».

A la rentrée de 1945, le groupe subit de nouvelles modifications, les plus jeunes se retrouvèrent à Versailles, et les adolescents, eux, au château de Vaucelles, à Taverny, près de Paris. Leur effectif avait augmenté peut-être d'une vingtaine de garçons, mais ils restaient tous, là encore, des «anciens d'Ecouis», et par conséquent de Buchenwald. C'était leur dernière période de vie entre eux, séparés de ceux qui n'avaient pas connu la déportation.

Si, comme nous l'avons dit, beaucoup de ces jeunes du groupe religieux, firent par la suite de brillantes carrières,

1. «Shoushani, mon, maître», raconté par Elie Wiesel, Radio Com.,1991.

en cette rentrée qui suivait immédiatement la guerre, deux seulement avaient des idées précises de ce qu'ils voulaient faire, Lázár et Kalman. Bô Cohn fit donc venir deux professeurs particuliers pour leur donner des cours à domicile. Un certain Robert Weil aurait été le premier professeur de français de Lázár et de Kalman, qui prenait en plus des cours de mathématiques avec un chimiste juif.

Dans son témoignage, recueilli par Judith Hemmendinger, Kalman rapporta que, bien qu'il aimât la littérature et particulièrement Pascal, dont il connaissait par cœur des pages entières, Elie Wiesel « était bien plus doué que lui ». Il se souvint également d'une autre anecdote, d'autant plus étonnante qu'aucun de ceux que j'ai rencontrés au sujet de cette époque, ni surtout Elie Wiesel, n'ont jamais entendu parler de ce Robert Weil, qui lui aurait donné des cours de français ni de quoi que ce soit d'autre ! Il faut donc avouer humblement que nous sommes ici en plein mystère. Selon Kalman, un jour, Lázár ayant été souffrant, il vint seul au cours de français, alors cet énigmatique professeur lui demanda : « Comment se fait-il que tu ne parles jamais pendant le cours, et comment se fait-il que Wiesel soit beaucoup mieux habillé que toi ? » Il y avait dans cette question un sentiment d'injustice, qu'il attribuait à la direction de la maison, comme si elle avait favorisé l'un par rapport à l'autre. C'est en réalité Hilda qui envoyait à son frère des colis de vêtements que Kalman – et pour cause ! – ne recevait pas, même si, par ailleurs, il portait moins d'intérêt que Wiesel à sa tenue vestimentaire.

La période Ambloy-Taverny fut capitale : « c'était le paradis » se souviennent certains. Taverny fut pour ce groupe la dernière maison d'enfants où ne se retrouveraient que des rescapés. Durant ces quelques mois, qui précédèrent le déménagement des plus jeunes à Versailles, Lázár s'y fit remarquer comme étant un « garçon très sérieux, extrêmement travailleur, consciencieux, excellent camarade, très doué », qui « exerce une très bonne influence sur son entourage ». Il fut également qualifié de « garçon extrêmement doué pour les lettres et la philosophie ». En un an, comme Kalman, il réussit à rattraper les deux ou trois années scolaires qui lui manquaient. Encore l'influence du *'héder* et de la *yéshiva!*

Taverny fut sur une période plus longue, une expérience communautaire aussi importante que celle d'Ambloy, dont la force reposait essentiellement sur cette ambiance religieuse extraordinaire, qui la caractérisait. Izio Rosenman raconte comment Lázár s'occupait de lui, écrivait à ses sœurs, qui restèrent jusqu'en 1948 dans des camps de personnes déplacées en Allemagne, comment, quatre ans plus tard, il le prépara à sa *Bar Mitsva*, sa majorité religieuse. Sa sœur Hadassah se souvient qu'à cette occasion, Lázár offrit à son frère plusieurs livres.

Grâce à sa connaissance du français, rapidement acquise, il fut donc admis, dès la rentrée de 1946, en classe de première, à l'école Maïmonide installée à Boulogne, un établissement juif d'enseignement secondaire, dirigé par Marcus Cohn, frère de Bô. Il put se présenter l'année suivante au baccalauréat qu'il réussit. Marcus Cohn, se rappelle encore qu'il fut « un élève intelligent et studieux, qui ne parlait jamais des années terribles qu'il avait traversées ». Un autre professeur apparaît ici en la personne du futur jeune rabbin Albert Kirch, qui fut professeur de français à Maïmonide et aida Lázár à maîtriser la langue. Il se rappelle qu'il aborda les mathématiques, pour se préparer au bac, « avec une facilité déconcertante », qui lui venait de sa formation talmudique. « Je me souviens qu'en rentrant à la maison, le soir, Albert me disait souvent : "Le petit Wiesel capte tout ce qu'on lui dit. Il apprend comme il respire" », témoigne Jeannine Kirch, son épouse.

Une intense activité religieuse régnait à Taverny, où, hormis Judith et Niny et la femme chargée de la cuisine, ne vivaient que des garçons, jusqu'au jour où quatre filles vinrent rejoindre leurs frères. Si elles furent autorisées à demeurer à Taverny, c'est grâce à Judith, qui passa outre aux ordres reçus de la direction de l'OSE, et certainement aussi à Bô Cohn. Leur présence contribua encore à renforcer cette vie de famille, sans laquelle beaucoup n'auraient pu faire face par la suite aux difficultés de la réinsertion dans la société.

Izio, qui devait faire plus tard non seulement de la physique à un haut niveau, mais également de la psychanalyse, se souvient, en bon psychanalyste, que Taverny comme Versailles était un univers étrange ; il va jusqu'à dire que ce fut un « milieu très répressif vis-à-vis de l'affectivité », dû précisément à cette coupure qu'il y avait entre garçons et filles. Sans doute, y a-t-il quelque exagération dans son propos. A Versailles, la mixité était de règle, mais sans doute Lázár, qui était très timide, et provenait d'un milieu hassidique où la séparation des sexes était vécue au quotidien, ne partageait-il pas, à ce moment, l'opinion d'Izio Rosenman. En revanche, cinquante ans plus tard, il a probablement changé d'avis.

Le témoignage des femmes diffère. D'abord, les chambres des filles étaient au même étage que celles des garçons, et cette proximité se passait sans aucune difficulté. Evidemment, des filles pouvaient être attirées par les garçons, ou vice-versa, mais chacun et chacune avait un sens religieux suffisamment fort pour que leur sentiment en reste à l'état de l'amour platonique. Leurs seules licences pouvaient être qu'un garçon prenne la main de celle qu'il aime, tout au moins dont il était amoureux, ou plus rarement qu'ils s'embrassent, mais toujours avec une telle discrétion que « les amourettes ne nous effleuraient même pas ».

Si pour ces jeunes filles de Versailles la cohabitation avec les garçons ne posait pas de difficulté, il est certain qu'elle en posait à ces adolescents. « Le désir dans tout cela ? » demanda-t-on un jour à Wiesel, qui eut pour toute réponse : « Il ne faut pas en parler ». Il raconte : « Quinze ou vingt ans après Versailles, je rencontre une de ces jeunes filles, qui était encore belle, et qui entre temps s'était mariée ; elle me dit : « Sais-tu que j'étais amoureuse de toi ? « Je lui ai répondu : « Non, pas du tout, je n'étais pas au courant ».

Heureusement d'ailleurs, si j'avais été au courant, j'aurais pris la fuite... »

Et le journaliste qui ne comprend pas, d'interroger:

« – Pourquoi ?

« – Parce que ça ne faisait pas... Je ne sais pas comment [1]. » Lui aussi fut secrètement amoureux de plus d'une de ces jeunes filles, voire de Niny, dont la beauté le frappa tant.

A Versailles, où il ne vivait plus, sauf le Shabbat, Lázár dirigeait la chorale, dans laquelle les filles qui chantaient « étaient toutes attrayantes et inaccessibles », note-t-il dans sa préface au livre de Judith Hemmendinger, et chaque fois qu'il voulait s'adresser à l'une d'elles, il baissait les yeux. « J'étais tellement timide que j'avais peur de les regarder. Et lorsque je m'aventurais à les regarder, j'en rougissais. C'était l'enfer ! »

Lázár dirigeait avec fougue, passion. Il était complètement habité par la musique ; Une photo nous le montre quelques années plus tard, dirigeant la chorale lors du mariage de Claudine Naar. Il semble emporté par le chant, dans le chant, battant la mesure et chantant en même temps. Son amour de la musique était tel, que la question de savoir s'il n'entrerait pas au Conservatoire s'est sérieusement posée à lui. « Je regrette parfois de ne pas avoir choisi le Conservatoire plutôt que la Sorbonne. C'était bien, on chantait, on exprimait notre désespoir par le chant. On exprimait notre espoir par le chant. J'aimais, c'était l'amour, c'était l'amour du chant, l'amour de cette chorale, l'amour de Dieu dans cette chorale, par cette chorale [2]. »

Lorsque Lázár eut dix-huit ans, il dut quitter les maisons d'enfants ; il s'installa à Paris pendant que le groupe des plus jeunes déménageait à Versailles, au pavillon de Provence, transformé pour l'occasion en maison d'enfants. Au

1. « Au bon plaisir d'Elie Wiesel », France-Culture, 1987, y compris les prochaines citations.

2. *Ibid.*

début, à Paris, Lázár était terriblement pauvre. Seul, presque sans ressources, il donnait des cours particuliers d'hébreu à des enfants de familles juives aisées, tout en commençant des études universitaires de littérature et de philosophie, qu'il ne finira pas, car moins de deux ans après, c'est une carrière journalistique qui s'ouvrira à lui.

Sa farouche volonté de comprendre ce qu'il avait vécu, le poussa à connaître, à apprendre tout ce qu'il pouvait, la littérature et la philosophie françaises et étrangères, les grands livres politiques comme *Le Capital* de Marx. C'est alors qu'il rencontra, François Wahl, étudiant en philosophie, de quelques années son aîné, dont la mère était médecin de l'OSE, qui lui fit découvrir d'abord notre littérature classique. *Le Cid* et *Phèdre* furent les premières pièces de théâtre qu'il étudia. Leur problématique était à des années lumières des questions qui hantaient ce jeune Juif hongrois. La pénétration de cette dramaturgie, si elle fut pour lui sur le plan de l'apprentissage d'une langue, certes importante, ne pouvait que lui paraître sur le fond bien pâle. Après *Phèdre*, il y eut *Hernani* et son intrigue. Pauvre intrigue, pauvre bataille d'*Hernani* en vérité, pour celui qui a vu de ses yeux le *'Hurban*, la destruction de son peuple. Comment pouvait-il ne pas se sentir déconnecté en lisant ces œuvres, ou plutôt les sentir, elles, déconnectées par rapport à ce qui venait de se passer en Europe C'était en même temps une immersion dans un monde inconnu, qui tout à coup s'ouvrait à lui. Cette expérience ne s'oublie pas pour un homme qui deviendra écrivain et de surcroît écrivain français.

François Wahl, aujourd'hui retraité, refuse par principe d'évoquer celui qui fut son élève il y a cinquante ans, et qui devint son ami. Il m'écrivit : « J'ai eu et ai avec Elie une relation personnelle, qui aura compté pour l'un et l'autre, je crois, et de tout ce qui est personnel j'ai la plus grande réticence à voir quoi que ce soit publié ». Bien qu'il ne fût nullement le seul professeur de français de Lázár, il joua un rôle incontestable dans son approche, sa découverte de la littérature française. Par chance, il accepta une fois au moins de s'ouvrir, de se livrer un tant soit peu. Voici son témoignage : « On travaillait côte à côte chez moi, sur une grande table. Je revois très bien la scène, et Elie avait toujours son béret sur la tête. Je me souviens très bien que c'est sur *Le Cid* que le débat lui paraissait totalement absurde et qu'il se demandait vraiment pourquoi on faisait tant d'histoires pour une histoire d'amour contrariée et deux vieillards vaniteux l'un et l'autre. Cela lui semblait parfaitement extravagant, et j'avais beaucoup de mal à le convaincre que ça avait un intérêt quelconque. »

Elie Wiesel se souvient aussi :

« Après *Le Cid*, après Corneille, nous avons eu Racine, et là, je n'oublie pas, je n'oublierai jamais ces pages que nous avons eues avec *Phèdre*. J'ai découvert la densité de la langue, le mystère de la langue dans Racine, et je les ai rattachés à mon étude, à ma lecture du Talmud. »

François Wahl, vient d'une famille juive athée, et son enfance avait été complètement déjudaïsée, mais comme il me l'écrit : « Après la guerre ce n'était plus possible ; et ce n'est pas sans rapports à ma relation avec Elie que j'ai été – sans qu'il le sache, je crois – un temps membre du groupe Stern. »

Ouvrons ici une parenthèse. Dans un journal américain, Elie Wiesel racontera l'histoire d'un autre de ses professeurs, dont il cache le nom, le surnommant « Stefan ». Lors de leur rencontre initiale, ce « Stefan » lui dit : « Je suis catholique, vous êtes juif. Je vous enseignerai le français. Mais pour chaque leçon de français que je vous donnerai, vous devrez me payer en me donnant une leçon de judaïsme. Je m'intéresse au judaïsme. » Ils étudièrent ainsi une année, l'un étant à la fois l'élève et le maître de l'autre, et ils devinrent amis.

Quelques temps après la fin de leurs cours, « Stefan » téléphona à Lázár qu'il voulait rencontrer d'urgence. C'est alors qu'il lui révéla : « Je suis juif. » Ne lui avait-il pas dit pourtant qu'il était catholique ? Devant l'étonnement de son ami, il lui raconta qu'en vérité ses parents étaient juifs mais qu'ils l'avaient converti enfant, car ils ne voulaient pas qu'il souffre d'être juif. En grandissant, il devint donc un catholique fervent, jusqu'à leur rencontre. Tout ce que Lázár lui apprit de l'histoire juive, de la souffrance juive, de la beauté du judaïsme, fut pour lui un révélateur qui le poussa à l'étudier par lui-même. Il apprit l'hébreu, et comme il était doué, en quelques mois, il commença à lire le *Tana'h*, la Bible hébraïque, et le Talmud. Plus il approfondissait, plus il se sentait captivé, fasciné, si bien qu'un jour, il demanda à sa mère : « Dis-moi, ne penses-tu pas que je suis juif ? » Sa mère devint pâle. Devant son insistance, elle finit par lui avouer la vérité. « Que dois-je faire maintenant ? » demanda-t-il à Lázár, lequel essaya curieusement de le dissuader de se convertir, c'est-à-dire de persévérer dans son désir de recouvrer son judaïsme. On sait que dans le judaïsme orthodoxe, on n'incite guère les non-Juifs à se convertir, mais tout de même « Stefan » était *né Juif*. Il n'usurpait rien ni personne en devenant ce qu'il était. Il persévéra et voulut agir pour son peuple. Il s'engagea dans le groupe Stern, qui luttait pour l'indépendance de la Palestine. Il en devint rapidement commandant pour la France d'abord, puis pour l'Europe. Au moment de la guerre d'Indépendance, il partit pour Israël, où il fut blessé au combat. Revenu à Paris, il revit Lázár et lui avoua : « Maintenant, j'ai peur : je suis les deux. La question demeure une question [1]. »

Lorsque François Wahl rencontra Lázár, il ne savait pas à quoi pouvait ressembler une célébration du Shabbat ni d'aucune autre fête juive, jusqu'au jour où il fut invité à venir en vivre un à Versailles. « Je dois dire que c'est une chose qui a eu une certaine importance dans ma vie. C'était pour moi une expérience absolument première. » Elie Wiesel évoque également cette rencontre avec celui qui deviendrait l'ami et l'éditeur de nombreux philosophes : « Je suis arrivé

1. Cf. Abrahamson, *Against Silence*, Holocauste Library, New York,1986.

directement du Talmud au royaume de la mort. Mais le monde réel d'aujourd'hui, c'est un peu à François et même beaucoup à François que je le dois. Grâce à lui, j'ai découvert la parole, le langage et le goût du langage. » Dans *Silences et mémoire d'hommes*, faisant un parallèle avec l'« emprise » que Harav Mordechai Shoushani eut sur lui, il écrit : « Par chance, son foisonnement volcanique se voyait équilibré par la sensibilité et la rigueur de François Wahl. »

Mais qu'Elie Wiesel ait apporté autant à François Wahl que celui-ci à Wiesel, se trouve confirmé dans cette lettre qu'il m'écrivit : « J'interrogeais à travers lui ce qu'avait été la déportation – dans le même temps où paraissaient les premiers livres, que je lisais tous. Non qu'il en parlât jamais. La seule chose qu'il évoquait était son enfance. Mais son silence même ne laissait jamais oublier d'où il revenait, quelle question ne cessait pas de le tourmenter. »

Cette soif de lecture, cette soif de connaissance, était une sorte de frénésie, qui rejoignait sa quête fanatique de Dieu. Il vivait une crise totale de l'âme et de l'esprit qui s'incarnait et dans la recherche mystique et par sa plongée dans la culture profane. La question qui dominait tout son travail, était l'éternelle question par laquelle s'ouvre toute étude de la Torah et du Talmud, qui lui venait du *'héder*, qui lui venait de ses maîtres et qui lui venait de Rachi : *Mah ka mashma lone ?* Qu'est-ce que cela veut dire ? Cette question était devenue pour lui la clé de tout ce qu'il avait vécu, et ainsi, la clé de sa soif de connaissance. Après Racine et Victor Hugo, il découvrit Bergson et Descartes, Platon et Aristote, Stendhal et Montaigne, Mauriac et Malraux, Teilhard de Chardin et Pascal, mais également Kant et *La Critique de la raison pure* – qu'il lut en yiddish –, Maître Eckhart et Spinoza, sans oublier Maïmonide qu'il redécouvrit et, celui qui allait devenir pour lui l'incomparable visionnaire du XXe siècle, Franz Kafka. « Ma découverte de Kafka sépara ma vie en deux », dira-t-il à Shlomo Malka.

Grâce à son Maître Shoushani, et également à François Wahl, il comprit que ces génies pouvaient se rencontrer en lui au lieu de s'opposer. Par son étude des uns et des autres, il devenait ainsi un pont qui reliait les traditions et les religions entre elles, et aussi les âges entre eux. « Après la guerre, j'étais comme un fou, je voulais tout savoir vite, je n'avais pas de patience, je ne dormais pas, je n'avais pas le temps de manger, je n'avais pas de vie sociale. Même en maison d'enfants, j'étais toujours seul, solitaire, à part les heures que je passais avec la chorale. J'étais toujours à lire, à lire, à lire. Je voulais savoir : qu'est-ce que cela signifie ? »

Une nouvelle vie commençait pour lui. Il francisa son prénom de Lázár en Lazare et s'inscrivit à la Sorbonne en Littérature et en Philosophie, en même temps qu'à un certificat de psychopathologie et chaque matin, il suivait des cours à l'hôpital Sainte-Anne, à Paris. On retrouve là son intérêt, sa compassion d'enfant, pour ne pas dire son attirance pour ce que représente la folie comme mystère. Mais enrichi alors d'une autre connaissance de la folie, la folie froide, administrative, comptable, qui conduisit tout un peuple à la mort. Sortant de son épreuve, Elie Wiesel se demandera comment lui, et les autres survivants, purent assister à *cela* sans perdre la raison ? Mais n'est-ce pas peut-être une autre folie, s'interroge-t-il, que de ne pas avoir perdu précisément la raison ?

Il vécut quelques mois dans un petit hôtel de la rue de Rivoli, ce qui lui permettait de fréquenter la synagogue de la rue Pavée : c'est ainsi qu'il retrouva Rav Shoushani, qu'il n'avait plus revu depuis ce Shabbat passé près de Lyon. Après un office, il aperçut un petit groupe autour d'un vieil homme, et s'approchant, il reconnut celui qu'il avait vu silencieux et inquiétant jusque dans son silence, un an auparavant. A lire le récit qu'Elie Wiesel fit de cette première rencontre dans *Le Chant des morts*, on prend mesure de la fascination en même temps que de la peur qu'il pouvait exercer sur ceux qui l'approchèrent. Et s'il se trouvait face à quelqu'un de timide tel que Lazare, il ne le lâchait plus.

Ainsi, ce premier face-à-face de la rue Pavée, prit les allures d'une mise à l'épreuve en bonne et due forme. Les questions du vieux savant fusaient vers son jeune interlocuteur, qui se sentait de plus en plus mal dans sa peau, rougissant, et qui avait perdu toutes ses questions devant l'homme qui ne demandait rien d'autre précisément que des questions. Il n'en fallait pas plus pour pétrifier Lazare, d'autant que le vieillard ne se contentait pas de n'importe quelle question, non. Il lui fallait une question de poids, à partir de laquelle il pouvait quitter terre et emmener ses auditeurs dans sa zone interdite au tout venant. Seuls ses élus y pénétraient, parmi lesquels on compte des personnalités comme Lévinas, Wiesel et d'autres, sans doute moins unanimement connues, mais tout aussi rares comme Jean Halpérin, le professeur Ady Steg et le docteur Henri Nerson, qui fut l'ami d'Emmanuel Lévinas, et grâce à qui le philosophe put devenir le disciple de Shoushani.

Des mois passèrent sans qu'il le revit, et, à l'en croire, il craignait autant de le revoir, que de ne pas le revoir, car il avait été marqué par le bonhomme, attiré par son intelligence exceptionnelle. Le reverrait-il un jour ? Le jour vint. Lazare revenait en semaine au château de Vaucelles, à Taverny, donner des conférences à ses camarades plus jeunes, tandis qu'il allait à Versailles, comme nous l'avons dit, passer le Shabbat. Ce fut un matin de plein été 1946 ou 1947. Beaucoup de dates se superposent, se confondent à un certain moment dans la mémoire des témoins. Lazare avait pris le train à la gare du Nord comme d'habitude pour Taverny, où il devait parler ce jour-là du Livre de Job qu'il venait de découvrir. Alors qu'il relisait ses notes assis dans un compartiment, qui entend-il l'appeler d'une voix rocailleuse, désagréable ? Qui d'autre que Shoushani pouvait bien apparaître au moment où l'on s'y attendait le moins, au moment surtout où il ne pouvait que déranger ? Shoushani d'ailleurs, était-ce bien son véritable nom, qui était comme tout le reste entouré de mystères, car ce pourrait ne pas être son vrai nom. Et, autre question, qu'est-ce que Shoushani pouvait-il bien faire dans un train en direction de Taverny un matin de juillet 1946, sinon y chercher son disciple ? Lazare éprouva alors un double sentiment de soulagement et de gêne. Pourquoi, malgré la peur qu'il lui faisait, était-il au fond de lui sans doute heureux de le revoir ? C'est que l'ancien disciple du Wizhnitzer Rebbe, l'ancien *Ba'hur-Yéshiva*, l'étudiant talmudique de Sighet, avait reconnu en Shoushani son maître. Il avait retrouvé en lui le souvenir de ses anciens maîtres terribles, tel le Borsher Rebbe ou Zeide le Melamed, et de tous ceux avec qui il avait étudié. Shoushani était, malgré lui, aux yeux de Lazare leur génial survivant. Il incarnait à ses yeux la continuité de l'étude juive après le *'Hurban*, la catastrophe. D'où venait-il ? De partout, l'univers était sa patrie. C'est cette universalité qui importait pour Lazare, il la ressentait comme une urgence. Le sens était – est toujours – à scruter en toute chose. *Mah ka mashma lone*?

Ils firent donc le voyage ensemble jusqu'à Taverny et lorsque Lazare se leva pour descendre et s'en séparer, avec un inexprimable soulagement, car la joie de le revoir s'était rapidement transformée en épreuve, le vieil homme lui dit qu'il le suivait. Comment, dans ces conditions, Lazare pouvait-il encore faire son cours ? Au moment, où, tremblant, il s'apprêtait à commencer, Shoushani le délivra de son impossible tâche et parla à sa place. En quelques minutes, l'auditoire était complètement subjugué par cet homme, qui les avait fait rire deux heures plus tôt, en arrivant au château, avec son minuscule chapeau posé sur sa grosse tête et son allure si bizarre. Il parla, parla, parla et ils ne s'aperçurent pas que la nuit était tombée. « Le clocher du village avait depuis longtemps déjà sonné minuit, mais l'orateur, inlassable, inépuisable, parlait toujours, donnant à sa pensée mille éclats et autant d'ombres, et notre commune prière était que sa voix ne s'arrêtât jamais – pas avant la venue du Messie.

« L'aube blanche nous surprit, remplis d'un étrange bonheur : nous venions de parcourir ensemble un long chemin et de participer à un événement rare, peut-être unique: la victoire de l'homme sur la nuit. Nulle trace de fatigue. Les visages rayonnaient de fierté. Pourtant mes élèves, fanatiquement pieux, venaient de commettre un péché: pour la première fois de leur vie, ils avaient oublié de réciter la prière du soir.»

Tous étaient-ils pareillement fascinés par le génie igné de Shoushani? Non. Kalman n'était ni conquis, ni convaincu. L'humble et lumineux ami de Lazare, qui possédait une sérieuse connaissance talmudique et un don, qui ne s'est pas démenti, pour les sciences exactes, se sentait très éloigné de la turbulence intellectuelle du Rav. Il n'aimait pas du tout ses cours, trouvant que c'est du «Schmuss» (du bavardage), rapportera Judith Hemmendinger. Ce témoignage n'est pas unique. Marcus Cohn se méfiait beaucoup de Shoushani: il représentait pour lui un danger, car il détruisait aussi les méthodes, et lorsque l'on est directeur d'école mieux vaut en avoir. Menashé Klein dit un jour à Lázár: «Moi, je m'en vais, j'ai peur de Shoushani.» C'est ainsi qu'il partit pour Brooklyn où il devint *Rosh-Yéshiva.*

Le fait que deux personnalités aussi différentes et éloignées intellectuellement qu'Emmanuel Lévinas et Elie Wiesel, le premier, philosophe d'origine lituanienne, et par conséquent complétement étranger au hassidisme, et le second, hassid de Transylvanie, rhapsode de la mémoire juive, aient été les disciples de Shoushani, plaide en faveur de son génie. Mais peut-on sans rire prendre la défense de Rav Shoushani!

Son enseignement, pour saisissant qu'il fut, était quelque part un enseignement mystérieux, dans le secret, un message intransmissible qui se fût désagrégé s'il avait été divulgué, dévoilé. Paroles qui ne se répètent pas à cause de cette brûlure qui en émanait. De l'été 46 à fin 48, il fut donc le maître de Lazare. «...[Il] prétendait incarner l'inconnu, l'incertitude: la tête dans les nuages, il se servait de sa science pour assombrir la clarté, quelle qu'elle fut, d'où qu'elle vînt. Il aimait déplacer les points fixes, détruire ce qui semble solide : il reprochait à Dieu d'avoir inventé l'univers. » Mais Shoushani était aussi celui qui, à partir d'un mot, pouvait construire toute une philosophie, comme Wiesel l'explique à Shlomo Malka à partir du mot *shééla*, la question. Dans ce vocable, il y a d'abord *El*, Dieu, ensuite *shéol*, le gouffre, l'abîme et *mishala*, la requête, le désir. Enfin, on y trouve *'eshel*, l'hospitalité. Si l'on oublie un seul sens de ce mot, il reste en état d'incomplétude. Etait-il seulement pieux, ce Maître ? Il ne semble pas et quoi qu'il en soit, il était opposé au mysticisme. N'y avait-il pas quelque chose en lui qui tenait du blasphémateur ?

Lazare trouva une « petite mansarde » dans le XVIe arrondissement, « dans une petite rue perdue, enfouie quelque part », rue Gudin près de la porte de Saint-Cloud, non loin de là où vivaient Margot et Bô Cohn. Il avait à peine de quoi payer sa chambre et habitait loin de la Sorbonne. « Chaque matin, je me demandais : qu'est-ce qu'il faut faire : aller à pied et manger un sandwich ou prendre le bus et ne pas manger de sandwich ? N'étant pas bon économiste, j'ai toujours fait le mauvais choix. J'allais à pied et au bout de trois mois, il fallait ressemeler mes chaussures. » Malgré cela, « je crevais de faim. Deux fois par semaine je jeûnais ».

Le passage par les maisons d'enfants de l'OSE avait constitué une expérience à part, ancrée dans le passé du shtetl, comme un prologue au retour à la vie. Mais à l'heure de l'affranchissement, de la séparation, il fallut affronter seul, même si l'OSE se tenait présente, les problèmes de réinsertion – pour ne pas dire d'insertion dans la société laïque, citadine. Ce fut une seconde épreuve, cruelle pour ces jeunes hommes, ces jeunes filles, revenus seuls ou presque des camps, originaires d'Europe centrale et confrontés du jour au lendemain à un monde qui ne savait rien de leur expérience nocture, et ne voulait rien en savoir. Même celui ou celle qui ne revint pas seul, mais avec un frère ou une sœur, devait traverser seul cette réinsertion. C'est que chaque juif rescapé pouvait, et peut aujourd'hui encore plus que jamais, éprouver cette douleur d'un ancien d'Ambloy: «C'est un sentiment terrible d'être le seul survivant de toute la famille, survivant de toute la famille élargie, survivant 1 sur 10 000.»

Ceci explique cela. Un autre compagnon de Lazare déclare: «Finalement, on s'est retrouvé très isolé, en sortant des Maisons d'enfants, et c'était très dur, très, très dur». Il est plus que probable que Shoushani a eu sur Elie Wiesel un rôle de thérapeute, nom que l'on donnait dans l'Antiquité aux ascètes juifs. «J'avais besoin de quelqu'un pour m'aider à traverser ces décombres, car il y a des décombres même dans l'étude; même un texte peut être mis en ruines. Ce n'est pas seulement une ville, ce n'est pas seulement une vie, mais une phrase qui peut être réduite à des ruines, et à cette époque-là, je traversais des ruines de pensées, des ruines de foi, des ruines d'existence, des ruines d'espérance, et j'avais besoin d'un homme comme Shoushani, qui était un poète. En vérité, c'était un très grand poète, poète de l'existence et de l'anti-existence, poète de la découverte et de l'anti-découverte. C'était le poète Shoushani qui m'attirait et qui me guidait [1].»

Ady Steg se souvient que Shoushani commençait souvent ses cours par cette question: «Quelle page voulez-vous?» Et il la lisait de mémoire. Il voulait aussi être interrogé sur les matémathiques. Il débarquait à l'improviste dans la chambre de bonne de Lazare, ouvrait de tête un traité du Talmud ou tel livre du *Tana'h*, la Bible hébraïque, à l'endroit précis où il l'avait laissé un jour ou une semaine plus tôt, et il se mettait à commenter le texte, c'est-à-dire et le texte et les commentaires des commentaires qu'il connaissait tout autant par cœur. «Je ne l'ai jamais vu ouvrir un livre. C'était un livre vivant.» Il appelait à lui l'infini. Lazare prenait-il des notes? Devant lui certainement pas, mais sans doute après son départ. Le cours pouvait durer de trois à quatre heures jusqu'à une nuit entière. A l'aube, Lazare offrait à son hôte

1. «Shoushani, mon maître», Radio Com., 1991.

du lait concentré. De quoi se nourrissait-il ? Il buvait du café mais personne ne l'a jamais vu manger, ni dormir d'ailleurs. Où et quand se lavait-il ? Avait-il des vêtements de rechange et un endroit à lui, où il puisse être chez lui ? Personne ne peut ni le confirmer ni l'infirmer. Le plus vraisemblable est qu'il logeait chez ses élèves. Certains étaient des hommes déjà « arrivés », qui lui offraient sans doute le gîte et le couvert et même davantage. Lévinas raconte que, lorsqu'il était directeur de l'Ecole Normale Israélite Orientale, à Paris, Shoushani sonnait chez lui à n'importe quelle heure du jour ou de la nuit, et s'y installait pour quelques jours, lui donnant des cours en compagnie du docteur Henri Nerson. A la moindre erreur de lecture ou au moindre mot sauté d'un commentaire du Talmud, au bas d'une page, le Maître reprenait le disciple, sans livre devant les yeux.

De la même manière, Shoushani donnait des cours de mathématiques supérieures, ou de physique, ou encore de philosophie, à des professeurs d'Université, si l'on en croit plusieurs de ses anciens disciples, parmi lesquels Elie Wiesel. Jean Halpérin m'a raconté que son frère Vladimir rencontra à Montevideo, dans les années 1960, Shoushani, et que celui-ci lui demanda de lui adresser le Traité d'arithmétique d'Euler écrit en latin.

Mystère sans nom que ce bonhomme à l'esprit véritablement envoûtant, qu'Emmanuel Lévinas qualifie de « Maître génial et impitoyable ». Elie Wiesel rapporte dans *Le Chant des morts* que Shoushani le quitta à la fin de 1948, « sans me dire au revoir ni adieu ». « Son dernier cours fut semblable aux autres. Rien dans son comportement n'aurait pu trahir ses intentions de rompre nos liens – il n'était ni plus gai ni plus triste que d'ordinaire. Comme d'habitude, je l'accompagnai jusqu'à la station de métro et comme d'habitude il me conseilla de rentrer : " Repense mon cours et tâche de le détruire. " Il ne se retourna pas. » Dix ans plus tard, la rencontre Shoushani-Wiesel n'aurait pas pu avoir lieu car si le Maître ne changeait pas, son disciple, lui, allait changer.

C'est l'une des raisons pour lesquelles, lorsque dans les années soixante, Lazare apprit que son vieux Maître l'attendait à Montevideo, il eut peur de le retrouver. Ce qui avait existé entre eux ne pouvait plus recommencer.

IV

L'INDÉPENDANCE DE L'ÉTAT JUIF

Dès 1947, Lazare songe à s'engager dans la lutte pour l'indépendance d'Eretz Israël, cette Terre sainte pour trois religions qui ne fut pourtant promise qu'aux Enfants d'Israël – et à plusieurs reprises. En fait d'actions militaires et terroristes – mais Elie Wiesel était-il vraiment fait pour cela ? – il découvrit le journalisme. Il n'en accomplit pas moins des démarches auprès de l'Agence juive, ainsi qu'au bureau de recrutement de la Hagana, « prêt à partir me battre en Palestine ». Le médecin le déclara inapte au servive militaire. A force d'opiniâtreté, il rencontra des sympathisants de l'Irgoun, le mouvement terroriste de Menahem Begin. A ceci près que leurs moyens d'action n'étaient pas militaires. Ils ne cherchaient nullement à vaincre les Anglais et à les renvoyer à la mer, ils cherchaient à informer et à convaincre les Juifs yiddishisants, qui vivaient en France. Mais à les convaincre de quoi, au juste ? De s'engager, eux, dans le combat ou plutôt de soutenir la Résistance juive de leurs efforts financiers et de leur appui moral ? C'est donc à travers un journal en yiddish que ces jeunes Juifs français originaires d'Europe centrale, témoignaient de leur solidarité avec leurs frères juifs combattants, de Palestine.

Le vendredi 14 mai 1948, David Ben Gourion proclamait l'Indépendance de l'Etat d'Israël. Lazare acheta plusieurs journaux où il lut et relut le premier discours de Ben Gourion dans sa traduction française. C'était veille de Shabbat et il sentait en lui le besoin de se rendre dans la synagogue de la rue Pavée, façon d'être présent au milieu de ses frères et solidaire du nouvel Etat. Il brûlait de ne pas participer à cet événement historique *extra-ordinaire*, qui était le plus considérable fait de l'Histoire juive depuis deux mille ans, survenu quatre ans seulement après son plus grand cataclysme. Au lieu d'être un simple spectateur, que n'eût donné le juif traumatisé, hanté et déchiré qu'il était, pour en être soit acteur soit témoin ! En cette veille de Shabbat, 5 Nissan 5708, Lazare n'avait pas tant envie de prier, un événement qui ne se reproduirait plus était en train de se réaliser, lui en vie, et autour de lui régnait une atmosphère toute de tension et d'exaltation.

Le nouvel Etat était à peine né, avec sa population de six cent mille Juifs, que les légions arabes s'apprétaient déjà à le détruire. Dans son livre *Entre deux soleils*, Elie Wiesel rapportera le dialogue qu'il eut ce soir-là avec Rav Shoushani, sans le nommer d'ailleurs, à la synagogue de la rue Pavée.

« – Croiras-tu désormais aux miracles ?

« – Oui, répondis-je.

« – Et tu ne nieras plus les bienfaits du ciel ?

« – Non.

« Il me perça de son regard aigu et sa voix se fit dure, blessante :

« – Eh bien, mon petit, tu te contentes de peu.

« – La renaissance d'une souveraineté éteinte depuis bientôt vingt siècles, c'est peu pour vous ?

« Je ne l'avais jamais vu aussi mécontent de moi.

« – Tu ne comprends pas, fit-il sur un ton saccadé. Il y a Israël et il y a ta réaction à Israël. Tu me déçois. Le présent et l'avenir te font oublier le passé. Tu pardonnes trop vite. (...) »

Dialogue surprenant – comme si Shoushani n'amenait ses questions que pour mieux tromper son disciple ! – et pénétrant, car on ne sait plus si on lit les paroles de Shoushani ou celles de Wiesel, devenu à son tour un Maître pour tant de Juifs et de non-Juifs de par le monde. Que ce soit le désespéré qui croie au miracle, et que le vieux rav, qui se situe, il est vrai, au-delà ou en deçà de tout miracle, de tout espoir et de tout désespoir, n'y croie pas, voilà ce qui peut surprendre à première vue. Mais la fin du dialogue avec la dernière réplique de Shoushani nous surprend plus encore, car il parle là avec des accents wieséliens, dont il semble, par ailleurs, si éloigné :

« Non ! s'écria mon maître. Le salut qui survient trop tard pour trop de victimes, je n'ai pas le droit de le refuser. Je veux bien l'accueillir et lui ouvrir autant de portes et de cœurs que possible. Cela, oui. Mais je me refuse à le qualifier de miraculeux. Nous l'avons payé trop cher. Pour qu'il fût un miracle, il eût fallu qu'il se produisît un peu plus tôt. »

Shoushani enseignant à Lazare à ne pas oublier la tragédie d'hier ! Un an plus tôt, ne lui avait-il pas dit, il est vrai dans un autre contexte, comme il le rapporte dans *Le Chant des morts* : « Tu attaches trop d'importance à la souffrance » ?

Si en ce 14 mai 1948, face à cet événement-là, Lazare lui-même n'osait plus évoquer la tragédie, c'est que quelque chose lui échappait, et ce d'autant plus, qu'il s'agissait d'une résurrection en quelque sorte, ou plus exactement d'une restauration nationale. Mais qu'était Israël au début pour Eliezer ? Un rêve immense de l'ordre de la prière, de l'espérance, et non un projet politique, défendu avec acharnement par des hommes, de Theodor Herzl à David Ben Gourion. Or, cette réalité était en rupture fondamentale avec l'esprit qui avait animé pendant des siècles les Juifs des Shtetl et des ghettos, et qui étaient pour la plupart fortement empreints de résignation – ce qui fut leur tragédie. Par nature, le Juif du Shtetl acceptait les humiliations, ou en tout cas s'y résignait, alors que ceux qui avaient quitté la Pologne ou la Russie très jeunes avaient changé de mentalité pour devenir « les paysans-soldats de l'Etat juif », selon la forte expression d'André Malraux.

Le 16 novembre 1948, François Mauriac écrit dans *Le Figaro* ces lignes qui laissent rêveur : « C'est une loi de ce temps qu'un groupe humain persécuté, à peine délivré de ses oppresseurs, opprime à son tour. L'esprit totalitaire enfante les mêmes monstres chez les victimes d'hier que chez les bourreaux. Les Juifs du groupe Stern, par la terreur qu'ils ont répandue, ont arraché de leurs foyers près de six cent mille êtres humains, dont cent mille chrétiens, qui, en Syrie, en Transjordanie, en Judée et en Egypte, recommencent de monter le calvaire que ceux devant lesquels ils ont fui achèvent à peine de gravir [1]. »

Regrettait-il d'avoir écrit dans ces mêmes colonnes en date du 4 mai 1948, ce que son émotion lui dictait : « Si un peuple errant depuis tant de siècles avait mérité de dresser sa tente enfin, s'il en était un envers qui il ne fallait pas manquer à la parole qui lui avait été donnée par les Nations Unies, c'est bien ce peuple survivant à un massacre unique dans l'histoire de la férocité humaine, ce peuple que l'on dit intraitable et qui pourtant se fût aisément entendu pour le partage de la Palestine avec les Arabes de l'intérieur, ce peuple que la haine et le mépris des autres nations ont voué depuis deux mille ans à la banque et à l'usure et qui, dès qu'il a été délivré de ses ghettos, a construit des villes, fertilisé les déserts, et qui retrouve aujourd'hui, pour défendre la terre qu'il a reçue de Dieu, l'héroïsme des Maccabées [2] » ?

Il n'est pas certain que Lazare ait lu les articles de celui qui deviendrait son maître en littérature six ans plus tard, mais dans le cas où il les aurait lus, qu'eût-il pensé des lignes terribles du vieil écrivain traitant les Juifs, qui hier encore étaient les victimes, de bourreaux ?

Ce qui constitue une vie humaine est un ensemble d'actes, d'épreuves, de souffrance, d'amour, mais aussi de rêves, de projets. Et dans la vie d'Elie Wiesel, il y eut en 1947-48 ce grand rêve de participer à l'Histoire juive, à la construction de l'Etat d'Israël, et s'il est vrai qu'il existe plusieurs façons de se battre – même s'il n'existe qu'une façon de *faire*

1. *La Création de l'Etat d'Israël*, par Jacques Dalloz, La Documentation française, Paris, 1993.
2. *Ibid.*

l'histoire – il trouva dans les mots une arme, qui avait cet avantage sur celles qu'employaient les combattants, c'est qu'elle ne tuait pas, en tout cas pas sous sa plume. C'est ainsi qu'il devint journaliste. Et journaliste « engagé ».

Il voulait transformer un destin subi en destin dominé, pour emprunter encore à Malraux. En 1944 Lázár avait été une victime, trois ans plus tard, il voulait agir, se battre, ne plus accepter le sort des victimes en devenant résistant, acteur. Fini le temps où l'on dirait des Juifs qu'ils se laissaient emmener à l'abattoir comme des moutons. C'est tout le thème de son premier roman, *L'Aube*, écrit juste après *La Nuit*, et dont l'action se situe en Palestine encore sous domination britannique. Le héros, Elisha, jeune résistant, survivant des camps, libéré de Buchenwald, partageant plus d'un trait avec Elie Wiesel, est chargé d'exécuter un officier britannique en représailles de l'exécution de l'un des leurs. Le roman pose des questions majeures : ai-je le droit de donner la mort ? et : comment la victime d'hier peut-elle devenir l'assassin aujourd'hui ?

De tous ses livres, *L'Aube* est à part, comme *La Nuit* est à part, mais pour des raisons inversements proportionnelles, car celui-ci parle de la mort de Dieu à travers l'extermination de ses enfants, de son peuple, et celui-là raconte la lutte des Juifs pour reconquérir la Terre promise. Pour Elisha, commettre un meurtre est un peu se suicider. Dans un entretien datant de 1963, l'un des tout premiers du jeune écrivain, Elie Wiesel, nous lisons : « Toute mon œuvre tourne autour de la difficulté de tuer, ou de se suicider, car tout meurtre est un suicide. (...) Mais il est des meurtres qu'il faut accomplir en manière de protestation. »

« J'ai eu l'impression d'assister à Buchenwald à la mort de Dieu. J'en suis resté hanté. Dieu mourait dans chacun de ses enfants déportés. J'ai survécu, mais pas tout à fait. Mes héros recherchent un supplément de mort. »

Elisha, en étant contraint de tuer John Dawson, est donc confronté à cette problématique. De tous les personnages d'Elie Wiesel, il sera l'unique à avoir tué. Trente-cinq ans plus tard, un autre de ses personnages se trouvera confronté à la question de la vengeance, sauf que le meurtre ne sera plus possible, même par procuration.

Ces lignes de 1963 sont saisissantes en ce qu'elles nous font pénétrer au cœur de son œuvre romanesque. Cette idée de « supplément de mort », il n'en reparlera plus, en tout cas plus de la même façon. Une autre clé de lecture de son œuvre apparaît dans ce même texte, qui laisserait penser que la question du meurtre ou du suicide est présente dans ses autres livres aussi. Pourtant, celui qui a lu *La Nuit* ou *Le Jour* se demandera en quoi ces livres reflètent particulièrement « la difficulté de tuer ou de se suicider » ? Derrière la problématique de *L'Aube*, figure toutefois une autre angoisse chez Wiesel, dont il s'est peu ouvert à vrai dire. Il l'a fait une fois, peut-être la seule, à l'occasion du Colloque des intellectuels juifs de langue française ; c'était le 10 octobre 1966, à Paris, sous forme d'un dialogue avec son ami Jean Halpérin. Jean Halpérin venait d'évoquer les troublantes questions soulevées au moment du procès Eichmann à Jérusalem sur la responsabilité et la culpabilité des survivants de la Shoah. Evoquant la culpabilité d' Eichmann, Elie Wiesel lui répondit : « Mais je crois que nous le sommes un peu tous [coupables]. Quiconque a vécu à cette époque, par le fait même qu'il était vivant, a été touché par cette folie ; et qu'il le veuille ou non, c'est en lui. Ce serait vraiment trop facile de dire que nous ne sommes pas Eichmann, et que nous ne pourrons jamais être Eichmann. »

Après quoi, il eut à propos de *L'Aube* ces paroles tout à fait saisissantes :

« [...] J'ai écrit *L'Aube* parce que, après la guerre, j'avais peur de moi-même et je me demandais : Est-ce que, moi, je ne pourrais pas être un bourreau ? Après tout, j'étais jeune ; je n'ai passé qu'un an dans un camp... et si j'y étais passé à l'âge de vingt ans, et si j'y étais resté cinq ans, dix ans, quinze ans, est-ce que j'aurais su sauvegarder ce peu de pureté que j'aimerais penser que j'ai sauvegardé ? – Je ne sais pas... Et même maintenant, je ne sais pas, je ne connais pas la réponse à cela [...] [1]. »

1. *Tentations et Actions de la conscience juive*, Paris, PUF, 1971.

LA MONTÉE EN ERETZ ISRAËL

En été 1949, un journal français envoya Elie Wiesel comme correspondant de guerre dans le jeune Etat. L'Agence Juive lui offrit une place sur un bateau, qui devait emmener un groupe d'*olim*, de nouveaux immigrants originaires d'Afrique du nord. Chaque nuit, il montait sur le pont pour « regarder la mer et l'infini ». Ce fut son premier voyage en bateau. La dernière nuit, il ne put dormir, voulant, comme dit le psaume, « éveiller l'aurore ». Chacun attendait sur le pont d'apercevoir les côtes de la terre qui, plus que promise, fut rêvée comme une impossible réalité par combien de ceux qui furent réduits en cendres.

Elie Wiesel m'a raconté que cette ultime matinée de traversée, les *olim* ne chantaient plus comme les jours précédents. « Il régnait sur le pont un recueillement profond et lorsque nous sommes arrivés à Haïfa, chacun avait envie d'applaudir et pourtant personne n'a applaudi – l'applaudissement est resté intériorisé [1]. » A-t-il pleuré en approchant de cette terre bénie ? Dans *Silences et mémoire d'hommes*, il écrit : « Le matin de notre arrivée, apercevant le mont Carmel sous un ciel rougeoyant, j'éprouvai une émotion violente. Mes larmes se mirent à couler ; j'étais redevenu enfant ». Dans un autre texte, il écrit : « Debout, sur le pont, je me préparais à capter la première image du Carmel. A l'aube,

1. *Le Mal et l'Exil*, *op. cit.*

je fus saisi d'une émotion à la fois familière et inconnue: "*voici enfin un lieu où je me sais attendu*", pensai-je. Et je dus faire un effort pour ne pas pleurer [1].»

C'est le mont Carmel, face à la mer Méditerrannée que Lazare embrassa tout d'abord du regard, mont auquel reste attaché le souvenir du prophète Elie, précurseur du Messie, qui fut, dans la vision d'Eliezer, nous nous en souvenons, l'invité inattendu des Wiesel au soir de leur dernier *Sédèr* à Sighet. Nous étions en avril 1944 et Lazare avait quinze ans et sa petite sœur Tzipora dix ans. Il avait vingt ans en posant le pied sur cette terre, où avait rêvé de venir sa pauvre mère, dans un pressentiment funeste, emmenant avec elle ses quatre enfants et son mari et abandonnant tout ou presque tout pour garder la vie. C'est à son père qu'il doit d'avoir appris à l'âge de treize ans l'hébreu moderne. Shlomo Wiesel aimait particulièrement cette langue. En cette matinée d'été, un an après l'Indépendance de l'Etat juif, Lazare était seul à arpenter les rues de Haïfa, de Tel Aviv. Malgré tout, il était ivre de bonheur, ivre de beauté, ivre d'amour pour ce pays qu'il n'avait cessé de porter en lui. Il visita tout ce qui était possible de voir, il monta en Galilée, dans la cité mystique de Safed, où tant de hassidim révèrent de venir, mais où certains vécurent. A Safed, chaque pierre, chaque rue, chaque synagogue, chaque maison, faisait croître le bonheur, la joie, l'émotion. Après quelques jours ou quelques semaines, Lazare franchit la porte de Jérusalem – Jérusalem-ouest. Combien de fois, enfant, n'avait-il pas pleuré la nuit, dans son *shtibel*, sa petite synagogue hassidique, sur Jérusalem et la destruction du Temple?

«La première fois, j'eus l'impression que ce n'était pas la première fois. Pourtant, chaque fois que j'y retourne, j'ai l'impression que c'est toujours la première fois [2].»

A chaque pas, une émotion le saisit. Les vieux juifs qu'il

1. *L'Arche*, mai 1988, spécial 40 ans d'Israël.
2. *Silences et mémoire d'hommes.*

rencontrait semblaient sortir tout droit de Sighet, comme les enfants. Les filles splendides, les garçons si courageux, qu'il croisait dans les rues, évoquaient peut-être en lui les héros de l'Insurrection du ghetto de Varsovie. Chacun et chacune devaient lui paraître bien éloignés de la plupart des jeunes Juifs du Shtetl qu'il connut dans son enfance. Comme il ne pouvait accéder au Mur, il monta sur l'une des plus hautes tours de la ville pour l'apercevoir au loin. « Je cherchais tous les recoins d'où l'on pouvait apercevoir la Vieille Ville et je suis monté sur une tour pour voir au loin. J'y suis resté des heures silencieux. J'étais triste et en même temps rassuré. »

Des soldats de la Légion arabe patrouillaient. Rien que de très normal dans une ville qui était en partie occupée par un autre peuple, une autre armée. « [...] en voyant ces légionnaires, je n'étais pas abattu, cela faisait encore partie de l'exil. Jérusalem était encore en exil [...] [1]. »

Dans un texte écrit en yiddish, il s'interroge et interroge : « On entendait rarement parler de la profonde nostalgie qui devrait s'emparer de chaque juif quand il évoque le mur. Comment vaquer à ses occupations quotidiennes dans la nouvelle Jérusalem, quand l'ancienne est encore prisonnière ? Personne n'a pu me répondre [2]. »

Pendant son séjour de quelques mois, Lazare visita des *kibboutzim*, réalisa des reportages sur la situation militaire, politique, sur les nouveaux immigrés, sur la vie des Israéliens. Quand il n'y eut plus de guerre, prit fin aussi sa mission journalistique. Qu'allait-il faire maintenant ? L'idée ne lui vint-il pas à ce moment de s'établir en Israël, lui, qui deux ans plus tôt, en 1947, rêvait de s'engager, de partir pour la Palestine ? Maintenant qu'il y était, il ne désirait plus y rester. Pour quelle raison ? se demande-t-il dans *Signes d'exode* :

1. *Le Mal et l'Exil, op. cit.*
2. *Di Goldene Keyt*, Tel Aviv, 1978. Traduction Jacques Mandelbaum.

« Par crainte de rompre avec la Diaspora ? Par conviction que mon travail devait me maintenir en exil ? Quelque part dans mon être je sentais que je n'étais pas encore prêt. Je ne pouvais pas tourner la page. Trop de souvenirs me retenaient, m'enchaînaient. Trop habitué à vivre dans l'attente, je ne pouvais point y mettre un terme. La souffrance des Juifs me fascinait plus que leur victoire. »

Terrible réponse que celle-ci : *la souffrance des Juifs me fascinait plus que leur victoire.* Et maintenant, quarante-six ans plus tard ? Il est probable que la réponse serait que la souffrance des Juifs le fascine autant que leur victoire, ce qui implique que dans ces conditions non plus, il ne peut quitter la Diaspora. N'est-il pas curieux d'ailleurs, que la seule fois où l'Etat d'Israël voulut lui confier une charge, c'était pour qu'il devienne un ambassadeur de la culture juive en Diaspora ! Golda Meïr, alors Premier ministre d'Israël, ne savait pas qu'il n'était pas israélien. Cela était-il seulement pensable qu'il ne le fût point ?

Ce fut donc à la fin de ce premier séjour en Israël que lui vint l'idée de proposer ses services à un journal israélien, qui n'aurait pas encore de correspondant de presse à Paris. Ainsi, il entra un jour dans le bureau du fondateur de *Yedioth Ahronot*, dans lequel se trouvait le neveu de cet homme, Dov Youdkovski, qui était l'un des rédacteurs du quotidien de Tel Aviv, journal sans grands moyens en ces lendemains d'indépendance. C'était en tout cas le seul qui accepta de faire de Wiesel son correspondant dans la capitale française.

« Le rédacteur en chef, homme cultivé et fin, m'accueillit avec la courtoisie due à un confrère », note Elie Wiesel dans *Silences et mémoire d'hommes.* Dov Youdkovski proposa le poste à Wiesel à condition qu'il accepte d'être rémunéré d'abord comme pigiste. Il se souvient lui avoir dit d'écrire une rubrique sur Paris, intitulée « Etincelles de la ville des lumières ». Trop content de devenir journaliste, il accepta.

« Quand j'ai quitté Israël comme journaliste israélien, grâce à l'hébreu, je me suis dit combien papa avait eu raison [1]. »

Au début de sa carrière, il ne touchait, raconte-t-il, que vingt dollars par mois. Il se débrouilla pour avoir des rentrées supplémentaires, en écrivant dans quelques journaux yiddish mais aussi de langue française comme *L'Arche*. Après sa rencontre avec Dov Youdkovski, Lazare rentra en France et s'installa à Paris, dans un hôtel des plus modestes. Paris devint pour lui, avec ce titre de correspondant de presse, une fabuleuse plaque tournante. En ce début des années 1950, une nouvelle vie commençait pour Lazare, rapidement ponctuée de rencontres avec des personnalités aussi bien politiques, scientifiques que littéraires, et de nombreux voyages dans tous les azimuts.

On ne sait guère qu'en ces années-là, Wiesel rencontra Frédéric Joliot-Curie, le célèbre physicien français, qui démontra notamment avec son épouse, Irène Joliot-Curie, l'existence du neutron et découvrit la radio-activité artificielle – ce qui leur valut le prix Nobel de physique en 1935. Au cours de leur conversation, Joliot-Curie lui dit : « D'innombrables planètes composent notre univers », et ce faisant, il lui fit observer que l'homme était capable de contempler à la fois la nuit et les étoiles, et de faire partager sa vision à un ami. A la fin de leur entretien, alors qu'ils se serrèrent la main, le physicien ajouta : « N'est-ce pas une assez belle raison pour continuer à vivre [2] ! » A-t-il jamais su que le jeune homme, à l'accent mélancolique, auquel il venait de dire cela, avait vu, lui, une autre *nuit* et qu'il s'était mis à la recherche des étoiles ?

C'est l'époque où éclosent les mouvements de jeunesse sionistes, Bilou, Dror, Hashomer Hatzaïr, Bétar. Chaque vendredi soir, se retrouvaient ainsi jeunes gens et jeunes

1. Yeshayaou Ben Porat « Conversation avec Elie Wiesel », *Yedioth Ahronot*, 12 décembre 1986, traduction de Yaël Armenet.

2. *Against Silence*, t. I, *op. cit.*

filles à la *Kabbalat Shabbat* du Bilou, réception du Shabbat qui n'avait aucun caractère religieux. Il s'agissait de parler du sionisme, de l'*Aliya*, la montée en Israël, et de tout ce que l'on pouvait et devait faire pour aider l'Etat juif. Roger Ascot, qui sera secrétaire général du Mouvement sioniste en France de 1962 à 1967 et rédacteur en chef de la revue communautaire *L'Arche*, se souvient très bien d'un jeune homme « mystérieux », qui assistait à ces réunions et s'asseyait au fond de la salle. « Toutes les filles le regardaient » : c'était Elie Wiesel. Il écoutait tout et était très silencieux. Lui-même se souvient des discussions idéologiques sans fin, des « longues soirées où l'on rêvait d'une vie saine et libre au kibboutz, les colonies de vacances... » « Je sais que j'aurais pu, j'aurais dû peut-être faire mon aliya, plutôt que de vivoter à Paris d'abord, aux Etats-Unis ensuite [1]. » Il se liera d'amitié avec Roger Ascot et d'autres sionistes, mais beaucoup iront jusqu'au bout de leur rêve et de leur combat pacifique, et monteront en Eretz Israël.

Il continua à entretenir quelques amitiés avec des personnes de l'OSE, notamment Niny, dont il dût être probablement amoureux, et Rachel Minc qui correspondit avec lui jusqu'à sa mort. J'ai pu consulter les lettres qu'elle reçut de lui depuis le début des années 1950 [2]. Certaines d'entre elles sont d'un grand intérêt. C'est une amitié tumultueuse pour ne pas dire orageuse qu'ils entretinrent. Dans l'une des premières qu'il lui adresse, sur son papier à en-tête, il écrit :

« Madame,

« Ce manque de confiance me surprend, me peine. N'avez-vous pas compris ? C'est parce que je me sentais lié à votre secret, à votre légende, que j'ai préféré le silence – seule forme de fidélité envers les idées – aux paroles qui n'auraient dit forcément, uniquement que l'essentiel.

1. Préface au livre de Roger Ascot, *Le Sionisme trahi ou les Israéliens du dimanche*, Paris, Balland, 1992.

2. Fonds Rachel Minc, déposé à la bibliothèque de l'Alliance israélite universelle.

« Vous jugez trop facilement, madame.
« Et – un silence n'est pas si simple que ça. »

Dans une autre lettre, qui date de la même période, avant que Rachel Minc ne parte vivre en Israël et lui à New York, il lui écrit :

« Bien chère Madame Minc,
« Votre lettre m'a fait mal, car je m'en rends compte : dimanche, je vous ai procuré de la peine.
« Vous avez raison. Bien sûr. Il ne fallait pas. Il ne fallait pas faire entendre mon cri d'horreur (que j'ai du monde et de l'Homme) devant un être si sensible et si bon (vous) et la jeune fille si naïve et si confiante (Isabelle).
« Il fallait faire taire le démon en moi ; il fallait me taire.
« Je ne parle pas souvent.
« Dorénavant – je parlerai encore moins.
« Vous voyez ? Je vous écoute ; je suis vos conseils. Pourtant d'habitude, je me moque même des conseillers, et à plus forte raison de ce qu'ils disent.
« En me moquant de tout – de tout – devant vous – qui sait ? – je voulais peut-être me faire mal... »

En août 1951, lors des obsèques de Louis Jouvet, deux correspondants de journaux israéliens se rencontrèrent, le plus âgé venait de Russie, où sa première femme et leur fils furent gazés à Treblinka, le plus jeune des Carpates : Léon Leneman et Lazare Wiesel. Ils sympathisèrent si vite – en yiddish, évidemment ! –, que Léon Leneman proposa ce jour-là à Lazare, qui vivotait dans un hôtel fort modeste, de le loger dans une pièce de l'appartement spacieux qu'il habitait avec sa deuxième épouse, avenue de la République. L'une des grandes amitiés d'Elie Wiesel était née. Les Leneman devinrent pour lui une famille d'adoption.

Il se fit imprimer son premier papier à lettre avec en en-tête : « Yedioth Ahronot » – Bureaux à Paris – Lazare

Wiesel. Suivait son adresse avenue de la République. Il fut officiellement correspondant de *Yedioth Ahronot*, à Paris de 1950 à 1956, et à New York de 1956 jusqu'en 1974. Dans les dernières années de cette seconde période, où il assurait les fonctions de journaliste accrédité, il gagnait cinq cents dollars par mois. Ne pouvant boucler ses fins de mois avec cet unique revenu, il commença par écrire, une fois installé à New York, pour le plus important quotidien yiddish du monde, le *Jewish Daily Forward* ou plus exactement *Forvaertz*.

Au début de 1953, lorsque Dov Youdkovski se maria, il emmena sa femme faire un tour d'Europe et de la France et Lazare les accompagna. C'est de ce voyage que date leur amitié. Plus tard, ils voyageront tous les deux aux Etats-Unis et notamment en 1957, où ils parcoureront le pays des deux côtés: de New York à Los Angeles par le sud et par le nord. Dov sera l'un des très rares lecteurs du manuscrit original de *La Nuit*, dont il lut également la première version *Un di velt hot geshvign*: « C'est le seul livre que j'ai vraiment entièrement lu en yiddish », confie-t-il [1]. Leur amitié ne faillira pas, puisque quelques trente années plus tard, Dov Youdkovski organisera une réception chez lui en l'honneur du nouveau prix Nobel.

Entre Paris et New York, les deux postes, Elie Wiesel commença une véritable carrière d'envoyé spécial un peu partout dans le monde. C'est ainsi, qu'il visita l'Espagne, le Maroc, le Brésil et surtout l'Inde. Le détour – mais était-ce vraiment un détour ? – d'Elie Wiesel par l'Inde est un épisode à peine connu, dont on ne sait pratiquement rien. Un mystère sans doute artificiel l'entoure, qui le rend plus fascinant encore ; à vrai dire, ce voyage reste l'un des plus passionnants périples du jeune hassid de Sighet, rescapé des camps de la mort. Quelques lignes écrites par-ci, quelques mots lachés par-là, c'est tout ce que ses livres publiés jusqu'en

1. Propos recueillis par Yaël Armenet.

1994 en ont rapporté. En 1947, l'Inde, qui vient de réussir si ce n'est la première révolution non-violente de l'Histoire, tout au moins l'une des rares, recouvre son indépendance et Jawaharlal Nehru devient le premier chef de gouvernement de la République de l'Inde. Vers 1953-1954 Elie Wiesel partit donc en Inde pour quelques mois qui marquèrent sa vie. Au pays où Sakyamuni, venu du Népal, institua la plus grande religion de toute l'Asie, où il prêcha à Bénarès la sagesse suprême, Elie Wiesel apprit beaucoup. Il y étudia d'abord l'anglais, car il lui fallait communiquer. Il partit ensuite dans un *ashram* où il étudia les Védas et les Upanishad, ces « traités des équivalences », et leurs interprétations, la philosophie du Vedanta. Ses quelques connaissances ainsi acquises de l'hindouisme, c'est-à-dire sa mystique, son sens de la vie, de la mort, de la souffrance, de la réincarnation, et du bouddhisme, lui permirent de continuer son étude comparée de l'ascétisme, commencée à son retour des camps. A-t-il senti ce qu'il y a dans la grande pensée de l'Inde « de complètement perdu, perdu dans les astres, perdu dans le cosmos, frère du Gange [1] » ? S'il se sentit rapidement attiré par cette tradition, par sa beauté et sa grandeur, il s'en distancia, à cause de sa conception de la souffrance d'autrui, que les hindouistes acceptent sans protester, étant donné que pour eux on ne peut échapper à son sort, et que par cette misère et cette souffrance, on doit racheter les fautes commises dans une vie antérieure afin de sortir du cycle des réincarnations, car « la réincarnation est nécessairement un malheur [2] ».

Qu'était venu chercher Elie Wiesel en Inde ? Une autre conception de l'ascétisme, une expérience nouvelle ou une réponse à la souffrance, si réponse il y a ? Réponse ou protestation. Réponse indissociable de la protestation. Il s'est avéré

1. *André Malraux : en Inde*, INA, émission de Philippe Halphen, diffusée en juillet 1973.
2. *Id.*

que la réponse de la pensée religieuse de l'Inde, qu'est celle de l'hindouisme, sur le problème capital du mal l'a révolté. Seul le judaisme, pour lui, apporte une réponse acceptable, et en particulier le hassidisme traditionnel, qui n'a jamais cherché à justifier l'insupportable de toute souffrance.

Dans un chapitre de *Paroles d'étranger* il semble curieusement prendre le contrepied de ce qu'il affirmait à Gene Koppel et Henry Kaufman en 1973, selon quoi il étudia dans un ashram [1]. Il écrit en effet: « Si j'avais pu m'installer dans un *Ashram* quelque part en Inde, je l'aurais fait. Mais je ne le pouvais pas. J'avais vu, sous le ciel incandescent de l'Inde, une souffrance incommensurable; je ne pouvais la tolérer. Face à elle, le problème du mal s'imposait à moi avec une force destructrice. J'avais le choix entre me renfermer ou fuir. Or, je ne tenais pas à être complice. Des amis hindous traversaient la rue en emjambant une foule de mutilés et de malades sans même les regarder; moi, je ne le pouvais pas. Je regardais et je me sentais coupable. Finalement, je compris: je suis libre de choisir ma souffrance mais non celle de mon semblable. »

Cette contradiction dans les textes n'est pas rare chez les écrivains. Il faut peut-être simplement comprendre que s'il pouvait étudier quelques heures par jour dans un *ashram*, il n'a pas pu y vivre. Pour bien comprendre cette période, il faut dire qu'elle marque la seconde grande crise intérieure de Lazare. Crise totale, au point, dit-il, qu'il fuyait l'amour, ne croyait plus en l'amitié, rejetait l'Occident et ses valeurs, ou peut-être ses non-valeurs, et cherchant autre chose, il trouva l'Orient, l'Inde, l'hindouisme, mais également le soufisme et les sectes. Ce qu'il comprit en Inde, c'est la raison pour laquelle nous ne pouvions pas être heureux en Occident. « L'Orient met l'accent sur l'être et l'Occident sur l'avoir. Mais les possessions ne procurent pas le bonheur [2]. »

1. *Against Silence*, t. III, *op. cit.*
2. *Le Figaro*, lundi 25 mai 1970, propos rapportés par Claudine Jardin.

Pourtant Wiesel prit le chemin du retour parce qu'il ressentait pour la France et sa capitale un attachement qui ne se démentira jamais. La France en 1949-1950 lui était-elle une seconde terre d'élection après Israël ? Sûrement pas. Mais si Israël demeure la terre à laquelle il reste indéfectiblement lié par l'esprit, par sa mémoire et toutes ses fibres spirituelles, il n'y vécut pas longtemps, alors que la France fut près de onze ans sa terre d'attache. Pour cet exilé, cet apatride, cet étranger arraché de chez lui, à l'âge de quinze ans, la France n'était-elle rien d'autre qu'une terre d'accueil – ce qui n'eût déjà pas été si mal ! – ou était-elle un peu comme une nouvelle « patrie » ? Le mot ne s'applique pas au Juif exilique qu'il est fondamentalement. Mais s'il était resté en France, sans doute son rapport eût-il été de cet ordre ! Quoi qu'il en soit, à la France, il préférera les Etats-Unis et à Israël, il préférera l'exil ! Mais à quoi préférera-t-il jamais Sighet ?

En 1968, il dira à Rachel Cheigam, qui lui demandait pour un journal aujourd'hui disparu, *La Terre retrouvée*: « Quelle est votre nationalité ? »

« Techniquement, américaine, réellement, juive. [...] Je n'ai pas de patrie. Je suis né en Transylvanie, ce qui veut dire une terre sans patrie, qui a appartenu tour à tour à la Roumanie, à la Hongrie, à l'Autriche, à la Russie, à l'Allemagne. Tous ces Etats m'ont quitté avant que je ne les quitte. J'ai appartenu toujours à la patrie juive, et je n'ai jamais eu d'autre nationalité que la nationalité juive. Aujourd'hui, la situation est plus compliquée avec l'existence d'Israël. » Vingt-cinq ans plus tard, la situation d'Elie Wiesel n'a fait que l'affermir dans un rôle universel. La seule chose qu'il pourrait souhaiter – ou que certains de ses amis français pourraient souhaiter qu'il demandât, mais plus pour eux que pour lui en vérité – c'est la double nationalité française et américaine. Jean Mauriac qui l'invita récemment à

Malagar ne lui cacha pas son étonnement : Comment pouvez-vous être un écrivain français et n'être pas français ? lui demanda-t-il. Plus qu'un paradoxe d'écrivain, c'est son destin d'homme et de Juif.

V

DE PIERRE MENDÈS FRANCE À FRANÇOIS MAURIAC

Le 17 juin 1954, Pierre Mendès France devint Président du Conseil, charge qu'il assuma jusqu'au 6 février 55, date à laquelle il fut obligé de démissionner, sept mois après être parvenu à mettre fin à la guerre d'Indochine par les accords de Genève. Durant cette période de quelques mois Dov Youdkovski pressait Elie Wiesel d'obtenir un entretien avec l'homme d'Etat, qui venait d'aboutir à un cessez-le-feu engageant la France, le Vietnam, le Laos et le Cambodge. Mais Pierre Mendès France ne donnait pas volontiers d'interview. A Tel Aviv, le directeur du quotidien attendait avec tant d'impatience, que son correspondant ne put qu'en être angoissé – comment arriverait-il à ses fins ?

Son ami avait voulu lui confier autre chose que des rubriques sur Paris, et lui avait demandé d'essayer d'interviewer des personnalités connues. Voici donc ce qu'il raconta de sa rencontre manquée avec le président du Conseil. C'est là un épisode d'autant plus intéressant qu'il est plus ignoré : « Un jour j'écrivis une lettre à Mendès France, lui disant : "Monsieur le Président du Conseil, je vous en supplie, il faut que vous me donniez une interview, parce que sinon, de deux choses l'une : ou bien je serais licencié, ou bien mon journal, à force de m'envoyer tant de télégrammes, fera faillite." Il m'envoya alors une lettre manuscrite très belle, où il disait : "Je ne peux pas vous accorder d'interview, mais si l'une des deux choses arrivait, appelez-moi et je vous trouverais un travail [1]." »

1. *Against Silence*, t.II, *op.cit.*

Par un heureux hasard, certains diraient prédestination, la recherche de Mendès France met Wiesel sur la piste de François Mauriac. Dov Youdkovski se souvient d'avoir conseillé à Elie Wiesel d'aller voir Mauriac, qui, depuis le 10 avril 1954, poursuivait à *L'Express*, son *Bloc-notes*[1]. « Elie accepta. » Leur première rencontre eut lieu au cours d'une réception offerte à l'ambassade d'Israël, non en 1954 comme Wiesel l'écrit sans autre précision mais début mai 1955, date attestée par Mauriac. François Mauriac était des hôtes de l'ambassadeur et Pierre Mendès France, qui sans nul doute aurait dû en être, était évidemment absent. Elie Wiesel savait que Mendès admirait le vieil académicien, prix Nobel de littérature – et que celui-ci ne ménageait pas ses peines pour le défendre. L'important fut qu'il le sût. Il lui fallait ensuite obtenir un entretien avec l'illustre écrivain, car qui d'autre que lui, pensa-t-il, pourrait l'introduire chez Mendès France. Une question se pose encore : Wiesel a-t-il attendu le « conseil » de Dov Youdkovski pour décider de rencontrer Mauriac ? A aucun moment, il ne fait allusion à son ami.

Rendez-vous fut pris séance tenante.

Quelques jours plus tard, il sonna donc à la porte de Mauriac, qui le fit pénétrer dans son bureau et asseoir dans un fauteuil face à lui. Celui-ci n'ignorait pas, évidemment, que son hôte âgé d'une trentaine d'années – Wiesel n'avait que vingt-six ans – à l'accent mélodieux et à l'apparence toujours romantique, était juif, il le croyait même israélien, ainsi qu'il le nota dans son *Bloc-notes* à la date du samedi 14 mai[2]. Elie Wiesel commença par lui dire l'admiration qu'il portait à ses livres – il ne pouvait tout de même pas d'emblée lui demander de lui obtenir un rendez-vous avec Mendès France ! Cependant, quoi de plus éloigné du jeune hassid de Sighet que le monde romanesque de Mauriac enraciné dans une certaine bourgeoisie catholique provincia-

1. *Bloc-notes*, Points-Seuil, 1993.
2. *Id.*

le, dans le terroir ? Puis ils parlèrent de la résurrection de l'Etat d'Israël, pour remonter dix années plus tôt, au temps de la guerre.

Mauriac situe l'atmosphère de cette rencontre dans sa préface à *La Nuit.* « Ce matin-là, le jeune Israélien qui m'interrogeait pour le compte d'un journal de Tel-Aviv, m'inspira dès l'abord une sympathie, dont je ne dus guère me défendre longtemps, car nos propos prirent très vite un tour personnel. J'en vins à évoquer des souvenirs du temps de l'Occupation. Ce ne sont pas toujours les circonstances auxquelles nous avons été directement mêlés qui nous affectent le plus. Je confiai à mon jeune visiteur qu'aucune vision de ces sombres années ne m'a marqué autant que ces wagons remplis d'enfants juifs, à la gare d'Austerlitz... »

Les souvenirs rapportés par Elie Wiesel diffèrent. Le rendez-vous eut lieu en début d'après-midi et il ne se sentait pas à son aise, se jugeant lui-même comme un imposteur : « Je n'osais le regarder dans les yeux. Je me savais en faute ; je disais n'importe quoi. Je posais des questions anodines, incohérentes. » C'est bien sur Israël, se souvient-il, que la conversation s'engagea vraiment. Très rapidement, Mauriac en vint à parler de la figure de Jésus et du peuple juif ressuscité. C'est que pour un chrétien, il n'y a qu'un pas à franchir de la métaphore de la surrection de l'Etat d'Israël après la Shoah – comme cela est criant dans les textes théologiques de Claudel postérieurs à 1948 – à la figure christique. Plus qu'un pas d'ailleurs, nous pourrions parler d'un saut théologique, que Mauriac s'empresse de franchir, et le voilà parti dans un long monologue sur Jésus, sa passion, sa messianité, sans se douter que ce qu'il pouvait dire pût un seul instant blesser au plus profond de sa conscience son interlocuteur. Que savait-il de lui en vérité ? Rien, sinon qu'il était un Israélien et donc un Juif. C'est la loi de la plupart des rencontres journalistiques, où l'interviewé ignore tout de son vis-à-vis. Pourtant, ce jour-là, chez François Mauriac, la rencontre se place rapidement sur un plan fondamental où les deux interlocuteurs ne peuvent plus s'ignorer en profondeur.

Comment imaginer ce face-à-face entre l'un des plus importants écrivains français de ce siècle, intensément catholique, et le jeune hassid, habité par « une certaine expérience nocturne et ténébreuse »...

Du but inavoué de ce rendez-vous pris avec Mauriac – la rencontre avec Mendès France – ne subsiste bientôt plus qu'un souvenir. Wiesel écoute l'académicien, partagé entre la colère, l'irritation, et l'admiration. Tout d'un coup, il n'en peut plus et se lève – « pour la première fois de ma vie, je manquai de manière » : « Vous parlez du Christ, Maître, lui dis-je. Les chrétiens aiment en parler. La Passion du Christ, l'agonie du Christ, la mort du Christ. Dans votre religion il ne s'agit que de cela. Eh bien, sachez qu'il y a dix ans, pas trop loin d'ici, j'ai connu des enfants juifs dont chacun avait souffert mille fois plus, six millions de fois plus que le Christ sur la croix. Et nous n'en parlons pas. Pouvez-vous comprendre cela, Maître ? Nous n'en parlons pas. »

Ayant dit cela, Wiesel sortit de chez Mauriac, sans même lui dire au revoir. Sur le palier, il attendait l'ascenseur, lorsque son hôte le rattrapa. « D'un geste infiniment humble, le vieil écrivain me touchait le bras et me priait de revenir. »

De retour dans le bureau Wiesel et Mauriac se rassirent au même endroit, puis, tout à coup, Mauriac se mit à pleurer sans plus pouvoir s'arrêter pendant un long moment. Il ne connaissait pas cette parole talmudique : « Quand toutes les portes du ciel sont fermées, celle des larmes reste ouverte ».

Alors que les paroles du vieux maître avaient blessé Elie Wiesel, ses pleurs le bouleversèrent. « J'étais confondu, je ne savais plus quoi faire de moi-même, de mon corps, de mes yeux ; je me sentais tellement mal, parce que tout de même j'admirais cet homme. J'avais un tel respect pour lui et je n'avais pas le droit de lui dire cela... Il a pleuré pendant très longtemps, pendant une heure il n'a rien dit et moi non plus. Il pleurait. C'est après cela, qu'il m'a raconté qu'il avait vu le train bondé d'enfants, et à ce moment, je lui ai dit: "J'étais l'un de ces enfants."»

Cet épisode, Mauriac n'en avait pas été lui-même le témoin direct. Sa femme avait accompagné leur fils Claude, à Paris, gare d'Austerlitz, et c'est là, qu'ils avaient vu, avec effroi, ce train de marchandises bourré d'enfants juifs, dont les petites mains dépassaient des grillages placés aux lucarnes des wagons plombés. C'est à son retour à Malagar, qu'elle avait raconté l'épisode à son mari. Cette image insoutenable, Mauriac en était obsédé: «Je ne les ai pourtant pas vus de mes yeux, mais ma femme me les décrivit, toute pleine encore de l'horreur qu'elle en avait ressentie. Nous ignorions tout alors des méthodes d'extermination nazies. Et qui aurait pu les imaginer! Mais ces agneaux arrachés à leur mère, cela dépassait ce que nous eussions cru possible. Ce jour-là, je crois avoir touché pour la première fois le mystère d'iniquité dont la révélation aura marqué la fin d'une ère et le commencement d'une autre.»

Nous sommes au moment crucial, au cœur de la rencontre. Ces trois mots d'Elie Wiesel: «J'étais l'un d'eux», saisirent Mauriac, qui tout d'un coup se substitua à son interlocuteur et se mit à l'interroger sur son expérience. Mais à chaque question, Elie Wiesel restait évasif, comme s'il lui était interdit de répondre. Notamment, lorsque l'écrivain l'interrogea sur le sort de ses parents, il lui répondit: «Je ne peux pas, je ne peux pas en parler.»

Tout était dit ou plutôt rien ne l'était, et c'est ce silence qui convainquit Mauriac que Wiesel devait écrire. Quel pressentiment le poussa précisément à le sommer d'écrire, alors que les dix ans de silence qu'il s'était promis de respecter, touchaient à leur fin. Le raccompagnant à l'ascenseur, il lui dit de sa voix cassée: «Ecoutez donc le vieillard que je suis: il faut parler – il faut parler *aussi*».

Cette rencontre reste inconnue, malgré ce qu'en a écrit Wiesel lui-même dans *Un Juif aujourd'hui*, car elle recèle cet inaltérable mystère, cet inapaisable questionnement, propres au *'Hurban*, au Cataclysme juif. Ce dialogue entre les deux hommes était fondamentalement théologique, et en ce sens, il démontrait le douloureux face-à-face d'un catholique de grande foi et d'un hassid survivant de l'horreur. En même temps, le moment où le théologique le cédait aux larmes, la raison du croyant à celle de son cœur, les paroles au silence infrangible, qu'est-il d'autre que communion. Il n'en demeure pas moins que pour un chrétien, le procès d'Elie Wiesel à Dieu ne peut être que difficilement compris, car si la croix pour le premier «a vaincu le monde», elle ne l'a vaincu que pour lui. Dans sa préface à *La Nuit*, le théologique reprendra le dessus et François Mauriac écrira «que ce qui fut pour lui [Wiesel] pierre d'achoppement est devenu pierre d'angle pour moi et que la conformité entre la croix et la souffrance des hommes demeure à mes yeux la clef de ce mystère insondable où sa foi d'enfant s'est perdue».

On comprend que cette «pierre d'achoppement» dont parle Mauriac ici, est Auschwitz, et l'on est soudain mal à l'aise, comme si une irrépressible envie de vomir nous prenait. Auschwitz, le Génocide, ne seraient-ils finalement que la «pierre d'achoppement [...] devenu[e] pierre d'angle pour moi « ! Comment François Mauriac put-il aller jusqu'à écrire cela? Certes, il ne le dit pas aussi brutalement, mais il le sous-entendait d'une manière ou d'une autre.

Cette première rencontre entre Mauriac et Wiesel n'était pas de l'ordre des mots, des vocables, et vouloir l'analyser à travers eux est certainement l'édulcorer pour ne pas dire la trahir. Plusieurs passages semblent pourtant si déplacés, à la limite du blasphème. A la fin, Mauriac écrit: «Nous ne connaissons pas le prix d'une seule goutte de sang, d'une seule larme», avant d'ajouter ces trois mots: «Tout est grâce.» Quoi! Birkenau, Chelmno, Treblinka, est-ce la grâce! Est-ce la providence *cela*? On peut penser qu'une telle formule écrite dans le souvenir de la Shoah – et à la lumière tragique du récit d'Elie Wiesel – est tout simplement blasphématoire.

Il est évident que la grande tentation chrétienne est de vouloir voir dans la Shoah le « Golgotha du monde contemporain », la réplique de la Passion. Il n'y aurait donc qu'un pas vite franchi entre ce qui pour les Juifs est la monstruosité absolue et ce que les chrétiens appellent du nom de mystère, ne sachant le nommer autrement. Le mystère de la souffrance rejoint pour eux celui de la Rédemption. Cela nous ne l'acceptons pas. Ni pour les morts, ni pour les survivants. « Que le fait concentrationnaire, écrit Maurice Blanchot, l'extermination des Juifs et les camps de la mort où la mort continue son œuvre, soient pour l'histoire un absolu qui a interrompu l'histoire, on *doit* le dire cependant sans pouvoir rien dire d'autre. Le discours ne peut pas se développer à partir de là [1]... » Auschwitz est « cette toute-brûlure où toute l'histoire s'est embrasée, où le mouvement du sens s'est abîmé... » *(L'Ecriture du désastre).* Cependant, ce « tout est grâce », Mauriac ne le prononça pas devant Wiesel, il n'a « pu que l'embrasser en pleurant ».

Elle est grande l'amitié et l'admiration qu'Elie Wiesel porte à François Mauriac depuis cette rencontre. Mais lui a-t-on jamais demandé s'il aimait la préface de *La Nuit*? Sans que l'on eut besoin de le questionner, il se laissa aller une fois au moins – une fois seulement semble-t-il – à dire le fond de sa pensée, à cette précision près que ce n'était pas en français mais aux Etats-Unis et en anglais : « Je n'aime pas sa préface à *La Nuit*. Ce fut très généreux de sa part de l'écrire. Il était sincère, il était aussi un ami véritable du peuple juif. Bien sûr, comme catholique, il avait lu le livre à travers sa propre subjectivité. Il y avait plusieurs nuances christologiques dans la préface que je n'aime pas. Mais c'est sa préface – non la mienne [2]. »

Wiesel raconte encore dans ce même entretien que lorsque

1. Maurice Blanchot, *Le Pas au-delà*, Paris, Gallimard, 1976 ; souligné par l'auteur.

2. *Against Silence*, t. III, *op. cit.*

Mauriac publia son livre *Le Fils de l'homme*, il le lui avait adressé dédié: « Quand je l'ouvris, je fus choqué. Il m'était dédié dans un sens contre lequel je ne pouvais que m'élever. Parce qu'il osait me comparer au Christ et c'était un peu trop. Il écrivait: " Ce livre, je le dédie à Elie Wiesel, qui est un enfant juif crucifié, qui en incarne beaucoup d'autres. " A quoi il lui répondit: " J'accepte votre cadeau. C'est très gentil de votre part, mais la comparaison avec Jésus-Christ ne m'est sûrement pas applicable à cause de mon passé, à cause de ma manière d'être, et à cause de ma foi. " » Lorsque Georges Suffert interrogea Wiesel en 1983 sur ses liens avec François Mauriac, très curieusement, celui-ci ne répondit pas au premier degré, mais interpréta la question comme si, implicitement, elle posait celle de son rapport à Jésus. Pour lui, il n'était « pas le Messie, bien sûr, ni même un prophète. Mais un maître spirituel [1] ».

Mais cela n'enlève rien à la reconnaissance de Wiesel pour Mauriac, car à qui doit-il davantage sa vocation d'écrivain? Ce qui reste, après tout, ce ne sont pas ces lignes de dédicace. Est-ce d'ailleurs tant sa préface, que l'on ne peut pas négliger, malgré tout? Non plus. L'important, l'essentiel, c'est la conjonction de trois éléments: que ce soit lui, Mauriac, qui ait fait publier et d'abord écrire le manuscrit de *La Nuit* – ou réécrire à partir du yiddish – et qui en ait donné la préface – toute contestable qu'elle soit théologiquement! Car c'est lui et personne d'autre qui a proposé le livre aux éditeurs, à commencer par le sien, Grasset, qui n'en a pas voulu, pas plus que d'autres d'ailleurs. Jusqu'au jour où Jérome Lindon téléphona à Mauriac – ce devait être en 1956-1957 – afin d'obtenir une préface pour le livre de Micheline Maurel, *Un camp très ordinaire*, qu'il voulait publier. Mauriac lui parla du manuscrit d'Elie Wiesel; dix-huit mois plus tard, il était publié. La reconnaissance de Wiesel dépasse en même temps le seul aspect éditorial, pour

1. *Le Point*, mars 1983.

fondamental qu'il soit. Il écrit ceci de Mauriac dans *Un Juif aujourd'hui*:

« Il savait que mon récit lui serait une blessure, qu'il allait offenser certains de ses dogmes et les remettre en question; il ne pouvait pas ne pas le deviner. Cela ne le fit pas reculer, au contraire. En me poussant à écrire, il fit un acte de foi en l'écriture pour prouver peut-être que le dépassement est possible pour des hommes qui n'ont rien en commun, pas même la souffrance.

« [...] Je n'oublierai jamais cette première rencontre. »

Même si Elie Wiesel connaît les limites du langage théologique comparé au langage des âmes, il n'en reconnaît pas moins que par la suite, ses rencontres avec François Mauriac prirent parfois l'accent de « disputations » du Moyen Age. Et Wiesel de nous assurer que lorsqu'il les publiera, elles feront des « remous ».

Le 29 mai 1963, François Mauriac écrivit dans son *Bloc-notes*[1] :

« Les livres d'Elie Wiesel commentent ce retour du voyage d'un enfant au bout de l'horreur. Que j'aime les mystiques juifs, ces témoins du premier amour. Peut-être en existe-t-il beaucoup encore mais non parmi l'Israël auquel nous avons à faire et dont le génie est tout tourné à la conquête et à la domination. Elie Wiesel m'amènera un jour en Terre Sainte. Il le désire d'un grand désir, ayant du Christ une connaissance très singulière. Il l'imagine sous des phylactères, comme l'a vu Chagall, fils de la synagogue, Juif pieux et soumis à la Loi et qui ne serait pas mort, parce qu'étant homme il s'était fait Dieu. Elie Wiesel se tient sur les confins des deux Testaments. C'est de la race de Jean-Baptiste. »

Lorsque j'ai demandé à Elie Wiesel comment il avait réagi à ces propos de Mauriac, il me répondit simplement : « C'est sa vision de moi, sa perception. Pourtant, je n'ai jamais été " aux confins du Nouveau Testament ". Je respecte les chré-

1. *Op. cit.*

tiens qui sont attachés au Nouveau Testament, s'ils respectent mon attachement à notre Bible, au *Tana'h*[1].»

Dans cette même page du *Bloc-Notes*, François Mauriac souligne la spécificité de l'écriture et de la vocation propre d'Elie Wiesel: «Il était revenu des camps, après avoir vu brûler tous les siens, lui l'enfant mystique, après avoir perdu, ou plutôt après avoir cru perdre la foi au Dieu d'amour et de consolation. Ses romans se distinguent de tout ce qui compte aujourd'hui dans le roman en ceci: le problème technique ne s'y pose pas comme sa propre fin. La technique y est liée à l'exigence de ce qu'a à nous crier cet innocent échappé au massacre d'Hérode. Au vrai, il s'agit beaucoup moins d'une déposition portant sur des faits d'histoire que de l'aventure intérieure d'une âme qui a pu croire quelque temps que Dieu avait été massacré lui aussi, l'innocent éternel.» Ce texte déborde d'émotion et d'amour, mais paradoxalement d'une émotion contenue, car peut-être Mauriac avait-il envie de pleurer et de se taire, de prier. Pourtant, à cet instant il écrivait avec toute son autorité de prix Nobel de littérature et d'académicien français. Quel plus bel hommage Elie Wiesel pouvait-il espérer recevoir de son maître et ami!

En 1960, Wiesel publie son deuxième livre, *L'Aube*, dédié à Mauriac. Celui-ci marque le tournant décisif de sa vie d'après-guerre. Il optait définitivement pour l'écriture. Huit ans plus tard, Elie Wiesel recevra le prix Médicis pour son roman *Le Mendiant de Jérusalem* et François Mauriac, qui n'a pas la réputation d'être particulièrement mondain, viendra embrasser son lauréat, rue Jacob, aux éditions du Seuil, accompagné de son fils, Claude, membre du jury Médicis, qui n'avait voté pour Wiesel qu'au troisième tour de scrutin.

Avec le recul, ce geste paraît presque normal de la part de Mauriac, pourtant, c'est oublier que l'amitié entre les deux hommes venait de traverser sa période la plus dure,

1. *Le Mal et l'Exil*, Nouvelle Cité, Paris, 1988.

frôlant la rupture, suite à la conférence de presse du général de Gaulle au lendemain de la guerre des Six Jours en juin 1967, avec la fameuse phrase : « ce peuple d'élite, sûr de lui et dominateur ». Wiesel exigea une protestation de Mauriac. Le jour vint où il lui fut donné de faire état de son désaccord avec le général sur cette petite phrase. Pour lui qui l'admirait tant, on imagine ce que cela dût coûter ! Une fois de plus, ce geste témoigne pour l'homme exemplaire et pour l'ami qu'il fut.

VI

« L'ÉCRITURE DU DÉSASTRE »

« Au commencement était la foi, la stupide foi ; et la confiance, la sotte confiance ; et l'illusion, la dangereuse illusion.

« Nous avions cru en Dieu, avions eu confiance en l'homme et avions vécu avec l'illusion qu'en chacun d'entre nous brûlait l'étincelle sacrée de la présence divine, que chacun d'entre nous portait en lui, dans ses yeux et dans son âme, l'image de Dieu.

« Cela fut la source – si ce n'est la cause – de tous nos malheurs [1]. »

Ainsi s'ouvrait *Un di velt hot geshvign*, publié à Buenos Aires en 1956. C'est cela qu'incarnait le Shtetl, une foi et une confiance aveugles conjointes à une illusion infrangible.

Les rares Juifs de Sighet qui ne partageaient pas ces valeurs se sont sauvés comme Shloime Perl, qui se réfugia d'abord dans les montagnes avoisinantes, avant d'être caché par le docteur Ion Octavian Vlad, interne à l'hôpital de cette ville. George Dabala était garagiste à Sighet. En avril 1944, lycéen, il fut témoin du départ des transports de Juifs pour une « destination inconnue ». Ils étaient poussés à plus de cinquante par wagon, alors qu'en d'autres temps on y mettait six à huit têtes de bétail. Jour après jour, il entendait les Juifs pleurer et crier au secours, mais personne ne leur venait en aide. « Pas un de mes camarades d'école n'est revenu », dit-il tristement [2].

1. Traduction de Jacques Mandelbaum.
2. *Against Silence*, t. III, *op. cit.*

Sur les quinze mille Juifs de Sighet, cinquante familles revinrent au lendemain de la Shoah. Dans chacune des maisons dont les juifs furent arrachés, s'étaient installés des chrétiens, mettant des croix, là où des portraits de rabbis étaient accrochés, jetant les livres hébraïques qui s'y trouvaient, et chez les plus aisés les nombreux volumes du Talmud. Installés dans leurs meubles, ils étaient chez eux. N'ont-ils jamais eu peur qu'une nuit ou qu'un matin, quelqu'un sonne à leur porte et leur dise :cette maison est à moi. « Après la guerre, Sighet était un fantôme », me dira Jacques Perl, qui vit à Paris depuis plus de trente ans, avec sa famille. Itz'hak Wolff revint du camp de travail, où il avait été envoyé, et rouvrit quelques mois la boutique de Shlolmo Wiesel : « Je n'ai bien sûr plus rien retrouvé dans les caves. La sœur du père d'Elie était revenue habiter à Sighet et Bassye, la sœur d'Elie, aussi, avant de partir au Canada, où elle est décédée entre-temps. »

C'est en 1965, qu'Elie Wiesel revint à Sighet la première fois, l'année où il visita les Juifs d'Union soviétique. Arrivant dans un hôtel miteux, assez tard dans la soirée, le gardien de nuit lui tendit une fiche de police tout en lui demandant, pour remplir son registre, d'où il venait et sa profession. Lorsque Wiesel lui répondit qu'il venait de New York, l'homme n'a pas vraiment compris ; encore moins en regardant son lieu de naissance. Lors de ce premier retour, l'irrésistible envie de retrouver la montre en or de sa *Bar-Mitsva* le saisit et la nuit même de son arrivée, il pénétra dans le jardin de sa maison et creusa la terre au pied de l'arbre avec ses mains nues. Il n'est pas la peine de se demander s'il dormit cette nuit-là, hantée par les fantômes qu'elle dût être. A l'aube, il ne pensait qu'à une chose, revoir sa maison.

Il emprunta l'ancienne rue principale du quartier juif, qui s'appelait avant-guerre la rue des Juifs et s'appelait désormais *Strada Traian* – puis deviendra la rue des Déportés. Lorsque Wiesel lut ce nom, il fut indigné : « On ne se souvient même plus des Juifs de Sighet sauf au cimetière. » Il arriva enfin au but de son voyage, la maison à l'angle de la Kammergasse et de la Schlangengasse. L'entrée principale donnait sur la rue des Serpents. Il resta d'abord immobile devant sa maison, de peur que la porte ne s'ouvre et «qu'un jeune homme qui me ressemble ne sorte, et me demande très innocemment: "Dis-moi, que fais-tu là, étranger? Que fais-tu dans mon rêve? Dans mon histoire?"»

«Où est le garçon?» interrogea Wiesel, comme s'il rêvait à haute voix. «Où est le vieil homme? Où sont les rabbins? est-ce qu'ils rient, eux? Y a-t-il quelqu'un qui rit?» La maison n'avait pas changé, le vieux portail en bois, qui grinçait, n'avait pas encore été remplacé. L'angoisse de se retrouver à l'intérieur le saisit à la gorge, si bien qu'il ne voulut même pas demander à entrer.

Après quoi, il alla au cimetière et devant la stèle de son grand-père paternel, mort en 1918 de la grippe espagnole, soit dix ans avant sa naissance, il récita silencieusement le *Kaddish*. Plus tard, il racontera qu'il entendit murmurer les paroles sacrées «dans le bruissement des feuilles, dans le crissement du sable et de la terre. En effleurant les pierres [1]». Seul parmi les morts, c'est là qu'il se retrouve, en même temps qu'il sent la présence de tous ses morts, ces morts qui n'ont pas de tombe.

Sept ans plus tard, en 1972, il revint au même endroit, mais il n'était plus seul, une équipe de la télévision américaine le suivait et, Marion, sa femme, l'accompagnait. Cette fois, il rentra dans la maison et fut comme pétrifié de s'apercevoir que rien n'avait changé; tous les meubles étaient à leur place, même le papier au mur. L'impression était si insoutenable pour lui, que Marion, alertée, l'entraîna dehors. «La dernière image que j'ai de cette maison remonte à vingt-six ans. Je me tenais à cet endroit, dans la rue, avec tous les Juifs de cette rue. C'était le printemps, presque l'été,

1. Propos recueillis par Myriam Anissimov in *Le Monde de la Musique*, janvier 1987.

entre Pâques et *Shavouot*. Le premier transport de Juifs avait quitté Sighet. Je me le rappelle d'une manière frappante, au point de tuer toute autre parole dans ma bouche, et toute autre image [1]. »

Pour tenter de dire cette nuit, plus que pour raconter, car on ne raconte pas *cela*, ne fallait-il pas l'écrire dans la langue de son peuple assassiné ?

En juin 1981, il retrouve à nouveau Sighet, cette fois avec la comédienne Marie Grinevald [2], qui tourne un film sur lui pour la première chaine de télévision française : *Elie Wiesel ou la ferveur hassidique*. Pour l'occasion, chose unique, il accepte d'être filmé durant un office, auquel il assiste dans la dernière synagogue de sa ville, et au cours duquel il adresse quelques mots en yiddish aux vieillards impassibles, assis devant lui. « Quand je vois mon ami d'enfance avec lequel j'allais au *'héder* de quoi parlons-nous ? De Sighet. De Sighet qui est resté inscrit dans notre mémoire. Nous avons aspiré, absorbé en nous le soleil de Sighet, ses arbres, ses nuages, les pensées naïves de ses enfants et ses *niggounim*, les mélodies de ses vieillards et les récits de ses *Hassidim* et la *Guemara** de ses *Yéshivot*. Nous portons tout cela sur nos épaules, c'est entré dans notre âme et dans notre cœur jusqu'à la fin de nos jours. »

Le professeur Ady Steg, qui curieusement ne connaissait pas l'existence de *Un di velt hot geshvign*, me dit qu'il a toujours cru qu'Elie Wiesel écrivait d'abord ses livres en yiddish, tant sa pensée est une pensée yiddish. « En fait, il écrit en yiddish, il croit écrire en français. Il vit dans ce *niggoun*, cette mélodie, c'est tellement flagrant. Chez nous, on ne lisait pas, on chantait le *'Humesh*, la Torah. » Même dans *La Nuit*, il y a cette mélodie, qui vient d'autre part. Dans un texte déjà cité, *Band marshoves vegn yiddish* (Pensées

* L'une des parties du Talmud.

1. *Against Silence*, t. III, *op. cit.*

2. On doit par ailleurs à Marie Grinevald, en création mondiale, la mise en scène de la pièce d'Elie Wiesel, *Le Procès de Shamgorod*.

marginales sur le yiddish) Elie Wiesel apporte un élément capital à la compréhension de son œuvre : « Je sais seulement que s'il n'y avait pas mon premier livre écrit en yiddish, s'il n'y avait pas mes souvenirs à propos du yiddish, mes autres livres seraient demeurés muets [1]. » Jusque dans la concision de l'écriture, on pressent le tréfonds biblique mais également hassidique qui la fonde.

En huit cents pages, il peut arriver que certains en disent moins que d'autres en cent – et en cent moins qu'en une seule. Certains chroniqueurs, certains écrivains, certains poètes, qui ne sont pas revenus, réussirent en quelques dizaines de pages à répercuter en nous quelque chose de cette nuit, que jamais nous ne pourrons pénétrer. « Le cri des enfants affamés qui implorent déchire le silence de la nuit. » Ces mots d'Emmanuel Ringelblum dans sa *Chronique du ghetto de Varsovie* [2] ne déchirent-ils pas eux aussi le silence de Dieu. Du Dieu qui s'est tu dans la nuit abyssale où le silence rend fou. C'est par le silence qu'Elie Wiesel entra en littérature et le silence tient dans son œuvre la place qui revient à Dieu. Comme lui, il est impondérable, invisible. C'est pourquoi on n'entend, on ne lit que lui. Mais dans *La Nuit*, plus que dans ses livres postérieurs, le silence recèle derrière lui une éternité plombée.

C'est aussi par le feu, ces flammes qu'il vit dans sa première nuit de camp. Dans un court et saisissant essai, écrit par lui en yiddish sous le titre *Maï ka mashma-lone dos faïer* [3] ? – Qu'est-ce à dire le feu ? –, Elie Wiesel l'évoque : « Au commencement, était le feu qui brûle et brûle et ne se consume pas. On passe de feu en feu. La thématique du feu est presque une obsession, une folie. Où que l'on se tourne, les doigts se brûlent.

1. Traduction de Jacques Mandelbaum. *Di Goldene Keyt* n°s 95-96, Tel Aviv, 1978.
2. Robert Laffont.
3. Traduction de Jacques Mandelbaum.

« Les flammes qui ont consumé le Temple, les amas de cendres de l'Inquisition, les cieux de fumée et de cendres au temps du troisième *'Hurban* : on va d'un feu à l'autre et c'est un miracle que nous ne soyons pas devenus aveugles à force de voir tant de feu.

« Qu'est-ce que cela veut dire ces années qui courent, ces souvenirs qui demeurent, ces visages disparus qui vous persécutent jusque dans votre sommeil ? Qu'est-ce à dire ?... Que laissent-ils entendre ? »

Le poète Itz'hak Katzenelson, qui fut assassiné à Birkenau avec son fils aîné, dans la nuit du 31 avril 1944, un an après l'insurrection du ghetto de Varsovie, dont il avait réussi in extremis à s'échapper, avant d'être repris, confiait à une amie, dans les dernières semaines de sa vie : « Comment décrire des choses que l'humanité n'avait jamais encore vécues ? Il faudrait inventer un langage spécial pour cela ». Il ajoutait cependant : « Il ne faut pas qu'une goutte de notre sang soit oubliée. » C'est pourquoi, entre le 3 octobre 1943 et le 18 janvier 1944, il avait écrit *Le Chant du peuple juif assassiné.* « Pour transmettre la vérité de l'Holocauste, encore faudrait-il pouvoir y ajouter le silence que des millions d'inconnus ont laissé derrière eux en s'en allant », écrit Elie Wiesel dans *Un Juif aujourd'hui.* C'est de ce silence qu'est sorti *Un di velt hot geshvign* – et sa version française *La Nuit.*

Pourquoi Elie Wiesel n'a-t-il pas repris dans *La Nuit* ces premières phrases, qui portent en elles à la fois tout le désespoir et toute la protestation du croyant – du croyant ou plutôt de celui qui a cru ? La différence majeure entre les deux livres est que le texte yiddish se situe d'entrée de jeu sur le terrain de la foi et de la confiance, qui ont été trompées par l'illusion. Sans la confiance, la trop grande confiance, l'illusion aurait-elle pu faire tant de ravages dans le peuple juif, depuis les Juifs de Varsovie jusqu'à ceux de Paris et de Corfou ? Dans sa préface, François Mauriac écrit que les lecteurs de *La Nuit* « devraient être aussi nombreux que ceux du *Journal* d'Anne Frank». Et pourtant il y a un fossé qui sépare le Journal d'Anne et le récit d'Elie Wiesel.

Le *Journal* est traduit en trente-quatre langues, et, en 1990, avant l'édition définitive, seize millions d'exemplaires s'en étaient déjà vendus dans le monde. *La Nuit* est traduite dans une quinzaine de langues et selon Georges Borchardt, son agent littéraire américain et son ami de longue date, le total des ventes du livre avoisinerait le million d'exemplaires, celui-ci se vendant depuis plusieurs années à cent cinquante mille exemplaires par an. Georges Borchardt se souvient de sa première rencontre avec Elie Wiesel à son bureau de New York, le 25 novembre 1958, alors qu'il cherchait un éditeur pour lui et avait déjà « essuyé trois refus ». Enfin, après beaucoup de persévérance, *La Nuit* fut accepté chez Hill et Wang, qui le publia en 1960, « après avoir payé un à-valoir des plus modestes, 250 $ en deux tranches ! Le livre ne marcha pas très bien au début... » Même si le prix Nobel valut à ce livre – et à quelques autres – d'être traduits dans des langues telles que le japonais ou le coréen, le chiffre de la seule édition française reste très inférieur à cent mille exemplaires, sur une durée de trente-six ans, ce qui est à la fois incompréhensible et affligeant. A quoi tient le succès mondial et aussi populaire du *Journal* d'Anne Frank ? A deux choses. La première, que l'on ose à peine avancer, est peut-être qu'elle n'est pas revenue... La seconde, est que son *Journal* parle de la vie qui continue *malgré tout*, malgré les privations, malgré le manque cruel de liberté – et c'est peu dire ! – des habitants de l'annexe. Il parle de la vie et non des camps de la mort, de sa découverte de l'amour et non de l'Apocalypse. Pauvre intimité, pauvre amour ! Promiscuité et querelles régulières, tel fut le lot des Frank et de leurs amis d'infortune, avant la déportation.

Aucun livre, aucun récit sur les camps d'extermination, n'a eu le succès posthume du *Journal* d'Anne Frank. Quoi de plus émouvant que les écrits des enfants morts ! Il ne fait pas de doute que nombre de gens préfèrent le livre d'une petite fille juive très douée et bouleversante d'espoir et de foi en l'homme, qui raconte ses angoisses, ses émotions devant la vie qui naît en elle, alors qu'elle est condamnée à mort sans le savoir, que celui d'un jeune homme rescapé, qui raconte la fin d'un peuple, de son peuple. Doit-on dire pour autant que le souhait de Mauriac ne s'est pas réalisé ? Il s'est réalisé sur le long terme, sur quarante ans, comme la traversée du désert par les Hébreux sous la houlette de Moïse, au sortir de l'Egypte. C'est dans cette perspective qu'il faut comprendre l'attribution du prix Nobel de la paix en 1986.

« Les gens ne veulent plus lire ce genre de récits [1] », répondirent à Mauriac les premiers éditeurs auxquels il proposa *La Nuit.* Curieux de relire cela en ces années qui marquent le cinquantième anniversaire de la rafle du Vél' d'Hiv, de l'insurrection du ghetto de Varsovie, et de la fin de la Seconde Guerre mondiale.

Jérôme Lindon se souvient, quant à lui, de l'impression qu'il eut, lorsqu'il lut le manuscrit d'Elie Wiesel, avant même qu'il n'ait de titre. C'est lui-même d'ailleurs qui le proposa à Wiesel. Il est d'autant plus intéressant de noter à ce propos, que ce titre *La Nuit* l'inspira lui-même plus tard pour ses premiers romans : *L'Aube* et *Le Jour.* D'une certaine manière ces trois livres forment une trilogie. « C'est un livre tout à fait exceptionnel, me dit Jérôme Lindon, qui apprenait énormément de choses. J'ai été bouleversé par le courage qu'il a eu de parler de son père comme il l'a fait. Il a été également l'un des premiers à faire preuve d'une telle sincérité en évoquant par exemple la scène de copulation dans le wagon à bestiaux qui les transportait à Auschwitz. Il fut, à cette époque, l'un des seuls à vouloir dire les choses sans tabou. Il n'a jamais été aussi loin que dans ce livre.

« Son récit de l'arrivée à Birkenau en juin 44 est une chose qui m'a beaucoup frappé. Lorsque les Huns avaient

1. *Silences et mémoire d'hommes, op. cit.*

envahi l'Europe au Ve siècle, on savait ce qu'ils étaient, tout le monde se préparait. Or, quinze siècles plus tard, une chose aussi monstrueusement organisée se faisait dans le secret. Arriver en juin 1944 à Auschwitz sans savoir ce que c'était, paraît rétrospectivement stupéfiant du point de vue de l'organisation de la machine nazie. »

L'impression que Jérôme Lindon garde de Wiesel à cette époque ? « Il est toujours en train de sortir d'Auschwitz. »

Au moment de leur première rencontre – à vrai dire ils ne se rencontrèrent pas souvent – Wiesel devait avoir vingt-huit ans, un peu moins que Jérôme Lindon, et ne pratiquait le français que depuis une dizaine d'années. Comment a-t-il réussi à écrire son livre dans notre langue, s'il n'était doué d'une farouche volonté doublée d'un réel don des langues ? La première version de son manuscrit n'avait encore ni la force ni la limpidité du texte que nous connaissons, fruit d'un travail intense et des conseils de son éditeur.

Mais cette langue, le français, si éloignée du yiddish comme de l'hébreu, pourquoi l'avoir choisie ? Elie Wiesel avance lui-même une ou deux réponses. La première est évidemment liée à François Mauriac. Imagine-t-on Wiesel lui présentant un manuscrit en yiddish ? La deuxième réponse est sans doute de même nature que celle que l'on pourrait donner à la question de savoir pourquoi il choisit finalement de s'intaller, aux Etats-Unis, à New York, plutôt qu'en France ou qu'en Israël. Le Français est d'abord une langue plus lue, donc plus internationale que le yiddish, dans laquelle il continue cependant à écrire pour des journaux juifs américains et des revues comme *Di Goldene Keyt*, publiée à Jérusalem. La troisième réponse, celle qu'il apporte lui-même, est beaucoup plus métaphysique, en ce qu'elle intègre l'être et l'au-delà de l'être, la mémoire et l'au-delà de la mémoire, c'est-à-dire une mémoire transfigurée :

« Après la guerre, j'avais adopté cette langue avec un réel sentiment d'amour. Mais cette langue, en principe, ne devrait pas être la mienne car elle ne convient pas toujours aux thèmes que je traite dans mes livres. [...] Choisir le français relevait du défi, je crois. Je cherchais également une langue différente : l'hébreu, le yiddish ou le hongrois symbolysaient toute mon enfance. [...] Et je voulais montrer que j'étais entré dans une ère nouvelle, pour me prouver à moi-même que j'étais vivant, que j'avais survécu. Je tenais à rester le même, mais dans un autre paysage. Et la langue française constituait ce nouveau paysage [1]. »

Avoir « osé » écrire plus de trente livres avec toujours l'ombre du *'Hurban*, du génocide, en perspective, voilà ce que certains ne pardonnent pas à Elie Wiesel. Comme notamment le très critique Wladimir Rabi, qui lui demandait en 1980, dans un long article paru dans *Esprit*, de ne plus écrire pendant dix ans. Dans ce même texte, il écrivait pourtant ces lignes : « Dans ce qu'elle présente de meilleur, l'œuvre de Wiesel révèle des qualités incontestables et un don visionnaire que tous les observateurs ont pu noter dès la publication de *La Nuit*, récit dense, serré, pudique, " livre intérieur " selon l'expression de P.-H. Simon. Certes il y eut de nombreux témoignages de survivants, qui tous ont tenté de traduire une expérience difficilement communicable sinon incommunicable. Mais la qualité exceptionnelle réside ici dans le fait qu'il a pu assurer cette communication presque immédiatement et, comme me l'a précisé un survivant de Buchenwald, avec " la distanciation minimale ". »

Pour beaucoup de Juifs survivants, en effet, *La Nuit* demeure la « seule œuvre permise » d'Elie Wiesel. Même ceux qui lui en veulent d'avoir fait du génocide un sujet de « littérature » – ou simplement de littérature – n'en reconnurent pas moins la valeur de son témoignage. On peut se demander d'abord pourquoi certains lui en veulent tant ? Et qui sont-ils d'ailleurs ces critiques ? Certains, comme lui, sont des « anciens » de l'OSE, mais pas tous. Le reproche que lui font quelques-uns de ces anciens est d'avoir cherché

1. *Elie Wiesel, qui êtes-vous ?, op.cit.*

la célébrité – ou de l'avoir rencontrée ? D'autres, d'avoir été en quelque sorte infidèle à un passé commun. Jalousie ? Sans doute, car quelques-uns, rares en vérité, disent ou pensent : il a écrit ce que j'aurais aimé écrire. Mais il faut être franc, tous ceux qui m'ont reçu, des frères Finkel à Izio Rosenman, qui m'ont parlé de lui et de cette époque du retour à la vie, n'éprouvent qu'amitié, et parfois fierté, de connaître Elie Wiesel, et de pouvoir le rencontrer sur un simple coup de fil. Quarante-cinq ans plus tard, que l'un d'eux le rencontre, ils se tutoient et se mettent à discuter du passé, de leurs souvenirs communs, mais également du présent, et le plus souvent en yiddish, la gloire et les honneurs n'y changent rien.

Sur les 437 garçons débarqués de Buchenwald à Ecouis, un seul est devenu écrivain. Comme me l'a dit Niny : « Certains ne supportent pas qu'il soit sorti tellement grand et indemne. S'il a eu le prix Nobel, c'est qu'il a pris le risque d'apparaître, or, peu prennent le risque de s'affronter à la férocité du monde. c'est cela la double cassure : les autres restent chez eux. Wiesel, lui, a agi et il a été également vers les autres, les non-Juifs, vers les nations. Aujourd'hui, il a l'oreille du monde. On devrait lui être reconnaissant de rappeler dans l'actualité, à tout moment, cette mémoire. On devrait lui dire : " Merci Wiesel, de parler pour nous ! " »

La Nuit est un livre-source, originaire. Il est le livre le plus *théologique* d'Elie Wiesel, bien qu'il se défende de faire de la théologie, et le plus personnel, même s'il semble parler de lui parfois, comme s'il s'agissait d'un autre, de celui peut-être qu'il a laissé de l'autre côté, derrière lui – qu'il a laissé ou qui l'a laissé. Pour les poètes rescapés, ce sont les morts qui abandonnèrent les survivants, autant sinon plus qu'ils n'ont abandonné les morts. Dans *Parole d'étranger*, Elie Wiesel cite le grand poète et écrivain juif, Aharon Zeitlin, survivant lui aussi, qui s'adresse quelque part à tous ceux qui l'ont quitté, son père, mort ; son frère, mort ; ses amis, morts :

« Vous m'avez abandonné, leur dit-il. Vous êtes ensemble, sans moi. Moi, je suis ici. Seul. Et je fais des mots. »

La Nuit est autre chose et plus que de la littérature. C'est le récit de ce qu'un père et son fils subirent ensemble dans cette Capitale de l'horreur que fut Auschwitz. Récit de la honte du fils à être le témoin du martyre de son père et de la douleur muette d'un père qui assiste impuissant à la souffrance de son fils. Ce livre retrace non une expérience, mais une épreuve, l'épreuve absolue du jeune Eliezer de Sighet. Ce véritable dialogue des Enfers, entre le Hassidisme d'un côté et la démence nazie de l'autre, se situe à part dans les récits concentrationnaires, écrits après l'Evénement – comme se situent à part *Si c'est un homme* de Primo Levi et *L'Espèce humaine* de Robert Antelme.

Après avoir écrit *L'Espèce humaine*, Robert Antelme se tut ; de même qu'André Schwarz-Bart après *Le Dernier des justes*. Ce furent des livres définitifs, les livres d'une vie. Il en va tout autrement de *La Nuit*, parce qu'il en va tout autrement d'Elie Wiesel. Aucun de ses livres n'est le livre d'une vie, au sens où chacun de ces deux-là le fut pour son auteur, parce que c'est l'écriture qui est *sa vie même*. Mais surtout parce qu'il n'avait pas tout dit, bien qu'il y ait dit son chant le plus intérieur. Dix ans après avoir écrit *La Nuit*, il publie *Le Chant des morts*, dont l'un des récits s'intitule « Plaidoyer pour les morts ». Le chant ne suffit plus devant ceux qui jugent les morts, il faut défendre leur mémoire. Dix ans plus tard encore, dans *Un Juif aujourd'hui*, c'est un « Plaidoyer pour les survivants » qu'il écrira devant la montée de l'innommable révisionnisme, qui n'est le plus souvent qu'un négationnisme.

Pendant la guerre, certains Juifs résistants, notamment ceux du Ghetto de Varsovie, se posèrent déjà la question : pourquoi ne nous défendons-nous pas ? Si cette question était valable, celle posée après la guerre par des intellectuels juifs qui n'avaient pas subi eux-mêmes la déportation, s'étant expatriés avant 1939, de savoir pourquoi les Juifs se sont laissé emmener à l'abattoir comme des moutons ? était, elle, inacceptable pour l'immense majorité des survivants. Certains pourtant, et en particulier Bruno Bettelheim, qui fut déporté en 1938-1939 à Buchenwald et Dachau et libéré contre une forte caution juste avant la guerre, ne cessèrent leur vie durant de repenser à cette question.

Le 5 novembre 1942, après la première liquidation du ghetto de Varsovie, pendant laquelle 310 000 Juifs avaient été emmenés à l'Umschlagplatz, d'où partirent tous les trains pour Treblinka, Emmanuel Ringelblum, le fondateur des Archives clandestines du ghetto, enfouies sous les ruines en 1943, peu avant l'insurrection, écrivait : « On entend partout les mêmes mots : il ne fallait pas accepter la déportation ; il fallait descendre dans la rue, tout incendier, franchir les murailles [...]. Oui, les Allemands se seraient vengés ; nous aurions eu des dizaines de milliers de victimes, mais jamais 300 000. [...] Cela ne doit pas se reproduire. [...] Tout le monde doit se défendre contre l'ennemi [...] [1]. »

Comment comprendre ce qui dépasse notre imagination à ce point ? Le procès aux victimes est un procès honteux. C'est pour eux qu'Elie Wiesel s'est senti, parmi d'autres, le devoir implacable de passer sa vie à témoigner, à écrire et à agir. En cela, Primo Levi est proche de lui. D'où la fermeté de sa réponse à Hanna Arendt lorsque celle-ci publia *Eichmann à Jérusalem*. La philosophe soulevait des questions relatives à la responsabilité des Juifs dans la Shoah ; or, justement, la Shoah ne ressortit pas des concepts mais de la compassion pour les victimes et cela, Arendt ne semblait pas pouvoir le comprendre. Elie Wiesel, fit sentir le fossé entre lui et la philosophe : « Ce qui me gêne dans ce livre, c'est le ton de connaissance de Hanna Arendt. Elle parle comme si elle savait répondre à toutes les questions. Moi, je ne sais même pas les questions [2]. » A un autre journaliste,

1. Cf. *L'Insurrection du ghetto de Varsovie*, présentée par Michel Borwicz, collections Archives, Gallimard, Paris, 1979.

2. *L'Express*, 1963.

il confiera: «Je connais très bien Hannah Arendt. J'ai été agacé par le ton qu'elle a pris, par cette façon de juger les autres. Nul n'en a le droit. Je crois que nous sommes tous coupables, et personne n'a le droit de juger les morts. Rêvons plutôt que ce sont eux qui nous jugent. Eux, ils en auraient le droit![1]»

Pour se révolter, encore fallait-il savoir la destination du voyage. Combien furent-ils dans le cas des Juifs de Sighet à n'avoir jamais entendu le nom d'Auschwitz, avant d'y être arrivés? Le satanisme absolu n'a-t-il pas été atteint lorsque les nazis instituèrent une autogestion juive – c'est-à-dire un Judenrat, un «Conseil juif» et une police juive! – dont le but n'était autre que de charger les Juifs eux-mêmes de leur propre extermination? L'héroïsme absolu n'a-t-il pas été atteint lorsque les derniers Juifs «libres» de Vasovie, seuls au monde et désespérés, choisirent une impossible insurrection contre les troupes nazies? Lorsque les membres du Sonderkommando de Treblinka se révoltèrent, comme plus tard leurs frères de Birkenau?

Il faut aborder également la dimension religieuse de *La Nuit*. La question première fut et restera pour un Juif pieux, comme Eliezer, la question de Dieu. Et parler de Dieu à Auschwitz – ou à propos d'Auschwitz – qu'est-ce d'autre que parler du silence de Dieu – ou de son absence? En même temps, comment admettre cette absence si l'on *croit* que Dieu est partout – et s'il y était, où était-il? En un certain sens le livre d'Elie Wiesel est le récit le plus théologique écrit sur l'épreuve concentrationnaire non seulement par un Juif, mais par un croyant quel qu'il soit – si l'on excepte le livre de Claude Lanzmann, tiré de son film *Shoah*. «Qu'es-Tu, mon Dieu, pensais-je avec colère, comparé à cette masse endolorie qui vient Te crier sa foi, sa colère, sa révolte? Que signifie Ta grandeur, maître de l'Univers, en face de toute cette faiblesse, en face de cette décomposition et de cette pourriture?»

1. *Micro et Caméra*, entretien de Jean Breton, 1963.

Ce cri, que Wiesel lance dans *La Nuit*, nous ne pouvons pas ne pas l'avoir entendu, ni faire comme s'il n'avait pas été poussé. Il nous poursuit longtemps encore après que nous en avons reçu l'écho. Mais comment évoquer ce livre sans se rapporter à cet épisode devenu dans l'œuvre wieselienne comme le paradigme de l'horreur humaine et du silence d'en-haut : le récit de la pendaison d'un enfant à Buna. Le petit *pipel*, « l'ange aux yeux tristes ».

« Tous les yeux étaient fixés sur l'enfant. Il était livide, presque calme, se mordant les lèvres. L'ombre de la potence le recouvrait.

« *Le Lagerkapo* refusa cette fois de servir de bourreau. Trois SS le remplacèrent [...] Les trois cous furent introduits en même temps dans les nœuds coulants.

« – Vive la liberté ! crièrent les deux adultes.

« Le petit, lui, se taisait.

« – Où est le Bon Dieu, où est-il ? demanda quelqu'un derrière moi. »

Les SS firent basculer les chaises. Elie Wiesel note à cet endroit :

« Silence absolu dans tout le camp. A l'horizon, le soleil se couchait. »

Alors commence le défilé des bagnards devant les potences.

« Les deux adultes ne vivaient plus [...]. Mais la troisième corde n'était pas immobile : si léger, l'enfant vivait encore [...].

« [...] Il était encore vivant lorsque je passai devant lui. [...]

« Derrière moi, j'entendis le même homme demander :

« – Où donc est Dieu ?

« Et je sentais en moi une voix qui lui répondait :

« – Où il est ? Le voici – il est pendu ici, à cette potence [...].

« Ce soir-là, la soupe avait un goût de cadavre. »

Ici, commencent les commentaires des théologiens. Le

plus saisissant de tous ceux qu'il nous ait été donné de lire, est dû au père Johann Baptist Metz.

«Qui exactement a le droit de donner la réponse ici indiquée à la question de Dieu «Où est Dieu? – Le voici. Il est pendu ici, à cette potence»?

«Qui, si une réponse est possible, peut dire cela? Je pense que n'a le droit de dire cela que le juif menacé de mort à Auschwitz avec tous les enfants, lui seul. [...] Ne peut l'entreprendre, si elle est tout simplement possible, que le juif lui-même dans cet enfer " où Dieu et l'homme pleins d'épouvante se regardent dans les yeux " (Elie Wiesel). Lui seul, à mon avis, peut parler ici d'un " Dieu à la potence ", non pas nous chrétiens en dehors d'Auschwitz, nous qui avons envoyé le juif, d'une façon ou d'une autre, dans une telle situation de désespoir ou qui l'y avons laissé. Ici, il n'y a pour moi aucun " sens " que nous pourrions attester sans les juifs. Ici, nous sommes, sans les juifs dans l'enfer d'Auschwitz, condamnés au non-sens, à l'athéisme [1].» Qui a été aussi loin que Johann Baptist Metz? Ce qu'il a compris, lui, François Mauriac ne pût sans doute pas le ressentir avec une aussi grande acuité, malgré sa générosité de cœur et d'esprit.

Que l'on ne s'y méprenne pas. Nous ne pouvons pas ramener le «Dieu à la potence» dont parle Elie Wiesel, au «Dieu est mort» de Nietzsche et des athées. Ce cri de Nietzsche qui est devenu inaudible pour nous après la Shoah, même s'il fut pour tant d'êtres, tragiquement vécu, éprouvé dans l'insupportable angoisse de la mort. Ce serait trop facile, non! Seul celui qui est sorti de l'enfer avec une âme, une foi brisée, qui vacille dans la nuit, telle une flamme qui ne peut s'éteindre et ne s'éteindra pas, et seul celui qui dans la foi, tel Job, tel Isaac, n'oubliera jamais l'*indicible* épreuve des siens, de tout un peuple, seuls ceux qui portent en eux quelque chose de cette mort, peuvent être porteurs d'une parole et d'une foi juives authentiques, car brisées. C'est la

1. *Concilium*, n° 195, «Le judaïsme après Auschwitz», 1984.

parole de Rabbi Na'hman de Bratzlav, reprise par Wiesel : « Il n'y a de foi entière qu'une foi brisée. » « Comme il est étrange, écrit Elie Wiesel, que la philosophie, qui nie l'existence de Dieu, ne soit pas venue des survivants. Aucun de ceux qui ont lancé la prétendue théologie de "Dieu est mort" n'a été à Auschwitz [1]. » Ce qui ne signifie pas non plus que certains rescapés des camps n'aient pas perdu la foi. Cela même ne prouverait rien, car nous n'ignorons pas que d'autres Juifs déportés revinrent pratiquants, alors qu'ils ne pratiquaient pas.

Le théologien américain, Richard L. Rubinstein, a écrit, lui, sans ambages que « la structure midrashique a été brisée à jamais par Auschwitz » et que « le Dieu de l'histoire est mort » [2]. Lorsqu'en 1986, j'interrogeais Elie Wiesel sur sa position par rapport à Rubinstein, il me répondit très clairement : « J'ai toujours réfuté cette philosophie. Ma protestation est à l'intérieur de la foi, elle n'est pas en dehors de la foi. Alors que Rubinstein dit que le Dieu de l'histoire juive est mort, donc que le Dieu d'Israël est mort. Je pense quand même qu'avoir traversé comme Juifs trois mille cinq cents ans d'histoire, pour revenir à une sorte de paganisme et pour dire que nous pouvons vivre sans Dieu aujourd'hui après Auschwitz, c'est un peu tard et de plus, inacceptable.

« Il ne s'agit pas de cela. Ce que j'essaye d'évoquer, c'est un peu l'histoire de la crise de la foi. Pendant la tourmente, il n'y a pas eu de désertion de la foi. Il y a eu protestation contre le silence de Dieu, mais c'était à l'intérieur de la foi. Là, est toute la différence. Je n'ai jamais compris l'athéisme. C'est une forme de pensée, un mode d'existence qui me sont étrangers [...]

« Pour moi, le problème n'est pas la non-existence de Dieu, mais c'est justement l'existence de Dieu. Si Dieu n'existe pas, alors il n'y a plus de question. Je suis parfois

1. Cf. Jean-Marie Lustiger, in revue *Amerika*, 19 novembre 1988.
2. Cf. Emil Fackenheim, *Penser après Auschwitz*, Editions du Cerf, 1986.

pour Dieu, souvent contre Dieu, mais jamais sans lui [...] [1]. »

Cette réponse capitale situe bien l'angoisse de ce que représenterait l'affirmation : « Dieu est mort. » Elle remettrait en question l'essence même du judaïsme, de l'être juif, et comme le souligne avec force Elie Wiesel, elle ramènerait les Juifs trois mille ans en arrière, à l'état d'esclaves des idolâtries ambiantes, c'est-à-dire à un état antérieur à la Révélation reçue et rapportée tour à tour par Abraham, Isaac, Jacob et Moïse. La Révélation de Dieu est *inamissible.* On ne peut revenir en arrière, mais on *doit* poser la question. Elie Wiesel évoquait pour désigner cette absence ou ce silence de Dieu, le titre du célèbre livre de Martin Buber, *Gottesfinsternis,* traduit en français par *L'Eclipse de Dieu* [2]. Il serait tout aussi juste de parler des ténèbres de Dieu.

La mort de Dieu n'est donc pas l'essentiel ; en ce sens, Wiesel a raison, car sans Dieu, il n'y a plus de question. – Reste à savoir si l'on peut demeurer juif « devant un Dieu qui rompt l'alliance, qui cesse de répondre, qui refuse le recours, qui vous laisse mourir, comme s'il vous avait abandonné ? Ne prend-on pas à la légère, en restant juif, le désespoir – et peut-être les doutes – de ceux qui allaient mourir [3] ? ». Elie Wiesel, lui-même, n'a pas posé de question plus terrifiante : oui, *ne prend-on pas à la légère, en restant juif, le désespoir – et peut-être les doutes – de ceux qui allaient mourir ?*

Emmanuel Lévinas n'a pas d'autre réponse que celle de Emil Fackenheim, évoquant la *614ᵉ mitzva, la mitzva prescriptive d'Auschwitz* [4] : « Il est interdit aux Juifs de donner à Hitler des victoires posthumes. Il leur est prescrit de survivre comme juifs, de peur que périsse le peuple juif. Il leur est

1. *Le Monde,* 31 octobre 1986, légèrement modifié par Elie Wiesel.

2. Nouvelle Cité, Paris, 1987.

3. Cf. Emmanuel Lévinas, *Le Scandale du mal, Les Nouveaux Cahiers,* nº 85, été 1986.

4. Dans le judaïsme, existent 613 commandements ou *mitzvot.*

commandé de se souvenir des victimes d'Auschwitz de peur que périsse leur mémoire. [...] Enfin, il leur est interdit de désespérer du Dieu d'Israël, de peur que périsse le judaïsme. [...] Par loyauté à l'égard des victimes, nous devons refuser la consolation, et par loyauté à l'égard du judaïsme, nous devons refuser de séparer Dieu de l'holocauste [1]. »

La différence entre Wiesel et Fackenheim réside pourtant en ceci, que celui-ci énonce des prescriptions négatives, car elles interdisent, tandis que Wiesel apporte des réponses positives, de l'ordre de l'éthique et de la mémoire – de la célébration.

Mais Eliezer Wiesel, celui qui a vu Dieu à la potence, vit dès la première heure de sa première nuit à Birkenau « des flammes [qui] montaient d'une fosse, des flammes gigantesques » dans laquelle un camion « déversa sa charge : c'étaient des petits enfants. Des bébés ! Oui, je l'avais vu, de mes yeux vu. Des enfants dans les flammes ».

« Jamais je n'oublierai les petits visages des enfants dont j'avais vu les corps se transformer en volutes sous un azur muet. »

Après avoir lu cette vision de cauchemar qui hante *La Nuit*, sa nuit, nous pouvons redire ce que l'écrivain polonais J. Wittlin, écrivait dans sa préface à l'édition américaine des *Poésies du ghetto*, qui reprenait les poèmes paru à Varsovie, en 1944, dans la clandestinité, sous le titre *Du fond de l'abîme* :

« La main tremble, la langue sèche, l'haleine dépérit, lorsque nous lisons ces poèmes. La honte brûle les yeux qui parcourent [c]es lignes noires et funèbres [...]. C'est une honte que l'on lise ces reliques [...] d'extermination [...], sans devenir aveugle [2]. »

Est-ce à Auschwitz qu'Eliezer comprit que ce qui se passait

1. *Penser après Auschwitz, op. cit.*
2. Cf. Michel Borwicz, *Ecrits des condamnés à mort sous l'occupation nazie*, Gallimard, Idées, 1973.

là, sous ses yeux, n'était rien de moins que la Révélation inversée plutôt qu'une irrévélation ? Une Révélation abyssale dans le domaine de l'âme, de l'être, aussi capitale que la théorie de la Relativité le fut pour le monde de la physique.

Quoi ! un enfant a vu à Birkenau, la première nuit une révélation comparable en énormité à celle du Sinaï, et il en est *revenu* pour en témoigner à la face du monde et le monde n'a pas reçu son témoignage !

S'il est vrai que nul ne peut voir Dieu sans mourir, ce qu'il a vu et compris, nul ne l'a vu sans mourir. Quelle relation y aurait-il entre Dieu et la Shoah, entre Dieu et Auschwitz ? Peut-on seulement ne pas poser la question ? Que les rescapés en soient revenus athées ou croyants, l'âme brisée, pleine de doutes, cela implique dans tous les cas une remise en question et de Dieu et de l'homme, voire des deux en même temps. Et si Dieu n'existait pas ? Eh bien, il serait encore coupable de ne pas exister.

Ce qu'a vu Eliezer, c'est que Birkenau était la Jérusalem de la nuit, la Jérusalem de feu et de cendres. Il a compris que « c'est la fin du temps, la fin de tout ».

« C'est le Messie qui va surgir de la nuit, le Messie de la peur, le Messie de la mort [1]. »

Et nous, que faisons-nous de son témoignage ? Après Auschwitz, ce n'est donc pas la vie ou la mort du Dieu d'Israël qui est en question, mais la vie ou la mort du peuple juif lui-même – peuple martyr *pour Dieu.*

La Nuit est incontestablement, l'un des plus importants livres théologiques de notre temps, François Mauriac et Jean-Marie Lustiger ne s'y sont pas trompés. Nous voudrions rapprocher de ce chef-d'œuvre le poème *Tenebrae* de Paul Celan, cité plus haut, qui offre une voie différente de celle de Wiesel. Il ne s'agit plus du procès de Dieu, ni même d'ailleurs de dire la mort de Dieu dans un enfant. La voie choisie par Celan inverse les prédicats, les rôles de Dieu et

1. *Célébration hassidique.*

des hommes. Ce n'est plus aux hommes à chercher une justification quelconque à leur invincible protestation ou encore un sens à leur foi éclatée, traumatisée. Ce n'est pas Dieu qui est mort – Nietzsche s'est tragiquement trompé – ce sont ses serviteurs, ses saints, ses *'Hassidim*, ses *Tzadikim*, ses *'Hakhamim*. Le deuil des survivants leur interdit de s'adresser au Dieu muet, aveugle et sourd de leur père, de leur mère, de leurs frères et sœurs assassinés. Dans sa solitude monstrueuse, Dieu choisit « en désespoir de cause » de revenir à ses enfants, au reste de son peuple, à ceux qui donnent sens à son Etre, à ceux qui justifient sa raison d'être, car à quoi bon un créateur qui ne veillerait que sur la poussière et les cendres de ses créatures ?

Nah sind wir, Herr,
nahe und greifbar.
(...)
Bete, Herr
bete zu uns
wir sind nah.

Nous sommes proches, Seigneur,
proches et saisissables.
Prie, Seigneur,
prie-nous,
nous sommes proches[1].

Elie Wiesel n'a jamais osé aller si loin, dans une voie qui brise jusqu'aux racines de la protestation. Cette fois, il ne s'agit même plus de mettre Dieu en procès, il s'agit d'une réalité totalement différente, qui consiste à faire des survivants les *tenant-lieu*, les remplaçants de Dieu. Non qu'ils soient tout-puissants, – l'est-Il d'ailleurs lui-même ? – mais leur message, leur voix, sont porteurs de salut pour l'humani-

1. *Grille de parole*, traduction de Martine Broda, Bourgois, Paris.

té. Wiesel rejoint là Celan, lorsqu'il clame que c'est uniquement si le monde écoute et lit les témoignages des survivants, qu'il a une chance de survivre, sinon la folie des hommes ne conduira qu'à la destruction nucléaire – le châtiment de la Shoah.

Le Seigneur priera-t-il ? Fera-t-il entendre sa voix ? A l'aune de l'œuvre de mort « en marche par le monde », Paul Celan, Elie Wiesel, nous font peut-être entendre sa prière muette. Cette interrogation formulée d'une manière ou d'une autre, est celle qui fit d'Elie Wiesel un « écrivain engagé » de la mémoire, de la survie, c'est-à-dire engagé pour l'avenir du peuple juif et de l'humanité, car pour lui, le combat pour la mémoire et la survie d'Israël, au sens large, n'est pas dissociable de celui pour la mémoire et la survie de l'humanité. Toute sa vie l'atteste. Et c'est là l'un des sens les plus profonds de son prix Nobel de la paix. N'est-il pas étonnant qu'il soit le premier écrivain à avoir reçu cette récompense ? C'est le signe que son œuvre est reconnue comme un outil de paix, de rapprochement entre les hommes.

VII

LA STATUE DE LA LIBERTÉ

En 1956, Elie Wiesel se trouve à New York, où Dov Youdkovski l'avait envoyé pour un mois comme correspondant de *Yedioth Ahronot* aux Nations-Unies. Un soir d'été, « un soir parmi tant d'autres soirs », il venait de cabler son papier quotidien à son journal, « un câble de cinq cents mots. Cinq cents mots pour ne rien dire. Pour masquer le vide de la journée écoulée. C'était l'un de ces dimanches calmes et monotones qui ne marquent pas leur passage dans le temps. Washington : rien. Nations Unies : rien. New York : rien. Hollywood même annonçait : rien. Les vedettes avaient déserté l'actualité. Dire en cinq cents mots qu'il n'y avait rien à dire n'était pas chose aisée. Après deux heures de labeur, j'étais épuisé. »

Après cette journée d'une chaleur harassante, il sortit de chez lui pour retrouver un ami. Il se dirigea vers Times Square. Là, à l'angle de la 45e Rue, devant l'hôtel Sheraton Astor, au moment où il traversait, un taxi le faucha, le laissant grièvement blessé sur la chaussée. Il est transporté d'urgence au New York Hospital. Bloc opératoire. Soins intensifs. Le diagnostic est lourd : commotion cérébrale, hémorragie interne, multiples fractures sur tout le côté gauche, notamment au bassin.

L'opération dura plus d'une heure. Les deux jours qui suivirent, son état resta sérieux. Dès qu'il émergea, sa hantise fut de ne plus pouvoir marcher ni parler. Il restera hospitalisé plusieurs semaines et Daniel Morgaine, son ami, lui rendra visite tous les jours. Cette épreuve le confrontait à nouveau à la souffrance physique, qu'il évoque dans *Le Jour* :

« Ma propre voix ne me parvenait pas. Mille aiguilles m'injectaient du feu dans le sang. Les paupières : rideaux de fer incandescent. J'avais soif. J'avais chaud. J'avais la gorge sèche. Mes veines étaient sur le point d'éclater. Et pourtant le froid ne m'avait pas quitté. Mon corps, pris de convulsions, tremblait comme un arbre dans l'orage, comme ses feuilles dans le vent, comme le vent dans la mer, comme la mer dans la tête d'un fou, d'un ivrogne, d'un mourant. » Sa respiration le faisait souffrir tout autant que les autres parties de son corps : « Mes poumons allaient éclater : chaudrons vides que l'on avait oubliés sur le feu. » Lorsqu'un matin son médecin, le Dr Russel, lui apprit qu'il revenait de loin, on eût dit qu'il le regrettait. « Le regret d'être revenu de si loin ne m'avait pas encore quitté. »

Eût-il vraiment souhaité mourir, ne pas revenir dans le monde des vivants ? L'appel des morts était-il si fort, à ce moment de son existence, plus fort que l'appel de la vie ? En d'autres termes, les morts peuvent-ils tuer ? Les forces de la vie prévalurent une nouvelle fois. Pourquoi le destin choisit-il celui-ci plutôt que celui-là, reste l'impossible mystère, l'infracassable énigme.

Un dialogue s'instaure entre le médecin et Elie Wiesel :

« – Il faut remercier Dieu, reprit-il.[...]

« – Comment fait-on pour remercier Dieu ? lui demandai-je.

« Ma voix n'était qu'un murmure. Mais je pouvais parler. J'en ressentis une joie qui me fit monter les larmes aux yeux. Le fait que j'étais resté en vie m'avait laissé indifférent – ou presque. Mais la preuve que le pouvoir de la parole ne m'avait pas été ôté m'inonda d'une émotion que je n'arrivais pas à dissimuler. »

Ce que ressentit Wiesel, c'était quoi finalement ? Un déracinement ontologique, un désespoir ontologique, ses racines n'étaient que cendres. A travers tout *Le Jour*, l'image de sa grand-mère le hante. Lorsqu'il souffrait de la soif au cours de la première – ou des premières – semaines de son hospitalisation, car son état ne lui permettait d'ingurgiter qu'une très faible quantité d'eau, c'est à sa grand-mère qu'il pensait immédiatement, sauf qu'il l'évoque dans un lieu où il s'est refusé de pénétrer par la pensée, et en tout état de cause par la parole. Jamais il ne franchira dans ses livres, dans ses écrits, dans ses propos la porte blindée, hermétiquement close de la chambre à gaz. « Je pensai : Grand-mère m'aurait compris. Il faisait chaud dans les bains sans air, sans eau. Il faisait chaud dans la salle où son corps livide était écrasé par d'autres corps livides. Tout comme moi, elle devait ouvrir la bouche pour boire l'air, pour boire l'eau. Mais il n'y avait point d'eau là où elle était, il n'y avait point d'air. Il n'y avait que la mort qu'elle buvait, comme on boit l'eau ou l'air, à bouche ouverte, les yeux fermés, les doigts crispés. »

Même dans *La Nuit* il n'a pas osé écrire *cela.*

Aux Etats-Unis, Elie Wiesel publia ses trois premiers livres sous le titre *Night Trilogy*, on prend alors conscience qu'avec *Le Jour* il était encore à peine sorti de la nuit. En tête de son récit, il a placé cette exergue de Kazantzakis tirée d'*Alexis Zorba* :

« Une fois de plus m'apparaissait la justesse de l'antique légende : le cœur de l'homme est une fosse remplie de sang ; sur les bords de cette fosse les morts bien-aimés se jettent à plat ventre pour boire le sang et se ranimer ; et plus ils vous sont chers, plus ils boivent de sang. »

On comprend qu'Elie Wiesel ait alors failli mourir d'une hémorragie, parce que tout le sang que lui buvait les êtres « les plus proches parmi les six millions d'assassinés [1] », l'exténuait « à n'en pouvoir se plaindre, à n'en pouvoir crier ».

En outre, *Le Jour* est parallèlement le premier récit d'amour, tout au moins le premier texte où Elie Wiesel raconte une aventure amoureuse, qui se lit comme un retour

1. Emmanuel Lévinas, exergue d'*Autrement qu'être ou au-delà de l'essence*, Livre de Poche.

au monde des vivants, monde dans lequel un homme et une femme peuvent s'aimer et construire ensemble une vie nouvelle malgré les ombres, malgré les morts sans tombes qui habitent jusqu'à l'obsession le survivant. Ce roman autobiographique a une dimension intime d'autant plus intéressante que l'on en sait moins sur la vie privée, la vie sentimentale d'Elie Wiesel. Il y raconte une vraie liaison féminine. Dès le seuil du livre, on le voit avec son amie Kathleen, et c'est presque un soulagement que de le voir se décrire aimant, capable d'aimer ou peut-être simplement capable de faire semblant d'aimer. Le lecteur de 1961 qui n'avait lu que *La Nuit* et *L'Aube*, pouvait se dire, en tout cas au début du roman : Elie Wiesel n'est plus seul, il a recouvré le goût de vivre, ce goût que pour un homme seule une femme peut avoir – rien d'autre au même degré. Une femme, avec toute sa puissance de sentiment et de sensualité, d'amour et de don d'elle-même, peut seule briser dans la vie d'un homme solitaire et désespéré son cycle morbide et, ainsi lui faire ressentir la prévalence de la vie sur la mort et des vivants sur les morts – fussent-ils « les êtres les plus proches »...

Une nuit qu'ils parlèrent ensemble de la souffrance et que Kathleen voulut voir en lui un saint, Eliezer, le personnage qui ressemble à s'y méprendre à son auteur jusqu'à son prénom déjà évoqué, pense : « Moi, un saint ! Est-ce qu'un saint ressent un tel désir pour le corps d'une femme ? Est-ce qu'il éprouve un tel besoin de la prendre dans ses bras, de la couvrir de baisers, de la mordre dans sa chair, de prendre possession de son souffle, de sa vie, de ses seins ? [...] »

Comme nous l'avons vu, c'est dans *L'Aube* qu'il décrit sa première expérience sensuelle ou sexuelle : « Elle prit ma main et la guida sur son corps, sur ses cuisses, sur ses seins et c'est alors que je me rendis compte que les femmes avaient des cuisses, des seins, un ventre, des mains capables de vous faire palpiter le cœur, capables de transformer votre sang en rivière de feu. »

Finalement Kathleen et Eliezer ne s'aimèrent pas vraiment, l'attirance réciproque leur tenait lieu d'aimant, et ces pages où Elie Wiesel décrit la rencontre de deux êtres, de deux amants, pour rares qu'elles soient dans son œuvre, n'en sont que plus bouleversantes.

Sa peur de l'amour, sa timidité de jeunesse avec les femmes, peuvent expliquer sans doute qu'il se soit marié si tard, à quarante-et-un an, mais le mariage et les amours passagères sont deux choses différentes. Il est certain qu'Elie Wiesel a aimé et été aimé avant sa rencontre providentielle avec Marion, vers 1966.

Après son accident, il demeura pendant une longue période dans l'impossibilité de marcher. Dans une lettre datée du 29 janvier 1957, soit six mois après l'accident, il écrivit à Rachel Minc : « Je suis toujours dans ma chaise roulante et chaque mouvement de mon corps est accompagné de douleurs. Il m'est encore difficile d'écrire. Même pour mes journaux, j'ai des assistants qui font le travail technique. »

La souffrance passée, ses multiples fractures remises et ses lésions cicatrisées, l'accident devait avoir deux conséquences pour Elie Wiesel. Un livre, son troisième, paraît en 1961 sous le titre *Le Jour.* Et en 1963, il obtient son passeport américain. Une année après son arrivée à New York, son visa de séjour venait à expiration, et en tant qu'apatride, le seul moyen qu'il avait de se le faire renouveler, était de retourner en France. Mais se trouvant, suite à son accident, dans l'incapacité d'entreprendre un tel voyage, il était complètement désemparé, lorsqu'un jour, après une dizaine d'aller-retour entre le Consulat de France et l'Office américain d'immigration, un fonctionnaire trouva la solution : « pourquoi ne demandez-vous pas la citoyenneté américaine ? » Même si la démarche était alors plus aisée qu'aujourd'hui, il faudra à Elie Wiesel patienter malgré tout près de cinq ans. Enfin, en janvier 1963, il cesse une fois pour toutes d'être apatride. Dans un article du New York Times publié à l'occasion du centenaire de la statue de la Liberté, il livrera son sentiment sur cette condition si particulière : « Un apatride n'est protégé par aucun gouvernement, il n'a aucun droit, aucun privilège : n'importe quel citoyen vaut mieux que lui.

« Un apatride peut et est souvent humilié par n'importe qui. Un apatride n'est pas une personne, pas aux yeux des bureaucrates officiels.

« C'est pourquoi je me souviens [...] du jour, en janvier 1963, où j'ai cessé d'être un apatride. Je suis devenu citoyen des Etats-Unis. Je me suis senti vengé. Et fier.

« Bien sûr, je me suis aussi souvenu de tous ces hommes et ces femmes, tous ces enfants, qui avaient eu moins de chance que moi, tous ces réfugiés qui, pendant ces années tragiques, n'avaient pas été accueillis sur nos rivages. Je me suis souvenu d'eux et j'étais triste. Mais cette tristesse ne pouvait pas effacer le sentiment de gratitude que je ressentais. Et cette gratitude vis-à-vis du peuple américain et de ses nobles traditions ne m'a jamais quitté [1]. »

Elie Wiesel emploie ici une expression sans doute unique dans ses écrits : « Je me suis senti vengé ». Après le prix Nobel, il s'opposera même au fait d'y voir une revanche [2]. Revanche sur quoi au juste ? Sur six millions de morts !

Elie Wiesel eut la chance et le génie de « transformer un destin subi en destin dominé «, pour reprendre la parole de Malraux déjà citée. On peut dire que cet accident orienta sa vie d'une manière capitale. Le récit qu'il en donnera, est une transposition poétique, une fiction, qui s'inscrit dans la suite de ses deux premiers livres. « *Le Jour* prend le relais de *L'Aube*. Le héros revit son existence antérieure après un accident et comprend qu'il a cherché cet accident, qu'il l'a provoqué. C'est une autre sorte de suicide. Suicide manqué une fois de plus. »

1. Cf. *Libération*, mercredi 15 octobre 1986.
2. Cf. *Le Mal et l'Exil*.

A partir de cela, faut-il extrapoler et affirmer que l'accident de Times Square ne fut en réalité qu'un suicide raté ? Quoi qu'il en soit, de tous les romans d'Elie Wiesel, celui-ci est sans doute le plus autobiographique et le seul dont le personnage central porte le nom d'Eliezer, le sien. Ici, le rapport avec le suicide devient une question métaphysique et littéraire probablement postérieure à l'accident.

Mais *Le Jour*, c'est autre chose encore. L'abîme est derrière lui, la création de l'Etat d'Israël a eu lieu, ce qui signifie que les bouleversements fondateurs de la conscience juive contemporaine sont passés, en cette fin des années cinquante. Reprenons l'enchaînement de ces trois phases de la vie d'Elie Wiesel, telles qu'il les a explicitées à Georges Bortoli en 1963 :

« *La Nuit*, c'est la constatation : "Dieu est mort". Mais puisque Dieu est mort, il faut créer quelque chose de main d'homme : ce sera l'Etat d'Israël, et voilà le thème de *L'Aube*. Cette construction ne suffit pas cependant, et j'écris alors *Le Jour*, où je me demande : "pourquoi vivre ?" [1]. »

Voilà les trois temps, les trois périodes, qui détermineront toute l'œuvre à venir d'Elie Wiesel. Après le temps de la mort et celui de la surrection de l'Etat juif, venait le temps de l'interrogation sur le sens d'une survie.

En 1960, à la publication de *L'Aube*, le critique Etienne Lalou, dans son émission « Le goût des livres », avait été l'un des premiers à parler d'Elie Wiesel : « Il peut paraître surprenant que l'auteur de *La Nuit* publie un second livre. On n'avait sans doute jamais écrit un témoignage plus profonfément, plus définitivement désespéré que cette autobiographie d'un jeune Juif hongrois, déporté à quinze ans et plongé à partir de ce moment-là dans un horrible cauchemar. [...] Celui qui survivait à cette expérience, il semblait qu'il était revenu d'entre les morts, qu'il était mort lui-même et que toutes les sources étaient taries en lui. Et voici que paraît

1. *Le Figaro littéraire*, 15 juin 1963.

le second livre et qu'il appelle *L'Aube*. L'aube après la nuit, cela signifierait-il que le jour est en train de se lever pour Elie Wiesel ? » L'analyse d'Etienne Lalou n'a rien perdu de sa pertinence trente-cinq ans plus tard.

Le Jour raconte-t-il une résurrection ? En d'autres termes, Elie Wiesel serait-il un personnage lazaréen, comme l'est dans le monde non-juif Jean Cayrol par exemple. A l'heure où s'épanouissait en France le courant existentialiste avec Breton, Sartre, Camus, parmi beaucoup d'autres, Wiesel, lui, comme Cayrol, parlait d'autre chose, d'un autre monde.

Ne pouvant boucler ses fins de mois avec le seul salaire de *Yedioth Ahronot*, il accepta un emploi de rédacteur au *Jewish Daily Forward*, le plus important journal yiddish du monde, où il fut critique littéraire. Son métier de journaliste, s'il était « ennuyeux et harassant », lui a apporté une expérience des choses et du monde qu'il n'aurait pas eue autrement. « Comme il m'aide à vivre ! » dira-t-il. Son métier contribua aussi d'une certaine manière à l'arracher à son obsession.

Comme en France, ses débuts américains furent financièrement très difficiles. *La Nuit*, qui parut donc en France en 1958, n'intéressa pas au début les éditeurs américains. Et qui en eût parlé sans le parrainage de François Mauriac, à un moment où personne ne voulait plus rien entendre sur cette période ! C'est à force de patience, de volonté, qu'Elie Wiesel finit par rencontrer Arthur Wang qui accepta de le publier dans la petite maison d'édition qu'il dirigeait Hill & Wang, sous le titre *Night*. L'avance sur droits d'auteur se montait à cinquante dollars, à partager avec les Editions de Minuit. Mais Wiesel n'eut aucune illusion sur l'impact du livre, il constatait avec une certaine amertume : « Il a édité mille ou deux mille exemplaires qu'il n'arrivait pas à vendre. Et lorsqu'il en vendait, les gens ne le lisaient pas toujours. Et lorsque les gens le lisaient, ils ne le comprenaient pas forcément. Je crois que personne ne voulait recevoir mon témoignage. Pendant cette période, j'étais toujours seul car je dérangeais beaucoup [1]. »

Dès son installation à New York, Elie Wiesel habita à Manhattan, d'abord au 378 West End Avenue, à proximité de Broadway puis il déménagea une dizaine d'années plus tard au 310 Riverside Drive, où il avait trouvé un studio. Jean Halpérin se souvient qu'il vivait dans une grande pièce dépouillée. Il m'a rapporté qu'un jour au début des années 1960, Elie Wiesel l'avait emmené en voiture à une conférence qu'il faisait dans un hôtel, à Grossinger, près de New York, pour riches américains. Il était encore inconnu du grand public et faisait lentement mais sûrement sa place dans le monde juif new yorkais aisé. « Au retour, raconte Jean Halpérin, Elie conduisait en chantant des *niggounim* hassidiques. Il s'éclatait. C'est pour moi un souvenir extraordinaire. »

Mais le chant, la cantilation juive, modifient aussi l'attitude du corps. Paul Flamand, qui fut de nombreuses années l'éditeur d'Elie Wiesel au Seuil, se trouva un jour à côté de lui, alors qu'il terminait d'écrire un texte, et il fut surpris de remarquer qu'il se balançait en écrivant. Lui-même n'y avait jamais prêté attention. D'où tenait-il cette habitude sinon de chez ce maître de Sighet qui lui enseigna le Talmud. Il côtoyait alors un important milieu yiddish en particulier grâce à son métier, mais à quelques pas de chez lui, au coin de la 101e Rue entre Broadway et West End Avenue, existait un *shtibel*, un oratoire hassidique comme ceux de son enfance à Sighet, qu'il fréquentait au moins pour les grandes fêtes, pour retrouver un chant perdu, enfoui sous des siècles de cendres.

Il travaillait énormément, et comme correspondant aux Nations-Unies et comme écrivain, puisqu'un an seulement après *Le Jour*, en 1962, son quatrième livre *La Ville de la*

1. *Elie Wiesel, qui êtes-vous ?, op. cit.*

chance fut publié à Paris, aux éditions du Seuil – ainsi que les deux précédents. Il travaillait tant que ses heures de sommeil étaient comptées. Il expliqua qu'il lui était plus facile de travailler à New York qu'à Paris, car il lui était plus aisé de s'isoler au milieu d'une « ville de pierre, de béton ; une ville de fureur, de violence, de frayeur ». « Il y a tant de bruit là-bas qu'on finit par ne plus l'entendre. Je me sens seul dans ce monde de pierre qui parfois vous écrase [1]. »

Ce fut sa première œuvre primée, puisqu'il obtint l'année suivante le prix Rivarol ou plus précisément le prix de l'Université de la langue française. C'est à cette occasion que François Mauriac lui consacrera son bloc-notes daté du mercredi 29 mai 1963, que nous avons déjà cité. Ses premières lignes disent son émotion profonde :

« Je n'ai jamais eu tant de joie à couronner un livre, ou plutôt une œuvre. Ce prix de l'Université de la langue française (si fâcheusement appelé " Rivarol "), et qui récompense chaque année un auteur étranger écrivant dans notre langue, est allé cette année à mon ami Elie Wiesel, né dans une communauté juive de Transylvanie, aujourd'hui citoyen américain, correspondant à New York d'un journal israélien et romancier français [2]. »

De Gaulle écrivit une lettre de félicitations à Wiesel, lui disant qu'en l'accueillant en France en 1945, il lui avait ouvert les portes des lettres françaises. Ses premières interviews paraissent dans la presse française, en particulier dans *L'Express* et *Le Figaro Littéraire*. Et voilà que l'année d'après il est à nouveau parisien pour quelques jours, avec la sortie de son quatrième roman *Les Portes de la forêt*.

Au même moment, il fit connaissance de celui qui deviendra son maître dix-sept ans durant, jusqu'à sa mort en 1983, Harav Shaul Lieberman. Cette amitié ouvrit à Elie Wiesel

1. *Le Figaro littéraire*, 9 juin 1966.
2. *Bloc-notes, op. cit.*

de nombreuses portes immatérielles et matérielles, parmi lesquelles celle du Jewish Theological Seminary de New York, dont il était recteur, et où il fut invité à faire des *Lectures*, c'est-à-dire des conférences. Là, enseignaient quelques-unes des sommités du judaïsme américain à commencer par Harav Lieberman, qui fut un exceptionnel talmudiste, mais également Abraham Yeoshoua Heshel et David Weiss-Halivni, l'un des très rares amis d'enfance d'Eliezer, rescapé comme lui, et qu'il nomme l'*Ilui* de Sighet, c'est-à-dire l'enfant prodige. Elie Wiesel y fit la connaissance également de Louis Finkelstein, « grand seigneur et philosophe réputé du Sifré* et de l'histoire des pharisiens », du rabbin Wolfe Kelman, « homme admirable de bonté, d'intelligence et d'amitié », de Shlomo Spiegel, « auteur d'un ouvrage exceptionnellement beau et pénétrant sur le sacrifice manqué d'Isaac ». Le tournant capital de la vie et de la carrière d'Elie Wiesel se situe très précisément ici. 1965 marque une date charnière. Deux années plus tard, Shaul Lieberman le proposa auprès du Conseil du Séminaire pour que lui soit attribué le titre de docteur ès lettres *honoris causa*, son premier diplôme universitaire honorifique, son premier titre universitaire tout court. La cérémonie eut lieu le 4 juin 1967. Il nous a semblé particulièrement important de rapporter quelques passages de ce discours, car c'est là un discours originel qui contient une force et une émotion toutes neuves :

« Pour éloigner l'homme, Dieu le couvre d'honneurs. La parole est attribuée à Rabbi Na'hman, le Kafka du Hassidisme, dont la pensée m'a toujours troublé mais jamais autant qu'aujourd'hui. C'est qu'elle semble me viser personnellement. Cependant je suis ému plus qu'inquiet. Que voulez-vous ? A mon âge, l'on résiste mieux à Dieu qu'à l'amitié des hommes.

« Aussi, le titre que vous avez bien voulu me conférer, je

* Célèbre commentaire rabbinique sur les livres des Nombres et du Deutéronome.

l'accepte avec humilité et gratitude. Ainsi sera réalisé en partie un rêve, pathétique par sa naïveté, que des parents – les miens – avaient nourri quelque part au loin, en d'autres temps et d'autres lieux, dans ce qui fut un royaume juif d'apparence indestructible. Pour protéger leur fils des dangers aussi prévisibles qu'innombrables, ils tenaient à faire de lui un homme du monde mais ancré dans la tradition juive : garantie double donnant droit aux nourritures terrestres et aux autres. En tant que Docteur – en n'importe quoi – et Rabbin, il aurait sa part assurée dans le meilleur des deux mondes, ou plutôt, dans les deux à la fois.

« Seulement cette perspective ne présentait aucun attrait pour moi. J'étais trop jeune pour songer à l'aspect pratique de l'existence. Profondément pieux, passionné de Talmud, ivre de prière, je ne vivais que par et pour le Shabbat et ses joies, ses chants, ses secrets : j'y cherchais le lien entre l'âme et l'acte, la ferveur et le silence qui la suit comme un regard lourd de nostalgie. Je n'en disais rien à mes parents. Je pensais : le Messie arriverait avant que j'aurais atteint l'âge de les quitter pour la Yeshiva rabbinique et l'université où l'on entre timide adolescent pour en sortir avec deux diplômes utiles dans la poche et deux *ketarim*, deux couronnes auréolées sur la tête. Je me disais : le prophète de la rédemption résoudra tous les problèmes : le mien aussi.

« Eh bien, le Messie n'est pas venu. Mais chose étrange, la route que j'ai suivie, débouche aujourd'hui sur celle qui avait été tracée pour moi, ailleurs. Cela prouve qu'aucun rêve ne se perd, même celui dont les racines plongent dans l'un des cimetières célestes de l'Europe. Aucune bénédiction n'est vaine. Je l'ai toujours cru, mais jamais autant qu'aujourd'hui. »

Aucune bénédiction n'est vaine, dit-il. Sauf celles qui ne se réalisent guère. Sauf celles dont furent bénis depuis les premiers âges ceux des enfants d'Israël qui furent massacrés. Et ceux qui sont morts trop tôt pour en jouir ! Etait-ce leur destin d'être massacrés ? Etait-ce leur destin de mourir trop tôt ? En 1955, Elie Wiesel doit prendre un avion pour Tel-Aviv. Pourquoi donc cède-t-il sa place à une mère qui part avec ses enfants ? A cet instant, qui savait que quelques heures plus tard, l'avion serait abattu par les Bulgares ? C'est ce qu'avec Elie Wiesel, nous appelons la fatalité. Aucune bénédiction n'est-elle vaine ? Et celle que portait en elle Tzipora ?

Après quoi, il aborde la question de Dieu, devenue indissociable de la question d'Auschwitz, de la question de la tragédie juive, qui n'est qu'une seule et même question au fond, jusqu'à ses racines les plus profondes.

« Si Dieu n'existait pas, le problème juif ne serait pas insoluble tout en demeurant incompréhensible. Sans Dieu, l'holocauste du judaïsme européen s'inscrirait dans l'Histoire seule et ne nécessiterait pas une révision des valeurs et des concepts acquis au cours de vingt siècles.

« Otez l'aspect juif et Auschwitz apparaîtra comme dépourvu de mystère. Si, à en croire Jean-Paul Sartre, un et un font un en amour, cela ne s'applique pas au fait juif. Pour nous, un et un font six millions. Six millions de fois un font Dieu. Car de même que l'on ne peut imaginer pareille hécatombe, à pareille échelle, avec Dieu, l'on ne peut la concevoir sans Dieu. Peut-être est-ce là le tragique mystère de cet événement ; il éclate à tous les niveaux. Tous les chemins y conduisent, toutes les explications s'y brisent. L'agonie du croyant vaut le désarroi de l'incroyant. L'un craint le matin, l'autre la nuit. Si Dieu est réponse, elle ne peut qu'être fausse réponse. Pour les rescapés, il ne peut être que question. Il appartient au Juif de la revendiquer.

« Etre Juif c'est assumer la mémoire collective de son peuple ; c'est prendre sur soi l'expérience de l'holocauste. Nous sommes tous des survivants ; l'on peut entrer dans Auschwitz vingt ans après, cinquante ans après. Nous sommes tous des témoins. »

Après cela, Elie Wiesel ajoute cette parole terrible :

« Puisque holocauste il y avait, je ne me serais pas pardonné si je ne l'avais connu que du dehors, ou à distance. Cet aveu n'est, de ma part, nulle tentative de glorifier le martyre d'Israël. Le martyre, je n'y crois pas. Les Juifs ne l'ont jamais recherché. Ils n'en ont guère besoin pour survivre et bâtir leurs temples par et dans la prière. »

Mais aussitôt après, il ajoute :

« Force leur est donc de tirer de la contrainte même les raisons qui font de la défaite un chant, de l'exil une promesse, un appel à tout ce qui est humain. »

Ce fut assurément là l'un de ses discours les plus poignants. Peut-être parce que l'émotion première est par excellence unique. Mais il y eut quelque chose d'autre. Un terrible pressentiment. Le lendemain, le 5 juin 1967, marque le début de la guerre des Six jours. Ce qui explique que dans la dernière partie de son discours, Elie Wiesel eut ces phrases lourdes d'angoisse : « Puisque Israël ne peut compter sur les autres nations, les Juifs partout lui serviront d'alliés. La raison en est simple : nous avons connu, au cours de cette génération, trop de défaites ; Israël est notre seule victoire. La perdre serait renoncer à survivre ». Jean Halpérin, qui assistait à cette cérémonie, me rapporta ce que l'ambassadeur d'Israël aux Nations unies, Gideon Raphaël, lui dit le lendemain : Elie Wiesel avait probablement su que la guerre allait commencer, pour avoir parlé comme il l'avait fait.

Dès le début de la guerre, il s'envola pour Israël, car s'il n'y vit pas, chaque fois qu'Israël est en danger, il y part pour partager le sort des Israéliens, ainsi qu'il le fera en 1973, au moment de la terrible guerre de Kippour, et en 1991, pendant la guerre du Golfe, lorsque Saddam Hussein envoyait ses scuds sur l'Etat juif. En 1967 donc, dans le dernier avion d'El Al à destination d'Israël, une hôtesse de l'air s'approche de lui pour lui dire qu'elle l'a reconnu, avant d'ajouter : « Vous savez, votre livre a eu un tel effet sur moi. Je l'ai lu et relu. »

Sur quoi, Wiesel lui demande lequel, mais elle ne se souvient plus du titre.

Quelques instants plus tard, elle revient et lui dit : « Je dois vous avouer qu'il y a un passage dans la première partie de votre livre que je n'ai pas compris ; pourriez-vous, s'il vous plait, me l'expliquer. Voyez-vous monsieur Schwartz-Bart... »

« Je suis extrêmement désolé, mais je ne suis pas André Schwartz-Bart. Je n'ai pas écrit *Le Dernier des justes.* »

L'hôtesse ne se démontant nullement renchérit :

« En réalité, je sais beaucoup de choses sur vous. Je sais que vous êtes modeste. Je sais que vous voulez passer *incognito.* Bon. Je ne raconterai à personne. Mais pour moi ?

« Ecoutez, je comprends pourquoi vous avez fait cette erreur. Premièrement, je suis aussi un écrivain. Deuxièmement, je suis aussi juif. Troisièmement, j'écris également en français. Quatrièmement, nous avons la même thématique – l' Holocauste. Cinquièmement, nous avons le même éditeur à Paris. Sixièmement, nous avons aussi le même éditeur à New York. Septièmement, nous sommes de très bons amis. Huitièmement, il y a même une ressemblance physique, que ma femme elle-même reconnut quand elle rencontra André Schwartz-Bart. Neuvièmement, nous nous ressemblons tellement qu'à Paris ou à New York, l'éditeur publia par inadvertance sa photo sur un de mes livres. »

Et l'hôtesse, toujours sûre d'elle, dit :

« Savez-vous, monsieur Schwartz-Bart, vous êtes mon héros et je pensai auparavant tout connaître à votre sujet. J'ai lu tout ce qui vous concerne. Ce que je ne savais pas, c'est que vous aviez le sens de l'humour. »

Sur ce, elle retourna à son service. Cinq minutes plus tard, elle revient et lui dit :

« – Je ne sais pas qui vous êtes, mais une chose est claire, vous n'êtes pas André Schwartz-Bart. »

« Prouvez-le ! lui dit Wiesel.

« – Parce qu'André Schwartz-Bart est là devant.

« Il était assis trois sièges devant moi. Je bondis pour aller l'embrasser [1]. »

1. *Against Silence*, t. III, *op. cit.*

Wiesel vécut sur le terrain ces moments, pour lui, extraordinaires où l'armée israélienne recouvra la vieille ville de Jérusalem jusqu'au mur du Temple. Il rapporta de ces événements une sorte de roman-somme de ses dix premières années d'écriture, *Le Mendiant de Jérusalem*, couronné par le prix Médicis. Comme me l'a dit Georges Borchardt, c'est avec la publication de ce livre en 1970, que Wiesel devint vraiment connu aux Etats-Unis. Ce fut son premier best-seller. Professeur et maintenant écrivain reconnu en France d'abord et aux Etats-Unis ensuite, il n'en continuera pas moins le métier de journaliste quatre ans encore, jusqu'à ce qu'il obtienne sa première chaire d'Université, à New York, avant celle de Boston. Ses conférences font accourir de plus en plus d'Américains et commencent à lui être très bien payées.

New York avec plus de trois millions de juifs a longtemps devancé de beaucoup Jérusalem, mais lorsque Vincent Bardet, alors jeune étudiant français élevé dans le catholicisme, aujourd'hui aux éditions du Seuil et déjà lecteur de Wiesel, y séjourna vers la fin des années 1960, et rencontra l'écrivain dans le vaste hall de l'ONU, il lui demanda en toute innocence s'il y avait des Juifs dans cette ville. Wiesel lui répondit que New York était la plus grande ville juive du monde, puis il l'envoya à Brooklyn, cœur du Hassidisme, où s'était installé après la guerre le Rabbi Mena'hem M. Schneerson de Loubavitch, appelé plus souvent le Rabbi de Loubavitch. Quelques années auparavant, Wiesel avait découvert les Hassidim de Loubavitch en préparant pour *Yedioth Ahronot* un article sur le fondateur de leur mouvement, appelé aussi *Habad*, le Rabbi Chnéour Zalman de Lyady, qui avait vécu en Russie au 18e siècle et était passé par les prisons tsaristes. Cette rencontre marqua profondément Elie Wiesel, originaire d'une autre branche du hassidisme, qui portait le nom de leur berceau, quelque part en Transylvanie, non loin de Sighet, Wizhnitz. Au début des années soixante, le hassidisme commençait à refleurir dans les grandes villes juives du monde : le yiddish était communément parlé et l'on se croyait revenu dans quelque shtetl transporté à cinq mille kilomètres de son lieu d'origine. Ce retour aux sources du hassidisme, fut pour Elie Wiesel, un moment inoubliable :

« Je me souviens, et je me souviendrai toujours, de ma première visite à Loubavitch. [...] Quand je repartis aux petites heures du matin, j'étais toujours un 'hassid de Wizhnitz, mais j'étais déjà pris par quelque chose ou quelqu'un qu'on ne trouve qu'à Loubavitch.

« Je me souviens : des heures durant, je restai debout ici, à 770 Eastern Parkway, comme dans un rêve, regardant le Rabbi qui regardait ses disciples. Parfois, il souriait et la nuit disparaissait de leur vie. D'autres fois, il semblait sérieux, plus sombre. Et, de chant en chant, ses fervents auditeurs tremblaient entre crainte et espoir.

« Soudain, je me revis enfant. Passant un Shabbat à la cour du Rabbi de Wizhnitz. Là-bas aussi, les âmes se faisaient cordes et jouaient d'anciennes mélodies.

« Cependant, ici, à Loubavitch, c'est différent. Le monde est différent. D'invisibles cimetières sans nombre séparent le passé du présent. A Loubavitch, je pense aussi à Wizhnitz d'une manière différente. [...]

« [...] des milliers et des milliers de hassidim, jeunes et vieux, venus de partout dans le monde, dansent verticalement, comme sans bouger de leur place, mais communiquant leur rythme à l'univers tout entier.

« Le centre, c'est le Rabbi. Le hassid en moi le regarde émerveillé. Il y a quelque chose de mélancolique, de profondément émouvant dans sa personnalité.

« [...] Je suis incapable de détourner les yeux de lui. Son regard rencontre chacun et chaque chose. J'ai rarement vu une telle maîtrise d'une si large assemblée et un tel intérêt manifesté pour elle. Des milliers d'yeux suivent ses mouvements les plus imperceptibles. Lorsqu'il parle, chacun écoute en retenant son souffle, absorbant chaque mot, chaque soupir. Lorsqu'il chante, le monde entier chante avec lui et avec nous. »

En ces années, Elie Wiesel n'avait pas retrouvé de maître. Il étudiait seul ou avec des amis comme David Weiss-Halivni. Mais, depuis Sighet, le Talmud n'avait pas quitté Elie Wiesel, un seul jour. Même au camp, il avait pu parfois, étudier avec ce *Rosh-Yéshiva.* Car pour lui, l'étude et la mémoire étaient et restent indissociables.

VIII

À LA RECHERCHE DES JUIFS RUSSES

1965. Vingt ans ont passé depuis la libération des camps nazis. En Union soviétique, Vassili Grossman, le plus grand écrivain Juif russe –depuis l'assassinat ordonné par Staline en 1952 des princes de la littérature et de la poésie yiddish, que furent Markish, Feffer, Bergelson, Kvitko – est mort en 1963 et oublié. Son chef-d'œuvre *Vie et destin*, terminé en 1962, et confisqué par le KGB, parviendra miraculeusement en Occident dix-huit ans plus tard, où il sera édité à Lausanne d'abord en russe avant d'être traduit en français et dans d'autres langues à partir de 1983. Léon Leneman, ami de Manès Sperber, Marc Chagall, Elie Wiesel, a publié en 1959 *La Tragédie des Juifs d'URSS*. L'année précédente, son récit *Le compte n'est pas réglé*, sur le comportement des Polonais envers les Juifs pendant la catastrophe, avait été publié en yiddish à Buenos Aires. A cette époque Leneman évoquait déjà devant Wiesel la réalité du destin des Juifs russes depuis Staline. Dix ans avant Soljenitsyne, il avait révélé le Goulag et le sort spécifique des Juifs. Rares sont ceux qui l'entendirent alors. Même parmi les Juifs d'Europe.

En 1965 Elie Wiesel décida de partir à la rencontre des Juifs russes dans un double souci de leur porter un message fraternel et d'être témoin de leur combat pour rester juifs. C'était au moment de la fête de *Sim'hat Tora*. Après avoir vu les communautés de Kiev et de Léningrad, Wiesel revint à Moscou où il voulait assister à la fête dans la grande synagogue de la rue Arkhipova, d'où l'on voit les coupoles dorées du Kremlin. Il rapporta de cette célébration de la fête de la Torah à Moscou un récit des plus poignants.

Cette découverte de la joie, de l'exultation de ces jeunes Juifs russes, venus danser et chanter dans la rue, la synagogue n'étant pas assez grande pour les accueillir tous, fut pour lui une expérience à nulle autre seconde. De cette rencontre naîtra son combat inlassable pour les Juifs russes et les *Refuzniki*, qu'il mènera jusqu'à la libération de tous les prisonniers de conscience et la possibilité pour tous de quitter l'URSS pour Israël. Wiesel raconta ce premier voyage dans son livre célèbre *Les Juifs du silence.*

A sa publication, Manès Sperber, dont il était l'ami depuis peu, lui écrivit une lettre magnifique.

« C'est certainement l'écrit le plus efficace qui aurait jamais été publié en faveur du judaïsme russe : pour faire écouter ceux qui ne veulent pas entendre.

« Evidemment, pour moi l'ambiance religieuse est parfois presque génante. D'autant plus, qu'après ce que vous dites vous-même, l'expression religieuse de l'appartenance au judaïsme se fait dominante pour une raison pitoyable : l'inconcevable pauvreté des moyens d'expression et les restrictions de la liberté.

« Vous savez, sans que je vous le dise, que de tout ce que vous avez écrit, le chapitre sur les solitudes juives m'émeut le plus. Dans tel ou tel reproche amer que vous citez je retrouve presque littéralement ce que je ne cesse de répéter depuis tant d'années – avec l'absence d'effet que vous connaissez.

« Il importe à présent de faire tout ce qui est possible pour que votre voix soit entendue partout où vivent des Juifs ou des hommes sensibles à un tel appel.

« Dès le début votre ton fait sentir que l'on ne saurait pas s'esquiver – il faut prêter attention, peut-être même faire face.

« Parfois, il est vrai, j'aimerais que vous atténuiez cette tension extrême qui se communique au lecteur dès la première ligne et qui ne permet presque pas de détente avant que vous n'y mettiez le point final. Votre émotion est extrême ; c'est pourquoi sans doute – comme dans la musique – des pauses, des silences, des passages relativement anodins.

« [...] Elie, vous pouvez être très, très content de ce livre ; il est plus qu'un texte : il est un acte qui vient à point. Il était nécessaire depuis si longtemps. »

En 1966, Wiesel décida de retourner à Moscou plus pour vérifier qu'il n'avait pas été le jouet d'un mirage. Son récit forme un chapitre de son dixième ouvrage *Entre deux soleils*, publié en 1970, et qui marque la fin de « son premier itinéraire ». Deux autres livres encore seront consacrés aux Juifs russes, *Le Testament d'un poète juif assassiné* et *Zalmen ou la folie de Dieu*. Mais il existe un témoignage un peu différent d'Elie Wiesel sur cette expérience vécue à Moscou. Ce texte date de 1966 et il est particulièrement important d'y recourir.

« L'année dernière, comme Jean Halpérin vient de vous le dire, je suis allé en URSS, et pendant cette nuit de *Sim'hat Tora*, cette *Leil shimourim*, je me promenais dans la rue de la synagogue ; il y avait trente mille jeunes ; cette année, il y en avait quarante mille. Je me promenais au milieu de ces jeunes qui chantaient et qui dansaient, en hébreu, en yiddish... Je me promenais content, heureux, et au fond je n'avais qu'une phrase sur les lèvres, et c'était mes amis de Moscou, diplomates israéliens, qui le lendemain m'avaient rappelé ce que moi je disais pendant cette nuit-là... parce que toute cette nuit-là, je marchais comme un somnambule, en répétant deux mots : *Netzah Israël* – Dix fois, cent fois, mille fois... inconsciemment... *Netzah Israël... Netzah Israël...* »

La conscience du *Netzah* (ou *Netza'h* qui évoque la sonorité du « r » guttural) *Israël*, de l'éternité d'Israël, Elie Wiesel n'y croyait plus depuis l'épreuve de la nuit, il avait assisté au contraire à sa fin et en restait hanté. Mais depuis cette *Leil shimourim*, cette « nuit de vigie » de *Sim'hat Tora*, vécue à Moscou, il a recouvré cette notion de pérennité d'Israël.

« Trente-cinq à quarante mille personnes, presque toutes

jeunes, 18 à 20 ans, qui étaient là à chanter des chants hébreux qu'ils avaient appris en écoutant la radio d'Israël, ou des chants yiddish qu'ils avaient appris de leurs grands-parents. Un de ces chants était particulièrement bouleversant, ce chant du mariage, que l'on chante tous ensemble à tous les mariages pour accueillir et saluer les mariés ; mais eux ils l'ont modernisé et adapté ce chant, qui voulait dire : "Allons tous ensemble accueillir le peuple juif." Cette année, vers 11 heures du soir, je ne sais pas pourquoi, on a éteint les projecteurs, et ce fut l'obscurité ; et je ne sais comment, mais spontanément, tous les jeunes ont sorti des journaux, les ont allumés et une magnifique retraite aux flambeaux eut lieu. A une sorte de balcon dans la synagogue, quelques centaines de jeunes étaient là, à clamer des slogans : *Am Israël 'haï... Am Israël 'haï*, et cette fois-ci c'était eux qui disaient : *Netzah Israël*, "J'y crois" [1]. »

Avec la découverte des Juifs russes, le centre de préoccupation de Wiesel se déplaça pour la première fois, car si pour lui la tragédie appartenait au passé, elle ne pouvait plus à elle seule occuper toute la place dans le présent d'une conscience comme la sienne. Un nouveau drame juif se déroulait, comment Elie Wiesel eût-il pu ne pas s'en occuper, s'en préoccuper, lui qui avait déjà si profondément conscience de vouloir être en quelque sorte une mémoire vivante de la survie d'Israël !

Dans le même récit, il approfondit son évocation de *Sim'hat Tora* à Moscou, par cette parole de l'ancien président du Conseil israélien, Levi Eshkol, qui, après avoir été reçu avec tous les honneurs à la Maison Blanche par le président Johnson, dit à Wiesel, qui lui avait demandé ce qu'il avait senti, en cet instant « face à face avec le Président d'une des plus grandes puissances du monde » : « Tu ne me croiras pas, mais quand j'étais là, dans la Maison Blanche, tout d'un

1. Cf. 8e colloque des intellectuels juifs de langue française in *Tentations et Actions de la conscience juive*, Paris, PUF, 1971.

coup je me revoyais enfant quelque part en Russie blanche ou en Ukraine – j'ai oublié où –, je me revoyais enfant sortant du *'héder* avec une bande de gosses antisémites à mes trousses ; je les fuyais, ils me poursuivaient. »

Et Wiesel de poursuivre :

« Je crois que s'il n'y avait pas eu ces gosses-là qui couraient, il n'y aurait pas eu de visite, bien sûr ; je crois qu'on ne peut pas être aujourd'hui juif en France ou là-bas en Israël sans penser profondément à ces gosses qui, il y a trente ans encore et depuis combien de siècles, se sauvaient devant les enfants qui leur couraient après dans le ghetto. Je crois qu'aujourd'hui, on ne peut pas être juif pleinement, authentiquement, si on ne pense pas, c'est presque une *mitzva*, la 614e *mitzva* sinon la première des *mitzvot*, à ces juifs en Russie qui courent encore, qui ne sont pas encore arrivés. »

Ouvrons ici une parenthèse. Exactement vingt ans plus tard, je demandais à Elie Wiesel, dans son splendide appartement de la 64e Rue, non loin de la 5e Avenue, s'il partageait avec Emil Fackenheim l'idée qu'il y avait une post-ultième mitzva, une 614e mitzva, qu'il appela « la voix prescriptive d'Auschwitz ». Dans sa réponse orale, qu'il corrigea fortement pour la publication de notre livre *Le Mal et l'Exil*, il m'avait dit ceci : « Les 613 mitzvot me suffisent, je n'ai pas besoin de la 614e. » Trente ans après, une grande partie des Juifs russes ne courent plus devant ceux qui les poursuivaient. Ils sont arrivés en Israël. Pourtant, l'antisémitisme ne s'est pas éteint en Russie, il s'est ravivé avec l'éclatement de l'empire.

A Moscou, en 1965, Elie Wiesel avait été séduit par une jeune et très belle fille, qui chantait et dirigeait un chœur parlant. Le texte le frappa – et ce, d'autant plus qu'il venait peut-être de remarquer la fille aux cheveux noirs !– car, comportant peu de paroles en russe, le mot hébreu *Evrei*, juif, revenait sans cesse. L'un de ses amis, probablement l'un des diplomates de l'ambassade d'Israël, le lui traduisit, et il le rapporta dans *Les Juifs du silence* :

«– Les salauds, que disent-ils?
«– Que nous sommes Juifs.
«– Et que disons-nous?
«– Que nous le sommes.
«– Et alors?
«– Cela les fait enrager.
«– Et si nous disons que nous ne le sommes pas?
«– Ils hurlent que oui.
«– Moralité?
«– Les salauds resteront salauds et les juifs juifs.»

A la fin de ce chant parlé, Wiesel, frappé par sa beauté, s'approcha de la fille pour lui parler. Elle comprenait le yiddish et le parlait suffisamment pour pouvoir dialoguer avec lui. Il lui demanda ce qu'elle savait de la religion juive et du peuple juif. Elle lui sortit tous les clichés de la propagande antisémite et antisioniste soviétique, alors, il lui demanda encore: «Pourquoi tenez-vous à rester juive?» Elle lui répondit d'emblée: «Vous ne comprenez pas. Pourtant c'est simple. Qu'importe ce que les autres peuvent penser à notre sujet. Ce qui compte, c'est ce que nous pensons.» Il l'avait déjà quittée lorsqu'elle le rattrapa («C'est la première fois de ma vie qu'une fille m'a couru après!» dit-il en riant.) «Vous m'avez demandé pourquoi je veux être juive? Parce que j'aime chanter.»

«Vraiment, je voulais l'embrasser. D'abord, parce qu'elle était belle, mais aussi parce que la réponse m'a plu.»

La suite de l'histoire est non écrite. Nous la tenons de la conférence qu'il fit le 22 janvier 1990 à la WIZO, l'Association internationale de femmes sionistes. Dix ou quinze ans plus tard, comme il était en Israël, au début de la grande période d'émigration juive d'URSS, il tenait à assister à l'aéroport de Lodz ou de Tel Aviv, à l'arrivée des Juifs russes. Les avions arrivaient très tôt le matin, dans une semi-clandestinité. «Un matin naturellement, à 4 heures, un avion se pose, la porte s'ouvre, des hommes et des femmes descendent et tout à coup, une très belle femme apparaît. Je m'approche d'elle et je lui serre la main. Elle ne m'a pas reconnu, parce qu'apparemment je n'ai pas fait le même effet sur elle qu'elle sur moi. Elle voulait continuer, mais je ne l'ai pas laissée. J'ai tenu sa main dans la mienne. Elle a pensé que j'étais un *shalia'h* ou un employé de l'Agence Juive et, soudain elle me reconnut – un sourire illumina son visage – et elle me dit : "Qu'est-ce que je vais chanter maintenant !" Et moi, j'ai eu un frémissement. J'ai senti qu'un événement simple est devenu une anecdote et que cette anecdote est devenue une légende devant mes yeux. Comment ne pas dire merci à l'Histoire de mon peuple d'avoir vécu cela ? Quel privilège, quel privilège que de participer à cette légende ! » Certains penseraient que cette histoire ou en tout cas sa conclusion est le pur fruit de l'imagination de Wiesel, comme une de ses amies qui lui demanda, à la fin de la conférence : « Cher Elie, quelle était la couleur des yeux de cette jeune fille ? » Et lui de répondre : « C'est un piège. C'est un piège, car il faisait nuit. J'ai vu mes yeux dans les siens. » Tous rirent avec Elie Wiesel de sa réponse.

Si *Sim'hat Tora* fut bien une vraie fête, une incroyable exultation et exaltation, il y eut pour lui, avant cela, à Moscou le jour de *Kippour* dans la grande synagogue. L'office fut bouleversant. En tête de son chapitre, Elie Wiesel écrit : « Je n'ai jamais prié avec autant d'abandon, autant de ferveur. » Tout y était grave, lourd. Expérience première pour l'ancien hassid de Sighet.

« Visages ravagés, labourés ; visages fermés, méfiants, ne permettant aucune communication, aucune ébauche d'amitié. [...] Les gens ne se connaissaient pas et ne tenaient point à faire connaissance, à sortir de leur anonymat. C'était un office pour juifs solitaires et réservés qui, après la prière, allaient réintégrer leurs foyers pour ne revenir que dans un an. Jusque-là ils vivaient en déracinés dans un monde irrité par leurs habitudes, par leur mémoire. »

Le visage qui frappa le plus Elie Wiesel fut celui du Grand Rabbin : « Je fus bouleversé par les yeux tristes, éteints, privés de pouvoir de ce vieillard voûté et pourtant majestueux. On eût dit un prince captif. »

Dans cette assemblée, il y a peu de jeunes, ou sinon des jeunes qui ne connaissent pas les prières et surtout ne les comprennent pas. La scène se passe en 1965, à quelques mètres de la place Rouge, Wiesel a trente-sept ans et il se sent submergé par l'émotion, par le sentiment de vivre un office hors du commun, dramatique par tout le non-dit qu'est cette souffrance accumulée depuis des décennies, supportée en silence malgré l'envie de crier, de hurler, de s'en prendre au ciel, à Dieu, au monde. Mais ni le ciel, ni Dieu, ni le monde ne prêtent attention à la souffrance des hommes. Dieu semble absent et il l'est. « Le ciel est vide, mais la miséricorde d'un homme pour un autre est pleine de Dieu », comme le dit d'une manière saisissante Emmanuel Lévinas.

Dans cette atmosphère si pesante, seule une prière totale, une immersion de l'âme dans l'invisible pouvait venir à bout des résistances de l'esprit comme des résistances des gens. Avec sa profondeur tragique, Wiesel le comprit. Ceux qui l'entouraient avaient peur de lui : qui était-il ? Qui n'était-il pas ? Pour rompre cette peur, il rentra en lui-même, et comme chaque fois qu'il rentre au plus profond de son âme, de son être, il retrouve, enfouie sous les cendres de la mémoire, sa ville de Sighet.

« Désespéré de ne pouvoir vaincre leur hostilité, je fermai les yeux et me mis à prier à voix haute, en concentrant mon esprit sur chaque mot, sur chaque phrase, comme je l'avais fait jadis, enfant, dans l'oratoire de mon Rabbi, où, de chacune de nos lamentations, de chacune de nos louanges, dépendait le destin du genre humain. Pris au jeu, je chantai les incantations avec passion, avec fièvre. A un certain moment, je rouvris les yeux et dus retenir un cri de joie : je commençais à exister aux yeux de mes voisins. »

Il fit forte impression sur ceux qui étaient autour de lui. Un vieil homme lui dit : « Nous n'aurions jamais cru qu'il y avait encore des jeunes juifs qui, comme vous, prient de mémoire. »

« Je me remis à chanter, en joignant ma voix à celle du chantre et à celle du chœur. J'espérais que mes prières atteindraient non pas les portes lointaines du ciel, mais celles qui s'ouvraient devant moi. »

Y compris celle du Grand Rabbin ? Oui. Les deux pages qu'il lui consacre sont douloureuses, car il eût aimé le voir en prophète, voire en imprécateur. « Je voulais qu'il fasse ce qu'on fait parfois dans les synagogues, que l'on arrête la lecture de la Tora, parce qu'une injustice a été commise. N'importe qui peut monter sur la *bima* pour dire : " Arrêtez la lecture ! Une grande injustice a été commise. " Je voulais que le Grand Rabbin arrête le service de *Yom Kippour* pour dire : une grande injustice est encore commise contre le peuple juif et le judaïsme ! Alors, je le regarde et je le supplie de me regarder. Je voulais l'hypnotiser : Faites-le et vous entrerez vivant dans la légende ! Mais il était si fatigué, si vieux, si brisé que plus rien ne le changerait. J'ai éprouvé pour lui une telle peine qu'en rentrant à New York j'ai pensé à cette phrase de Malraux : " La littérature est là pour corriger les injustices de la vie ". C'est pourquoi, j'ai écrit *Zalmen, ou la folie de Dieu.* »

Plusieurs années après avoir écrit cette pièce de théâtre, où il mettait en scène un rabbin, sa fille, son gendre et son petit-fils, il découvrit que son histoire sortie de son imagination était, à ne pas le croire !, l'histoire véritable de la famille du dernier Grand Rabbin de Moscou, Rabbi Levin. Un jour de décembre 1974, après une projection en avant-première à Carnegie Hall, à New York, de l'adaptation télévisée de son livre, il trouve sur son bureau une lettre écrite par un hassid de Loubavitch, lui disant que la fille du dernier Grand Rabbin de Moscou est à New York, et qu'elle veut le rencontrer. Comme c'était la veille de Shabbat, il ne put lui téléphoner le soir-même et dut attendre le samedi soir. Ce fut, avoue-t-il, « le plus long Shabbat de ma vie ». Le jour d'après, il rencontre enfin Rivke Rosenshein, qui fut dentiste à Kiev, avant de faire son *aliya* en Israël, à Ashkelon. Elie Wiesel était persuadé qu'elle avait lu ou vu sa pièce de théâtre qui avait pourtant été jouée en Israël. Non, elle ne savait nullement qu'il avait écrit un livre sur elle sans le savoir. Elle avait lu quelques-uns de ses livres en *samizdat*, et elle voulait lui raconter sa propre histoire, car elle savait, pour l'avoir lu précisément, qu'il aimait les histoires. Dans *Zalmen, ou la folie de Dieu*, Wiesel avait imaginé que le Grand Rabbin Yehuda-Leib Levin avait une fille mariée à un communiste, juif bien sûr, et, que celui-ci voulait briser la chaîne de la mémoire pour que leur fils, Misha, n'ait pas à souffrir de sa condition juive. Ce soir-là, à la WIZO, il lut ce passage de son livre qui commence avec ces paroles d'Alexeï, le gendre du rabbin :

« Je vous l'ai dit mille fois et vous le dirai à nouveau. Je ne veux pas que mon fils grandisse comme l'étranger dans son propre pays, aux abois, taré, aliéné de la société ! Je le veux normal, sain, fier, simple, franc, sans complexe ni préjugé ! Je ne veux pas qu'il se promène avec l'idée qu'il est différent des autres, meilleur ou pire que les autres. [...]

« Qu'ils se redressent, ces juifs ! qu'ils s'affranchissent ! Qu'ils se choisissent libres ! Pas tant pour leur propre bien que pour celui de leurs descendants ! Combien de fois dois-je vous répéter que je ne permettrai pas à mon fils de vivre dans la souffrance, l'humiliation et la crainte du souvenir, hanté, sur le qui-vive, toujours aux aguets. Je ne veux pas qu'il découvre l'ennemi dans chaque passant, un poignard dans chaque regard. Je ne veux pas que mon fils connaisse les larmes amères et les privations de nos pères. Je ne veux pas qu'il leur ressemble.

« Et alors, le rabbi dit :

« Je vois... Une branche de moins dans l'arbre vivant d'Israël... C'est ce que tu veux, Alexeï. Eteindre l'étincelle. Faire taire le chant. C'est ce que tu veux, dis ?

« Et Alexeï dit :

« Beaucoup plus et beaucoup moins. Je ne pense pas si grand ni si loin. Vous songez à tout un peuple, moi je ne m'occupe que de mon fils : je trancherai le fil qui le relie au malheur. Il est trop long, ce fil. Trop résistant. Mon père avait souffert en tant que Juif, le sien aussi, comme avait souffert mon arrière-grand-père et son père à lui : combien de temps voulez-vous que cela dure ? Je dis : assez ! Il faut que cela cesse une fois pour toutes ! Et avec mon fils – cela cessera ! »

Mais à la fin du livre, Elie Wiesel ne sait pas comment conclure avec Misha : il ne veut pas le rendre à son père qui voudrait en faire un parfait communiste, il n'ose le faire partir chez son grand-père. Bref, c'est l'incertitude qui prévaut. La réalité a été beaucoup plus loin que l'imagination de Wiesel. A moins qu'il ait tout simplement eu peur de se laisser aller à rêver. Quoi qu'il en soit, quelques temps après sa rencontre avec Rivke Rosenshein, il reçut un appel d'un rabbin qui voulait le rencontrer sans plus tarder. Pourquoi ? demanda Wiesel et le rabbin de lui répondre : « Je sais que vous aimez les histoires. J'ai une histoire à vous raconter. » Wiesel le reçut immédiatement. Alors, il raconta qu'il était à Massada la semaine passée, sur ce haut-lieu de la Résistance juive à l'occupant romain, où les Juifs préférèrent se sacrifier plutôt que de se rendre. Cette épisode tragique de la guerre contre les Juifs a fait de Massada un lieu-symbole de l'Etat d'Israël. Ce jour-là, des orphelins de guerre célébraient leur *Bar Mitzva*. Tout d'un coup, l'aumônier militaire dit au rabbin en lui désignant un garçon : « Voyez-vous ce garçon ? Il n'est pas orphelin de guerre. C'est un garçon à part. Il est le fils du dernier Grand Rabbin de Moscou. » Quand Wiesel entendit l'histoire, il eut envie, rapporte-t-il, de giffler l'homme. Pouvait-il supporter que la réalité dépasse à ce point l'imagination poétique et celle du romancier ? Il n'en pouvait mais.

Dans une lettre écrite fin 1966, Manès Sperber fait part

à Elie Wiesel de ses critiques après avoir lu *Zalmen, ou la folie de Dieu.*

« Mon cher Elie,

« Votre texte est beau, parfois très beau et en quelques endroits trop beau. Ceci n'est pas un compliment, mais une critique.

« A mon avis, vous gagneriez décidément si vous jouiez l'elliptique.

« [...] La curieuse et exceptionnelle qualité du judaïsme de nos régions aura été le résultat d'une unique interprétation d'un rationalisme sec, froid, irréductible (comme celui du Gaon de Wilna) et la *hithlahadouth* [l'incandescence] du hassidisme. »

Elie Wiesel lui répondit :

« Mon cher Manès,

« Quelques mots pour vous dire ce que vous savez déjà : vous êtes parmi les rares êtres dont le jugement compte pour moi.

« [...] Je ne me considère point homme de théâtre. J'aime le récit, le chant – ce qui ne se voit pas. Ce qui ne se montre pas. »

La correspondance entre Manès Sperber et Elie Wiesel fut exceptionnelle à plus d'un titre, et d'abord parce que leur dialogue était un dialogue d'âme à âme, de hassid à hassid, d'un hassid à la foi écartelée à un hassid qui à treize ans, l'âge de la *Bar Mitzva*, avait décidé qu'il n'y avait pas de Dieu, et qu'il était en conséquence tout à fait inutile de jouer plus longtemps la comédie. Manès avait l'âme trempée, son frère Elie a l'âme écorchée vive. Et les Juifs russes tinrent pour eux deux une place capitale dans leur amitié depuis son origine, qui n'était pas une simple amitié. C'est qu'il y avait entre eux, en plus – ou avant tout– l'invincible souvenir du Shtetl et de ce monde yiddish disparu. Leurs lettres étaient toujours ponctuées de paroles écrites en yiddish : « En vous écoutant l'autre soir, lui écrivait Manès en 1967, j'entendais sans cesse le *niggoun* qui s'élevait parfois victorieux au-dessus du chantonnement dans le *Klaisl**. C'est très beau, aujourd'hui plus nécessaire que jamais. Moi-même je connais le *niggoun* comme vous savez, il m'habite depuis ma petite enfance.

« Mais en même temps je suis de plus en plus dominé par la certitude de devoir " mettre au clair ". Par conséquent, je suis plus ouvert que jamais à l'exigence de l'*Aufklärung* sous toutes ses formes.

« Il m'importe presque comme la satisfaction d'un besoin physique d'allumer assez de lumières, d'éclairer tant que possible. Et notamment les coins trop facilement oubliés et abandonnés. Grâce à mes ancêtres, je n'oublie pourtant jamais le droit des ombres, leur réalité, leur importance.

« Il y aurait beaucoup à dire et sur les ombres et sur les lumières [...] »

Manès Sperber, qui reprochait à son jeune ami son « judéocentrisme », ne s'en sentait pas moins juif jusqu'à la mœlle des os, c'est pourquoi à l'occasion d'un voyage à New York, Elie Wiesel l'emmena à une fête chez le Rabbi de Loubavitch : « Il est heureux, Manès. On nous pousse des coudes, on nous bouscule dans la foule, mais Manès ne se plaint guère. Il est heureux, vous dis-je. Heureux de se retrouver au milieu des *Hassidim.* Heureux de se revoir enfant à Zablotow. Je le présente au Rabbi qui l'interroge sur ses origines, sur son travail. Manès répond en Yiddish. Il rayonne, Manès. Il est dans son élément [1]. »

Quelques temps plus tard, – aux premières heures de la guerre des Six Jours, Elie Wiesel lui envoie ce billet : « Depuis hier matin, je vis sur mes nerfs. Vous aussi. Quel peuple, hein ? J'ai envie de partir en Israël. Pas d'avion. Demain ?

* Petite chambre de prière.

1. Manès Sperber, *Etre Juif*, préface d'Elie Wiesel, Paris, Editions Odile Jacob, 1994.

« Eh oui, Manès, être juif, de nos jours, est un privilège. »

Après ses rencontres avec les Juifs vivants, c'est à la recherche des Juifs russes morts qu'Elie Wiesel se mit. C'est à Kiev qu'il partit en pélerinage. C'est à Kiev aussi qu'il trouva l'une des communautés les plus tristes, coupées du moindre contact avec les visiteurs étrangers, qui, dès qu'ils entraient à la synagogue, étaient relégués sur un banc à part, afin qu'ils ne puissent communiquer avec leurs frères. Kiev, septembre 1941. La tragédie se déroula entre *Rosh-Hashana* et *Yom Kippour.* Soit une durée de dix jours durant laquelle les nazis assassinèrent dix mille femmes, hommes et enfants quotidiennement. Dans une ravine du nom de Babi-Yar, ils tombèrent nus, jour après jour. Combien y eut-il de victimes ? Cinquante mille ou cent mille ?

D'abord, Wiesel ne trouva pas un taxi qui veuille l'amener sur le lieu, chacun arguant qu'il ne savait pas où c'était. Finalement, il finit par arriver à l'endroit du massacre, et là, il resta muet de stupéfaction. Quoi ! Babi-Yar est à l'intérieur de Kiev et non au loin dans la forêt, loin des regards, loin des oreilles. C'est donc au su et au vu de tout le monde, que les nazis opérèrent leur monstrueux crime !

De plus, en cette année 1965, il n'y avait pas l'ombre d'une inscription, d'un mémorial pour ces Juifs martyrs de la barbarie nazie. Lorsqu'il y retourna en délégation officielle en 1979, à la tête de la Commission présidentielle de l'Holocauste, créée par le président Carter, un de ces monuments dont les Soviétiques avaient le secret, avait été élevé, mais comble d'indignation pour Wiesel, le mot Juif en était totalement absent. Les Juifs devenaient les « victimes du fascisme » ; la raison de leur extermination était gommée, effacée, *niée.*

Dans son discours devant les autorités locales, les caméras de télévisions et les journalistes, Elie Wiesel ne fit pas de diplomatie, ni de détours inutiles : « En 1965, je me tenais ici même et j'éprouvais de la colère ; maintenant, c'est la honte que je ressens : j'ai honte pour vous... Vous savez parfaitement que les hommes et les femmes qui gisent dans cette fosse, c'est en tant que Juifs qu'ils ont été tués! De quel droit les privez-vous de leur identité? Ils ont vécu comme Juifs, travaillé comme Juifs, rêvé comme Juifs et c'est en tant que Juifs qu'ils ont été isolés et désignés par le bourreau, c'est en tant que Juifs qu'ils subirent la peur, la torture et la mort: de quel droit les jetez-vous maintenant dans l'anonymat? Au nom de quoi les mutilez-vous dans leur être? Pourquoi ne leur accordez-vous pas la justice posthume de leur rendre la place que, de leur vivant, ils ont revendiquée dans l'histoire juive?... »

Le premier voyage d'Elie Wiesel en Union soviétique est essentiel, car il devint pour la première fois le messager d'un peuple vivant, qui souffre mais qui vit et qui ose encore rêver à tous ces juifs du monde qui les ignoreront jusque vers la fin des années 1970. Cet amour des Juifs russes et ce combat pour leur libération que ménera Elie Wiesel, doit être pensé, compris à la lumière de la culpabilité du survivant, comme s'il était « coupable » – quoi de plus absurde! – d'avoir survécu vis-à-vis des morts et deux fois plus responsable vis-à-vis des vivants.

A son retour de Moscou, un ami israélien d'origine russe, Gershon (Grisha) Swett, également journaliste, réunit chez lui quelques amis, des intellectuels juifs, pour entendre son témoignage sur les Juifs russes. Dans ce petit groupe, se trouvait Shaul Lieberman qu'Elie Wiesel ne connaissait pas. Au milieu de son exposé, il raconta qu'il avait assisté à Moscou à un cours de Talmud.

« – Que dites-vous? m'interpella un homme vieux mais éveillé au visage fin et au regard rieur. Vous dites que vous avez assisté à un cours de Talmud à Moscou?

« – Oui, dis-je.

« – Incroyable, dit-il. Comment font-ils pour étudier? Qui sont les enseignants? Qui leur fournit les livres? »

Je répondis de mon mieux. Il m'invita chez lui. Je le revis

souvent. Mes visites devinrent régulières. Deux fois par semaine je venais dans sa bibliothèque – au sixième étage du Jewish Theological Seminary – pour étudier trois heures d'affilée sous sa direction. »

C'est ainsi que commença l'une des plus longues, des plus profondes amitiés d'Elie Wiesel.

IX

À L'HEURE DE LA PATERNITÉ

En 1968, Elie Wiesel dédia *Le Mendiant de Jérusalem* « A Marion », un an après la guerre des Six Jours. Ils se sont rencontrés peu après le voyage en Union Soviétique. Marion Erster Rose est divorcée et mère d'une petite fille, Jennifer. D'origine autrichienne, elle a fui l'Autriche au moment de l'Anschluss et se réfugia d'abord en Belgique, ensuite dans le sud de la France, enfin en Suisse avant de partir pour les Etats-Unis. Arrivée bien plus tôt qu'Elie Wiesel en Amérique, donc plus jeune, elle acquit une connaissance parfaite de la langue anglaise, laquelle, alliée au français, la destinait à devenir le meilleur traducteur des livres de son futur mari.

Elie Wiesel raconte comment il apprit qu'il allait se marier, de la bouche de Shaul Lieberman : « Un soir, en sortant de la Y*, il m'aborda et me déclara : "Je tiens à officier à ton mariage." Je ne savais pas encore que j'allais me marier ; ma future femme non plus. »

Séducteur né qui s'ignore, Elie Wiesel qui rencontra tant de filles, tant de jeunes femmes au cours de ces vingt années, aurait pu, sans sa timidité, trouver plus tôt une femme qu'il aime et qui l'aime – ne dit-il pas qu'il aurait pu être amoureux de chacune des filles de sa chorale ? Mais il était fait pour rencontrer Marion, comme elle pour le rencontrer. « Parce que c'était lui, parce que c'était moi », disait Montaigne.

Dans les premières années de leur amitié, Théo Klein et Elie Wiesel furent amoureux de la même femme. Rares sont

* Young Men Hebrew Association (YMHA), 92nd Street, New York.

ceux de ses amis de longue date qui ne se souviennent de l'avoir vu amoureux. Dans *Le Testament d'un poète juif assassiné,* Wiesel évoque le monde yiddish du Paris des années d'avant guerre, où il situe quelques temps la vie du poète Paltiel Kossover, qui travaille pour un journal yiddish – comme il le fera, lui-même, après la guerre – et il lui fait raconter dans son testament, écrit des années plus tard en prison, son entourage féminin.

« Parfois, je rentrais tard, après des journées épuisantes de travail et de conférences ; j'apercevais Sheina, elle dormait dans son lit ou dans le mien, la bouche frémissante ; alors, en dépit de ma fatique, malgré mon besoin de sommeil et de repos, je la rejoignais pour l'embrasser jusqu'au matin.

« Au journal, je fréquentais d'autres jeunes filles que j'aimais bien. Autour de Paul Hamburger il y avait tout le temps des femmes belles et mystérieuses... Je me souviens de Lisa : fine, angélique ; (...) Je la désirais, elle ne s'en doutait pas. Je me souviens de Claire : grande, rieuse, elle flirtait avec tout le monde, racontait des histoires lestes, donnait l'impression qu'elle passait sa vie à faire l'amour et pourtant... on la disait vierge. Il y avait Madeleine, l'une des secrétaires de Paul.

J'aurais pu amorcer quelques liaisons passagères, mais je manquais de temps – et de courage. »

Il est loisible d'imaginer que ces lignes recèlent une part d'autobiographie. Quoi qu'il en soit de ses expériences sentimentales passées, Wiesel épousa donc Marion à 41 ans. Leur mariage fut célébré dans la Vieille Ville de Jérusalem le 2 avril 1969, veille de *Pessa'h.* Shaul Lieberman officia dans la vieille synagogue Ramban. Samuel G. Freedman rapporte que le Shabbat précédant, dans la maison d'études hassidique qu'il fonda à New York, les hassidim le surprirent avec leur propre cérémonie. Ils chantèrent et dansèrent autour de lui, en l'aspergeant de fruits et de sucreries, symboles de fertilité. « Et Wiesel pleura, quelque chose d'inhabituel. "Je pleure quand je suis seul, mais jamais en public, dit-il. Mais cette sorte de larmes pourrait être libératrice".»

La vie d'Elie Wiesel se trouva profondément changée par son mariage. D'aucuns de ses plus vieux amis disent qu'il n'est plus tout à fait le même homme depuis, séduit qu'il a été par les honneurs et le pouvoir. Certaines autres amitiés, comme celle avec Manès Sperber, ont au contraire pris une nouvelle dimension, plus familiale. Les Wiesel et les Sperber firent des séjours ensemble, notamment à San Remo et Roquebrune, où Elie et Marion Wiesel acquirent une maison. Ses amis intimes évoquent sa simplicité, son sens de l'humour, sa gentillesse.

La question qui l'habita d'abord fut de savoir s'il pouvait, s'il devait donner la vie à un enfant. Sa réponse prit la forme d'un midrash qu'il raconte quelque part: «Un groupe d'anciens en Israël, appelés les Pharisiens, décida après la destruction du Temple de ne plus avoir d'enfants. Ils furent condamnés par Rabbi Yshmaël, qui leur dit: "Qu'est-ce que cela signifie? Si vous n'avez pas d'enfants parce que le Temple a été détruit, alors vous ne devez plus boire de vin parce que le vin était bu au Temple. Et vous ne devez plus manger de viande parce que la viande était mangée au Temple. Si vous arrêtez d'avoir des enfants, vous arrêtez la vie."» Et Wiesel d'ajouter: «Vous devez continuer à manger de la viande. A boire du vin. A avoir des enfants. Et, je suppose, à écrire des livres.»

Ensuite, lorsque leur fils naquit, Marion et Elie Wiesel déménagèrent pour un spacieux appartement à Manhattan. Au même moment, Elie Wiesel fut nommé professeur au département des études juives du City College de New York. A partir de cette date, il ne fut plus simplement un journaliste et un écrivain juif, dont la réputation ne cessait de croître, il accèdait à la bourgeoisie new-yorkaise. Cet état de fait n'enlève rien à sa vie profonde, à son être même, son monde intérieur n'en est pas modifié, il transporte avec lui, où qu'il aille, les mêmes fantômes, les mêmes cauchemars, les mêmes questions, les mêmes rêves.

C'est un peu plus d'un an après leur mariage, que Marion lui apprend qu'elle est enceinte. « Ma première réaction fut la peur. Que dois-je faire ? Le monde n'est pas digne des enfants. J'étais hors de moi. Mais la seconde réaction fut la joie. Serait-ce un garçon ou une fille ? Quel nom allions-nous lui donner – celui de ma mère ou de mon père ? » C'est la mémoire en lui qui ne voulait pas d'enfant. C'est la mémoire en lui qui en voulait un. Dans les derniers temps de la vie de son père, à Buchenwald, il pensait qu'il serait le dernier survivant, le dernier Wiesel. Lors d'une conférence prononcée en 1993 à Strasbourg, à quelques jours du *Jahrzeit* – l'anniversaire de la mort – de son père, il dit : « Je croyais, j'espérais ne pas lui survivre – pas même d'un jour. Sans le lui dire, je pensais être le dernier de notre lignée. Avec lui mourrait notre passé, avec moi notre avenir. Nous et nos compagnons étions les derniers sur la terre, je le pensais ».

Son fils est né le 6 juin 1971. Le jour même, il écrivit à son « frère » Manès Ben David, de Zablotow :

« Chère Jenka, cher Manès

« C'est donc un garçon ; il vient de naître (ce matin à 6h 6). Il n'a pas encore lu le journal, pourtant il a déjà poussé un cri.

« Je le comprends.

« Il portera le nom de mon père (Shlomo), bien sûr. Mais Marion aime : Elisha. Il aura donc deux prénoms.

« Voilà la nouvelle du jour. Pour le reste – ce sera une autre fois.

« Nous vous embrassons,

« Elie. »

Il le prénomma Shlomo-Elisha. La référence à la mémoire, pour prégnante qu'elle soit, ne peut être bien comprise que si on la voit à la lumière de la tradition juive et de surcroît synagogale. En effet, depuis qu'il a atteint sa majorité religieuse, sa *Bar-Mitzva*, chaque fois qu'il est appelé à la synagogue pour lire la Torah, il donne son nom suivi de celui de son père : Shlomo ben Eliezer. Lorsque Elie Wiesel est appelé à la Torah, il est Eliezer ben Shlomo, Eliezer fils de Shlomo.

Unique fils au milieu de trois filles, Elie Wiesel eut, à son tour, un fils unique. Qu'aurait-il fait s'il avait eu une fille ? Marion et lui auraient-ils eu un second enfant ? Et un troisième ? On imagine mal qu'il n'eût pas eu de fils. Mais cette hypothèse n'est rien d'autre qu'un conditionnement intellectuel, et en ce sens absurde. La question ne brûle-t-elle pas nos lèvres : hasard ou pas ? Notre conscience nous oblige à répondre : oui à la question, mais c'est un heureux hasard.

Dans *The New York Times*, à la date du 31 janvier 1973, il écrit : « Je ne pouvais pas briser la chaîne. Il est impossible que 3 500 ans se terminent avec moi, alors je pris ces 3 500 années et je les déposais sur les épaules de ce petit garçon. Il m'a fallu beaucoup de temps pour réaliser le courage "affolant" qu'il faut pour avoir un enfant aujourd'hui. Lorsque Elisha est né, je regrettais sa venue dans ce monde horrible, difficile, laid. Je ressens encore une tendre compassion pour lui, mais naturellement l'urgence est maintenant beaucoup plus forte d'essayer de faire ce que nous pouvons pour l'améliorer. Parce qu'il est ici, nous essayons. »

Faisons un saut quinze ans en avant. Elie Wiesel reçut le 10 décembre 1986, le prix Nobel de la paix, à Oslo, en présence du roi et de la reine de Norvège. Le président du Comité Nobel, M. Egil Aarvik, retraça avec une profonde intelligence la vie d'Elie Wiesel, abordant l'une de ses grandes questions en même temps que l'une des plus personnelles : « Pourquoi faire naître des enfants dans un monde où Dieu et l'homme ont trahi leur confiance réciproque ? »

« On peut comprendre votre sentiment : on ne doit pas donner la vie dans un monde comme le nôtre. Après réflexion, vous êtes arrivé à une conclusion différente. Pensant à vous-même comme à un maillon d'une longue, longue chaîne de générations, incluant les générations à venir, vous sentiez qu'après tout, ce n'était pas une bonne idée que 3 500 ans d'histoire s'arrêtent avec vous.

« Elie Wiesel, comme vous avez suivi votre père au temps de la mort et des ténèbres, laissez maintenant votre fils, qui porte le nom de son grand-père, Shlomo-Elisha, être à votre côté, en cette heure de joie et de gloire si hautement méritée. Je pense que votre fils, avec ce très précieux fardeau sur les épaules, mérite de vous suivre sur le podium pour recevoir le prix Nobel de la paix 1986. »

A ces paroles, Elie Wiesel se leva avec Elisha, qui, pendant le discours du président Aarvik, était venu s'asseoir à la gauche de son père, au premier rang, et ils montèrent ensemble sur l'estrade recevoir le prix Nobel. Commençant son discours, il s'adressa d'abord au roi et à la reine avant de saluer la présence de Danielle Mitterrand, de sa dernière sœur survivante, Hilda, puis de sa femme « my Wife and... » A ce moment précis, il fut comme paralysé ne pouvant plus prononcer le mot suivant et, demeura peut-être trente secondes ou davantage bouleversé et muet. Enfin, il arriva à arracher du plus profond de sa mémoire ce mot : « my son... » – mon fils. Parce qu'il le relie à son père, et qu'en cette occasion plus qu'en nulle autre, les morts étaient présents devant lui, étaient *visibles.*

Il expliqua par la suite que durant ce silence à peine soutenable, il revit devant lui son père et sa mère, sa petite sœur, Dodye Feig, son grand-père et sa grand-mère, ses maîtres, Shoushani et Lieberman compris, et d'autres visages disparus, tout Sighet. « Avec ce racourci que le président Aarvik a fait entre mon père et mon fils, c'était toute l'histoire de ma vie et j'ai vu mon père et j'ai vu mon fils, et j'étais tellement bouleversé que je n'ai pas pu prononcer une parole... »

Etre Elisha, le fils d'Elie Wiesel, n'est-ce pas un rôle bien inconfortable à tenir, pour ne pas dire parfois insupportable.

Le fameux fardeau sur les épaules! Petit garçon, son père lui racontait les histoires que Dodye Feig lui racontait autrefois. Il lui chantait aussi les berceuses yiddish bouleversantes que sa mère lui avait apprises, et en particulier *Oifn pripitchik brent a faierl*, « un feu brûle dans l'âtre, il fait chaud dans la chambre ».

Dès l'âge de deux mois, Marion et Elie Wiesel l'emmenèrent à Jérusalem et quelques années plus tard, Elisha les accompagnait régulièrement, de Johannesbourg à Varsovie, et de Buenos Aires à Moscou. Ce voyage de 1979 à Moscou, le troisième qu'accomplissait Elie Wiesel, et le premier avec sa femme et son fils, fut particulièrement mémorable, comme on peut le voir en ouvrant *Paroles d'étranger*: « Le visiteur le plus apprécié, le plus fêté, fut un petit garçon juif de sept ans nommé Elisha qui nous accompagnait là aussi. Les Juifs de Moscou n'arrêtaient pas de l'admirer, de lui caresser les cheveux, de lui embrasser les mains avec nostalgie et amour, comme s'il était un prince d'un royaume lointain : cela faisait des années qu'ils n'avaient plus vu un petit garçon juif disant ses prières à la synagogue. » Cet office eut lieu le Shabbat qui suit *Tisha Be'Av*, le 4 août, que l'on appelle le Shabbat *Na'hamu*, du premier mot de la *haftara*, le chapitre d'Isaïe qui est lu ce jour-là : *Console-toi, console-toi mon peuple.* C'est Elie Wiesel qui cantila cette lecture, pendant que des centaines de fidèles entourant la *bima*, l'estrade au cœur de la synagogue, répétaient en silence les paroles du prophète : *Na'hamu ami.* Lorsqu'il évoquera, quelques années plus tard, ce souvenir, il dira : « Depuis ma *bar-mitzva*, je n'ai été aussi ému en lisant la *haftara*[1] ». Deux jours plus tôt, ce 2 août 1979, c'est à Varsovie que se trouvaient les Wiesel, c'est-à-dire le jour même de *Tisha Be'Av.* De bonne heure, Elie Wiesel quitta l'hôtel avec Elisha, pour se rendre à la synagogue, la dernière de Varsovie. Synagogue fantôme pour une communauté fantôme. A Moscou au moins, il reste des Juifs.

1. *L'Arche*, octobre 1987.

« C'était une cave, se souvient-il. Il y avait à peu près une douzaine de personnes. » Il est de coutume à l'office du matin de *Tisha Be'Av*, de renverser les bancs, d'ôter ses chaussures, d'éteindre les lumières et d'allumer les bougies. Le père et le fils s'asséyèrent par terre et, à tour de rôle, chaque homme lut sur un air grave et solennel un chapitre des *Lamentations*, puis des *Kinot*, ces élégies funèbres, composées pour la plupart au Moyen Age, l'époque des Croisades. Vint le tour d'Elie Wiesel. Brusquement, il ne put prononcer une parole, car le texte proclamait : « Voici Jérusalem dans sa désolation. » Se parlant à lui-même, il se dit : « ce n'est pas vrai, Jérusalem n'est pas désolée. J'ai senti les mots qui se nouaient dans ma gorge. Je ne pouvais pas lire. Je ne pouvais pas dire ce mensonge dans une synagogue avec la Tora devant moi. Je ne pouvais pas. Et puis, j'ai pensé : mais il ne parle pas de Jérusalem, il parle de Varsovie ! Et d'un coup, tout est devenu clair : c'était net, cela cadrait. J'ai substitué Varsovie à Jérusalem [1]. »

Depuis 1979, combien de ces routes ne passèrent pas par Washington et la Maison Blanche, dont l'hôte de l'époque, le président Jimmy Carter avait nommé Wiesel à la tête de la Commission présidentielle de l'Holocauste ? Toutes les autres, ou peu s'en faut, passèrent – et continuent de passer – par Paris. Elisha connaît naturellement le français puisque ses parents partagent cette langue dans l'intimité familiale. En 1974 ou 1975, Shaul Lieberman lui donna sa première leçon d'hébreu, mais en 1984, l'année de sa *Bar-Mitzva*, il était déjà mort depuis quelques mois, laissant un vide immense dans le cœur et l'esprit d'Elie Wiesel.

Vers l'âge de six ou sept ans, le père et le fils prenaient leur bain quand celui-ci aperçut sur le bras gauche de son père son numéro A-7713. « What is this ? – Qu'est-ce que c'est ? » demanda-t-il. « Je ne savais pas quoi répondre », avoue

1. *Job ou Dieu dans la tempête,* avec Josy Eisenberg, Fayard/Verdier, Paris, 1986.

Elie Wiesel. Devant le silence de son père, le petit Elisha poursuivit : « Did wicked people do it ? Ce sont les méchants qui l'ont fait ? » Un instant plus tard, il ajouta : « Why don't I have a grandfather ? Tell me where my grandfather is. – Pourquoi n'ai-je pas de grand-père ? Dis-moi où est mon grand-père ? » Incapable de répondre, Elie Wiesel se tut, alors son fils se répondit à lui-même : « Was it like Pharaoh in Egypt, who wanted to kill all the Jews ? – C'était comme Pharaon en Egypte, qui voulait tuer tous les Juifs [1] ? » Son père ne lui en avait jamais parlé auparavant, il lui avait simplement évoqué Sighet, le Shabbat à la maison, ce que faisait son père, ce que faisait sa mère. Il lui avait également parlé de Dodye Feig, son arrière-grand-père, comme de son arrière-grand-mère paternelle.

En cette même année 1979 il y eut le premier retour à Sighet avec Marion et Elisha et le pèlerinage dans les camps de la mort. « Nous sommes partis en délégation à Auschwitz et Treblinka et Babi Yar. Nous n'avons jamais articulé ce que nous avons ressenti, mais parfois il me pose des questions sur mon père et alors je sais qu'il sait [2]. »

Selon Samuel G. Freedman, lorsque Elisha avait deux ans, son père racontait à ses amis que son jouet favori était une machine à écrire. A l'adolescence, les goûts d'Elisha s'affirmèrent et se démarquèrent de ceux de son père, quoi de surprenant à cela ! C'était les jeux vidéos, le rock, Dungeon et Dragon et tout ce qui peut constituer l'environnement d'un jeune Juif américain d'une famille très aisée. Son père, qui allait souvent le chercher à la sortie d'une salle de jeux vidéos, fit un marché avec lui : il écouterait sa musique, lirait un peu ses livres et Elisha écouterait Bach, Beethoven

1. Cf. « *Bearing Witness* », par Samuel G. Freedman, *The New York Times Magazine,* 23 octobre 1983.
2. « Radioscopie », septembre 1989.

et lirait les auteurs classiques. Pour Elie Wiesel, la question qui domine est invariablement : comment injecter sa mémoire dans celle de son fils ? Alors pour y répondre, il écrivit deux livres, *Le Cinquième Fils*, l'histoire de ce fils de survivant, né à New York, qui prit sur lui d'assumer une part du destin de son père, en allant – en essayant d'aller – le venger quarante ans après le ghetto ; le second surtout, *L'Oublié*, est son livre majeur sur la passation de la mémoire de celui qui est atteint de la maladie de l'oubli et dégénère en perte d'identité, ou maladie d'Alzheimer, à son fils. Elie Wiesel aborde là un autre pan de son œuvre, qui le touche le plus intimement, dans sa paternité : que faire de ma mémoire ? Il ne s'agit pas tant d'une problématique que du mystère qui unit le père à son fils et le fils à son père. Si pour lui toute la question est devenue avec Elisha, celle du mystère de sa propre survie à l'aune de celui de sa paternité, puisqu'il demeure l'unique lien entre son père *mort à Buchenwald* et son fils, elle ne se double pas moins d'une autre question : que faire de sa mémoire pour qu'elle serve au bien des hommes ? C'est qu'à la mémoire de l'horreur passée s'ajoute, comme chez Rabbi Na'hman de Bratzlav, la mémoire du futur, mais différemment, beaucoup plus tragiquement. C'est-à-dire une mémoire par anticipation et qui veut agir comme pour prévenir un cataclysme nucléaire.

« Chaque survivant des camps, chaque survivant des grandes expériences, doit ressentir la même peur : si je meurs, tout ce que je sais maintenant, tout ce dont je me souviens maintenant, passera où, sous quelle forme, dans quel cerveau ? Par quel véhicule sera-t-il transmis à qui ? Voilà, c'est l'angoisse première [1]. »

Au début des années 1980, il parla de son fils à Judith Hemmendinger, qui préparait son livre sur *Les Enfants de Buchenwald* : « Pendant longtemps je ne voulais pas d'enfant dans ce monde pour lequel je suis si pessimiste. Maintenant

1. « Radioscopie », septembre 1989.

mon fils est ce que j'ai de plus cher. En l'élevant, je pense à la relation que mon père avait avec moi. Il parlait peu et je devais deviner ses sentiments et ses intentions. Je discute beaucoup avec Elisha, je l'emmène partout, dans tous mes voyages. Je l'ai inscrit dans une école juive où l'enseignement est traditionnel. »

Chaque fois qu'Elie Wiesel devait partir sans pouvoir l'emmener avec lui, il lui téléphonait tous les jours, où qu'il soit – comme une fois de la frontière cambodgienne.

Enfant, Elisha aimait les histoires de son père, qui a décidé d'écrire un livre pour lui : « Légendes pour Elisha, par son père ».

Il demeure malgré tout que les rapports entre Elie Wiesel et son fils ne sont pas faciles. Comment pourraient-ils l'être, au juste ? Le fardeau qu'il a déposé sur les épaules d'Elisha, pour saint qu'il soit, ne risque-t-il pas de provoquer le contraire de l'effet recherché, un refus de la mémoire comme signe d'opposition au père, au poids de souffrance de son passé. D'ailleurs, n'est-ce pas terrible d'attendre de son fils qu'il se fasse l'impossible messager d'un message intransmissible ? Sans même cristalliser sur le souvenir de la Shoah, comment qui que ce soit, qui n'a pas vécu dans un Shtetl hassidique, peut véritablement comprendre le poids de nostalgie et de songe que recouvre ces quelques mots si simples, qu'un abîme sépare de notre faculté de représentation : « Le soir à Sighet, nous nous réunissions autour du four et il y avait toujours un vieux hassid pour nous raconter des histoires [1]. »

Dans *L'Oublié,* Elhanan, qui est de la génération de Wiesel, envoie Malkiel, son fils, dans le Shtetl où il vécut, dans le but, l'obsession pourrions-nous dire, d'inoculer à son fils sa mémoire, mais celui-ci écrit une lettre à son père, qu'Elisha pourrait reprendre mot pour mot : il n'existe pas de « transfusion de mémoire ».

1. *Elie Wiesel, qui êtes-vous ?, op. cit.*

Lorsque Elisha se retrouva à Sighet avec ses parents en 1979, il ne reconnut rien, sauf peut-être la maison en bois de ses grands-parents, qui fait un angle, et dont il a vu la photographie sur le bureau de son père. Elle se dégage sur un ciel sombre, bien qu'elle fut prise en plein jour, comme si le photographe avait voulu capter pour toujours la demeure sur fond de nuit obscure.

Si Elie Wiesel n'avait été là, à guider les pas de son fils, pour lui montrer le *'héder*, où à l'âge de trois ou quatre ans il avait commençé à apprendre à lire la *Tora*, puis la maison du Borsher Rebbe, celle de sa grand-mère paternelle et, plus loin, celle de son ami Ezra Malik, dans le jardin duquel le dernier Shabbat avant la fête de *Shavouot*, la Pentecôte juive, il étudiait encore avec ses camarades un traité du Talmud – quelques heures avant d'apprendre que la déportation commencerait le lendemain à l'aube – oui, s'il n'avait pas été là pour lui faire partager sa mémoire indicible, qu'aurait pu reconnaître Elisha ? Comment aurait-il pu ressentir ce que son père ressent lorsqu'il retourne dans la ville fantôme de son passé ? Comment pourra-t-il jamais retrouver dans ces rues, entre les murs de la vieille synagogue désaffectée où son père venait prier et étudier matin et soir, là-même où il dit avoir retrouvé son premier manuscrit vingt ans après avoir quitté la ville pour la gare de Birkenau, l'image de l'enfant et de l'adolescent qu'il fut ?

Le fils peut certes témoigner pour son père et plus encore, prolonger sa mémoire, tout en sachant que jamais il n'arrivera à la substituer à la sienne. En prendre conscience, n'est-ce pas éprouver un sentiment d'échec pour le survivant, le plus grand peut-être, puisqu'il concerne sa descendance même, ce qu'il croyait ou voulait croire le plus sûr. Mais ce constat n'est rien de plus qu'un demi-échec ; donc une demi-victoire malgré tout, car Elisha se sait témoin privilégié. Il aura appris de la bouche de son père ce que nul autre que lui n'aura appris, et pour peu qu'il soit fidèle à l'héritage reçu, celui-ci vivra par lui. Témoin, il l'est donc, mais non pas le seul. Entre le fils selon la chair et le – ou les – fils spirituel, le second peut être meilleur messager, parce que sa connaissance et sa mémoire relèvent d'un choix, et choisir est aimer. Cela, le Talmud l'a enseigné depuis longtemps. Le fils peut aussi se révolter contre la mémoire de son père, comme il peut refuser d'être précisément le fils d'un rescapé des camps de la mort. Le poids est trop lourd. Il veut vivre sa vie de fils et non par procuration la mémoire de son père.

Au mois de juin 1984, Elisha célébra sa *Bar Mitzva* dans la Synagogue de la 5ᵉ Avenue. Son père prononça, pour la circonstance, la traditionnelle *drasha*, sorte de sermon en forme de commentaire et d'exhortation à l'attention du jeune garçon, qui revient normalement au rabbin. Au-delà de la joie – et sans doute du bonheur – qui l'habita ce jour-là, quelle émotion, quels souvenirs, vinrent le frôler de leur aile ? Certainement celui de la disparition un an avant d'Harav Lieberman. Dans *Silences et mémoire d'hommes*, Elie Wiesel a écrit un texte intitulé « A nos enfants » – c'est-à-dire aux enfants des rescapés des camps – et l'on sait qu'il s'adresse d'abord à son fils, en une sorte de *drasha* perpétuelle. Pourtant, ces pages ne s'adressent pas exclusivement à son fils ni aux enfants des rescapés, mais s'étendent naturellement à tous les enfants et petits-enfants de parents juifs témoins de cette époque, qui ont reçu d'une manière ou d'une autre cette mémoire, pour l'avoir vécue par procuration.

« Que votre réponse ait été de recevoir le message et de le communiquer, autour de vous, et loin de vous, prouve que votre colère, votre droit à la colère aussi, ont été transformés ; vous avez, vous aussi, choisi de guérir.

« C'est que vous, enfants de survivants, appartenez à une génération privilégiée. Nous n'étions que les instruments ; c'est vous que l'ennemi visait. C'est vous qu'il voulait anéantir. Vous étiez son obsession. En tuant des Juifs vivants, il espérait vous empêcher de naître. [...] Notre histoire commence avec Isaac, un enfant juif menacé et sauvé ; elle continue avec un autre enfant juif condamné et sauvé, Moïse. [...]

« Car un enfant signifie plus que l'innocence ; il signifie la force de l'innocence ainsi que son mystère. L'enfant signifie plus que la vie ; il signifie la foi en la vie ainsi que sa justification. »

Au-delà de la spécificité juive de ce texte, ne s'adresse-t-il pas d'une certaine manière, telle une prière, une supplication, à tous les enfants qui portent sur eux l'avenir menacé de l'humanité, l'avenir menacé de l'homme, et dont les parents furent quelque part ailleurs témoins ou victimes des grands désastres de notre temps ? Aujourd'hui, Elisha étudiant à l'université de Yale est parvenu à l'âge adulte. Il n'est pas sûr qu'il ait la réponse à cette obsédante question posée un jour par une étudiante de Wiesel : « Dites-moi, est-ce que mon père cessera un jour d'être un survivant ? » Son fils ne la fait-t-il pas sienne, d'une façon ou d'une autre ?

Elie Wiesel a donc une femme et un fils mais il lui restait aussi, ne l'oublions pas, deux sœurs Batya et Hilda, l'aînée. Or, en 1974, il perdit Batya. Tout ceux qui l'ont connue parlent d'elle comme d'une femme énergique, intelligente et cultivée, admirable par son courage jusqu'au bout. Elle ressemblait beaucoup à son frère. Mariée avec un médecin juif canadien elle vivait à Montréal et travaillait à l'ambassade d'Israël. Elle eut une fille et un fils, qui est médecin en Israël. Jusqu'à son mariage avec Marion, son frère passait tous les *sédèr* de Pâque avec elle et son mari, à Montréal. Un éditeur de ses amis, Ben-Zion Klein, qui fit plus tard une édition de luxe des livres d'Elie Wiesel en Amérique, se souvient de sa dernière rencontre avec Batya. « C'était quelques jours ou quelques semaines à peine avant sa mort. Je me trouvais à Montréal entre *Rosh-Hashana* et *Yom Kippour* et j'ai été lui rendre visite. Je lui ai souhaité un rapide rétablissement et une bonne année. Elle m'a répondu :« Tu ne vois pas dans quel état je suis, je n'en ai plus pour longtemps». Elle est morte très peu de temps après.» Elie Wiesel a été bouleversé par cette disparition. C'était le premier deuil familial qu'il vivait depuis son retour. Comme tout ce qui touche à sa vie privée, il n'en parle pas. Une seule fois pourtant, à ma connaissance, il a évoqué la mort de Batya. C'était lors de son cycle sur Job avec Josy Eisenberg, et il était question ce jour-là des lois juives relatives au deuil. Il dit:

«Chez nous, on n'apprenait pas ces lois, un peu par superstition sans doute. Ce n'est que plus tard que je les ai observées – lorsque ma sœur est morte. Et c'est seulement alors que j'ai compris quel rôle elles jouent, comment elles nous font traverser le deuil graduellement, à travers toute une série d'étapes...»

Dernière sœur survivante d'Elie Wiesel, Hilda s'était mariée peu après la guerre, avec un Juif d'Afrique du nord. Elle vécut à Paris et divorça quelques années plus tard. Son fils Sydney, né en 1946, fut élève un temps à l'école Lucien de Hirsch entre 1953 et 1954. Hilda se remaria peu après. Eloigné de son frère, dès qu'il s'installa à New York, elle le vit moins souvent que Batya, dont il était plus proche intellectuellement. En décembre 1954, Hilda écrivait à Mariane Picard, qui dirigea Lucien de Hirsch jusqu'en 1991: «J'ai des soucis, Lazare ne se sent pas très bien. Il m'écrit qu'il est fatigué ou malade. Lui-même ne le sait pas. Comme je suis loin je ne peux même pas le soigner.»

Son second mari mourut un an avant la disparition de Batya. Aujourd'hui, Hilda vit à Nice, où plusieurs fois par an, Elie Wiesel vient la voir. Son désir est de pouvoir aller vivre en Israël, où vivent son fils unique, son neveu et sa nièce. Comme Batya, elle est restée pratiquante, mais sans se poser les questions terribles que se pose son frère. A toutes les grandes occasions il l'invite: à Oslo en 1986, à l'Elysée, où il la présenta à François Mitterrand, en 1984, lorsqu'il reçut la croix de commandeur de la Légion d'honneur, puis en 1988, à l'occasion de la Conférence des Nobel; à Lyon, en 1992, lors du colloque Mémoire et Résistance, qu'il présida avec Michel Noir, en présence de Mario Suarès, président de la République du Portugal. C'est là que, par le plus grand des hasards, je la rencontrai. J'attendais l'ascenseur pour aller à la Halle Tony Garnier, où il y avait le dîner. Je revenais d'une cérémonie où m'avait convié Elie Wiesel, qui avait eu lieu en son honneur à l'école Loubavitch Beth Mena'hem de Villeurbanne. La porte de la cabine s'ouvrit et une femme de petite taille me demanda si par hasard je n'allais pas au colloque. Nous quittâmes donc l'hôtel ensemble et je lui demandais la raison de sa présence à Lyon, lorsqu'elle me répondit avec un accent ashkénaze: – « Je suis venu écouter mon frère, Elie Wiesel ». Je l'aurais embrassée de joie et de stupéfaction : je me trouvais à côté de la sœur d'Elie Wiesel sans le savoir depuis des minutes déjà ! Après le concert et les discours, Elie Wiesel me demanda de raccompagner sa sœur à l'hôtel avec le chauffeur mis à sa disposition par Michel Noir. Ce soir-là, jusqu'à une heure avancée de la nuit, j'écoutais émerveillé Hilda Wiesel me parler de Sighet et de son frère.

Paternité et professorat allèrent de pair, nous l'avons dit, dans l'existence de Wiesel. Après le City College de New York, il fut nommé à Yale jusqu'en 1983. C'est cette année-là que le professeur Wiesel devint orphelin de son Maître, Rabénou Shaul Lieberman. « Aucun maître ne m'aura tant manqué », écrira-t-il. On sent dans cet aveu, de quelqu'un qui est particulièrement avare en confidences, une profonde blessure. Chaque semaine, ils se retrouvaient le mardi et le jeudi pour trois heures d'étude du Talmud de 8 heures à 11 heures du matin. Le jour même de sa mort, un jour du mois d'avril 1983, Elie Wiesel arriva chez Lieberman à 8 heures. A 11 heures, il referma son volume et se leva pour aller donner son cours à l'Université de Yale. Ils s'embrassèrent. Mais Shaul Lieberman voulut reprendre l'étude, comme s'il sentait inexplicablement que c'était la dernière fois : « Encore une heure ». C'est vrai qu'il y a un texte du Talmud, où il est dit que la mort des justes leur est révélée, et un autre texte dit aussi que la mort ne peut approcher ni de celui qui chante, ni de celui qui étudie. A midi, Elie Wiesel se leva et ils se quittèrent. Dèjà dans l'ascenseur, Harav Lieberman le rattrapa et lui demanda : « Encore une heure. » Ils reprirent leur page jusqu'à 13 heures. Cette fois, il était obligé d'aller à son cours et Shaul Lieberman devait prendre son avion pour Israël, où il était attendu pour la fête de *Pessa'h.* Ils s'embrassèrent à nouveau. Wiesel savait qu'il ne le reverrait pas vivant. Il raconte que son bureau, ordinairement, plein de livres et de papiers, était ce jour-là presque vide. Il se souvient alors de sa dernière rencontre, quelques années plus tôt, avec Abraham Yeshoua Heschel, qui lui avait demandé de venir le voir chez lui : son bureau était impeccable contrairement à d'habitude. Le lendemain, il était mort. Quelques heures plus tard, Shaul Lieberman s'éteignait dans l'avion qui le transportait en Israël.

Elie Wiesel eut de nombreux étudiants parmi les filles et fils de déportés, et il assuma envers ces jeunes une véritable fonction cathartique. Plus qu'un métier, enseigner est pour lui une vocation, comme écrire. Non qu'il s'agisse d'une double vocation, mais d'une vocation qui engage et l'écriture et la parole, et la foi et le doute, et le désespoir et l'espoir. Comme conférencier et professeur, n'est-il pas devenu un *Maggid* moderne, qui est au prédicateur ce qu'un Shtetl est à un village français. Sorti du monde juif de la *yéshiva,* Wiesel a transformé une parole spécifiquement juive en parole universelle. Du hassid de Sighet au prix Nobel de la paix, quel parcours, quel acheminement vers la parole – qui n'a rien de la parole spéculative ni métaphysique de Heidegger, mais qui a tout d'une parole affectueuse et communicative, parce que pour Wiesel, il n'est de fondement de la métaphysique séparé de l'éthique biblique.

De ses deux maîtres, rav Shoushani et Shaul Lieberman,

lequel l'influença davantage comme professeur et comme écrivain ? Shaul Lieberman lui communiqua le peu qu'il connaissait – qui était considérable – et l'« immensité de son ignorance ». De plus, il encourageait dans la voie de la connaissance et sa grandeur d'âme comme sa gentillesse étaient déjà la satisfaction de l'étudiant, du disciple. Shoushani, à l'opposé, démontait, décourageait ceux qui l'approchaient. A n'en pas douter, Elie Wiesel est tout le contraire. En définitive, c'est vraiment de Lieberman dont il se réclame, c'est sa méthode qu'il a adoptée dans son étude quotidienne du Talmud, et c'est à ses commentaires qu'il se réfère et ses paroles qu'il cite, alors qu'il ne cite guère Shoushani, qui s'y prète mal.

Wiesel n'est ni théologien, ni philosophe, ni historien, il est écrivain, romancier. Il se veut messager et conteur. Mais pour savoir comment il enseigne, il faudrait l'avoir eu soi-même comme professeur, à défaut de quoi, le passage par l'un de ses anciens étudiants est indispensable. C'est ainsi que l'un de ses amis de longue date, Daniel Morgaine, m'apprit que son fils Sylvain avait suivi son enseignement un semestre à Boston. C'était certes peu, mais il a pu m'apporter un éclairage nouveau et de l'intérieur. Si ses cours en qualité de « professeur d'études juives et professeur de lettres » donnés au City College furent dans leur forme différents de son cours de Masters, qu'il donne aujourd'hui à Boston University, où il occupe la chaire Andrew Mellon, l'une des plus prestigieuses des Etats-Unis, on peut penser que sa méthode, elle, n'a pas varié. A B.U., il ne donne aucun cours en amphithéâtre, mais dans une petite salle, devant une vingtaine d'étudiantes et d'étudiants assis autour d'une grande table rectangulaire.

L'année où Sylvain fut son étudiant, Elie Wiesel donnait un cours intitulé « Litterary of Memory ». Parmi ses étudiants se trouvent autant de chrétiens que de juifs ou même de non-croyants. Il faut préciser également que son cours n'est pas un cours d'études de l'« Holocauste » mais un cours d'« Humanities » – comme disent les anglo-saxons, c'est-à-dire de Sciences humaines – dans le département de théologie de l'Université de Boston. Contrairement à certains philosophes, théologiens et historiens qui font de leurs cours des livres, utilisant sans vergogne les analyses de leurs étudiants, Elie Wiesel préfère, quant à lui, faire ses cours à partir de ses livres, au moins comme point de départ. A proprement parler, il n'apporte pas de méthode en tant que telle, il ne détruit pas non plus celles qui existent. Ce qu'il inculque, est davantage une façon d'aborder une interrogation essentielle, un thème. Pour ce faire, il prend une dizaine de livres, à partir desquels il expose sa conception littéraire, mais il est difficile de dire qu'il n'intervient pas dans le champ de la philosophie ni de la théologie, même lorsqu'il parle explicitement de la littérature de l'« Holocauste ».

Chacun de ses cours prend la Bible – dans son acception juive – comme la source par excellence de la littérature comme de la théologie. Ces cours tiennent de la tradition hassidique. André Malraux disait qu'il y a ceux qui enseignent et ceux qui enseignent à aimer. Elie Wiesel se situe certainement dans cette seconde catégorie. Il fonde sa pédagogie sur la contagion, qui constitue une véritable méthode, en tout cas la sienne. Ne dire que cela n'est sans doute pas satisfaisant, car nous sentons bien qu'il manque à l'enseignement de Wiesel un sens de la théorie. Il avoue lui-même avoir un a priori défavorable pour les théories, alors rien ne nous empêche de remplacer ce terme par celui de méthode d'enseignement. Il avoue lui-même un manque : « Peut-être m'a-t-il manqué aussi dans mon éducation une certaine discipline intellectuelle pour avoir la capacité ou éprouver le besoin d'élaborer des théories. Quoi qu'il en soit, j'ai toujours préféré les histoires [1]. »

Cette limite qu'il se reconnaît est une partie intégrante de l'enseignement d'Elie Wiesel, qui peut ne pas plaire à

1. *Elie Wiesel, qui êtes-vous ?, op. cit.*

tout le monde, et notamment à certains étudiants de passage inscrits dans des départements scientifiques. « Je me souviens, rapporte Sylvain, beaucoup plus de lui en train de raconter des légendes plutôt qu'en train d'élaborer une méthodologie de la littérature de la mémoire ou du Talmud. Le fait d'avoir un professeur de l'envergure de Wiesel fausse le dialogue, car les étudiants en face de lui essayent de faire avancer le *shmilblick*, de comprendre son point de vue, alors qu'ils aimeraient sûrement mieux défendre leurs propres thèses philosophiques ou théologiques. Pour retenir quelque chose de fondamental après un cours, il faut que l'objet du cours ait été fondamental. Si vous arrivez à un cours de physique nucléaire et que le professeur vous dise : voici les différentes expériences en physique nucléaire et leurs applications, qu'est-ce que vous allez retenir ? Vous retiendrez le vaste champ d'applications de la physique nucléaire, ce qu'elle peut apporter à la société. Alors que si vous avez un professeur qui vous dise implicitement : mon objectif est de vous faire comprendre l'aspect fondamental de la physique nucléaire par rapport à ce qu'elle peut apporter à la société, à ce moment-là, vous comprendrez la physique nucléaire comme une partie intégrale de ce qu'elle peut représenter. Vous en déduirez alors vous-mêmes ses possibilités. Pour ramener cela à Wiesel, il est sûr que si vous connaissez le Talmud et l'histoire juive, vous serez capable d'analyser beaucoup plus facilement ce qu'il dit que quelqu'un qui débarque dans son cours sans rien connaître. Il vous sera donc beaucoup plus facile, à partir de certaines ramifications anecdotiques, de retrouver le cheminement talmudique ou midrashique. De semestre en semestre, on peut probablement découvrir sa thématique, qui peut échapper à un étudiant, qui n'assiste comme moi qu'à un semestre, d'ailleurs davantage par amitié que par intérêt personnel. »

Ce témoignage, pour spécifique qu'il soit, n'en demeure pas moins intéressant, car il permet d'appréhender un tant soit peu la méthode de Wiesel, et l'on s'aperçoit finalement que son enseignement est très proche de ses conférences, où il mêle, avec une érudition et un talent rares, midrash, histoires hassidiques, événements contemporains et retient l'attention du public, sans notes.

Les sources de son enseignement ne sont pas toutes juives, puisqu'il fait ses cours aussi bien à partir des *Dialogues* de Platon, que des *Frères Karamazov* de Dostoïevski, que de *Hamlet* de Shakespeare, et de tous les grands maîtres de la littérature occidentale. Mais la lecture qu'il en fait est imprégnée de judaïsme. Lorsqu'il lit et commente le *Parménide* ou *Protagoras* de Platon, *Les Perses* d'Eschyle ou *Antigone* de Sophocle, comment ne les relierait-il pas aux prophètes d'Israël et aux *'Hakhamim*, aux *Rabbis* du Talmud ? Dans l'une de ses premières Leçons talmudiques, intitulée « Vieux comme le monde », Emmanuel Lévinas avait établi un parallèle entre les *Euménides* d'Eschyle et un passage du traité talmudique *Sanhédrin*, car ces deux textes posent la question de la justice : justice avec pardon et justice de la vengeance. « Où donc est la différence entre Delphes et Jérusalem ? » interroge Lévinas, avant de répondre : « Méfions-nous d'antithèses faciles et réthoriques : nous, nous sommes la justice ; eux, ils sont la charité [...] Aux spiritualités authentiques aucune aventure spirituelle n'est épargnée [1]. »

Il ne fait pas de doute qu'Elie Wiesel soit plus à l'aise avec Dostoïevski, et un texte comme « Le grand inquisiteur » lui est certes plus proche que par exemple le « Grand discours de Protagoras » ou le périple d'Ulysse dans l'*Odyssée.* Le personnage de Dostoïevski, même s'il n'a rien à voir avec l'Inquisition espagnole et plus encore portugaise menée contre les Juifs et tant d'autres, le relie à une histoire commune.

« J'enseigne par la question. J'interroge mes étudiants et ils m'interrogent. Manière juive s'il en est et je pense toujours à ma mère, qui lorsque je rentrais du *'héder*, ne me deman-

1. *Quatre leçons talmudiques,* Editions de Minuit, Paris, 1982.

dait jamais si j'avais bien répondu mais si j'avais bien questionné [1]. » Manière juive et manière grecque. De quoi d'autre sont faits les *Dialogues* de Platon, même si la méthode talmudique est absolument spécifique. Wladimir Rabi va jusqu'à voir en Wiesel un personnage antique – ce qui deviendra chez lui une critique, comme nous le verrons – et écrit : « Wiesel était d'abord le témoin, le messager qui arrive haletant, comme dans la tragédie grecque, afin de faire part de l'événement prodigieux auquel il vient d'assister et du désastre auquel il a échappé [2]. »

Y aurait-il quelque chose de grec chez Wiesel ou y aurait-il quelque chose de juif chez les Grecs ? N'y aurait-il pas plutôt quelque chose d'universel chez les Grecs comme chez les Juifs, quelque chose comme le sens du tragique et l'interrogation devant la vie comme devant la mort ?

Il est fréquent qu'à l'intérieur de son séminaire, Elie Wiesel consacre des cours entiers à tel ou tel livre, inscrit à son programme. Ariane Bois eut, pour sa part, le privilège d'avoir pu assister au cours qu'il donna à Boston le jour où il apprit que le prix Nobel lui était décerné, le lundi 14 octobre 1986. Ce jour-là, il étudia deux heures durant avec ses étudiants *Hamlet*, qu'il avait choisi d'inscrire dans sa thématique sur *Littérature et Mémoire* cette année-là. Elie Wiesel proposa une analyse psychologique du personnage d'Hamlet, au lendemain de l'assassinat de son père, le roi d'Elseneur, en isolant les questions majeures que pose Shakespeare, comme celle du pardon, du souvenir, du désespoir que l'on ressent devant la mort violente du père. Wiesel montra que « le pardon des péchés est possible, si les souvenirs sont intacts ». Ariane Bois établit un parallèle entre Wiesel et Hamlet, montrant également leur différence. La réponse de Wiesel à la mort de son père, de sa mère, de tous les siens, ne fut pas la violence ou la vengeance meurtrière – qui eût été

1. Revue *L'Arche*, avril 1993.
2. *Esprit*, n° 9, septembre 1980.

bien vaine! – mais «la plus sublime des vengeances, celle de la mémoire [1] ».

Après son exposé vinrent les questions de ses étudiants. Répondant à l'un d'entre eux, qui l'interrogeait sur le désespoir, Elie Wiesel répondit «dans un anglais savoureux»: «On ne peut se retrancher derrière sa propre peine, on continue à souffrir de la solitude et de l'isolement, mais ce désespoir doit aider une cause quelconque.»

Qu'Elie Wiesel soit pour ses étudiants autre chose qu'un professeur traditionnel, nous pourrions nous en douter, encore faut-il l'évoquer. Dans tous les cas, il est une règle dans les universités américaines qui veut que chaque étudiant rencontre son professeur au moins une fois par trimestre. Ainsi, Elie Wiesel reçoit-il chacun de ses étudiants au minimum une fois, mais on l'imagine être accessible à tous ceux qui voudraient le rencontrer plus souvent, soit dans le cadre de leur thèse, soit pour autre chose. Voici ce qu'il rapporte lui-même:

«Un jour, un étudiant vient me voir. C'était un étudiant magnifique. Il faisait son doctorat avec moi. Il me raconte l'histoire suivante en pleurant: “Avant la guerre, ma mère était mariée, elle avait des enfants. Avant la guerre, mon père était marié, il avait des enfants. Les deux ont perdu leur conjoint et leurs enfants. Ils se sont rencontrés après la guerre dans un camp de personnes déplacées et, c'est moi leur fils. Et moi, je sais, que chaque fois qu'ils me regardent, ce n'est pas moi qu'ils voient.” Que voulez-vous que l'on dise à un garçon comme lui?»

Il consacra une fois un petit texte à ses élèves, qu'il inséra dans son ouvrage *Un Juif, aujourd'hui*. A l'époque, il enseignait encore au City College de New York et il avait décidé de consacrer un cours à la «littérature de l'holocauste».

«Ce matin, en classe, nous avons lu des textes bouleversants écrits par des morts contre la mort. S'il existe des mots

1. *Tribune juive*, 12 décembre 1986.

qui brûlent, ce sont les leurs. [...] Leurs auteurs : des hommes chargés des crématoires. Ils brûlaient les cadavres. Un certain Zalmen Gradowski se demande, dans son *Journal*, s'il serait encore capable de pleurer.

« Lecture insoutenable pour mes étudiants qui sont, pour la plupart, des enfants de survivants. Pour eux, il ne s'agit nullement d'études abstraites. Ni d'histoires imaginaires.

« En vérité, je n'aime pas enseigner la littérature de l'holocauste ; je ne sais si on peut l'enseigner. [...] Seulement ils insistent, les étudiants. Ils suivent ces cours parce qu'ils veulent comprendre leurs parents qui, pour les épargner, refusent de leur parler du passé. [...]

« Discussions passionnées, débats orageux. D'autant que, parmi les étudiants, se trouvent des militants de tous les bords. Sionistes, gauchistes, trotskistes, athées : la tragédie de leurs parents devient la leur, et ils savent qu'il leur appartient de lui conférer un sens. On dirait qu'ils plaident pour une cause sacrée.

« Ce sont mes meilleurs élèves. [...] Certains me l'avouent : ils n'arrivent pas à faire la transition de Treblinka à la poésie élisabéthaine. Pour eux, comme pour moi, ce n'est pas un cours comme un autre. Ils y viennent comme à une initiation. »

Un autre jour, à ses étudiants qui étaient acculés au désespoir, devant l' étude qu'ils venaient de faire, les témoignages qu'ils venaient de lire, Elie Wiesel leur dit : « Il ne faut pas vous arrêter. Cela veut dire : si vous avez la foi, il faut interroger la foi, mais si vous n'avez pas la foi, il faut interroger l'absence de foi. Il ne faut jamais vous contenter de ce que vous avez, ni des résultats que vous avez obtenus. Il faut pousser plus loin et mettre en cause et mettre en question toutes les choses auxquelles vous croyez [1]. »

Il confiera à Judith Hemmendinger, au début des années

1. *Rencontres bibliques* avec Philippe Nemo : « Jérémie ». Cassettes Radio-France.

1980 : « J'enseigne les " Sciences humaines " à l'Université de Boston et j'ai plus d'élèves que je ne peux en accepter. Mais je reçois toujours les enfants des anciens de Taverny qui, désarmés, incapables de raconter leur passé me les envoient pour que je leur raconte le 'hassidisme, la geste des saintes communautés disparues dans les flammes [1]. » Un jour, à la fin d'un cours qu'il donnait au City College de New York, en 1978, consacré au même terrible sujet, Wiesel leur avait demandé s'ils pouvaient résumer le cours en une phrase, alors l'un d'entre eux demanda à répondre : « L'Holocauste a toujours été pour moi quelque chose d'abstrait, un mot – un mot affreux, mais seulement un mot. Maintenant, c'est plus. Je ne le comprends toujours pas, mais je le connais mieux. Je ne pense pas que je puisse jamais l'oublier [2]. »

Un deuxième étudiant demande à intervenir. « A certains moments, j'ai détesté cette classe et vous-même. Ce que vous nous exposiez nous ôtait toute chance de conserver le moindre optimisme. Après tout cela, il est difficile de garder une quelconque confiance en l'homme. Oui, à certains moments, je vous ai détesté pour tout cela. Maintenant, je me considère heureux – si je puis utiliser ce mot – d'avoir été ici. » Ce témoignage permet de mieux appréhender l'effet que peut produire sur des jeunes et des moins jeunes le discours de Wiesel, souvent si plein d'angoisse que l'on comprend qu'il puisse faire chanceler une confiance trop naïve que l'on serait tenté d'avoir en l'humanité, lorsqu'on appartient à la bourgeoisie américaine par exemple. Il est vrai que certains peuvent le détester – bien que le mot soit sans doute trop fort – pour leur avoir montré de loin l'abîme, tout en sachant que jamais ils ne sauront, car, comme il le dit souvent, il était plus facile à un déporté de s'imaginer libre, qu'à quelqu'un de libre de s'imaginer dans un camp.

1. Cf. la thèse citée.

2. Rencontre avec Elie Wiesel par Arthur Kurzweil, extrait d'*Hadassah Magazine*, décembre 1978, traduit par Yvonne Lévy, *Information Juive*, février 1979.

Malgré tout, il a bien conscience que son enseignement est une véritable épreuve pour ses étudiants : « Ce cours doit vous avoir causé bien des difficultés... Oui, cela doit avoir été difficile. Ce cours ne ressemble en rien à vos autres cours ; il a été différent de tous ceux que vous pourriez suivre dans l'avenir. L'exposé a sans doute été pénible, mais le sujet l'a été plus encore car il est impossible de n'y plus penser et de s'en détacher comme on le ferait d'un sujet de mathématiques. Il reste en nous et avec nous comme aucun autre sujet ne saurait le faire... » En talmudiste qu'il est, Elie Wiesel aime terminer ses cours comme certaines de ses conférences non sur une réponse, une affirmation, mais sur une question. C'est ce qu'il fit là. Il voulut d'abord rappeler aux garçons et aux filles assis devant lui, que pour lui comme pour tant d'autres jeunes rescapés des camps, la question primordiale avait été : que faire de cette souffrance ? Comment utiliser ce que nous avons appris ? Puis, il leur retourna la question : « Que ferez-vous de ce que vous avez appris ? » Il se leva, leur dit « merci » et quitta la salle.

Malgré sa connaissance parfaite de la langue anglaise, Elie Wiesel prépare ses cours en français et les fait traduire. D'autre part, en tant que professeur respectueux de ses étudiants, Il n'aime pas répèter deux fois le même cours, et même lorsque le sujet est similaire, pour ne pas dire très proche, comme entre « littérature de l'Holocauste » et « Littérature de la Mémoire », il s'efforce de l'aborder de manière différente, ou en tout cas à partir de textes différents. Vingt ans après avoir commencé à enseigner, les sujets, les thèmes abordés par Elie Wiesel, élargissent-ils son horizon ? D'une certaine manière, oui. Aujourd'hui, il s'attaque à des sujets comme le fanatisme, l'anatomie de la haine et dans ses cours et dans ses conférences.

Si, comme professeur, Elie Wiesel a très nettement un rôle de « directeur de conscience » par rapport à ses étudiants, il est certain qu'en tant qu'écrivain, il est devenu peu à peu messager de la mémoire, héraut de la conscience juive. C'est ce dernier rôle, en même temps qu'il lui fut universellement reconnu, qui lui est inévitablement le plus contesté. Avant d'analyser les critiques, examinons au moins le chapitre qu'André Neher, qui fut dans la France des années 1960-1980, l'une des voix juives majeures, lui consacra dans son livre *L'Exil de la parole – Du silence biblique au silence d'Auschwitz* – publié en 1970. Neher y consacre un chapitre entier à l'auteur de *La Nuit* intitulé : « Le Silence et l'être : Elie Wiesel ». Il écrit :

« Dans le Royaume de la Bible, l'œuvre d'Elie Wiesel opère une révolution copérnicienne, l'une des plus bouleversantes qui aient jamais été tentées. »

Lisant cela, nous sommes bien conscients qu'André Neher avait reconnu en lui une dimension quasi prophétique. En comparant son œuvre à un événement aussi considérable que le fut la découverte de Copernic, à savoir la loi de gravitation universelle, Neher considère Wiesel, ou tout au moins ses livres, à l'échelle de quelque chose qui n'est pas de l'ordre de la littérature mais de la science pure. De quelle œuvre littéraire a-t-on jamais pu dire qu'elle avait l'importance de l'une des révolutions scientifiques les plus déterminantes de l'histoire humaine ? Il est vrai qu'André Neher précise d'emblée : « Dans le royaume de la Bible ». Ce qui change évidemment toute la compréhension que l'on peut en avoir, mais qui n'en donne que plus à Wiesel un rôle à la Job, témoin de la souffrance absurde. Wiesel apparaît encore – ou déjà ! – dans cette étude comme l'un des plus importants théologiens du siècle, qui proclame qu'aucun cri n'est assez puissant, aucune parole assez blasphématoire pour répercuter l'ampleur d'une telle tragédie. Pour Neher, Wiesel « dépasse » Kafka et ses autres « Maîtres en littérature du silence », tels que Joyce et Saint-Exupéry, « ou plutôt il est radicalement différent d'eux, parce qu'il n'a rencontré le silence ni dans l'imagination artistique, ni dans le spectacle du désert ou de quelque autre paysage de la nature : il l'a rencontré dans la réalité d'Auschwitz, et c'est cette réalité du Silence d'Auschwitz qui continue à coller à lui, maintenant qu'il rédige son œuvre en tant que rescapé, comme elle collait à lui, lorsqu'il était victime». Parallèlement à l'analyse de Neher, Wladimir Rabi cite ce mot d'André Schwarz-Bart, à la sortie du *Mendiant de Jérusalem*: «Avec ce livre le jeune survivant est devenu le seul prophète en cette génération.»

C'est ainsi qu'Elie Wiesel s'est vu devenir, peut-être même malgré lui, porte-parole de six millions de martyrs. Mission qu'il ne revendique pas, à proprement parler, sachant qu'elle est impossible à porter mais surtout que les morts ne l'en ont pas chargé. L'une des critiques les plus dures de Rabi c'est l'ethnocentrisme dont il accuse Wiesel, et qu'il illustre par le reproche d'antisémitisme lancé par lui à l'égard de Soljénitsyne, dans un texte repris dans *Paroles d'étranger.* Wiesel n'est pas le premier ni le dernier intellectuel juif à parler de l'antisémitisme de l'auteur de *L'Archipel du Goulag.* Après avoir cité quelques lignes de Wiesel, Rabi écrit: «Texte étrange, indigne d'un homme comme Wiesel, car n'est-il pas vrai que l'un et l'autre ont polarisé leur œuvre sur leur propre expérience, Soljénitsyne sur le monde russe et Wiesel sur le monde juif? A la limite on perçoit chez l'un et chez l'autre le même ethnocentrisme, et la même conception d'un peuple théophore». On pourra dire tout ce que l'on veut, on imagine mal Soljénitsyne en Nobel de la paix. Quant à son antisémitisme, le témoignage le plus fort, parce qu'il est celui d'un non-juif, c'est celui de Sakharov, dans ses *Mémoires*[1].

La deuxième critique fondamentale de Rabi est de comprendre Wiesel à travers le rôle social que «son sacerdoce par procuration» lui fait endosser et vis-à-vis des Juifs américains, dont il est devenu à la fois le remords et la conscience, et vis-à-vis des Juifs de la Diaspora dans son ensemble, qu'il a renforcés, si besoin était, dans la conscience qu'ils ont de leur importance et de leur rôle en dehors d'Israël. Sans

1. Traduction française, Le Seuil. Cf. notamment pp.462-465.

oublier Israël, envers qui il éprouve une sorte de culpabilité, qui le conforte dans son impossibilité à le critiquer.

Wladimir Rabi ne demande à Wiesel que d'arrêter d'écrire, et plus que cela d'ailleurs : « à savoir garder le silence pendant une décennie ». « Que dire encore sinon que, sauf révision déchirante, il est impossible à Wiesel de s'échapper de ce rôle qu'il a voulu exercer, ou qu'il a subi. Il lui est impossible de trouver une issue à son univers clos. Une complicité s'est instaurée entre lui et le public qui l'adule. Et pourtant, littérairement, à l'exception de *La Nuit*, nous sommes en face d'une œuvre généralement fort moyenne, dont seules les circonstances propres à l'expérience historique du peuple juif expliquent la large audience, mais ne la justifient pas. »

Dans une réponse d'autant plus forte qu'elle est plus brève et sans pathos, Alex Derczanski écrit, à la suite de la critique de Rabi : « Il y a aussi sous-jacente au témoignage de Wiesel la difficile ascèse qui l'a conduit de la vengeance au témoignage. Il a cru à la vengeance peut-être plus qu'il ne croit aujourd'hui au témoignage. Il y a beaucoup de résignation dans la démarche de Wiesel mais qui est liée à l'Election qui le prend à la gorge, mais qu'il veut lire en filigrane à travers l'Holocauste. Il a trop de pudeur pour hisser son peuple au rang non de martyr mais de Messie. Peut-être est-ce pour cela qu'il nous laisse sur notre soif. [...] Il y a dans l'œuvre de Wiesel des indices d'une liturgie mais il est trop conscient qu'il n'est pas un créateur de l'ordre de la fidélité, mais de la créativité, c'est-à-dire un poète. [...] Le seul reproche que l'on puisse faire à Wiesel est d'avoir violé l'indicible. Peut-on lui en faire grief ? »

Je rapporterai ici cette simple parole de l'un de ses vieux amis du Paris de 1950 : « C'est très difficile d'habiter au George V et d'être un prophète juif ». Cette même personne pourtant ajouta immédiatement : « Il embellit notre peuple, c'est un *Kéter*, une couronne, et il ne faut pas la déprécier. »

Ces reproches se font sentir dans la correspondance que

Wiesel entretient avec Rachel Minc, que nous avons déjà évoquée. Il lui écrit par exemple le 1er décembre 1968 :

« Chère Madame Minc,

« Il y a quelque chose dans nos échanges que je n'aime pas : vous suscitez en moi une dureté qui m'est étrangère. Vos critiques, vos allusions, votre médisance : vous semblez me témoigner un dépit – une déception – que je ne puis m'expliquer. Pourtant, d'une personne comme vous, j'aurais pu espérer un peu plus de compréhension. Vous me reprochez mon « succès », ma « gloire » – comme si cela comptait pour moi. Si vous pensez que cela compte réellement dans ma vie, alors c'est vous qui me décevez. Je vous dis tout cela non pas pour engager une discussion – mais pour y mettre fin. »

Une autre fois, alors qu'elle l'accusait d'infidélité, Elie Wiesel lui répond :

« Chère Madame Minc,

« [...] Vous m'accusez de ne pas être venu à une certaine réunion des Buchenwaldiens à laquelle je n'étais pas invité.

« Vous me reprochez de ne pas avoir assisté à la cérémonie, au cimetière : je n'étais pas à Paris ce jour-là.

« Vous aimeriez me voir chez vous – et vous répandez des calomnies à mon sujet. Je le sais, on me l'a dit. Je trouve votre amertume à mon égard plus que blessante. »

Ce que l'on peut légitimement soulever, c'est l'impossibilité presque physique qu'éprouve Wiesel de penser la Shoah à l'intérieur du processus d'extermination prévu et mis en place par Hitler et ses collaborateurs pour ceux qu'ils appelaient les *Untermenschen*, les sous-hommes, c'est-à-dire les Slaves puis les Tziganes. S'il est vrai qu'il y a quelque chose dans la Shoah qui défie la raison, la compréhension, s'il est vrai aussi qu'elle constitue la plus colossale entreprise d'extermination jamais entreprise par les hommes, et que l'on ne comprend rien si l'on n'y voit pas par-dessus tout une véritable entreprise administrative de la mort, commise à froid, presque sans haine, « comme ça », « parce que c'est programmé », si tout cela est vrai, il est vrai également que l'extermination des Tziganes fut réalisée dans les même conditions, même si cela a commencé plus tard. Il y a là une fraternité dans le désastre et l'horreur qui devrait être davantage prise en compte et comprise. Et cela, Elie Wiesel ne l'enseigne pas, ne veut pas en prendre conscience. Pourtant, en quoi cette reconnaissance diminuerait-elle la spécificité même de la Shoah ? Elle ajouterait une dimension de générosité, d'authentique *compassion*, au Messager de la mémoire qu'il incarne. Pourquoi, lorsqu'il fut président de la Commission présidentielle pour l'Holocauste, a-t-il refusé de donner un siège – c'était à la fois si peu en soi et tant pour eux – à un représentant du peuple tzigane, comme le lui demandait Simon Wiesenthal ? Dès qu'il démissionna de son poste, son successeur accepta. Cette volonté qu'il a de ne jamais vouloir comparer les tragédies entre elles pour ne pas les confondre mais au contraire de vouloir les regarder chacune dans sa spécificité irréductible, n'est-ce pas sa façon d'honorer chaque communauté martyre avec sa foi, son histoire, sa culture, son espérance ?

Il reste pourtant une question, comment Wiesel a-t-il pu si longtemps utiliser le terme « Holocauste » pour désigner l'Evénement, quand l'on sait toute la dimension théologique que le mot recouvre, avec son poids d'expiation, dans le christianisme en général et le catholicisme en particulier ? On connaît l'interprétation de Paul Claudel qui n'hésite pas à associer « l'holocauste de millions de victimes sous Hitler » avec « la conversion en masse des juifs qui surviendra aux derniers temps », et Emmanuel Lévinas de commenter : « Pour la première fois, ce retardataire incorrigible de l'Histoire Sainte est à l'heure [1]. » Qu'Elie Wiesel ait gardé ce

1 *Difficile liberté*, Biblio-Essais.

terme, lui qui a toujours refusé de voir dans la Shoah une signification théologique, surprend donc indéniablement.

Aujourd'hui, Elie Wiesel n'emploie presque plus ce mot, mais pour de curieuses raisons : « Au commencement, j'avais choisi holocauste pour montrer une densité mystique, religieuse à la tragédie, pour dire qu'il ne s'agissait pas seulement d'un pogrome comme il y en a eu tant, que cela n'avait rien à voir avec le résultat d'une guerre, mais que cette Catastrophe a d'abord impliqué le feu, et dans ce sens je le trouve plus fort que Shoah. Que veut dire holocauste ? L'offrande totale par le feu, or s'il y a un mot qu'il faut tout de même employer, c'est le feu. Cest le feu qui domine dans cette tragédie. Ensuite, le terme implique consommation totale, sacrifice total. Personnellement, je n'aime pas ce mot, mais c'est parce qu'il a été banalisé, commercialisé. On l'emploie maintenant pour décrire n'importe quoi [1]. »

1. *Le Mal et l'Exil, op. cit.*

X

LE HASSID ET LE CARDINAL

1979. Jean-Marie Aron Lustiger devient archevêque de Paris. Sa nomination défraye la chronique : un archevêque d'origine juive à Paris et qui s'affirme haut et fort comme « Juif » ! Comment Elie Wiesel pût ne pas être frappé par cette nouvelle stupéfiante ? Converti à l'adolescence en 1940, alors que sa mère allait être déportée à Drancy avant d'être envoyée à Birkenau pour y être gazée, Aron Jean-Marie Lustiger a un parcours pour le moins original, qui n'est pas sans troubler, voire déranger aussi bien les juifs que certains catholiques, qui n'aiment pas trop se rappeler les origines juives de l'Eglise. En fait, ce que ses déclarations eurent de difficilement acceptable pour les autorités religieuses juives, c'est qu'elles pouvaient être interprétées par nombre de catholiques, comme la preuve de la caducité ou de l'imperfection de la voie juive par rapport à ce qu'un chrétien croit être la « voie royale ».

Il s'est expliqué à ce propos lors d'une émission consacrée à Elie Wiesel sur France-Culture, en 1987 : « A mes yeux, je n'ai ni double identité ni le sentiment d'un reniement. Je peux me tromper, je veux dire que je comprends très bien qu'un rabbin me dise qu'il n'est pas d'accord. Je trouve cela tout à fait légitime. Mais le minimum c'est que, puisque Hitler a bien voulu me reconnaître la dignité de Juif, personne ne me l'ôte. »

Pour Elie Wiesel, rescapé de la Shoah et de « cette volonté de supprimer jusqu'au souvenir du peuple juif, il est difficile d'admettre qu'un des nôtres nous abandonne [1] ».

1. *Le Quotidien de Paris*, 17 octobre 1983. Propos rapportés par Gérard Leclerc.

En rompant avec le judaïsme en temps de guerre et en persistant après la guerre dans son choix, Aron Lustiger n'a rien fait d'autre finalement que de donner une victoire posthume à Hitler, car « Jamais en deux mille ans de confrontation judéo-chrétienne, il n'avait été plus impossible à un Juif d'abandonner sa judéité ou son judaïsme pour embrasser le christianisme », ainsi que l'affirme Emil Fackenheim [1]. La conception que Jean-Marie Lustiger a du christianisme est incompatible avec le judaïsme, et bien qu'il ne le sache pas, cela n'ôte rien à la vérité de la profession de foi juive. Les interprétations des Ecritures juives faites a posteriori par les chrétiens n'ont – faut-il le dire ? – aucune valeur pour les juifs. Il est sur ce point fondamental en désaccord total avec Elie Wiesel, pour lequel il ne peut y avoir de salut pour un juif qu'en restant juif, de même que pour le chrétien, qu'en restant chrétien. L'amitié et l'admiration réelle qu'il lui porte ne change rien au fait que sa défection est pour lui douloureuse et quelque part incompréhensible.

Wiesel n'aimerait pas que Lustiger soit missionnaire envers les Juifs, ce serait pour le coup intolérable, et pourtant le cardinal-archevêque veut nous faire accroire que les Juifs fidèles à la Torah, ont pu être séduits par la personne du Nazaréen. Les Juifs *authentiquement* juifs préférèrent la fréquentation des *'Hakhamim*, des Sages, qui allaient donner le Talmud au peuple d'Israël, à celle d'un homme qui cherchait ni plus ni moins à accomplir la Loi en la trahissant et, à remettre en question l'autorité de Moïse.

On sent chez Jean-Marie Lustiger la tristesse du converti lorsqu'il affirme à propos du Messie que « les juifs l'annoncent, et tant d'entre eux ne le croient pas ». Dans ce « tant d'entre eux », comment Wiesel lui-même, malgré lui, ne serait-il pas inclus, même s'il n'en a pas conscience ou ne veut pas le croire ? C'est toujours le même discours depuis deux mille ans, la même belle conscience, la même assurance

1. *Penser après Auschwitz*, Editions du Cerf.

des chrétiens à détenir l'apanage de la vérité ! Jésus est devenu pour les Juifs une sorte d'anti-Messie, de Messie de la mort, de la haine anti-juive, précurseur de la Shoah – et cela par le canal de Saul de Tarse, grand schizophrène devant l'Eternel, rempli d'une haine de soi juive délirante. Dans *Le Mendiant de Jérusalem*, Elie Wiesel met en scène Jésus et il le plaint en faisant dire à son personnage : « Tu crois mourir pour nous alors que nous allons mourir pour toi. » C'est pourquoi, à la réponse de Lustiger, nous répondrons : les juifs n'y croient pas, parce qu'il ne l'est pas. Au fond, dans le dialogue Wiesel-Lustiger, peu de questions vraiment théologiques se font jour ouvertement, et elles sont la plupart du temps, celles de l'archevêque et non celles de son ami juif. La vraie question que les chrétiens devraient oser se poser est celle-ci : « Si Jésus de Nazareth était et est réellement le Sauveur promis, comme le croit la chrétienté, pourquoi le propre peuple dont il était issu ne l'a-t-il pas reconnu comme tel ? » ainsi que le demanda le théologien catholique Franz Mussner dans son *Traité des Juifs* [1].

Suivons la trame de la rencontre Lustiger-Wiesel avant de revenir à ces questions d'ordre plus théologique. Elie Wiesel, au début de l'émission, en raconte l'origine : « Comme tout le monde, j'étais un peu surpris de lire dans les journaux qu'un archevêque "juif" a été nommé à Paris. Un archevêque juif à Paris ? C'est tellement bizarre que je voulais le connaître, et j'étais convaincu que l'archevêque ne ressentirait pas le besoin de me recevoir. J'avais donc fait dire à l'archevêque que j'aimerais faire un article sur lui dans le *New York Times*, pensant qu'ainsi peut-être il me recevrait. Sa réponse m'est parvenue tout de suite : "Non, je ne veux pas d'article mais j'aimerais que l'on se rencontre." »

Rendez-vous fut pris et quelques jours plus tard, Elie Wiesel arrive au 32 rue Barbet de Jouy, à la résidence de l'archevêque de Paris. Lustiger accepta deux fois de témoi-

1. Editions du Cerf.

gner publiquement de leur amitié, chaque fois en présence d'Elie Wiesel. La première fois, ce fut donc sur France-Culture. La seconde, c'était dans le cadre de l'émission de Frédéric Mitterrand « Du côté de chez Fred », en pleine période de l'« affaire du carmel d'Auschwitz » et, quatre semaines après le fameux discours du pape sur la « Nouvelle Alliance » et l'infidélité d'Israël. Cette émission constitue la seule source importante concernant l'amitié entre le hassid de Wizhnitz et l'archevêque de Paris.

« Nous avons passé une journée entière à discuter de tout, car il faut vous dire, et Jean-Marie le sait, je viens d'une tradition – toi aussi – qui avait peur de la conversion. Pendant des siècles et des siècles, nous étions soumis à tant de pressions essayant de nous convertir, et la plupart d'entre nous a tout fait pour dire non. Nous n'avons pas embrassé la croix malgré les tortures et malgré la séduction. Nous n'avons pas embrassé la croix ! Je voulais donc voir cet homme qui a choisi sa voie, et nous avons passé une journée, pour moi, inoubliable, dure, oui dure et pour toi et pour moi, et depuis, nous sommes restés très proches et amis. »

Cette première rencontre fait songer à la rencontre vingt-trois ans plus tôt du jeune Eliezer avec François Mauriac.

Revenons au témoignage d'Elie Wiesel :

« – Je dois vous dire que si mon grand-père me voyait...

« – Et le mien !

« – Et le tien. Si mon grand-père me voyait assis en face d'un cardinal, d'un prince de l'Eglise, et nous tutoyant ! La première fois que tu m'as tutoyé, je n'en revenais pas. J'avais peur de te parler, je cherchais toutes les phrases pour ne pas devoir te dire " tu ". Comment un juif comme moi, de la Transylvanie, de la *Yéshiva*, dit " tu " à un cardinal ? Donc, mon grand-père se demanderait vraiment : qu'est-ce qu'il fait là ? Et le tien aussi d'ailleurs. »

Au cœur de leur dialogue, que pouvait-il y avoir d'autre que la conversion de Aron Jean-Marie Lustiger, avant même d'aborder les grandes questions de l'expérience wieselienne du silence de Dieu pendant la Shoah – celles dont ils parlent si peu en vérité lorsqu'ils se rencontrent ? Quelque temps plus tard, en décembre 1987, Wiesel devait confier ses sentiments au journal *Le Monde*, en rendant compte du livre d'entretiens entre Jean-Louis Missika, Dominique Wolton et l'archevêque de Paris. « Le fils d'un bonnetier juif d'origine polonaise devenu cardinal, il y là matière à dix romans... Pourtant, je mentirais si je ne parlais pas de ce qui, dans cette histoire, me trouble. C'est le juif en moi qui, face au juif en lui, se découvre triste. Tout d'abord, j'essaye d'imaginer Aron Lustiger – issu de la lignée des Lévites, comme moi – enraciné toujours dans notre passé commun... Une hypothèse : le jeune Aron rencontre sur sa route un Maître juif qui lui révèle les secrets envoûtants du judaïsme... En d'autres termes : au lieu d'aller chercher, se chercher ailleurs, il aurait approfondi sa quête à l'intérieur de sa condition... Le peuple juif n'a-t-il pas perdu en lui un homme qui, en d'autres circonstances, aurait sûrement contribué à sa grandeur et à l'épanouissement de sa gloire ?

« Je sais bien : le cardinal Lustiger ne pense pas comme moi. Il est convaincu, lui, de n'avoir point quitté son peuple. D'ailleurs, il insiste souvent sur ses origines juives, sur ses attaches juives, sur le " message juif " dont il se croit porteur. Il aurait raison sur le plan éthnique, mais non au niveau qui est le sien, le nôtre, celui de la religion ou de la tradition religieuse. Sans vouloir lui faire de la peine – j'ai trop d'affection pour sa personne pour le blesser, – comment ne pas lui rappeler ce qu'il doit savoir, notamment que, aux yeux de la tradition rabbinique, un homme ne peut être à la fois juif et chrétien ? Qu'il s'agit de deux religions liées entre elles et même proches l'une de l'autre, mais non identiques ? D'innombrables juifs l'ont prouvé, à travers des siècles de persécutions et d'oppression, en optant pour la mort par l'épée et par le glaive plutôt que d'embrasser la croix.

« [...] Non, un juif ne pouvait embrasser la croix sans, en même temps, se séparer de son peuple. Et de nos jours ? Le choix du cardinal, qui sans doute s'explique par les circonstances particulières qui furent siennes, risque de susciter des malentendus. Erigé en exemple, le pari du cardinal risque de nous nuire. Et si d'autres juifs, gagnés par sa sincérité et par son éloquence, se mettaient à le suivre sur ses traces ? »

Un texte d'Elie Wiesel d'une aussi grande densité et fermeté dans une opposition amicale, a eu de quoi surprendre, à commencer par l'intéressé, qui, pourtant n'en a pas fait retirer une ligne. Pourtant son ami le lui avait adressé et lui avait laissé le soin de l'envoyer au *Monde*, qui l'attendait impatiemment.

La tristesse de Wiesel renvoie à la souffrance de Lustiger, « souffrance [...] sans mesure de ce que tant de juifs zélés n'ont pas cru dans l'Envoyé du Père [1] ». Mais là, nous ne sommes plus sur le même registre puisque Elie Wiesel prône pour une fidélité à l'Alliance et à la foi des martyrs d'Israël, tandis que la souffrance abstraite – comparée à celle du revenant d'Auschwitz – de l'archevêque de Paris n'est que la peine intellectuelle du missionnaire, dont l'exemple n'a pas réussi à convaincre. Aron Lustiger ne s'est-il jamais demandé si, pour le juif pieux, la Tora ne jouait pas le rôle que joue Jésus pour le chrétien ? (Si oui, pourquoi est-il obsédé par cette question : « Que se passerait-il pour le judaïsme qui ne regarde pas le Christ comme son Messie, si un jour tout Israël le reconnaissait comme tel ? ») Non, parce que sa belle certitude chrétienne de croire ce que ses « frères » juifs n'auraient pas discerné, l'a rendu aveugle à son propre orgueil d'appartenir à la foi catholique. Là, où le juif a pu atteindre Dieu sans qu'il eût besoin de s'incarner, le pagano-chrétien n'y serait pas parvenu si un homme ne s'était proclamé Dieu. Il n'y aurait pourtant rien là à reprocher à son incapacité de croire en un Dieu qui ne s'incarne pas, s'il n'avait passé deux mille ans à vouloir faire entrer dans la tête du juif et par tous les moyens qu'il savait mieux que

1. *Le Choix de Dieu*, Livre de Poche, Paris, 1989.

lui ce qu'il attendait, et ce qui était bon pour lui. Qui est le plus aveugle, le plus sourd au cri de Dieu dans l'homme entre le juif et le chrétien ?

Abordons maintenant la question relative à Jean-Paul II, qui fut l'un des points les plus épineux du dialogue entre les deux hommes. Rappelons les faits. En pleine crise du carmel d'Auschwitz, peu avant les sorties du cardinal Glemp, le sujet choisi par le pape au cours de ses entretiens des mercredis 2, 9 et 16 août 1989 [1] était La Pentecôte : accomplissement de la Nouvelle Alliance. Après avoir rappelé à ses auditeurs l'acheminement historique vers l'Alliance sinaïtique, depuis Abraham, le pape fait soudain un saut théologique, qui n'a rien que de très naturel pour lui. S'appuyant sur les versets 31-33 du chapitre 31 de Jérémie et sur Isaïe 59, 21, relatifs à la nouvelle Alliance, il extrapole la pensée des deux prophètes : « Quels que soient les paramètres historiques et prophétiques du point de vue d'Isaïe, nous pouvons dire que ses paroles trouvent leur plein *accomplissement en Christ* [...] ». Or le 9 août tombait la veille de *Tisha Be'Av*, commémoration de la destruction du Temple de Jérusalem et de la tragique expulsion des Juifs d'Espagne, le jour le plus triste de l'année juive. C'est ce jour-là que le pape avait choisi pour évoquer la désobéissance et l'infidélité d'Israël à son Dieu – et donc sa punition. Après avoir cité Exode 19, 5-6 : « Désormais, si vous m'obéissez et respectez mon Alliance, je vous tiendrai pour miens parmi les peuples [...] », le pape lance : « Puisque cette Alliance ne fut pas gardée fidèlement, Dieu, par l'intermédiaire des prophètes, annonce qu'il conclura une Nouvelle Alliance. » Or, cette « *nouvelle Alliance* » – nouvelle et éternelle – est conclue « dans le sang du Christ » (audience générale du 16 août). Autant dire que *l'ancienne Alliance* était éphémère et que les dons de Dieu sont précaires.

Quelques jours plus tard, j'ai trouvé Elie Wiesel outré et blessé comme rarement, et ce qu'il ressentait au plus profond

1. *Catéchèse sur le Credo, VI*, Le Cerf, 1992.

de son être se répercutait dans chacun de ses mots, dans chacun de ses silences : « De quel droit le pape ose-t-il se mêler d'affaires profondes et éternelles touchant au rapport entre Dieu et son peuple ? S'il le pense vraiment, et il doit le penser, alors cela veut dire selon lui que nous devrions tous nous convertir. Or cela, jamais il ne le verra, ni personne d'autre. Mais analysons ses déclarations : s'il est vrai que nous avons été infidèles, Auschwitz n'était alors que le châtiment ! Est-ce cela qu'il voulait dire ? Dans ce cas, les rapports entre juifs et catholiques seront remis en question [1]. »

Quelques jours plus tard, Anne Sinclair lui demandait ce qu'il aurait envie de dire au pape s'il se trouvait en face de lui : « Si je pouvais lui parler aujourd'hui, je lui dirais qu'il est absolument impératif de ramener notre dialogue et de le justifier en disant aux chrétiens : Attention ! Il faut revenir au temps de Jean XXIII, dont la figure morale, spirituelle, restera dans l'histoire juive.

« Nous pensons à lui avec une affection, une admiration et une reconnaissance sans mesure. Il faut donc dire au pape ceci : Il est absolument temps maintenant que juifs et catholiques continuent à se parler, à se comprendre, à s'unir, car c'est le même danger qui nous confronte, la même menace qui pèse sur nous tous. Nous ne pouvons pas nous permettre le luxe de recommencer une lutte religieuse. Ce n'est plus le moment.

« Personnellement, je n'ai pas peur des tentatives ou des efforts chrétiens de conversion. Je ne me convertirai pas et je peux vous dire que les juifs ne se convertiront pas. Nous avons résisté à la persécution et à la séduction chrétiennes pendant des siècles et des siècles, ce n'est pas maintenant que nous allons nous convertir. Mais ces paroles montrent en fait que pour le pape peut-être, si je le lis correctement, rien n'a changé. Et je pense, moi, pouvoir et devoir espérer que pour lui aussi, comme pour nous tous, des choses ont

1. Conversation inédite.

changé avec ce qui s'est passé il y a cinquante ans. Qui suis-je, moi, pour lui donner des conseils? Je ne peux que lui adresser une requête humble mais juive pour lui dire: Pour nous, si nous voulons continuer à établir des liens encore plus profonds et plus forts, il faut que l'on entende un autre langage [1]. »

Le cardinal Lustiger aura beau prendre la défense du pape, il ne convaincra pas Elie Wiesel même avec le recul du temps:

« Elie, franchement, j'ai lu le texte avec beaucoup d'attention et ce sont les analyses bibliques les plus classiques. La manière dont il parle du peuple juif, dans ces trois entretiens, ne rejette pas le peuple juif. »

Et la réponse de Wiesel fuse:

«Jean-Marie, cela dépend qui le lit. Si c'est un juif qui lit Ezéchiel et Jérémie et cite ces phrases-là, c'est une chose; quand c'est le pape qui les lit, qui choisit ces phrases-là pour parler de l'infidélité d'Israël, donc d'une nouvelle Alliance, c'est autre chose. Les prophètes juifs, bien sûr, ont fait beaucoup de reproches aux Juifs, parce qu'ils voulaient que les Juifs soient plus juifs, alors que je pense, que le pape voudrait que les Juifs soient moins juifs. Et çela, c'est grave. »

Ce que reproche Wiesel au pape, c'est son ambivalence. Un jour, il va à la synagogue, l'année suivante il béatifie Edith Stein, déportée à Birkenau et assassinée comme juive. Quelle signification voulait-il donner à son geste? Qu'il est dans la logique du peuple juif de se convertir au christianisme, à la religion majoritaire. Et la nomination d'Aron Lustiger à Paris, n'a-t-elle pas même valeur? La majorité des juifs ressent au contraire qu'il n'est de privilège plus grand que d'appartenir au peuple le moindre, que l'on appelle en hébreu *am ségoula*, le peuple de prédilection. Election qui n'est pas un surplus de privilèges, comme tant ont pu le croire, mais un surplus d'obligations, de responsabilités et en tout

1. «7 sur 7», TF1, 10 septembre 1989.

cas d'épreuves. Le 17 mars 1944, à la veille de sa déportation du camp de Vittel pour Birkenau, le poète Itz'hak Katzenelson notait ces trois mots tirés de l'*Exode* 10,5 : « *èt Yéter hafléta hanishérèt* – le dernier reste qui a échappé ». La millénaire histoire du peuple juif peut se résumer dans ces trois mots et, il ne fait pas de doute, qu'au jour du Messie – si jamais le Messie arrive, lui dont Kafka, qui voyait tellement plus loin que les théologiens aveuglés par la foi, écrivit qu'il n'arriverait pas le dernier jour mais le jour d'après – un « petit reste » de survivants sera debout au rendez-vous, qui n'aura pas désespéré, qui n'aura pas failli – « qui ne faillira pas ». Ce « petit reste » sera la rédemption d'Israël.

La blessure la plus profonde qu'Elie Wiesel garde en lui, reste la messe de Jean-Paul II à Birkenau en 1979. Par une superbe journée du mois de juin, l'ancien archevêque de Cracovie, Karol Wojtyla, devenu pape, donna rendez-vous à ses compatriotes pour une immense « messe-show » à l'intérieur du camp d'extermination de Birkenau, où, dit-on, près d'un million de Polonais étaient venus l'entendre. Le pape commença son homélie par cette parole de Jean (Première Epître) : « Voici quelle est la victoire qui a vaincu le monde : c'est notre foi ». Curieuse victoire de la foi chrétienne que celle qui ne put empêcher l'extermination de six millions de Juifs ! A partir de cette citation, le pape évoqua Maximilien Kolbe, incontestablement l'un des plus grands martyrs chrétiens du XXe siècle, *mort volontairement* à la place d'un condamné au bunker de la faim du terrifiant bloc 11 ou Bloc de la mort, en représailles à une évasion à Auschwitz I. Deux semaines durant, cet homme d'une force morale peu commune transforma, pour ses neuf compagnons d'agonie, ce lieu d'indicibles tortures causées par la faim (et surtout la soif !) en chambre de prières et de chants. Avant guerre, Maximilien Kolbe, qui ignorait tout des juifs et n'était pas exempt d'antisémitisme, ressemblait à s'y méprendre à un juif orthodoxe, avec sa longue barbe, son chapeau et sa bure noire – il ne lui manquait que les *payess.* A partir de 1939, son attitude envers les juifs fut totalement transfigurée, et par centaines, des juifs trouvèrent asile dans son couvent, à une cinquantaine de kilomètres de Varsovie. Cette protection du franciscain fut malheureusement de courte durée, car il fut arrêté et déporté à Auschwitz au printemps 1941.

Revenons à l'homélie du pape dans ce lieu où ont été assassinés pas moins d'un million et demi de Juifs de toute l'Europe. Jean-Paul II, sans le moins du monde songer à la douleur juive, se contenta de ne donner le nom que d'une seule victime juive, celui d'Edith Stein, convertie au catholicisme et devenue carmélite. Elle fut gazée comme juive et non comme chrétienne. D'autre part, dans les derniers temps de sa vie, elle eut des paroles malheureuses sur la rédemption des juifs, demandant en particulier dans son testament « pardon à Dieu pour les juifs qui ne reconnaissent pas encore Jésus ». A Birkenau, Jean-Paul II ne cita donc comme symbole du peuple juif martyrisé qu'Edith Stein, et ajouta : « Sur le lieu où la dignité de l'homme avait été foulée aux pieds d'une manière aussi horrible, voici la victoire remportée grâce à la foi et à l'amour ! »

De quelle victoire parle le pape ?

A Auschwitz, n'est-ce pas une grande « obscénité » de parler d'une « victoire remportée grâce à la foi et à l'amour », lorsque l'on sait qu'y furent assassinées tant de communautés juives parmi les plus pieuses d'Europe ? La seule victoire totale y fut celle de la mort, une mort immonde, à nulle autre pareille. Pour proférer de telles paroles Karol Wojtyla n'a jamais dû lire *La Nuit* ni *Se questo è un uomo (Si c'est un homme)* de Primo Levi, ni *Meggilat Auschwitz – Des voix dans la nuit* – ces « rouleaux sacrés » qui rapportent les Journaux de trois membres du Sonderkommando de Birkenau, enterrés près des crématoires, qui racontent la fin de communautés entières disparues dans les chambres à gaz et les fours.

A la fin de son homélie, le pape s'arrêta symboliquement devant chacune des pierres portant l'inscription du souvenir dans les langues des victimes. Or, devant l'inscription hébraïque, il réussit ce coup de force à peine croyable de ne pas prononcer le mot *juif*. Voici ses paroles selon la traduction officielle : « Cette inscription rappelle le souvenir du peuple dont les fils et les filles étaient destinés à l'extermination totale. [...] » Cela rappelle les propos prononcés le 15 octobre 1972, par Karol Wojtyla alors archevêque de Cracovie. Il vint à Auschwitz pour célébrer sa première messe en l'honneur de Maximilien Kolbe, tout juste béatifié : « Nous sommes venus ici pour participer au Sacrifice de Jésus-Christ, Fils de Dieu. Nous sommes venus pour regarder, à travers ce sacrifice de l'Homme-Dieu, les millions de sacrifices des hommes qui ont *donné leur vie* : des hommes que le lieu de la mort rattache à notre bienheureux Maximilien. Nous sommes donc venus pour porter ici, à l'autel, le sacrifice de notre histoire, de notre époque, *et pour offrir avec nos mains ce sacrifice de personnes qui, désormais, à l'autel ne viendront plus. Nous nous trouvons dans leur cimetière, sous nos pieds sont leurs cendres : nous sommes tous ressuscités de leur mort*[1]. » Voilà donc la pensée profonde de ce pape qui vient *offrir à l'autel le sacrifice des morts* – et quand les morts sont juifs, serait-ce leur sacrifice qu'il offre ?

Au-delà des mots de l'homélie de 1979, dont chacun avait été réfléchi, pesé, choisi, Elie Wiesel, qui ne les a peut-être que survolés, s'est attaché plus particulièrement au caractère symbolique d'une messe sur le plus vaste cimetière juif du monde : « Il a célébré une messe à Birkenau. Là, je trouve qu'il s'est montré insensible. Pourquoi ? Parce qu'après tout, les Juifs qui sont morts à Auschwitz-Birkenau étaient parmi les plus pieux d'Europe.

« Il aurait dû emmener avec lui un rabbin et neuf hommes juifs et leur dire : vous prononcez le *Kaddish* pour les victimes juives, et moi, je vais célébrer une messe pour les catholiques. Or qu'a-t-il voulu faire ? Convertir les Juifs à titre posthume ? Il n'y a aucun service plus catholique que

1. Souligné par nous.

la messe; c'est pourquoi, je pense que célébrer une messe en bloc, pour toutes les victimes, donc pour les juifs également, est un acte qui a fait mal.

«Ensuite, il a été à Majdanek et là encore – selon un reportage paru dans *Libération* – il a mentionné quatorze nationalités. Tout le monde sait que 90 pour cent, sinon plus, des victimes étaient juives et pourtant il n'a pas mentionné les Juifs à Majdanek. Si je considère tous ces faits dans le contexte, c'est normal que je sois méfiant» *(Le Mal et l'Exil).*

Dans un *lieu* comme celui-ci justement, les mots ne sont-ils pas aussi forts que l'image, que le symbole? On eût aimé qu'Elie Wiesel nous offre là une critique forte, sur cette théologie pernicieuse qui consiste à christianiser la Shoah. Pourtant, si l'on va au bout de la critique, il ne faudrait pas oublier un épisode très peu connu dont Karol Wojtyla est l'acteur. Au lendemain de la Shoah, une femme, Madame Jachowicz, va voir le jeune prêtre de sa nouvelle paroisse pour lui raconter l'histoire de cet enfant juif qu'elle recueillit alors âgé de deux ans, des mains de sa propre mère, quelques jours ou quelques semaines avant qu'elle ne soit déportée avec son mari sans doute à Auschwitz et gazée. Après guerre, Madame Jachowicz se mit à aimer le petit garçon comme son propre fils et voulut le faire baptiser. Le prêtre lui demanda quel avait été le souhait de ses parents lorsqu'ils le lui avaient confié? Qu'il soit mis au courant de ses origines juives et soit rendu à des parents outre-Atlantique, répondit la femme. Alors, «il serait déloyal de le baptiser», répliqua l'ecclésiastique. Aujourd'hui l'orphelin devenu homme vit aux Etats-Unis, où il a créé une famille juive. Ce n'est qu'en 1978, qu'il apprit par une lettre de sa mère adoptive cette histoire et le nom du prêtre, aujourd'hui Jean-Paul II. En recueillant ce récit, le rabbin Israël Spira, de Bluzhov, déclara: «Peut-être est-ce par le mérite d'avoir sauvé une seule âme juive que ce jeune prêtre accéda à la charge suprême [1]. »

Au cours de l'année 1987, Jean-Paul II avait fait savoir très probablement au cardinal Lustiger ou au cardinal O'-Connor, de New York, qu'il désirait rencontrer Wiesel, qui, après réflexion, accepta l'invitation. Rendez-vous fut pris dans le plus grand secret. Il ne s'agissait pas d'une audience – on voit mal Elie Wiesel demandant une audience au pape! – mais plutôt d'une conversation privée. Les deux hommes devaient se rencontrer au printemps 1987 au Vatican sans doute, avant le voyage du pape aux Etats-Unis. Mais quelques jours avant le rendez-vous, Elie Wiesel le remit *sine die.* Cela aussi est un fait sans pareil en deux mille ans de confrontation judéo-chrétienne: un Juif qui ajourne une rencontre avec le pape. La rencontre n'a jamais eu lieu, car il y eut ensuite la réception de Kurt Waldheim au Vatican et la visite de retour à Vienne. Il y eut surtout l'affaire du carmel d'Auschwitz. Maintenant que les carmélites ont quitté le camp emportant avec elles leur croix, de nouvelles chances semblent se lever qui permettraient enfin au chef de l'Eglise catholique et au Nobel de la Mémoire juive de pouvoir se rencontrer.

Tout à la fin de ce surprenant face à face fraternel entre Elie Wiesel et le cardinal Lustiger, qui n'avait pas vocation à aborder les grandes questions constitutives de l'opposition entre juifs et chrétiens, mais qui se voulait le témoignage d'une amitié profonde entre un juif universellement reconnu et le cardinal-archevêque de Paris, Elie Wiesel revint sur son rôle d'écrivain, de témoin: « Maintenant je sais que je n'ai pas encore commencé. Ce que je voudrais dire ne peut pas être dit. Si je n'écris pas, si je n'enseigne pas et si je ne partage pas, ma mémoire sera engloutie dans la nuit, dans l'oubli, comme le personnage de mon roman. Alors, s'il y

1. Extrait du *Jewish Chronicle*, traduit par Yvonne Lévy, in *Information juive*, juin 1982.

a quelque chose qui m'effraye physiquement et métaphysiquement, c'est l'oubli. Tant que je me souviens, l'espoir est encore possible. Je dirais : même la foi est possible. Par définition, la mémoire est ce que l'on transmet. Essayer de dire ce que l'on ne peut pas dire, tout en sachant que je resterai toujours en deçà, même si j'écrivais mille ouvrages. »

« Elie a reçu la vocation d'écrire, ajoute Jean-Marie Lustiger, non pas au sens banal du mot [...] Je pense que c'est Dieu qui lui a demandé d'écrire à travers les circonstances et à travers ce qui s'est passé. Son métier est de tenter de dire et d'écrire et de transmettre. Je n'ai pas le même appel de Dieu. Que faire avec cette douleur ? Si je n'écoute que moi-même, je me tais franchement. Ma grâce, ma vocation – et je crois qu'Elie l'a lui aussi à sa façon – c'est d'aimer les hommes, au moins de tenter de les aimer et surtout de témoigner que l'amour est possible. »

Ces proximités incontestables établies, c'est surtout sur leur approche de la Shoah – du *'Hurban* comme préfère dire Wiesel, en référence à la destruction du Temple de Jérusalem – que les deux hommes se séparent. Dans un hommage à Elie Wiesel, Jean-Marie Lustiger écrit : « Je ne peux supporter cette nuit où plonge Israël qu'en étant uni à la nuit dans laquelle le Messie a voulu s'enfoncer, pour ouvrir à tous le chemin de la vie, pour faire jaillir la lumière du monde, lumière de Résurrection, plus éblouissante que tous les soleils. Croyant cela, je ne me crois pas séparé, devant Dieu, d'Elie Wiesel que j'aime comme un frère. »

Pourtant, on imagine mal comment sa vision de l'Evénement pourrait être plus éloignée, sur cette question-*là*, que celle de son « frère » survivant. Pour bien situer l'opposition, il nous faut remonter à un entretien que l'archevêque de Paris donna à Ben Porat et Dov Youdkovski – l'ancien rédacteur en chef de *Yédioth Ahronot*, celui qui engagea Wiesel – en 1982. Evoquant les Juifs morts pendant la Shoah, Lustiger leur dit : « Je pense que quelque part ceux-ci appartiennent à la souffrance du Messie. Mais seul Dieu peut le dire, pas moi. Et que, un jour, ceux qui les ont persécutés reconnaîtront que c'est grâce à eux que nous sommes sauvés. »

D'un seul coup, on voit la Passion des Juifs être assimilée, confondue presque avec ce que représente pour les chrétiens la passion de Jésus. Passion rédemptrice qui ne tient aucunement compte du « désespoir et peut-être des doutes – de ceux qui allaient mourir ». Merveilleux retournement de situation où le pardon – plus exactement le salut – et la rédemption des bourreaux, est l'œuvre des victimes *malgré elles.* Jusque dans leur mort ignominieuse, voici les Juifs, convertis à titre posthume, rachetant un mal qu'ils n'ont ni recherché ni souhaité, mais qui les emporta dans une déréliction infinie, sans l'ombre d'une consolation, ni d'aucune justification théologique, ni d'aucun sens, ni d'aucune espérance possible, ni enfin d'aucun pardon. De même qu'il n'y a pas dans le judaïsme de pardon par procuration, il ne peut y avoir de rédemption par procuration. Désespoir ou désespérance sans doute, mais qui vaut mieux qu'une espérance qui n'aboutit nulle part, qu'une compassion sans douleur et qu'une rédemption qui ne consolera pas les millions de Rachel, qui ne voudront pas être consolées.

Nous savons que pour Wiesel, il n'y a pas de réponse. Lorsque je le mis en face de ce texte, il me répondit : « ... Inacceptable pour moi... [...] La venue du Messie lui-même n'apporterait pas forcément une réponse à cette souffrance immense et injustifiable. Alors, dire maintenant que la réponse c'est le Messie souffrant ! Non, pour moi Auschwitz demeure une question.

« [...] Faire de la souffrance une théologie, c'est presque la justifier, et nous n'avons pas le droit de le faire. [...] Dès que nous érigeons la souffrance en réponse, c'est déjà la justifier en la rattachant à un sens. Dès lors, nous trahirions et la réponse et la souffrance. » Dans une autre conversation avec lui, il alla un jour jusqu'à me dire : « Il n'y a pas de Messie. Voilà le problème. C'est un jugement dernier sans avénement messianique. Il viendra trop tard. »

XI

CITOYEN AMÉRICAIN ET ÉCRIVAIN FRANÇAIS

Dans les années 1960, Elie Wiesel assistait à Paris à une cérémonie du souvenir. A un moment, il sortit dans le couloir vide. Claudine Naar n'a pas oublié la vision de son ami, debout, recroquevillé sur lui-même et appuyé contre un mur : « C'était la souffrance vivante. On aurait dit qu'il brûlait vif. Ce n'est pas un écrivain, ce n'est pas un conférencier. Ce qu'il fait, ce n'est pas un métier, c'est ce qu'il a vécu. » C'est sa vie-même.

Tant d'anciens déportés essayèrent leur vie durant d'oublier leur traumatisme, de refaire leur vie, de se réadapter comme l'on dit. Lui a tout fait pour ne pas oublier, ne pas se « réadapter », ne pas s'habituer à avoir été abandonné par les colonnes de fantômes qui défilent sans cesse devant ses yeux. « Je ne cherche pas à l'exorciser. Au contraire, je cherche à m'en souvenir de plus en plus. Comme je l'ai dit, je parle peu de cela et très peu de moi-même, mais j'aimerais me souvenir jusqu'à la dernière minute de ma vie, de chaque être que j'ai rencontré, de chaque geste qui s'est offert à moi. Moi je veux élargir le royaume de la mémoire de plus en plus. Ça fait mal ? Bon, ça fait mal, mais l'oubli est pire. Il n'y a rien de pire que d'oublier. Ce que je veux en tant qu'écrivain, en tant que romancier, c'est recréer ce qui a été, ce qui ne sera plus. Je sais très bien : les morts sont morts. Je ne peux pas les faire revivre mais je peux reconstruire le royaume qui était le leur avant [1]. »

1. Elie Wiesel à « La Cité de la réussite », la Sorbonne, 31 octobre 1992.

Je ne peux pas les faire revivre. Telle est l'obsession première, la tragédie fondamentale de Wiesel. Toute son œuvre découle de cette impossibilité. Il ne fait rien d'autre depuis cinquante ans que d'essayer de les faire revivre, tout en sachant qu'ils ne revivront pas. Il voudrait tant être le Messie pour les ramener à la vie.

Que reste-t-il à faire ? Le procès de Dieu ne suffit plus, il faut intenter un procès au monde. Mais devant la surdité, pour ne pas dire l'indifférence des gens à ce cataclysme, Wiesel a pensé qu'il n'y avait pas eu de vengeance de la part des victimes, de la part des morts, et que peut-être la vengeance seule serait appropriée à l'extermination de son peuple, sauf que si vengeance il y avait, elle ne pourrait être que totale, et emporterait alors des millions, voire des milliards d'innocents – comme toujours. Ne reste-t-il que la mémoire ? Non, il reste encore la gloire, une gloire et une reconnaissance universelles, mais pas tant pour lui que pour les morts.

Bernard Chouraqui, dans une étude d'une rare acuité, intitulée « La Tentative [1] », voit l'œuvre de Wiesel comme une révolte contre la mort : « Or, il n'existe qu'un événement contrebalançant celui de l'holocauste nazi, un seul événement qui restituerait à la justice sa dignité métaphysique : c'est la résurrection des morts. Pour que notre vie la plus quotidienne ait un sens, il faut, découvre Wiesel, que les morts d'Auschwitz ressuscitent en gloire ! Il faut qu'un rapport direct soit établi entre l'holocauste et la rédemption. »

C'est sans aucun doute cette intuition qui a fait écrire à André Neher que Wiesel opérait une « révolution copernicienne » dans l'ordre biblique. C'est que pour Wiesel, Auschwitz a bouleversé l'Histoire humaine au même point que la Révélation sinaïtique, que, sans doute, la naissance du christianisme, que Marx, Freud et la théorie de la Relativité

1. *Le Scandale juif ou la subversion de la mort*, Editions de la Différence, Paris, 1991.

d'Einstein. Sauf que la Relativité ne se soucie guère de l'homme qu'elle ignore superbement, alors qu'Auschwitz concerne l'homme et lui seul. Wiesel se veut le Rachi de l'après-Shoah, c'est-à-dire le nouveau commentateur de la Bible, lui qui voudrait faire dire à la Tora plus qu'elle ne dit – ou plus exactement, qui voudrait lui faire dire ce qu'elle ne peut pas dire par essence, ayant trois mille ans d'avance sur l'Evénement.

Toute son œuvre en ce sens est une relecture de la Tora à la lumière de la Shoah. Finalement, il arrive à la conclusion que l'homme vaut mieux que Dieu, qui se tait de toute éternité, comme s'il n'existait pas.

« Moi, le mystique de jadis, je pensais :

« Oui, l'homme est plus fort, plus grand que Dieu. Lorsque Tu fus déçu par Adam et Eve, Tu les chassas du paradis. Lorsque la génération de Noé Te déplut, Tu fis venir le déluge. Lorsque Sodome ne trouva plus grâce à Tes yeux, Tu fis pleuvoir du ciel le feu et le souffre. Mais ces hommes-ci que Tu as trompés, que Tu as laissés égorger, gazer, calciner, que font-ils ? Ils prient devant Toi ! Ils louent Ton nom ! » (*La Nuit.*)

Dès lors, Elie Wiesel prit sur lui l'insupportable charge de consacrer sa vie à ne pas permettre que la tragédie soit oubliée, à ne pas permettre non plus que la Shoah soit banalisée, voire christianisée. Ainsi, lorsque le président Carter l'invita à présider l'« United States President's Commission on the Holocaust » en 1979, avant de le nommer président de l'« U.S. Holocaust Memorial Council » l'année suivante, fonction qu'il devait conserver jusqu'en 1986, c'était bien au-delà des prix littéraires, une reconnaissance fondamentale faite au travail de l'homme de la mémoire, de l'écrivain, du conférencier, mais aussi du professeur qu'il est.

Il faut voir là une signification métaphysique, sans perdre de vue ce qu'écrit Bernard Chouraqui. S'il n'y a vraiment qu'un seul événement qui serait capable dans l'absolu de racheter la mort de ces six millions de Juifs, à savoir leur

Résurrection *, Elie Wiesel pense sans doute qu'en attendant ce Jour (!), le seul devoir du survivant qu'il *est*, est de parvenir à construire un Monument et un Nom qui ne périront pas en l'honneur des Martyrs. Si ce Monument et ce Nom se nomment en hébreu *Yad va-Shem*, et s'élèvent à Jérusalem sur le *Har Hazikaron*, le Mont du Souvenir, qui est le Mémorial de la Shoah, il leur fallait une reconnaissance et une gloire posthumes universelles, c'est-à-dire qui viennent des nations (autres qu'Israël). C'est à la lumière de ce sens qui est le seul qui vaille véritablement, que l'on doit déchiffrer le parcours d'Elie Wiesel et son acceptation, sinon sa recherche des honneurs les plus hauts qui soient.

Lorsqu'il comprend cela, Elie Wiesel n'a plus qu'un but, qu'une obsession, obtenir que les plus puissants de ce monde honorent le peuple martyr, dont il est – dont il veut être – la mémoire. L'étant, il lui faut être en même temps la mauvaise conscience de ceux qui laissèrent perpétrer le génocide, et il ne s'agit pas tant des coupables directs d'ailleurs que des Alliés qui savaient et laissèrent emmener chaque jour des trains entiers de juifs à la mort. Pour Elie Wiesel *, cela aussi est un crime, qui s'appelle l'indifférence.

C'est pourquoi, lorsqu'en 1979, Jimmy Carter le nomme président de la Commission présidentielle de l'Holocauste, Elie Wiesel sent là un symbole particulièrement fort. On ne connaît que trop la lâcheté des hommes politiques et des dirigeants juifs américains, comme le rabbin Stefen Wise, qui, dès 1942, étaient informés de l'anéantissement des Juifs européens et qui n'osèrent pas intervenir avec force et détermination auprès du président Roosevelt. Pourtant, ces informations avaient rapidement dépassé le stade de la confidentialité puisque le 10 août 1942 *Newsweek* évoquait les « convois bourrés de Juifs de Varsovie disparaiss[ant] dans « l'obscurité du néant ».

* Il est bien clair dans l'esprit d'Elie Wiesel, que ce qu'il attend, lui, pour le peuple juif, chaque descendant d'un peuple persécuté est en devoir de l'attendre, de l'espérer et de se consacrer au combat pour la mémoire.

Dix jours plus tard, le *New York Times* rapportait des informations tirées de *Paris-Soir* selon lequel « les Juifs de France étaient en train d'être déportés en " Silésie polonaise" ». » Le 6 octobre 1942 une dépêche de la *Jewish Telegraphic Agency* publiée par le *Daily News Bulletin*, de New York, révélait la déportation systématique des Juifs de Lodz qui « sont empoisonnés au gaz ».

Citons encore le *Jewish Frontier* de New York, qui dans son numéro de novembre 42 « comportait une description exceptionnellement détaillée du traitement infligé aus Juifs à Chelmno (Kulmhof), avec des informations sur les camions à gaz [1] ». Le rabbin Stefen Wise, pour sa part, avait informé en novembre de la même année le *New York Times* du nombre de victimes juives déjà comptabilisées : deux millions. Faire accroire que les Alliés ne savaient pas ce qui se passait, ne peut plus être que le jeu de quelques révisionnistes patentés.

Pour Wiesel, les Alliés ont là une part de responsabilité, car ils auraient pu – ils auraient dû – bombarder les lignes de chemin de fer qui conduisaient les suppliciés à Treblinka, Birkenau, Belzec, Majdanek et partout ailleurs. Mais leur responsabilité ne s'arrête pas là. On sait, et Raul Hilberg en parle longuement dans son livre, qu'Eichmann était prêt à échanger jusqu'à un million de Juifs hongrois contre... des camions ! « Des marchandises contre du sang – du sang contre des marchandises. » « Un camion pour chaque centaine de Juifs. Ce n'est pas beaucoup. Soit 10 000 véhicules au total [1]. »

L'interlocuteur d'Eichmann était Joel Brand, l'un des responsables du Comité juif de sauvetage en Hongrie. Il partit pour Istanbul, remua ciel et terre, pour être finalement arrêté par les Britanniques, qui se méfiaient de lui. Chaque jour perdu, c'était des milliers de Juifs hongrois qui étaient gazés à Birkenau – parmi lesquels ceux de Sighet. Dans un rapport

1. Raul Hilberg, *La Destruction des Juifs d'Europe*, Folio Histoire, 1991.

à l'Agence Juive, Brand écrivit : « J'ai remis à mes camarades un plan exact du camp de concentration d'Auschwitz. J'ai exigé qu'on bombarde les chambres à gaz et les crématoires dans la mesure où c'était techniquement possible. J'ai exigé des diversions et des attaques aériennes sur les embranchements ferroviaires qui conduisaient à Auschwitz. [...] [1] » Lorsque les services secrets britanniques lui dirent qu'ils l'envoyaient dans le sud de l'Egypte, Brand hurla : « Vous savez ce que vous êtes en train de commettre ? Un meurtre en masse ! Si je ne rentre pas le meilleur de notre peuple sera massacré ! Ma femme, ma mère, mes enfants seront les premiers ! Vous devez me laisser partir !... Vous n'avez pas le droit de [me] retenir. Je suis ici en tant que messager d'un million de gens, condamnés à mort... [2] »

En dehors d'Israël, les Etats-Unis sont le seul pays à avoir institué une Commission présidentielle de l'Holocauste, appelée aujourd'hui US Holocaust Memorial Council. Sans doute, l'Amérique a-t-elle beaucoup à se faire pardonner de n'avoir rien fait – ou si peu – pour sauver des Juifs d'Europe. Mais l'existence de cette commission tient davantage au poids politique de la première communauté juive du monde, avec six millions d'âmes.

Voilà donc Elie Wiesel revêtu de la plus haute charge américaine de la mémoire de la Shoah. Cela ne rachète rien, mais cela n'en constitue pas moins la reconnaissance officielle de la spécificité juive de la Shoah à l'échelon de la première puissance du monde.

Pourquoi Carter choisit-il Wiesel pour présider la Commission présidentielle de l'Holocauste ? Il y fallait un symbole et Wiesel, sept ans avant le prix Nobel, était déjà la personnalité juive la plus célèbre. Il faut dire qu'il s'est créé un lien très fort entre l'écrivain et les Juifs américains. Il trouva en eux « un public ouvert, naïf, qui l'a vite adopté » comme le

1. Raul Hilberg, *op. cit.*
2. *Ibid.*

« dernier reste » d'Auschwitz, pour en faire « le porte-parole consacré des Juifs survivants » [1]. Dès août 1970, l'Association des rescapés de Bergen-Belsen adressa à Oslo une lettre, probablement la première de l'énorme dossier, appuyant sa candidature au Nobel. Puis Henry Kissinger réitéra la demande, suivi en 1984 de Mario Cuomo, gouverneur de l'Etat de New York, et nombre de sénateurs et de membres du Congrès s'ajouteront à l'impressionnante liste. Quel est le Juif américain qui s'est vu conférer davantage de doctorats *honoris causa* – Kissinger mis à part, et encore ! – et reçut autant de prix des institutions juives d'Amérique que Wiesel ? Il en a tant qu'on dirait qu'il les collectionne ! Mais sa popularité dépasse le cadre de l'establishment juif ou non-juif, elle touche les milieux universitaires, et les étudiants le reçoivent avec enthousiasme sur leur campus.

Lorsque le président Carter reçut Elie Wiesel à la Maison Blanche pour le nommer, il avait fait sortir des archives de la CIA le dossier secret sur Auschwitz, où figuraient les photos aériennes prises le 4 avril 1944 depuis l'un des bombardiers américains qui attaqua l'une des usines du camp I. On y voit très clairement les baraques, la chambre à gaz (de Auschwitz I) et la cheminée. Elie Wiesel regarda les photos puis Jimmy Carter : « On savait et on n'a rien fait ! on n'a même pas bombardé la ligne de chemin de fer ? » Alors le président américain lui répondit : « Je ne comprends pas. On savait et on a caché les photos. »

Wiesel lui parla du silence de Roosevelt et lui demanda : « Et vous, qu'auriez-vous fait ? » A quoi Carter répondit très honnêtement en lui donnant les photos : « Je souhaiterais pouvoir vous dire que j'aurais fait ce qu'il fallait, mais je n'en suis pas sûr. » Dès sa première rencontre avec l'hôte de la Maison Blanche, Wiesel s'était juré de ne jamais faire comme les responsables juifs pendant la Deuxième Guerre

1. Cf. Shlomo Shamir, « Un homme qu'on aime aimer », *Haaretz* du 17 octobre 1986 ; extraits traduits par Yaël Armenet.

mondiale vis-à-vis de Roosevelt. Il expliqua qu'en disant « non » à certaines occasions à un président américain, il voulait « effacer ce péché d'alors ». Ce péché reste pourtant irréparable.

En acceptant donc cette charge honorifique du président des Etats-Unis, pour la première fois, il ne parlait plus seulement au nom de sa propre personne mais au nom de la fonction qu'il entendait assumer partout où son devoir de mémoire le conduirait, de Babi-Yar à Birkenau, de Sighet à Treblinka, de Moscou à Varsovie, sans oublier la Maison Blanche, où six ans après avoir été nommé par Carter et reconduit par Reagan dans sa charge, il y eut l'affaire de Bitburg.

Le 19 avril 1985, Ronald Reagan venait de lui remettre la distinction civile suprême aux Etats-Unis, la Médaille d'or du Congrès, à quelques jours de se rendre en visite officielle en Allemagne fédérale au cours de laquelle il devait participer à une cérémonie au cimetière de Bitburg, où se trouve une quarantaine de tombes de SS, détour fait à la demande du chancelier Kohl. Dans son discours de réponse Elie Wiesel fut cinglant comme rarement : « Nous vous sommes reconnaissants d'être un ami du peuple juif, d'essayer d'aider les juifs opprimés d'Union soviétique et de continuer à soutenir l'Etat juif. Pourquoi alors, ai-je aujourd'hui une telle tristesse dans mon cœur ? Je suis convaincu que vous ne connaissiez pas l'existence de tombes de SS au cimetière de Bitburg. Mais maintenant nous le savons tous. C'est pourquoi je vous implore, Monsieur le président. Dites-nous que vous n'allez pas y aller. Cet endroit n'est pas le vôtre. Votre place est avec les victimes des SS. Nous savons qu'il y a des considérations politiques et même stratégiques, mais cela transcende la politique et la diplomatie. Le problème est celui du bien et du mal.

« Vous avez parlé d'enfants juifs, Monsieur le président. Un million d'enfants juifs sont morts, j'en ai vus de jetés vivants dans les flammes. Et si je passais ma vie entière à réciter leur noms, je mourrais bien avant d'avoir terminé ma tâche. Votre place n'est pas là, Monsieur le président. »

Juste avant de recevoir cette médaille du Congrès, Elie Wiesel avait adressé un télégramme au président Reagan, qui avait déclaré à Washington le jeudi précédent, à propos des soldats allemands morts pendant la Deuxième Guerre: « Ces jeunes hommes sont aussi des victimes du national-socialisme, bien qu'ils aient combattu sous l'uniforme allemand [...] au bout du compte, ils en étaient tout autant les victimes que ceux qui sont morts en camps de concentration [1]. » Wiesel exigeait du président, qu'il fasse une nouvelle déclaration annulant la précédente, sinon, ce serait la preuve qu'« il ne voit pas de différence entre crimes de guerre et crimes contre l'humanité ».

On connaît la suite: Reagan ne supprima pas sa visite au cimetière, mais comme pour répondre à Elie Wiesel et à toutes les autres protestations, dont celle du Centre Simon Wiesenthal de Los Angeles, il fit une halte au camp de concentration de Bergen-Belsen, où tant de Juifs moururent de faim et d'épidémies, parmi lesquels Anne Frank.

Si ce n'était cet incident grave, les rapports Reagan-Wiesel auraient probablement été les meilleurs. On sait que les deux hommes s'entendaient fort bien et que Reagan était plus sensible que Carter à la spécificité de la Shoah – ce qui rend l'affaire Bitburg encore plus inexplicable. Certains se souviennent de la première cérémonie de l'United States Holocaust Memorial Council après l'installation du président Ronald Reagan à la Maison Blanche. Elie Wiesel avait ouvert la séance solennelle par un discours sur les responsabilités incessibles que donnaient aux survivants et aux « hommes libres » l'expérience effroyable de la dernière Guerre, et en particulier celle de la déportation. Le Président était si ému après les paroles de Wiesel, que ses yeux étaient « embués de larmes ». Etant de ce fait dans l'impossibilité de lire

1. *Libération*, samedi 20 et dimanche 21 avril 1985.

le texte préparé par ses conseillers, il improvisa, au dire d'Elie Wiesel, un très beau discours sur les droits de l'homme. « Un discours contraire, même, à sa politique. » Pour lui, Elie Wiesel était d'une certaine manière le symbole des six millions de martyrs du Génocide juif et lui rendre hommage était leur rendre hommage. Il était là pour rappeler les impératifs éthiques que devait suivre en particulier l'Amérique, le pays de la liberté. « Ce n'est plus le discours attendu mais un véritable message à l'humanité, la promesse que jamais l'Amérique ne se trouvera du côté des tyrans ou des oppresseurs quels qu'en soit le camp ou la couleur. » Si un tel discours peut paraître bien naturel à un Français qui en a l'habitude, surtout depuis de Gaulle, il n'en va pas de même aux Etats-Unis, où les conseillers de Reagan furent pour le moins décontenancés par les propos qu'ils venaient d'entendre. « A tel point que, fait unique dans les annales washingtoniennes, à peine le président avait-il fini de parler, que son porte-parole réunissait dans une pièce attenante les quelques journalistes présents, eux-mêmes passablement éberlués, pour leur intimer l'ordre de ne rien publier de ce discours qui puisse être imputé à Reagan. « The president didn't mean what he said », conclut Larry Speakes. Le président n'a pas voulu dire ce que vous avez entendu.

L'histoire ne s'arrête pas là. Peu après l'« incident », Elie Wiesel recevait une longue lettre de Ronald Reagan l'assurant que pour sa part « il ne changeait pas un mot » au discours qu'il avait prononcé [1]. » En fait, deux semaines après la cérémonie, le président Reagan téléphona personnellement à Wiesel et lui dit : « Je suis en train de vous écrire une lettre pour vous remercier, pour vous dire ce que je pense de vous... » Wiesel ajoute : « Et il parle, il parle, il parle, et termine en me disant : « A propos, la dernière fois "I really meant", j'ai pensé réellement tout ce que j'ai dit [2] »...

1. *Le Magazine littéraire*, avril 1987 : « Wiesel le Juste » par Marc Kravetz.
2. *Playboy*, janvier 1984 : interview de Georges-Marc Benamou.

A partir de ces années 1979-1980, un changement important s'opère chez Wiesel, en ce que les causes qu'il défend cessent d'être exclusivement des causes juives pour devenir des causes universelles. Comme si la reconnaissance qui lui était faite comme président de la Commission présidentielle de l'Holocauste lui permettait de s'ouvrir aux autres causes. Comme si au nom de la Shoah, il avait le devoir de s'intéresser aux autres victimes de tragédies comme les Boat-People, les Indiens Miskitos, les Libanais, les victimes de l'Apartheid. « J'ai tenu à aller à Soweto, le grand ghetto noir de Prétoria, pour dire à la communauté noire combien j'étais concerné par son sort et par celui de Nelson Mandela [1]. »

Dans son œuvre, ce virage s'opère déjà à partir d'*Un Juif aujourd'hui*, puis de *Paroles d'étranger* en 1981, où il consacre plusieurs chapitres à des sujets non juifs, en particulier celui sur son voyage dans les camps de Cambodgiens à la frontière de la Thaïlande, intitulé : *La Fin d'un peuple ?*, ou celui consacré aux Etrusques. On peut se demander d'ailleurs comment lui, Elie Wiesel, en est venu à s'intéresser aux Etrusques ? Y aurait-il quelque parenté insoupçonnée entre Juifs et Etrusques ? Les historiens nous ont beaucoup appris sur ce petit peuple, sa haute civilisation, ses cultes sanglants, sa fin tragique. C'est un peuple qui fut totalement exterminé. Evoquant un jour la spécificité de la Shoah, question sur laquelle il ne transige pas, il dit : « Jamais, il n'y a jamais eu de crime sans but militaire, sans but pratique. Ce sont des crimes contre la logique. On pourrait dire : on n'a jamais atteint ce degré dans l'absolu. La seule analogie que l'on puisse faire, c'est avec la nation étrusque, totalement détruite avec ses femmes, ses hommes, ses enfants, avec sa culture, sa joie, sa mémoire. [...]

« Quand je pense aux Arméniens, à leur génocide, ce n'est pas tout à fait la même chose. Ces mots peuvent encore les choquer mais, je ne veux pas minimiser cette tragédie, ce

1. *Le Mal et l'Exil.*

n'est pas la nation arménienne tout entière qui était menacée de disparition. Si les Arméniens avaient eu la chance de s'échapper, ils n'étaient pas menacés de disparition. Il ne faut pas mélanger le crime contre le peuple juif et les atrocités de guerre [1]. »

Dans un discours à la tête de la Commission présidentielle de l'Holocauste, il répondit à Jimmy Carter, qui ne faisait pas bien la distinction entre les six millions de Juifs et les onze millions de victimes de la barbarie nazie en comptant les Slaves, les Tsiganes : « Seulement le peuple juif – et dans une certaine mesure, mais une certaine mesure seulement, les Tsiganes – était exposé à une sentence de mort [...] [2]. » Il est une phrase qui récapitule pleinement sa pensée profonde, car on a trop tendance à lui faire dire ce qu'il n'a pas dit explicitement : « En comparant des tragédies, on est injuste envers toutes. Je pense que chaque tragédie devrait avoir le mérite d'être considérée comme unique. Chaque tragédie est un scandale unique [3]. »

C'est donc au moment même où il continue à affirmer la spécificité du génocide juif, avec cette autorité que lui confère sa fonction, qu'il combat activement en faveur de certaines causes. Il partira à Buenos Aires pour plaider la libération des détenus politiques et la fin des meurtres, comme à Johannesbourg et Prétoria. Ses voyages se multiplient et ses prises de positions aussi. Petit à petit on le voit sur tous les fronts, partout où il faut crier, protester contre les violations des droits de l'homme.

En février 1980, il se rendit à la frontière thaïe avec une centaine d'hommes et de femmes venus d'Amérique et d'Europe parmi lesquels Liv Ullmann, Alexandre Ginzburg, un groupe de parlementaires français, des philosophes, des romanciers, un rabbin et naturellement des médecins, pour

1. *Le Figaro*, mai 1986 : entretien avec E. Schwartzenberg.
2. *Against Silence, t. III, op. cit.*
3. Entretien avec Antoine Spire à la FNAC Montparnasse, le 5 octobre 1989.

participer à une Marche pour la survie du Cambodge, organisée par l'International Rescue Commitee et Médecins sans frontière. Ne pouvant obtenir de visa des Khmers rouges, il durent arriver par Bangkok. De là, ils partirent pour Aranyapathet, où se trouvaient deux camps de réfugiés, Khao I Dang et Sa Kao. Depuis sa sortie de Buchenwald, c'était la première fois qu'Elie Wiesel pénétrait à nouveau dans un camp. Il en retrouvera d'autres quelque dix ans plus tard dans l'Ex-Yougoslavie. Le but de cette action était d'apporter vingt camions de vivres et de médicaments aux réfugiés. A lire les deux récits qu'il fit de ce voyage, qui correspondait exactement au trente-sixième anniversaire de la mort de son père, on sent à quel point il fut bouleversé, pour ne pas dire ébranlé, par ce qu'il vit. Quels efforts affolants ne fit-il pas, pour ne pas superposer ce qu'il vit là avec les images qui le hantent à jamais. Parfois, une odeur, un « presque-rien » suffisent à faire basculer la mémoire. Qu'a-t-il ressenti lorsqu'il se trouva en face de cette masse humaine, où hommes, femmes, enfants, étaient entassés dans d'indescriptibles baraques ? Quelque chose de pitoyable, d'hallucinant, qui glace le sang. On imagine Wiesel marcher entre les baraques « en tremblant ». Comment se comporter autrement dans un lieu – ou un non-lieu – où la mort et le désespoir ont si rapidement raison de ses habitants ? « Cent dix mille personnes entassées dans un périmètre qui devrait en accueillir le quart. »

« Une fillette s'occupe de son petit frère : elle le lave et lui donne à manger. Des enfants aux yeux dévorés par une mort proche et calme. Misère extrême. Abandon total partout. Des fantômes qui charrient des souvenirs lancinants d'exécutions sommaires, de sauvages assassinats.

« [...] Vous aimeriez leur dire de ne pas perdre confiance [...] Mais les mots n'ont pas le même sens pour eux et pour vous – vous vous demandez même s'ils ont le moindre sens, devant cette souffrance immense et anonyme. Et c'est vous qui perdez confiance, vous qui perdez courage. »

Ces lignes de *Paroles d'étranger* renvoient aux deux pages de *L'Oublié*, où son héros – son double – Malkiel part faire un reportage pour le *New York Times* sur ce *no man's land* – qui est aussi littéralement un *no god's land*, pour reprendre l'expression d'André Neher. Malkiel pose les questions de Wiesel: « Peut-on imaginer un pays tout entier transformé en ghetto hermétiquement clos? [...] Peut-on concevoir, en 1980, un régime où le fait de rester humain est un crime passible de la peine de mort? » Puis, Wiesel compose un dialogue entre Malkiel et son père, où on l'imagine autant dans la question que dans la réponse.

« – Tu vois? Les Juifs ne sont pas les seuls à souffrir.

« – Je n'ai jamais dit qu'ils l'étaient.

« – A les entendre, on dirait que leur souffrance seule compte?

« – Tu ne les as pas bien écoutés, Malkiel. Quand un Juif parle de sa souffrance, il parle également de celle des autres.

« – Dans ce cas, ils ne parlent pas assez.

« – Possible. Ils sont timides; ils refusent de s'apitoyer sur eux-mêmes. »

Les questions que pose ici Wiesel sont plus pertinentes que ses réponses, car affirmer que lorsqu'un juif parle de sa souffrance, il parle aussi de celle des non-juifs, est davantage de l'ordre du vœu pieux que de la vérité. Ce qui est vrai de certains Juifs comme lui, et de certains Israéliens, ne saurait être généralisé. Comment lui, qui s'élève à juste titre contre les généralisations intempestives, peut-il ici écrire une telle phrase, sans réplique, alors qu'elle gagnerait à être contredite par Malkiel. Sa réponse eût gagné à être provocante. Comment n'a-t-il pas pensé en l'écrivant à Manès Sperber, qui lui aurait certainement dit qu'elle était trop belle pour être vraie. C'est probablement qu'il aimerait que tous les Juifs soient comme lui, et sans doute espère-t-il en l'écrivant agir sur certains d'entre eux pour qu'ils deviennent plus altruistes, plus éthiques, pour que lorsqu'ils parlent de la souffrance juive, ils pensent également aux autres souffrances et agissent en conséquence. C'est pourquoi il est venu sur cette frontière damnée : « Ayant écrit ce que j'ai écrit depuis trois décades, il m'était impossible de ne pas affronter cette masse de souffrance qui nous défie et nous accuse. [...] j'ignore les répercussions de notre action, mais je sais que, devant ce qui se passe au Cambodge, des deux côtés de la frontière, un homme comme moi, avec une mémoire comme la mienne, se devait d'être présent. »

Il n'empêche que dans le petit nombre d'intellectuels qui se trouvaient ce jour-là, à la frontière cambodgienne, dix étaient juifs, ce qui pemit à Elie Wiesel de réciter le *Kaddish* des orphelins pour son père, prière que l'on ne peut dire, selon la tradition rabbinique, sans un *minyan*, c'est-à-dire un groupe de dix hommes.

Il rapportera de ce voyage quelques paroles recueillies auprès de deux jeunes Cambodgiennes, qui parlent le français. A la première, il demanda ce qu'elle voulait qu'il apprenne d'elle.

« Je m'appelle Ing, dit-elle. Et je suis vivante. »

A la seconde il demanda de lui expliquer d'où elle venait. Elle lui répondit :

« Je viens de là-bas, je suis ici : ça ne vous suffit pas ? »

Ces jeunes filles d'hier, sont-elles aujourd'hui devenues des femmes ? Ont-elles pu fuir l'enfer ?

Il raconta quelque part son expédition en Amérique du sud pour les Indiens Miskitos, à la frontière du Nicaragua et du Honduras, avec beaucoup d'humour.

« Je n'avais jamais entendu le nom de Miskito. Je pensais d'abord que c'était facile d'y aller, mais ce n'était pas facile. Premièrement, j'ai du aller de New York à Miami. Deuxièmement, il y eut une escale, j'ai dû prendre un autre avion pour le Honduras, Tegucigalpa, mais ce n'était pas fini. Il fallait encore prendre une voiture pour aller dans la jungle. Imaginez-moi dans la jungle ! Je n'ai jamais fait de sport de ma vie. Enfin, j'ai pris un petit bâteau pour traverser un fleuve : je ne sais pas nager ! Et être dans la jungle, moi qui mange cachère, ce n'est pas facile, mais je l'ai fait. Pour les Boat Pœple, j'étais l'un des premiers à tirer la sonnette d'alarme. J'y suis allé parce que personne n'est venu quand nous avions besoin de témoins et d'amis [1]. »

Ces derniers mots sont essentiels, car ils sont exactement au cœur de tous ses combats, qui n'en forment qu'un grand, celui pour la dignité humaine. Avec les années, et le prix Nobel de la paix, son action ne cessera de s'élargir à tous les horizons, l'un des derniers chapitres en date étant son action malheureuse dans l'Ex-Yougoslavie, voyage sur lequel nous reviendrons. Trop souvent d'ailleurs, ses actions restent vaines. Il en a amèrement conscience quand il dit, à qui veut bien l'écouter, « ma vie est pleine de ces échecs ». L'extraordinaire est que cela ne le décourage pas, au contraire. A moins que ce ne soit le découragement qui le pousse à agir. Il arrive paradoxalement que ce ne soit pas par espoir mais par désespoir que l'on agit, comme dit Wiesel citant Beckett « en désespoir de cause ». Comme il m'était arrivé de comparer un voyage de Malraux au Bangla-Desh avec le voyage de Wiesel au Cambodge, l'une de ses amies me dit : « Quand Malraux allait quelque part, il le faisait avec le geste du héros, Elie le fait en tremblant : il est vulnérable. »

Si certaines de ses actions nous sont connues, surtout celles qu'il entreprend pour les causes très médiatisées, d'autres ne font aucun bruit et pourtant elles sont fort importantes. Parmi celles-ci, figure son soutien à la cause défendue par le dalaï-lama, chef spirituel et temporel du peuple tibétain, en exil depuis 1959, année des émeutes qui éclatèrent à Lhassa et furent impitoyablement réprimées dans le sang par l'armée chinoise d'occupation. De peur qu'il soit arrêté et pris en otage ou assassiné, les plus proches conseillers et amis du dalaï-lama l'obligèrent à fuir en Inde, où il

1. Entretien avec Antoine Spire à la FNAC Montparnasse, le 5 octobre 1989.

trouva refuge à Dharamsala. C'est à New York, après qu'il obtint le prix Nobel de la paix en 1989, qu'Elie Wiesel lui fit rencontrer de nombreux sénateurs pour qu'ils créent une commission de soutien en faveur d'un Tibet libre.

Parallèlement à ses actions concrètes, il tente de proposer aux hommes d'Etat, qu'il a le privilège de fréquenter, ses vues pour parvenir à la paix dans telle ou telle région du monde et comme il croit à la parole, au verbe, il a déjà proposé à plusieurs occasions des conférences au sommet comme à propos de l'Ex-Yougoslavie, pour laquelle il avait imaginé une réunion à Sarajevo des « grands » de ce monde, à savoir Clinton, Major, Mitterrand auxquels en toute vraisemblance il aurait fallu ajouter Eltsine, faisant à quatre ce que Jimmy Carter avait réussi à Camp David, lorsqu'il avait réuni Begin et Sadate et les avait obligés à trouver un plan de paix. Là encore, personne ne l'a suivi. On y aurait invité les présidents des cinq Républiques de l'Ex-Yougoslavie, et Clinton leur aurait dit : « Et maintenant, vous ne partirez pas d'ici avant d'avoir conclu la paix ! » Mais ni lui, ni les douze qui forment l'Union Européenne n'ont eu envie de se mêler de ce conflit en profondeur. Ceux qui écriront l'Histoire retiendront-ils, qu'il se sera trouvé un visionnaire qui voulait faire échouer la guerre, du nom d'Elie Wiesel ?

Le premier voyage officiel qu'Elie Wiesel effectua en Union Soviétique fut comme président de la Commission présidentielle de l'Holocauste en 1979. Cette fois, il n'y allait plus « en tremblant ». En 1967, au lendemain de la parution de sa pièce de théâtre *Zalmen ou la folie de Dieu*, qui eut une très large audience, puisqu'elle fut jouée – rappelons-le – à Paris où le spectacle a été retransmis sur France Culture, à Washington avec en plus une version télévisée pour the United Jewish Appeal convention, et en Israël, les Soviétiques lui refusèrent son visa. Mais douze ans plus tard les choses étaient différentes puisqu'il était cette fois à la tête d'une délégation présidentielle, envoyée par le gouvernement américain.

A la veille de son voyage, il écrivit à son vieil ami Manès Sperber, pour lui annoncer qu'il partait pour l'Europe de l'Est et surtout qu'il préparait un roman sur les poètes juifs russes fusillés sur ordre de Staline, en 1952. La réponse que Sperber lui écrivit en retour mérite que nous nous y arrêtions :

« Mon très cher Elie,

« Vos nouvelles concernant vos voyages en Europe Orientale me font beaucoup attendre de votre prochain livre. Vous savez bien comme ce thème me passionne ; notamment depuis le printemps 1949 où des bruits étranges et l'absence de tout signe de vie des écrivains yiddish, nous faisaient craindre de terribles événements – mais bien moins terribles que ce qui devait devenir plus tard une certitude. Nous étions alors quelques-uns qui tentions de susciter l'attention sur ce silence – hélas avec très peu de succès. Mon cher Elie, ce que vous entreprenez là est d'une immense importance.

« Pour ma part, je viens de sortir en allemand un livre dont le titre est celui de l'essai : *CHURBAN ou l'Inconcevable certitude*[1] ; il comporte presque tout ce que j'ai écrit pendant les vingt dernières années sur le thème juif (...). »

Le livre de Wiesel s'appellera *Le Testament d'un poète juif assassiné.*

Lors donc de ce voyage en URSS, il y eut une rencontre poignante avec le général Petrenko, qui avait libéré Auschwitz le 25 janvier 1945 – soit sept jours après l'évacuation des dizaines de milliers de déportés « valides » – c'est-à-dire trop tard pour tant de milliers d'hommes et de femmes. Wiesel raconta au général sa dernière nuit au camp : « Sur le point d'être évacués, les prisonniers imploraient en silence les soldats et officiers de l'Armée rouge de se hâter, de faire un effort plus grand, de pousser de l'avant, c'était une question d'heures... "Nous vous attendions, dis-je, comme les Juifs pieux attendent le Messie..." Absurde et incroyable,

1. *Etre Juif*, Editions Odile Jacob, 1994.

mais vrai : deux camarades sortirent des rangs et retournèrent dans le bloc pour le nettoyer : " Les soldats soviétiques vont arriver, expliquaient-ils, nous devons leur préparer une baraque propre. "

« Nous avons essayé, expliqua le général Petrenko. Nous avons tout fait pour arriver à temps. Un de mes officiers, Juif d'origine, se battait comme un fauve. Intrépide, il s'élançait à la tête de ses troupes pour brûler les étapes. Il tomba avant d'arriver au but [1]... »

N'est-ce pas dans l'histoire de l'Union soviétique la dernière fois que des hommes – non russes – ont pu attendre l'Armée rouge comme on attend le Messie ?

Pendant ce même voyage, Elie Wiesel assista à une réunion clandestine avec des *refuzniki*. Pour arriver jusqu'au lieu de rencontre, il dut suivre un itinéraire difficile de plusieurs heures pour parvenir à dépister les agents du KGB. Il parvint enfin au rendez-vous, persuadé qu'il avait réussi à tromper l'attention de ceux qui le suivaient. Le dialogue s'engagea avec ses nouveaux amis qui voulaient sortir de Russie pour émigrer en Israël et auxquels on refusait le visa, pour certains d'entre eux depuis trois ans, pour d'autres, « depuis trois fois trois ans ». Et l'on évoquait les tracasseries, perquisitions, pertes subites d'emploi, qui étaient la conséquence immédiate d'un simple dépôt de demande d'émigration. Ce soir-là, ils essayèrent de parler d'autre chose en compagnie de leur hôte de marque. Si bien, que Wiesel prolongea sa soirée avec eux jusqu'à une heure avancée de la nuit, à parler de littérature et de philosophie juives.

Etait-ce ce soir-là, dans cet appartement, qu'un jeune Juif russe aborda timidement Wiesel pour lui dire en rougissant : « Il y a quelques années, j'ai décidé de traduire en russe vos trois premiers livres. En samizdat. Nous en avons distribué des milliers d'exemplaires. Mais j'en ai gardé le premier : je savais que je vous rencontrerais un jour. Le voici [2]. » Ils

1. *Paroles d'étranger.*
2. *L'Arche*, octobre 1987.

s'embrassèrent. Trop bouleversé, Wiesel ne put prononcer une parole de remerciement. Le plus incroyable est que, un petit moment plus tard, dans une autre pièce, un homme âgé, originaire d'une autre ville, lui adressa la parole pour lui dire la même chose : il avait également traduit ses trois premiers livres et en avait gardé, lui aussi, un exemplaire, car il savait qu'ils se rencontreraient. Alors Wiesel le prit par le bras et le présenta au premier traducteur... Ils s'embrassèrent, et lui, bouleversé, avait les larmes aux yeux.

Au bout de plusieurs heures, de la nuit peut-être, Elie Wiesel les quitta avec tristesse et, prêt à tout pour les aider, il emportait avec lui une liste de personnes pour lesquelles il fallait intervenir d'urgence. Deux jours plus tard, il devait rencontrer le ministre de la Justice. Au cours de leur conversation, celui-ci lui rapporta l'essentiel des propos qui s'étaient tenus avec les *refuzniki*, lui citant certaines de ses propres paroles. De quoi impressionner même Wiesel ! Cependant, le ministre, voulant se montrer coopérant vis-à-vis des Etats-Unis accepta de procéder à une libération.

A la différence de beaucoup de Juifs, Elie Wiesel ne fut jamais tenté par le communisme, alors qu'à Sighet même vivaient des communistes juifs et sa mère, nous l'avons dit, eut quelques sympathies pour cet idéal si messianique à ses débuts. Trop jeune alors, Eliezer opta pour un messianisme pur, en dehors de toute idéologie. Après la guerre, il était déjà trop tard pour qu'il puisse le devenir. Les communistes voient – ou voyaient – d'ailleurs en lui un sioniste et un ami d'Israël, qui n'a jamais agi pour le peuple palestinien. De 1980 à 1985, on ne verra plus beaucoup Wiesel en Union soviétique et lorsqu'il en parlera ce sera surtout pour demander la libération de Sakharov et Elena Bonner ainsi que des *Refuzniki*. En apprenant que le prix Nobel lui était décerné en octobre 1986, il adressa un message à Mikhaïl Gorbatchev, par télévisions interposées, en anglais et en français, le suppliant d'ouvrir « certaines portes » pour « permettre à certains » de vivre libres où ils le désirent, et il ajoutait: «Cela le grandirait tellement.» Quelques jours après, il s'envola pour Moscou, où il espéra beaucoup rencontrer Gorbatchev. Son voyage n'avait d'autre but que d'obtenir la libération des derniers «prisonniers de Sion» parmi lesquels Ida Nudel et Iossif Begun, comme celle des Sakharov. Jour après jour, il disait à un proche conseiller de Gorbatchev: «Je veux voir Sakharov», ce qui le rendait furieux. Pour toute réponse, il lui demanda: «Pourquoi voulez-vous le voir? Ne savez-vous pas qu'il est en exil?» Ce à quoi Wiesel répliqua: «Ecoutez, c'est stupide de votre part, car après tout c'est le seul prix Nobel de la paix que vous ayez. Il est prix Nobel de la paix et je suis prix Nobel de la paix: n'est-ce pas normal que je veuille le rencontrer? De votre point de vue même c'est insensé, souvenez-vous de Soljénitsyne! Tant qu'il était en Union Soviétique, il était pour vous une source de problèmes et de tensions. Maintenant, il est en Amérique, il ne représente plus un danger pour vous. Sakharov à Gorki, en exil, vous dérange. Ramenez-le donc à la maison, rendez-le à ses amis [1]!»

Quelques mois plus tard Andreï Sakharov était de retour à Moscou accompagné d'Elena Bonner. Iossif Begun et Ida Nudel, pour leur part, pouvaient émigrer en Israël avec leur famille. Est-ce que cette fois, la voix de Wiesel porta? Certes, elle n'était pas seule, mais son Nobel de la paix aidant, et surtout la situation soviétique – faisant que Gorbatchev avait de plus en plus besoin de l'aide internationale pour mener à bien sa libéralisation économique et politique – eurent raison du totalitarisme dans lequel l'Union soviétique s'était enfermée depuis plus de soixante ans.

Rappelons les faits. Le 16 décembre 1986, Gorbatchev appela Sakharov à Gorki pour lui annoncer qu'il pouvait revenir à Moscou avec sa femme. Une semaine plus tôt, le 9 décembre, Anatoli Martchenko, était mort en héros à la prison de Tchistipol sans nul doute des conséquences de sa

1. *Le Mal et l'Exil.*

grève de la faim, commencée le 4 août précédent, pour réclamer « une amélioration du sort des détenus politiques, une prise en considération de leur sort et l'arrêt de la répression ». Il avait été privé de visite durant deux années et huit mois. On se souvient des protestations, des cris d'Elie Wiesel, et de combien de milliers d'autres juifs et non-juifs, qui se battirent autant qu'ils le purent pour réclamer la libération de Martchenko. Leur combat fut cette fois voué à l'échec sans rémission que fut la mort d'un héros. Sakharov rapporte que le KGB lui avait proposé à plusieurs reprises d'émigrer « en Israël dans le cadre de la réunion des familles » ; mais Martchenko refusa de quitter *son* pays. Il fut arrêté et emprisonné. Son épouse n'eut pas le droit d'enterrer elle-même son corps. Il fut enterré au cimetière de la prison. A-t-il poursuivi sa grève de la faim jusqu'au dernier jour, jusqu'à l'extrême limite de ses forces ? Lorsqu'il était déjà trop tard, il demanda un médecin et fut transporté dans un état désespéré à l'hôpital de la prison où il mourut quelques heures plus tard. Est-ce à sa mort héroïque – qui eut la force d'un ultime avertissement – que les Sakharov durent leur liberté, et d'autres après eux ? Cela semble indubitable. Irina Alberti le pense en tout cas, qui écrit dans son livre *L'Exil et la Solitude* [1] : « ...Le choc provoqué dans l'opinion mondiale par la mort de Martchenko accéléra sans aucun doute la libération de Sakharov de l'exil de Gorki et le dégel gorbatchévien. »

Mais Sakharov à Moscou, même libre de ses paroles comme de ses allées et venues – à ceci près qu'il ne put se rendre à Paris en janvier 1988 à l'invitation d'Elie Wiesel et de François Mitterrand pour la Conférence des prix Nobel à l'Elysée – ne signifiait par forcément que tous les problèmes des droits de l'homme étaient résolus en Union Soviétique, loin de là. Lors du voyage officiel de Gorbatchev aux Etats-Unis, en décembre 1987, Elie Wiesel, que je rencontrais le

1. Mame, Paris, 1993.

8 à 8 heures du matin, s'apprêtait à partir pour Washington manifester en faveur des Juifs d'URSS en proie encore aux tracasseries administrativo-policières. Juste avant de prendre son avion, il put me dire son inquiétude suite à une déclaration faite par Gorbatchev quelques jours seulement avant son départ pour l'Amérique, déclaration qui semblait à Wiesel « alarmante » : « Il a prouvé qu'il était dur, beaucoup trop dur, inflexible même sur la question des droits de l'homme et surtout sur la question de l'émigration juive ; C'est grave. » Pourtant il modère son propos, tout en me parlant, et me dit que finalement tout est une question de confiance, mais « peut-on lui faire confiance ? » reste la question. En même temps, Wiesel applaudissait naturellement ce qui était déjà accompli sur le terrain des droits de l'homme : « Il a libéré des gens des prisons et des camps, il a entrouvert des portes. Et je lui en suis reconnaissant. Mais ce n'est pas assez. Aujourd'hui, il y a pour la première fois depuis longtemps en Russie Soviétique une organisation ouvertement antisémite. » Cette affaire « Pamiat » est intéressante, car elle révèle qu'Elie Wiesel a une conception ambivalente de la liberté d'expression. Lorsqu'on lui dit que l'on ne peut pas restreindre la liberté d'opinion de l'organisation Pamiat depuis la démocratisation, il rétorque : « Eh bien, j'aimerai que l'on revienne pour une heure à l'ancien régime, ne serait-ce que pour les faire taire, pour les mettre en prison ». Il reste cependant plus que prudent sur la durée du retour, qu'il limite en tout état de cause à une heure. Mais n'est-ce pas encore une heure de trop ? Ensuite, lorsque Gorbatchev parla de la « fuite des cerveaux », Wiesel contrecarra par une question, selon son habitude : « Est-ce que l'on peut emprisonner un cerveau ? » L'inquiétude de Wiesel vis-à-vis du numéro un soviétique provenait de ce qu'il avait fait disperser un groupe de *refuzniki* à Moscou, la veille de son arrivée à Washington. Dès 1988, ses appréhensions étaient vaincues par son action politique. Il alla jusqu'à dire de lui après la chute du mur de Berlin qu'il était un héros.

Avant cela, il y eut la rencontre à New York d'Andréi Sakharov et d'Elie Wiesel. C'était en 1988. « Ce fut une joie fantastique », dira Wiesel. Les deux hommes restèrent la main dans la main plus d'une minute, « sans prononcer une parole » : Sakharov ne desserrait pas celle de Wiesel. Les vraies rencontres se situent souvent à l'intérieur du silence. Il ne s'agit plus alors de communication, dont notre monde est si frénétique, mais bien plutôt de communion. Communion entre deux êtres qui partagent le même besoin de bonté, le même sens de l'urgence du combat pour les droits de l'homme et la démocratie. La rencontre Wiesel-Sakharov est de cet ordre-là. L'exemplaire courage comme la générosité de cœur du physicien russe faisaient de lui le frère de l'écrivain juif.

Quelques mois plus tôt, le 17 janvier 1988, Wiesel était à Auschwitz avec Lesh Walesa et Tadeusz Mazowiecki. Ce pélerinage, à la veille de la conférence des Nobel à l'Elysée, avait été voulu par Wiesel, car le 18 janvier 1945, quarante-trois ans plus tôt, il avait été évacué du camp avec son père et des dizaines de milliers de déportés. A sa descente d'avion à l'aéroport de Cracovie, Wiesel et Walesa, qui se voyaient pour la première fois, s'embrassèrent, comme ils devaient le refaire devant le mur de la mort, après la récitation du *Kaddish*.

Dans ses Mémoires *Les Chemins de la démocratie*, Lesh Walesa évoque ce cheminement fraternel de la mémoire dans ce lieu de l'enfer : « Longeant le mur de la mort, nous nous arrêtâmes un instant devant le bloc 17, dans lequel Wiesel enfant avait vécu. C'était une longue baraque affreusement sinistre, la plus sinistre que je puisse imaginer. Maurice Goldstein dit que nous étions ici afin de rappeler au monde la tragédie du XXe siècle : ceux qui avaient survécu n'avaient pas le droit d'oublier et de pardonner aux criminels. N'auraient pu le faire que les millions de gens brûlés, qui, en ce lieu... sa voix devint un sanglot... Lorsque nous passâmes à côté de la fameuse inscription "*Arbeit macht frei*" (Le travail rend libre) – cette façon la plus connue de tourner en dérision le travail et la liberté –, je me dis que Satan en personne avait sans doute inscrit là ce mot d'ordre [1]. »

« Un homme comme vous est la preuve que l'on peut changer les choses », dit Wiesel à son hôte, qui lui répondit : « Je savais que vous viendriez, un homme comme vous peut tout faire. » Leur cheminement côte à côte à l'intérieur du camp, et leur prière commune, avaient quelque chose de pathétique. Le visage terrible de Wiesel et le visage grave de Walesa étaient unis par un même silence accablant. Le rescapé d'Auschwitz arborait le badge de Solidarrnosc, le bras autour du cou du fondateur du syndicat polonais et futur président de la République. Rencontre bouleversante que celle de ces deux prix Nobel de la paix, qui eut lieu sur cette terre de Pologne, recouverte des cendres de ces millions de Juifs. Les paroles déchirées des deux hommes devant le Mémorial du martyre des Nations à Birkenau, au bout de la rampe de nulle part, resteront dans quelques mémoires comme des paroles qui auront tenté d'unir l'impossible oubli des morts et le combat pour les vivants. « Je pensais qu'Auschwitz était la fin du monde. Maintenant, je me rends compte combien il est important de reconstruire. » Lesh Walesa répondit à Elie Wiesel en lui disant : « Nous qui vivons, il nous reste la mémoire et un devoir. Leur mort nous parle d'une vérité bouleversante et simple, à savoir que toutes les lois divines et humaines sont brisées lorsque la haine est élevée au rang d'idéologie à laquelle l'homme se plie. L'antisémitisme, c'est le synonyme de la haine. Qu'aucuns des noms de la haine n'ait accès à nous ni aux générations futures. [...] Ce matin, j'ai compris beaucoup de choses à vos côtés. Je reviendrai souvent à Auschwitz. »

Pour surprenant que cela puisse paraître, ce pèlerinage au camp de la mort était le premier qu'accomplit Walesa, com-

1. Plon

me me l'apprit Elie Wiesel. Ce qui semblait incroyable m'a été confirmé par Bronislaw Geremek, qui, lui non plus, n'était jamais venu dans ce lieu d'épouvante avant ce jour-là. « Une sorte de visite de musée ou d'exposition, je n'ai pas pu. Je pense qu'une visite à Auschwitz est toujours dramatique pour ceux qui savent ce que c'était et pour ceux qui l'apprennent. » Mais alors, faut-il y aller, si lui, Juif polonais, n'a pu y aller avant d'y être emmené par Elie Wiesel en délégation ? A cette question, Geremek est clair : « C'est un pèlerinage vers un lieu de mémoire et c'est un message à ceux qui n'ont pas vécu ce temps-là et pour lesquels cette visite est une leçon d'Histoire. »

A force de combattre l'indifférence devant les drames et les tragédies du monde, et d'être en quelque sorte « la mauvaise conscience de son temps » – non dans le sens où l'entendait Saint-John Perse dans son discours Nobel, mais en tant qu'homme de la mémoire juive – Elie Wiesel n'a pas pu ne pas influer sur ses étudiants. Le fait est qu'il a lui-même remarqué un changement d'attitude chez ces derniers depuis le début des années 1980. Naguère, c'est-à-dire durant la période reaganienne, gagner beaucoup d'argent semblait être leur seul but – ou leur but principal. Aujourd'hui, en revanche, ses étudiants sont davantage idéalistes, c'est-à-dire moins indifférents. Plusieurs d'entre eux se sont même mobilisés pour aider en Afrique, en Somalie par exemple, et ailleurs, chaque fois que cela leur était possible.

Parlant récemment à la communauté juive de Marseille, il eut cet appel pathétique : « Je vous implore ! N'oublions pas les autres communautés qui ont besoin de nous. Quand il y a une famine en Afrique, je vous implore, en tant que Juifs, il faut aider. Il faut aider les enfants qui meurent de faim. On ne peut pas ne pas penser à eux quand il y a des souffrances qui s'abattent comme en Arménie, par exemple. Il faut aider. Il ne faut pas nous isoler derrière les murs de l'insensibilité. »

Depuis que Wiesel a pris sur lui cette charge écrasante

de se faire pélerin de la mémoire – et cela fait trente-cinq ans – il ne cesse de lutter toujours plus contre l'indifférence et son corollaire l'insensibilité, qui représentent à ses yeux les pires menaces. Il le dit, l'indifférence au mal est le mal, et ainsi elle constitue par excellence le péché contre l'esprit, celui pour lequel il n'y a pas de pardon. En ce sens, la littérature est pour lui un moyen et non une fin en soi. S'il avait fait des études de musique, il aurait certainement composé des œuvres qui auraient la même dynamique, la même volonté de réveiller, de déranger. Ce n'est pas par hasard d'ailleurs qu'il écrivit deux cantates, l'une, inédite en français, à l'occasion du trentième anniversaire de l'Insurrection du Ghetto de Varsovie, et la seconde *Ani Maamin*, qui fut mise en musique par Darius Milhaud quelques mois avant sa mort, et fut jouée en première audition mondiale au Carnegie Hall de New York. Le titre de l'œuvre reprend les premiers mots du douzième article de foi de Maïmonide, qui est devenue au cours des siècles la prière de l'espérance juive : « Je crois en la venue du Messie et bien qu'il tarde, chaque jour j'attendrai ». Les Juifs pieux trouvaient encore dans leur foi ou leur désespoir la force de chanter cette prière dans les camps et les ghettos.

Au-delà de la littérature, c'est peut-être l'enseignement à tous les niveaux, qui caractérise la passion première d'Elie Wiesel, ou plus exactement l'étude et l'enseignement. Nous comprenons alors pourquoi il a pu dire voici vingt ans : « La littérature cela m'est égal, mais je veux réveiller, empêcher de dormir tous les indifférents, les passifs... qui seront, aussi, des victimes [1]. » Des victimes ou des bourreaux. C'est à la même époque, en 1964, qu'ayant retrouvé à Brooklyn un ancien compagnon d'Auschwitz, devenu *Rosh-Yéshiva*, directeur d'une école talmudique, sans moyens financiers, il décida de lui verser tous ses droits d'auteur et ses revenus pour les conférences et les livres traitant du *'Hurban*. Si ces som-

1. *Libération*, 11 juin 1963.

mes n'étaient pas importantes alors, trente ans plus tard elles le sont. Ainsi son ami a-t-il pu fonder une *Yéshiva*, à Jérusalem, qui porte le nom de Shlomo, son père.

En 1985, soixante-dix députés du Bundestag proposèrent Elie Wiesel pour le prix Nobel de la paix. En 1982, ce furent les évêques allemands qui demandèrent au pape la canonisation de Maximilien Kolbe. Et l'on sait tout aussi bien ce qui a déjà été accompli en Allemagne fédérale pour honorer la mémoire de Janusz Korczak, mort à Treblinka dans les premiers jours du mois d'août 1942, avec ses deux cents orphelins, du ghetto de Varsovie. En 1972, l'Union des Libraires allemands décerna pour la première fois à titre posthume le prix de la paix de la Foire du Livre de Frankfort à son livre *Le Roi Mathias Ier*, en présence de M. Gustav Heinemann, président de la République fédérale. Il y a une logique dans ces événements qu'il convient de mettre en perspective. Et si c'était les évêques allemands plutôt que les députés qui avaient demandé le Nobel pour Wiesel ! Et si c'était les évêques allemands qui avaient créé un prix spécial pour honorer et célébrer Janusz Korczak et ses deux cents orphelins assassinés dans la chambre à gaz de Treblinka ! Ils ont peut-être manqué là à leur véritable devoir, car honorer les Juifs morts ou survivants n'aurait-il pas dû leur importer tout autant sinon davantage que la canonisation de Kolbe ?

Ne nous y trompons pas, s'ils ne l'ont pas fait ce n'est malheureusement pas parce qu'ils ont compris que la Shoah était « une abomination qu'aucune prière propitiatoire, aucune expiation des coupables, rien enfin de ce que l'homme a le pouvoir de faire ne pourra jamais plus réparer » – comme l'avait écrit Primo Levi, parole que nous ne méditerons jamais assez et qui a force de prière.

Honorer les martyrs est une chose, honorer les survivants et en particulier ceux qui ont été capables de transcender leur épreuve – et ont eu et la chance et la force de pouvoir le faire – en est une autre, tout aussi fondamentale. Dans le cas d'Elie Wiesel, les députés allemands ne pouvaient mieux choisir, bien qu'il ne fut pas le seul Juif rescapé des camps de la mort à être nobélisable. Simon Wiesenthal – et dans une certaine mesure peut-être aussi Samuel Pisar – aurait pu prétendre au prix Nobel de la paix. Mais de toute évidence, Wiesel était d'abord candidat au Nobel de littérature, et l'on pouvait facilement imaginer dans ce domaine que Primo Levi eût mérité ce prix tout autant que lui, même si ce genre d'honneur ne semblait guère correspondre à sa personne. Vingt ans plus tôt, le prix Nobel de littérature fut attribué conjointement à Samuel Joseph Agnon, écrivain israélien originaire de Galicie, et à la poétesse Nelly Sachs, dont toute l'œuvre est marquée au fer rouge de la catastrophe juive, bien qu'elle échappa à la déportation. Rien n'eût donc empêché, en apparence, le couronnement de l'œuvre littéraire de Levi ou de Wiesel.

A quel moment et pour quelles raisons, les jurés de Stockholm ont-ils décidé de transférer l'ensemble du dossier de Wiesel au Comité d'Oslo ? En 1982, selon certains journalistes bien ou mal informés, son nom aurait été mentionné avant que Gabriel Garcia Marquez ne l'emporte. Et si l'on en croit une source d'information norvégienne, Elie Wiesel aurait dû être lauréat en 1985, si pour des « raisons peu avouables », un second scrutin n'avait à son nom substitué ceux de l'Américain Bernard Lown et du Soviétique Evgueni Tchazov, co-fondateurs de l'Internationale des médecins pour la prévention de la guerre nucléaire. L'information fut reprise par Marc Kravetz dans *Libération.*

Tous les témoignages de ses amis sont formels : « Elie espérait recevoir le prix Nobel pour que son message soit davantage écouté. » Ce ne sont pas les honneurs pour les honneurs, le Nobel pour le Nobel, qu'il recherchait, c'est d'avoir une voix qui porte loin. Après son ultime rencontre avec Manès Sperber, celui-ci dit à sa femme, Jenka : « Il est l'une de nos plus belles figures», ce qu'il faut comprendre ainsi : il est nécessaire de par son charisme, sa sagesse et son expérience, pour ne pas dire son épreuve. L'un des premiers à avoir écrit officiellement au Comité d'Oslo – et non de Stockholm – est Jean Halpérin, qui de par ses fonctions au Congrès Juif Mondial mais également à l'ONU était particulièrement bien placé pour le faire.

Wiesel a-t-il eu peur de voir passer devant lui ce prix et était-il sûr qu'en en étant lauréat, se réaliserait, se parachèverait la parole du Wizhnitzer Rebbe, autrement dit était-il «écrit» qu'il le recevrait ? Il avait déjà eu, à deux reprises, l'amertume de voir le Goncourt lui passer sous le nez, d'abord pour *Le Testament d'un poète juif assassiné*, en 1979, et malgré l'appui de Jean Cayrol, dont il s'était assuré. Ce superbe roman, l'un de ses trois plus inspirés probablement, ne reçut qu'une sorte de prix de consolation avec le prix du Livre Inter et le prix des Bibliothèques pour tous. Le Seuil en vendit 120 000 exemplaires, sans compter les éditions «club». Quelques jours plus tard, Elie Wiesel recevait sans doute l'une de ces lettres, rares, qui touchent ce qu'il y a de plus profond en soi. Elle était signée Manès Sperber : «Vous êtes devenu trop tôt un Moreh Morénu * – vous enseignez ce que les autres n'enseignent pas parce qu'ils ne l'ont pas appris. Donc, en dehors du plaisir de vous voir élu et choisi, c'est en plus le besoin de justice qui y trouve sa profonde satisfaction – Mazal Tov».

Wiesel devait à nouveau voir le Goncourt lui échapper en novembre 1983. Lorsque Edmonde Charles-Roux prit fait et cause pour *Le Cinquième Fils*, devant ses neuf confrères, dont une autre femme, elle se retrouva presque seule. Peu avant qu'elle ne prenne la parole pour défendre Wiesel et son livre, Michel Tournier, en donneur de leçons, avait eu ces mots pour le moins durs : «Wiesel, il n'y a pas

* Ce terme hébreu signifie notre maître, il est employé comme terme honorifique pour désigner surtout un rabbin ou un talmudiste prestigieux.

d'invention romanesque : c'est un témoin. Pour moi, un témoin, c'est le contraire d'un romancier. Le jour où Wiesel publiera un roman où il ne sera question ni de Juifs ni de camps de concentration, par exemple une belle histoire d'amour avec un voyage de noces en Californie, alors je commencerai à penser que c'est un romancier. [...] Donc, j'attends le prochain roman de Wiesel en espérant qu'il suivra mes conseils. » Emmanuel Roblès, emboîtant le pas à Tournier, renchérit : « Les livres sur lesquels doit porter notre choix sont de bons romans, avec une réserve pour celui de Wiesel, qui n'en n'est pas un, de vrai roman [...] »

Il n'y eut donc, en cette année 1983, qu'Edmonde Charles-Roux pour dire :

« Je ne me range absolument pas à l'avis de Tournier en ce qui concerne Wiesel. Je pense au contraire que c'est la quintessence de Wiesel, le meilleur Wiesel... Une œuvre absolument dépouillée, ayant atteint son aboutissement, sans effets inutiles... réduite à l'essentiel...

« J'ajoute qu'en ce qui me concerne, ce qui m'intéresse énormément dans cet ouvrage, c'est justement son dépouillement, et enfin que nous n'aurons sans doute plus jamais – en tout cas de notre vivant, les uns et les autres – à couronner une aventure linguistique pareille. C'est une conquête de la langue française qu'on ne mesure peut-être pas quand on n'a pas habité là-bas. Une région que je connais par cœur... Il est donc arrivé jeune homme, parlant un langage inaudible... Il a appris le français, il s'est imposé en français, et ses cours en français sont traduits par ses assistants. Je trouve que ça mérite d'être noté.

« Je pense qu'en allant à Wiesel, le Goncourt aurait une audience internationale passionnante. [...] Ce sera Wiesel, et si Wiesel n'a pas le nombre de voix suffisantes pour s'imposer [1]... »

Ne voilà-t-il pas un magnifique plaidoyer qui aurait fait

1. *Le Meilleur*, 26 novembre 1983.

plaisir à François Mauriac! Cet échec fut en partie effacé par l'accueil chaleureux que la presse et la télévision réservèrent à l'auteur. Il fut même invité, pour la première fois, sur le plateau d'« Apostrophes ».

Quant aux Américains, ils trouvèrent des « excuses » fort commodes. Le 23 novembre, *The New York Times* annonçait : « Le jury du Goncourt a fait une mention spéciale du *Cinquième Fils* d'Elie Wiesel, mais n'a pas donné le prix à M. Wiesel parce qu'il était "trop connu". » Le même jour on pouvait lire dans *The New York Times Magazine*: « Le nom d'Elie Wiesel a fréquemment été mentionné comme lauréat possible du prix Nobel, aussi bien celui de la Paix que celui de Littérature. [...] Il fait partie des Juifs les plus connus des Etats-Unis, et certains l'ont proclamé un héros, une « superstar » ».

Toutefois, si l'on sait en France qu'il est citoyen américain, on ne veut pas savoir outre-Atlantique qu'il est écrivain français, comme me le disait récemment Jack Kolbert, qui fut le premier à prédire publiquement aux Etats-Unis, en présentant une conférence de Wiesel à la fin des années 1970, qu'il aurait le prix Nobel de littérature ou celui de la paix. En tant qu'auteur lui-même d'un livre sur Elie Wiesel dans lequel il consacre un chapitre essentiel au rôle que jouèrent la France et le français dans sa vie, Jack Kolbert me disait encore – à propos des éditeurs de son pays : « Etant un peu chauvins, ils ne veulent pas qu'un public américain reconnaisse Wiesel comme un auteur en dehors de la tradition américaine. On refuse d'admettre qu'il écrit en français. »

Il faut dire sans doute que de tous ses romans, *Le Cinquième Fils* n'est pas le plus réussi. Sa grande période romanesque commença avec *Le Mendiant de Jérusalem* et se termina momentanément avec *Le Testament d'un poète juif assassiné.* Depuis, il publia trois autres romans mais le plus puissant, d'un point de vue littéraire et même mystique est *Le Crépuscule, au loin.* Pourtant la thématique du *Cinquième Fils* et de *L'Oublié* lui furent plus favorable. Il est un fait que la question de la vengeance et celle de la perte de mémoire, sont des questions qui touchent un plus grand nombre de personnes que la question de la folie mystique. L'année où il reçut le prix Nobel, Elie Wiesel terminait *Le Crépuscule, au loin.* Pendant que d'autres prétendus philosophes, en France, faisaient l'éloge des intellectuels, lui préférait chanter la folie. Il existe des romans dont le personnage principal n'est pas une personne mais une pensée, un état psychologique, une espérance, disons quelque chose d'immatériel, et ce livre-là est un éloge de la folie. Quelques mots sur l'intrigue : Raphaël Lipkin, le narrateur, décide, pas tout à fait par hasard, de passer ses vacances comme bibliothécaire dans une clinique psychiatrique de l'Etat de New York, où il espère, selon quelques mystérieuses indications reçues, retrouver des traces de son ami Pedro, disparu en 1946, derrière le rideau de fer, alors qu'il tentait d'arracher à un hôpital soviétique, son jeune frère. Tombé entre les mains des Soviétiques, Yoël Lipkin crut que la folie « mystique » le sauverait : il se retrouva enfermé dans un hôpital psychiatrique. L'action du roman se passe en deux périodes qui s'entrelaçent : la guerre et l'après-guerre, le passé et le présent. Raphaël enfant a failli mourir du typhus. A l'hôpital où il est soigné, il apprend d'un mystérieux vieillard qu'il ne mourra pas. Le vieil homme juif lui dit avoir offert sa vie à Dieu, pour sauver celle des malades de la ville, une ville « enfouie dans les Carpates ». Raphaël se lie à cet étrange bonhomme qui parle comme un prophète fou et dont les yeux sont éteints. Même mort, le vieillard n'abandonnera pas Raphaël.

La fin et le commencement du livre s'éclairent réciproquement et se rejoignent dans un même approfondissement du mystère, dans une même lumière qui rappelle certains éblouissants couchers de soleil, quand le ciel flamboie et que la terre et la mer sont embrasées. Les malades que rencontre Pedro font éclater les limites de la raison comme celles de la folie. Pour eux, la folie mystique n'est pas contingente, elle peut être une rédemption, sauver ou perdre. Wiesel effectue une plongée métaphysique dans l'être qui nous parle de la démence de l'homme, de la folie de Dieu et de celle du monde. C'est la question du mal qui est posée ici par Wiesel, mais sur un mode différent de celui de ses autres livres qui le rapproche des plus grands romanciers russes, Dostoïevski et plus près de nous Vassili Grossman. Wiesel nous a fait entendre dans ce livre l'un de ses chants les plus poignants, les plus forts, car il est à la fois celui de la folie et de l'espérance juive.

Wiesel n'abandonne jamais son bâton de pèlerin de la paix, même et surtout si la situation semble désespérée comme à l'occasion de ce voyage en Ex-Yougoslavie, fin novembre 1992. Depuis plusieurs mois, Elie Wiesel remettait sa venue à Sarajevo et à Belgrade, où il avait été invité dès le mois de juillet de la même année par Dobrica Cosic, le Président d'une Yougoslavie qui n'existe plus, à la tête d'une commission internationale, dès que la presse avait fait état de l'existence de « camps de la mort ». Le prix Nobel avait accepté s'il avait l'assurance d'être libre de ses mouvements, donc de pouvoir visiter des prisons et des camps. Avant d'effectuer son voyage, il avait tenu à rencontrer les belligérants à Londres, à l'occasion des premières réunions tripartites de l'été 1992, afin de pouvoir poser ses conditions à chaque président. Il s'entretint ainsi avec Slobodan Milosevic, le président de Serbie, Radovan Karadjic, le chef des Milices serbes de Bosnie, et avec Alija Izetbegovic, le président de Bosnie, mais il refusa de rencontrer le président croate Franjo Tudjman, en raison de son antisémitisme. Il posa à chacun d'eux la question suivante : « Pouvez-vous me donner votre parole d'honneur qu'il n'y a pas de camps de concentration dans le pays ou le territoire que vous contrôlez ? » Chacun lui donna sa parole. « Tous ont menti », dira-t-il amèrement plusieurs mois plus tard. Ils l'assurèrent par ailleurs qu'il serait libre de ses mouvements, de ses visites.

La délégation internationale qu'il devait présider ne se mit pas en route. Ce n'est qu'en novembre, qu'il décida enfin de partir pour les Balkans avec seulement un groupe de journalistes américains, français et italiens. Une dizaine de personnes. L'avion spécial affrété pour Elie Wiesel se dirigea sur Belgrade, où l'attendait la cohorte des officiels avec à sa tête le président-écrivain Dobrica Cosic.

Le début du voyage commença difficilement pour Wiesel, qui ne voulait à aucun prix être récupéré, ni utilisé par qui que ce soit, et pas davantage par les Serbes que par les Bosniaques. A Belgrade, le président lui avait préparé un programme qui commençait par une exposition de photos consacrée dans sa première partie aux horreurs perpétrées en Serbie par les Oustachis croates de 1941 à 1945. En seconde partie, étaient montrées des photos de corps mutilés, martyrisés des Serbes tombés depuis le début de l'éclatement du pays, aux mains des Bosniaques ou des Croates. Devant ces images, Elie Wiesel fut bouleversé et profondément mal à l'aise. L'heure était encore à la tragédie, mais plus d'un seul côté, les responsabilités étant pour le moins partagées. Il lui fallait donc voir la réalité plus que des photos, même si elles évoquaient pour lui un passé commun. Il fit annuler les cérémonies officielles prévues par les autorités serbes. Il avait prévenu qu'il ne serait pas là pour « corriger l'image de la Serbie » même si plusieurs raisons faisaient qu'il se sentait initialement plus proche des Serbes que des Bosniaques et des Croates. Ferait-il deux poids, deux mesures dans ses jugements ? Mais en même temps, il refusait de croire que la Serbie était le seul responsable de la tragédie en cours, malgré la démonisation des Serbes dans la presse internationale depuis le début du conflit.

Outre le président Cosic, pour lequel Wiesel éprouvait une certaine estime, il rencontra Slobodan Milosevic qui tenta de le convaincre que l'opinion internationale s'était injustement liguée contre la Serbie, puis Radovan Karadjic. Cette fois, aucun dialogue possible, est-il utile de le dire ?

C'est ensuite qu'eut lieu sa visite du camp le plus important de Serbie, Banja Luca, à l'origine de la campagne de presse orchestrée par les Croates sur le thème des « camps de la mort » serbes. A Banja Luca, des étables étaient transformées en baraquement et dans chacune cinq à six cents prisonniers bosniaques, pour la plupart musulmans. « Ils gisaient sur le sol en terre, serrés les uns contre les autres et n'étaient plus que l'ombre d'eux-mêmes. Ce camp est un camp peuplé d'ombres, je n'ai presque pas vu d'êtres humains. Ils ont réduits ces êtres humains à des ombres [1]. » Pour terrible que fut la situation, Wiesel dit qu'il était indécent de comparer ce lieu aux camps d'extermination nazis.

En sa qualité de témoin « privilégié », si l'on peut dire, Jacques Merlino, rédacteur en chef adjoint de France 2, apporte plus de détails. Wiesel et ceux qui l'accompagnaient sont arrivés de nuit à Banja Luca, qu'ils ont alors « visité ». Les projecteurs de télévisions aveuglaient les malheureux prisonniers, qui fixaient le groupe de leurs « regards vides ». « La promiscuité est extrême, les corps allongés ne sont séparés que de quelques centimètres. Interrogés, les hommes se plaignent du froid, d'une nourriture insuffisante et surtout de l'absence de nouvelles de leurs familles [2]. »

Elie Wiesel voulait rencontrer quelques prisonniers seuls, à l'infirmerie, mais il avait tenu à avoir la parole d'honneur du lieutenant-colonel Popovic, qu'il ne leur arriverait rien à la suite de cet entretien. Celui-ci donna sa parole d'officier et lui amena quinze hommes, puis avec ses soldats il quitta la pièce. Wiesel sentait combien la peur était forte chez ces détenus. Leur aspect était terrible, car ils avaient, pour la plupart, été arrêtés en plein été et malgré l'hiver et le froid, ils n'avaient pas reçu d'autres vêtements, alors chacun portait une ou deux couvertures sur soi. Ils étaient tous des civils

1. Propos recueillis par Marc Kravetz : « Un Nobel de la paix au cœur de la guerre », *Libération*, 4 décembre 1992.

2. *Les Vérités yougoslaves ne sont pas toutes bonnes à dire*, Albin Michel, Paris, 1993.

sans armes, affirmèrent-ils. Ils se plaignirent surtout de ne plus avoir de nouvelles de chez eux, mais non d'avoir été brutalisés ni particulièrement maltraités depuis leur incarcération.

Au bout d'une heure, le colonel Popovic revint avec de lourds dossiers sous le bras, tandis que les prisonniers regagnèrent, tête baissée leur étable. Il voulait faire accroire à Elie Wiesel que ces hommes étaient tous des combattants pris l'arme à la main. Mais lui, le cœur brisé de ce spectacle, lui parla des conditions de vie extrêmement précaires dans lesquelles ils se trouvaient, à l'approche des grands froids, qui les décimeraient presque tous. Le prix Nobel ajouta qu'ils étaient « privés d'espoir et brisés dans leur dignité d'homme ». Popovic feignant de comprendre ses propos, se montra pourtant sans pitié : « Ce sont des prisonniers de guerre, des gens qui nous ont combattus. C'est pourquoi ils sont traités ainsi. Cela vous devez le comprendre, particulièrement vous, M. Wiesenthal. »

A ce nom, Albert Kadouche, directeur du centre Rachi de Paris, rectifia en serbo-croate, qu'il parle parfaitement : « Pas Wiesenthal, Wiesel ! »

Après un silence, Popovic reprit : « J'avais cru que vous étiez le célèbre Simon Wiesenthal. J'ai une grande admiration pour l'homme qui a fait la chasse aux ennemis de son peuple à travers le monde [1]. » Le commandant de ce camp ignorait totalement qui était Elie Wiesel : personne ne le lui avait dit !

Quoi qu'il en soit, le prix Nobel de la paix obtint de Radovan Karadjic et du président Cosic, que ce camp soit fermé dans les plus brefs délais sous le contrôle du Comité International de la Croix-Rouge (CICR). Lorsqu'une dizaine de jours après son retour, je le rencontrai, il me confirma que la promesse avait été tenue. Or, en janvier 1993, il apprenait de source officielle américaine, que sur les trois

1. Propos recueillis par Marc Kravetz : « Un Nobel de la paix au cœur de la guerre », art. cité.

mille prisonniers libérés par les autorités serbes de Bosnie, entre cent et quatre cents avaient disparu et que les hommes qui lui avaient parlé à l'infirmerie avaient été sévèrement punis. Wiesel en fut bouleversé et révolté. Quelques jours après avoir appris l'événement, il l'évoquait publiquement en ces termes : « Je ne vous dirai pas assez la douleur qui m'inonde. Là, il faudrait trouver un langage qui n'est pas le mien, un langage brutal pour dénoncer la duplicité, le mensonge, la trahison de ces dirigeants qui n'ont pas tenu parole mais qui croient encore au besoin d'humilier des êtres humains simplement parce qu'ils ont essayé de dire la vérité [1]. »

L'image que les médias diffusèrent de ce voyage, reste la rencontre à l'aéroport de Sarajevo entre Alija Izetbegovic, le président de Bosnie-Herzégovine et un Elie Wiesel en tenue de combat, plus exactement de protection, avec un casque sur la tête. Izetbegovic lui dit qu'il voulait la paix, mais que pour la faire il fallait être deux : « L'aide que nous attendons de vous, d'un homme aussi respecté que vous l'êtes est de dire la vérité. » Et Wiesel de lui répondre : « Nous sommes ici au service de la vérité et de l'humanité. » Dans l'avion du retour, le prix Nobel de la paix faisait part aux journalistes qui l'accompagnaient de son angoisse : « Quelle que soit la responsabilité première d'une partie, il n'y a plus d'innocence nulle part, et cela me fait plus peur que tout. » L'innocence, comme toujours, est celle des victimes civiles, des femmes et des enfants qui meurent sous les bombes ou sont estropiés à vie, comme ceux de cette école sur laquelle tomba un obus, un an après le voyage de Wiesel, qui en tua au moins quatre et blessa les autres grièvement. Comme ceux qui sont morts dans ce marché de Sarajevo en février 1994.

Sans même avoir entendu les propos de Wiesel à son

1. Elie Wiesel fut l'invité des Conférences Gutenberg de Strasbourg, le 1er février 1993.

retour, ou pour en avoir entendus la moitié, il s'est trouvé des détracteurs pour le condamner – ô les éternels procureurs ! En première place, Alain Finkelkraut, qui sous prétexte d'avoir écrit *Comment peut-on être croate ?*, ne lui ménagea pas ses mots : « Il y avait dans son voyage quelque chose d'outrageant et singulièrement pour nous, Juifs, parce que Wiesel est le dépositaire attitré – sur le plan médiatique en tout cas – de la mémoire juive. Izetbegovic a tiré la leçon d'Auschwitz mais pas Elie Wiesel. Il y a été, mais cela ne veut pas dire qu'il **n'a** pas trahi la cause qui a fait sa célébrité. »

Finkelkraut reproche d'abord à Wiesel de n'avoir pas d'emblée condamné les Serbes, quand lui n'a jamais rien voulu voir d'autre dans ce peuple que les assassins et dans les Croates et les Bosniaques, les seules victimes. Allant plus loin, il affirme que celui qui se veut la conscience de la Shoah, rejeta « sans aucune enquête préalable, toutes les revendications de l'Etat national croate », et ainsi l'accuse de s'être « crispé » et d'avoir « durci ses positions » quand les événements lui donnèrent tort. Quand donc ? Lorsque l'on critique de cette manière, le moindre des devoirs est d'apporter les preuves de ce que l'on avance. Enfin, Finkelkraut reproche à Wiesel de s'être contenté, à Sarajevo, d'avoir été de l'un à l'autre, exhortant les assiégés et les assiégeants à un peu plus de compréhension. Pour ce faire, il ne trouve meilleure comparaison que celle du ghetto de Varsovie : la Shoah à la rescousse de son manque d'arguments ! Qu'aurait-on dit, demande-t-il, si un prix Nobel – de la paix, s'entend ! – était venu dans la capitale polonaise vers 1942, pour aller dire aux combattants juifs de « surmonter leur haine » et de « comprendre leurs bourreaux » ? Il est curieux, voire choquant, que l'auteur d'un livre intitulé *La Sagesse de l'amour* puisse procéder à ce type d'amalgame. S'il avait seulement pris le temps de lire les déclarations de Wiesel, il aurait constaté sa condamnation totale de cette guerre et de ses camps. Finkelkraut oublie de surcroît que trois mille prisonniers au moins furent libérés sur son intervention – mais cela ne compte pas pour le philosophe français !

Toujours confronté à cette tragédie yougoslave, Elie Wiesel, ne sachant plus quoi faire, toutes ses propositions de paix ayant échoué, accepta le 2 septembre 1993, de signer – « en désespoir de cause » – avec une centaine d'intellectuels et de politiciens célèbres, une lettre ouverte publiée dans le *Wall Street Journal*, qui demandait au président des Etats-Unis, Bill Clinton, de faire bombarder les principaux points stratégiques serbes. Lorsque les chances de solutions pacifiques semblent réduites à néant, les armes restent-elles l'ultime atout ? On peut s'étonner qu'un prix Nobel de la paix se commît ou se résignât à demander l'utilisation d'armes, même s'il est vrai que l'objectif visé n'est autre que les « points stratégiques serbes », donc d'autres armes.

Ce n'est plus cette fois Finkelkraut qui est scandalisé, mais un ami qui l'appelle « Elie » et use du tutoiement. Il s'agit de Daniel S. Schiffer, universitaire de Milan et essayiste de langue française, qui fut l'un de ceux qui rendirent possible le voyage à Sarajevo et à Belgrade de novembre 1992, et lui adresse une lettre ouverte dans *Le Quotidien de Paris* en date du 1er octobre 1993. Avec des mots d'autant plus durs qu'ils viennent d'un ami, Schiffer lui dit craindre que sa « méconnaissance de ce conflit finisse par devenir complice du cynisme des nations modernes. S'insurger contre le crime est chose noble, mais encore faut-il pour cela trouver la juste méthode : celle-ci, en tout cas, te fait terriblement défaut ! »

Quoi qu'il dise, quoi qu'il fasse, il semble que Wiesel a toujours tort par rapport à quelqu'un, par rapport à une cause. Cela est vrai pour chacun d'entre nous, mais ne vaut-il pas mieux risquer cela que de rester indifférent ? Il reste incontestablement que le prix Nobel de la paix expose celui qui l'a reçu et que chacune de ses actions, de ses paroles, chacun de ses silences, est dès lors interprété. Reconnaissons à tout le moins que Wiesel, au risque de se tromper et de se faire des ennemis de ses faux amis d'hier, mais aussi des amis de certains de ses ennemis, ne cherche pas à plaire, mais à vouloir suivre sa conscience. Toute la question est de savoir encore une fois, si un prix Nobel de la paix peut prôner l'emploi d'armes dans un conflit ? L'exemple du dalaï-lama est un défi.

Il reste que l'évolution de la crise yougoslave vers un dialogue ouvert, depuis la menace de frappe aérienne, donnerait raison à Elie Wiesel.

XII

ISRAËL

Si Elie Wiesel avait vécu en Israël, il n'aurait pas obtenu le prix Nobel, me confia Léon Leneman en tête à tête. Il est en effet plus que vraisemblable que Wiesel israélien n'aurait pas eu l'audience internationale que lui apportaient les deux capitales juives de l'exil, que sont New York et Paris. La critique de Joë Friedemann [1] à l'encontre de l'intelligentsia israélienne est limpide : « Aurait-il pu exploiter – positivement parlant – aussi efficacement les médias, pour la cause qu'il défend ? Qu'on nous permette d'en douter ! Il y a tout lieu de penser qu'on ne lui en aurait pas laissé le loisir, et qu'il serait devenu un exemple parmi d'autres, donc sans grand écho, de cette mort de la *Galouth** [...] » Que cela puisse être vrai, et venant d'un Israélien nous n'avons pas de raison d'en douter, trouble un peu quant à la volonté d'Israël, de ses écrivains et de ses penseurs, de permettre ou de ne pas permettre que quelqu'un prenne sur lui la charge de la Mémoire.

Qu'est-ce à dire, sinon que c'est l'Etat lui-même qui est garant de cette Mémoire ? Le rabbin Jacquot Grunewald, ancien directeur de l'hebdomadaire *Tribune juive*, remarquait, pour sa part, que « Wiesel, prix Nobel au nom du peuple juif, n'habite pas Israël. Tant pis pour lui. Tant pis pour Israël [2] ». Cela explique-t-il en tout état de cause la campagne de dénigrement qui a suivi l'annonce de l'attribution du prix ? Pourquoi cette campagne injuste contre un

* L'exil, en hébreu.

1. Auteur du *Rire dans l'univers tragique d'Elie Wiesel*, Editions Nizet, 1981.

2. *Tribune juive*, 12 décembre 1986.

homme qui ne se lasse de répéter depuis quarante ans: « Envers Israël, je n'ai que des dettes. » Serait-ce que les journalistes et écrivains israéliens n'aiment pas en Wiesel cette autorité morale qu'il s'est acquise, et qui lui donne, que cela plaise ou non, de symboliser le peuple juif, ou à tout le moins la mémoire juive, aux yeux de beaucoup en Occident ? On lui reprocherait donc plus simplement d'avoir réussi, d'avoir attrapé la chance au vol, d'avoir été opportuniste à bon escient, pour une cause qui requiert de ses rhapsodes, un charisme, une disponibilité à toute épreuve, une foi désespérée et espérante ? Le premier argument qui expliquerait en partie, mais en partie seulement, ces critiques, serait la jalousie de certains écrivains israéliens, qu'en l'occurrence on peut comprendre. Car ceux-ci doivent craindre que si Wiesel, le Juif de l'exil volontaire, le Franco-américain, est primé, c'est qu'un des leurs ne le sera pas. Ce raisonnement n'est sans doute pas complètement faux. Le Nobel attribué à Isaac Bashévis Singer dut également provoquer quelques jalousies de bon aloi, car lui non plus n'était pas israélien, mais plus grave, il était plus célèbre que Joseph Agnon, le premier et le seul écrivain israélien jusqu'à présent à avoir été couronné par l'Académie suédoise.

Parcourons les titres que la presse israélienne a consacrés à Wiesel au lendemain de l'attribution du Nobel, en octobre 1986 : « Rentre à la maison en Israël » (*Maaréret*), « Un prix qui dérange » (*Akhshav*), « Le Lauréat du prix – un prophète de mensonge » (*Maariv*), « Ami véritable de l'Etat d'Israël – pour Elie Wiesel qui renie son passé » (*Maariv*). Mais il y a pire. Selon Yudith Orin, de *Yedioth Ahronot*, trois pays auraient fait connaître leurs réserves sur le choix émis par le Comité d'Oslo : l'Iran, l'Algérie et... Israël ! Qui pourrait le croire ? On sait moins que Golda Meir avait soutenu sa candidature, comme Shimon Peres.

Est-ce à Wiesel que pensait David Shahar, le grand écrivain israélien, lorsqu'il écrivit : « Il y a des gens qui font fortune – en argent et en notoriété sociale – des malheurs du peuple. Au temps de Bialik, ils étaient des mendiants. Aujourd'hui, leur mendicité se fait sous l'égide gouvernementale»? Les Israéliens n'ont pas oublié sa réponse au président Reagan: «Jusqu'à ce que s'ouvrent devant moi les portes des Etats-Unis, j'étais un apatride.» Pour le professeur Assa Casher, c'est là une «déclaration scandaleuse», car commente le journaliste, «depuis que l'Etat d'Israël a été créé, il n'y a plus de juifs apatrides. Mais Wiesel a choisi de ne pas habiter Israël et cela aussi est son droit [1].» Le problème, déjà soulevé, est de savoir comment celui qui a été choisi comme symbole du destin juif de ce siècle, peut ne pas vivre dans le pays qui symbolise le retour d'Israël sur sa terre. Nous ne sommes plus à une contradiction près, alors comment oublier que c'est Dov Youdkovski, un Israélien, qui envoya Wiesel aux Etats-Unis.

Le reproche le plus fréquent qui lui est fait, est que la Shoah est son «business». Certains l'appellent en hébreu «hashoahist», «le marchand de Shoah». On confond en réalité la cause et la conséquence. D'ailleurs, lui reprocher cela, n'a rien d'original. N'écrivait-il pas lui-même en 1970, dans *Entre deux soleils*: «... comment toucher à cet univers nocturne, sans devenir marchand de détresse et de ténèbres? Sans devenir autre?» Cette interrogation personnelle ouvrait sur une possible remise en question de soi, et dans ce cas, d'une œuvre entière. Alors que le procès qui lui fut intenté en Israël, est une critique fondamentale, qui touche au cœur, au plus intime, d'autant plus intime que c'est de cette terre qu'arrive le bruit. Il a fait de la mémoire sa mission, son apostolat, comme d'autres le font de la charité. Il serait plus exact encore de dire qu'il fut *appelé*, qu'il eut la vocation.

L'accusation d'affairisme est deux fois indigne. D'abord parce que les journalistes israéliens devraient savoir que ses droits d'auteurs relatifs au *'Hurban* sont intégralement reversés à la *yéshiva* Shlomo Wiesel de Jérusalem. Ensuite l'œuvre

1. Traduction de Yaël Armenet.

de Wiesel n'est pas une œuvre de commémoration, pas plus qu'elle n'est l'œuvre d'un historien de la Shoah. Non, elle est avant tout célébration. Célébration hassidique, célébration talmudique et biblique.

Mais la critique de certains Israéliens à son encontre, provient aussi, comme le fait remarquer Jacquot Grunewald, du fait que pour eux, Israël est « une compensation de la Shoah », et de ce point de vue à la fois irréductible et irrationnel, Elie Wiesel, de par son choix de vie, refuse d'y souscrire. Il n'empêche, bien évidemment, que lorsque le président de l'université de Bar Ilan lui conféra en 1973 le titre de Docteur *honoris causa*, il dit : « Voix vivante des millions de Juifs qui ont péri, il a décrit leurs souffrances et leur mort, et en même temps la beauté de leur héritage culturel et spirituel. »

Wiesel « a mal à Israël », car si l'on y regarde de près, où que l'on se tourne, les critiques, parmi les plus dures qu'il eut à subir, lui sont venues soit des Israéliens eux-mêmes, soit du fait de son amour *inconditionnel* d'Israël au point d'être incapable de critiquer l'Etat juif, lorsqu'il est la ligne de mire d'une grande partie de l'opinion internationale et surtout de la gauche israélienne. N'est-il pas pourtant de tendance socialiste, bien qu'il vive dans le pays le plus capitaliste et libéral du monde ? Ses attaches personnelles, ses affinités intellectuelles, ne vont-elles pas naturellement vers les Travaillistes ? Sa défense du gouvernement Shamir, aux pires moments de l'Intifada, était incompréhensible à la plupart de ses amis juifs ou non-juifs. Comment expliquer qu'il se soit « dérobé », lorsque les responsables du Mouvement *Shalom akhshav – « Paix maintenant »* – lui ont demandé « de décrier la guerre du Liban », comme le remarque Tom Segev.

Dans un entretien avec Yaron London publié dans *Yedioth Ahronot* en 1990, sous le titre « Le complexe israélien de

Wiesel» – on ne peut être plus explicite! –, celui-ci est acculé dans ses derniers retranchements. Le journaliste lui demande pourquoi il n'a jamais prononcé de critique publique sur la politique israélienne:

«– Peut-être que j'ai un profond sentiment de culpabilité de ne pas vivre en Israël.

«– Quelle est la raison pour laquelle dans le monde tu es si connu et honoré et qu'en Israël on ne s'empresse pas de connaître ton œuvre littéraire et on s'insurge contre ce que tu représentes comme juif?

«– Il m'est difficile de le comprendre, car tout ce que je fais, je le fais en tant que juif, pour les juifs. [...] Je suis d'abord juif. Pas seulement juif, mais juif avant tout chose.

«– Tu ne penses pas que la confrontation morale quotidienne du soldat israélien dans les territoires est plus intéressante et difficile que tes contradictions? Tu ne penses pas que c'est plus difficile que de voyager au Cambodge et de dire là-bas le *Kaddish* sur les tués?

«– Tu as raison. Peut-être n'ai-je pas la force. Je ne mens pas. Mais je suis sûr qu'en Eretz Israël, je n'aurais pas pu être efficace. [...] Je ne lis pas les journaux israéliens, à part *Yedioth Ahronot*, parce que je crains ce qu'on écrira à mon sujet [1]. »

En revanche, à l'occasion d'une conférence de presse donnée à New York le 14 ou le 15 octobre 1986, Elie Wiesel tint un autre langage, insistant sur le fait qu'il était conscient d'être un juif de la *galouth*, et il ajoutait: «Je crois qu'il y a une valeur à la *gola*, l'exil. Aussi longtemps qu'il y aura des juifs en *gola*, il faut les éduquer et avoir de l'influence sur eux.» Puis, il ajoutait que personnelement il avait besoin d'Israël mais que la *gola* avait besoin de lui [2]. Qu'il aide davantage Israël de New York, sur le plan moral et financier, qu'il ne le ferait de Jérusalem, est encore possible. Que de

1. *Yedioth Ahronot*, 7 septembre 1990. Traduction de Yaël Armenet.

2. *Haaretz*, 17 octobre 1986: article de Shlomo Shamir «Un homme qu'on aime aimer». Traduction de Yaël Armenet.

justifications! Comme si, à cause du nom qu'il porte, il n'avait pas le droit –moral– de vivre où il le souhaite!...

Au lendemain de l'attribution du prix Nobel, Arnaud Spire dans *L'Humanité* titrait son article: « Une conception selective de la paix ». Il s'étonnait de ce que le Comité Nobel couronnât « un homme qui n'a jamais élevé la voix contre l'occupation par Israël de nombreux territoires arabes, ni condamné les violations répétées par cet Etat des recommandations de l'ONU ». Il est un fait que, s'il a soutenu de nombreuses causes de par le monde, il y en a une qui lui posa beaucoup de problèmes de conscience, c'est celle de l'occupation par Tsahal, l'armée israélienne, des territoires de Cisjordanie, qui provoqua l'Intifida.

Toutefois, il ne faudrait pas tout confondre. Les membres du Comité Nobel n'indiquèrent pas explicitement qu'ils entendaient honorer l'inconditionnel ami d'Israël. La citation accompagnant le prix, disait: « Elie Wiesel s'est illustré comme l'un des plus importants leaders et guides spirituels à une époque où la violence, la répression et le racisme continuent de caractériser le monde... Il est un messager de l'humanité. Son message est un message de paix, d'expiation et de dignité humaine. Sa conviction que les forces combattant le mal dans le monde puissent être victorieuses a été chèrement acquise. Elle est fondée sur sa propre expérience de l'humiliation totale et du plus extrême mépris pour l'humanité exprimés dans les camps de la mort. » Le communiqué ajoutait qu'il se distingait comme un « disciple de la non-violence », « un chantre de la réconciliation universelle ».

Cela ne suffit pourtant pas à ceux qui aimeraient bien le voir prendre ouvertement position en faveur de la cause palestinienne. Dans la « Lettre ouverte » qu'il lui adressait en guise d'éditorial en 1988, Jean Daniel rapporte qu'au cours d'un « repas fraternel », peu après l'attribution du prix, Elie Wiesel lui avait dit « qu'il était bien décidé à mériter les honneurs dont il venait d'être l'objet en se mettant au service des forces de paix au Proche-Orient [1] ». Pour preuve, il envoya à son ami, avant de le prononcer, le texte de son discours d'Oslo, dans lequel il outrepassait sa réserve habituelle pour oser dire certaines vérités trop longtemps tues. Pour la première fois en effet, il reconnaissait solennellement que « si les droits de l'homme sont violés sur tous les continents [...], cela s'applique [...] aussi aux Palestiniens : je suis sensible à leur souffrance, mais je déplore leurs méthodes quand ellles débouchent sur la violence. [...] Les Palestiniens se sentent frustrés, cela est compréhensible. Leurs enfants effrayés, affamés. Déracinés, désespérés. Leur tragédie ne peut pas, ne doit pas durer indéfiniment. » Jamais Wiesel n'avait été aussi loin dans l'objectivation du drame palestinien, drame qui avait intrinsèquement partie liée avec l'existence même d'Israël.

Lorsqu'il revit Jean Daniel après Oslo, il lui confia que ces quelques phrases avaient fait mal à ses amis israéliens, indignant certains, attristant d'autres. N'avaient-elles pas dans le même temps prouvé aux intéressés que le nouveau prix Nobel ne saurait être indifférent à leur cause, et qu'il appelait de toutes ses forces la fin des violences : « Le peuple juif et le peuple palestinien ont perdu trop de fils et versé trop de sang depuis 1948 : il est temps que cela cesse. Et toutes les tentatives pour que cela cesse doivent être soutenues. Israël coopérera, j'en suis persuadé. »

Sept nouvelles longues années, avec leurs morts, leur violence, leur haine, passeront avant qu'en octobre 1993, à quelques jours du Nouvel an juif, Rosh-Hashana, le Premier ministre Itz'hak Rabin et Arafat se serrent la main à la Maison Blanche, à l'invitation du Président Clinton, en présence d'une assemblée tout à fait exceptionnelle parmi laquelle se trouvait Elie Wiesel, et en direct devant les caméras du monde entier, pour la signature des accords de paix.

Ce qu'attendait le directeur du *Nouvel Observateur*, c'est

1. *Le Nouvel Observateur*, 15 janvier 1988.

que le nouveau prix Nobel de la paix « prît les mêmes initiatives que Pierre Mendès France ». C'est oublier qu'Elie Wiesel n'est pas un politique, moins encore un homme d'Etat, et lui reprocher de ne pas avoir d'initiative politique ne signifie pas grand chose. Jean Daniel espérait qu'il fût à la hauteur de la tâche qui lui incombait, c'est-à-dire qu'il prenne sur lui les risques d'une parole, qui, si elle lui coûtait, ne l'en rendrait que plus digne d'être enfin sorti de ses prudences, lesquelles, il est vrai, ne font guère les paroles du destin. Moïse, Isaïe, Jérémie, et les autres prophètes d'Israël, furent-ils prudents lorsqu'ils criaient au peuple son infidélité, aux prêtres leurs corruptions, et aux rois leur aveuglement !

On peut attendre de quelqu'un qui a souffert ce qu'a souffert Elie Wiesel au nom d'une idéologie inhumaine, diabolique, qu'il dénonce la violence d'où qu'elle vienne, et la souffrance quelqu'en soit les victimes. Il est d'ailleurs le premier à dire que la souffrance ne donne aucun privilège, mais que tout dépend de ce que l'on en fait. En réponse aux paroles de Jean Daniel, il eut « ce rictus de souffrance et de tendresse, qui l'a rendu célèbre : je lui compliquais la vie. Je ne lui en fais aucun procès. Car, encore une fois, c'est un homme de bien. J'ai simplement peur qu'en croyant être fidèle aux siens il ne renonce à lui-même : c'est-à-dire au message dont il est, malgré lui, porteur ».

Yudith Orin relate dans *Yedioth Ahronot*, une rencontre qu'elle eut avec Elie Wiesel en mai 1988, en Israël. Elle l'accompagna chez Shamir et avant qu'il n'entre, elle le pressa : « Dis quelque chose de mal contre ton peuple, sur le fils chéri Ephraïm. Cette fois, les mains sont celles de Jacob [1]. » Wiesel répondit :

« – Je n'ai pas le droit.

« – Pourquoi as-tu le droit de parler contre le monde

1. Allusion au texte de la Genèse 27, 24, où Isaac aveugle dit à son fils Jacob qui feint d'être Esaü : « Cette voix, c'est la voix de Jacob ; mais ces mains sont les mains d'Esaü. »

entier et contre Israël, non ? Est-ce que notre sang est plus rouge ? Les juifs de la Diaspora et ceux d'Israël sont "garants les uns des autres". Nous sommes responsables par rapport aux juifs du monde et eux ont une obligation par rapport à l'avenir de l'Etat d'Israël.

« – Non, je n'ai pas le droit, répète-t-il, je vis à New York et je ne mets pas en danger la vie de mon fils. Tu vis ici et mets en danger la vie de tes fils. Toi, tu as le droit. [...] Oui, j'aime beaucoup Israël, mais à mon grand regret ce n'est pas réciproque [1]. »

Si l'on réfléchit en profondeur aux propos de Jean Daniel, il attendait d'Elie Wiesel ce que lui-même avait rêvé que fît le vieux Grand Rabbin Levin de Moscou, un coup d'éclat pendant l'office, ce que la tradition juive nomme un *Bitoul ha-tamid*, une suspension de la prière, pour dénoncer la grande injustice qui était commise à l'encontre de sa communauté, de son peuple, en Union Soviétique. Il ne s'agissait plus de prière, il s'agissait maintenant de dénoncer une violence politique commise par ses frères. C'est qu'aux yeux de beaucoup de gens un juif survivant devenu prix Nobel – de la Paix ! – devrait se permettre le dur privilège de pouvoir dénoncer une injustice flagrante, une souffrance provoquée non plus par d'autres contre des Juifs, mais par des Juifs israéliens en l'occurrence contre des Palestiniens.

Malgré tout, Jean Daniel usait d'une comparaison infamante vis-à-vis de Wiesel, en osant mettre sur le même plan l'une de ses paroles et une citation de Vergès, l'avocat de Barbie, qui déniait aux anciens colonisateurs « le droit de juger ce qui peut être le bien et le mal ». Il terminait toutefois sa lettre ouverte en souhaitant entendre son illustre destinataire, parler comme Péguy dans *Notre jeunesse* et dire des Palestiniens misérables et opprimés des territoires : « Il ne sera pas dit qu'un juif n'aura pas porté témoignage pour eux. Il ne sera pas dit que je n'aurai pas témoigné pour eux. »

1. *Yedioth Ahronot*, 27 mai 1988. Traduction de Yaël Armenet.

Ce faisant, Jean Daniel semblait ignorer la « Lettre à un jeune Palestinien » qu'Elie Wiesel avait publié en 1971 dans *Un Juif, aujourd'hui*, comme il oubliait sa condamnation sans appel de l'abominable événement de Salem, ce petit village de Cisjordanie, où des adolescents palestiniens risquèrent d'être enterrés vivants par des soldats israéliens ! Avant même qu'il ne s'exprime, certains journalistes s'étaient exclamés : « Elie Wiesel n'ose pas dénoncer la reproduction du schéma nazi ». Sans se laisser entraîner sur le terrain de parallèles aussi intolérables, il eut des paroles horrifiées : « Quand j'ai lu cette information sur Salem, j'ai failli m'étrangler. Des juifs qui font ça, mais c'est impensable ! Comment est-ce possible ? [...] Chercher à tuer comme ça, j'en suis bouleversé. Et je suis encore maintenant sous l'effet de la colère et de la douleur. Cela veut dire qu'il y a maintenant une brutalisation en Israël qui atteint un degré dangereux. »

Trois semaines après l'éditorial de Jean Daniel, paraissait dans *Le Nouvel Observateur* le « clou » de la controverse : « Israël : l'affaire Elie Wiesel ». Sur deux pages, des lecteurs s'inscrivaient pour ou contre Wiesel. C'en était trop ! Il prit alors sa plume et écrivit une « Lettre ouverte sur les Palestiniens », qui était en fait une « Lettre ouverte » à Jean Daniel, publiée dans *Libération* le 22 février 1988. Blessé par les propos et la forme utilisés par le directeur du *Nouvel Observateur*, il lui reprochait tout d'abord de parler et de porter des jugements comme s'il savait tout de ce qu'il avait fait ou dit, lui, Elie Wiesel, sur les Palestiniens. A la fin de son article, il écrivait : « ... de grâce, cessez donc de parler, dans les colonnes de votre journal, d'une "Affaire" qui porterait mon nom. Et reconnaissez au moins que ce titre – malveillant, absurde et ridicule – a été mal choisi. Si une "affaire" de ce type devait porter mon nom aujourd'hui, elle pourrait bien, demain, porter le vôtre ».

A plusieurs reprises, Elie Wiesel rencontra des Palestiniens. Une fois même, il reçut chez lui la visite d'un poète qui lui apprit des choses terribles sur ses amis emprisonnés en Israël. Il avoua plus tard qu'il avait eu des partis pris contre ces gens qu'il ne considérait que comme des terroristes. Mais il a heureusement changé. Il accepte de dire à haute voix ce qu'il considére comme des injustices criantes, des choses qui déshonorent Israël. Mais sa «haute voix» est encore si basse, que les Israéliens ne l'entendent pas. Cette fois c'est Bluma Finkelstein, chargée de conférences à l'université de Haïfa et poète de son état, qui dit: «Wiesel n'a pas l'envergure de Camus qui a défini le patriotisme ainsi: un patriote, c'est quelqu'un qui voit que son pays a tort et qui le lui dit! Wiesel n'a pas été à ce point patriote, pour "gueuler" contre son propre peuple. [...] On ne lui pardonne pas surtout de ne pas avoir élevé la voix contre Israël, quand le gouvernement faisait des choses impardonnables. C'est une chose inexplicable, injustifiable pour la gauche israélienne. Lui connaît la profondeur du mal, or il n'a jamais intégré, pris à cœur les véritables problèmes d'Israël, qui sont des problèmes moraux. Ou s'il l'a fait, cela a été très rarement et très vaguement. En tant que prophète, il aurait dû être Leibovitz [1]!» Si Bluma Finkelstein a de bonnes raisons de tenir ce langage, de par son engagement politique, il est toutefois vain de reprocher à qui que ce soit de n'être pas celui ou celle que l'on voudrait qu'il fût.

Remontons un peu le temps. En 1968, au lendemain de la guerre des Six Jours, Elie Wiesel avait déclaré à un journaliste: «Nous occupons des territoires, tous chargés de l'histoire d'Israël. Mais je comprends bien les souffrances que cette situation entraîne, et je comprends encore mieux les Arabes, comme ceux d'El Fattah entre autres, qui font du terrorisme. Si j'étais à leur place agirais-je autrement [2]?» On remarque d'abord ici, qu'il s'impliquait totalement dans la

1. Propos recueillis par Yaël Armenet. Yeshayaou Leibovitz, le plus célèbre des philosophes israéliens, âgé de 91 ans, a combattu tous les gouverrnements depuis 1967 et est reconnu par beaucoup comme la «conscience d'Israël».

2. *La Tribune de Genève*, 4 décembre 1968. Propos recueillis par Paul Kleim.

politique israélienne en employant ce *nous occupons.* Ensuite, il pose cette question singulièrement importante, montrant par là qu'il comprend parfaitement le terrorisme. On se souvient qu'en 1947, il avait eu le projet d'entrer dans un groupe terroriste comme Stern ou la Hagana, et s'il ne le fit pas, c'est qu'il n'avait pas été accepté et, sans doute aussi qu'il n'était pas fait pour cela. Vingt ans plus tard, il n'avait pas oublié. Mais après vingt nouvelles années, il condamnait le terrorisme, ne posant même plus la question de savoir ce qu'il ferait à la place des Palestiniens. Avait-il changé à ce point ? Etait-ce le Nobel de la paix qui l'obligeait à des paroles de non-violence ? Il ne semble pas.

En fait, la solidarité de Wiesel avec Israël est indéfectible. Chaque fois qu'Israël est dans l'épreuve, Elie Wiesel y est, et ce depuis 1949, jusqu'à la guerre du Golfe, pendant laquelle il a vécu avec les Israéliens les attaques de Scuds. Fin août 1993, lorsque la nouvelle des pourparlers de paix avec l'OLP et Yasser Arafat a été lâchée par les dirigeants israéliens, il se trouvait précisément à Jérusalem. Savait-il quelque chose ? Le 2 septembre, il me dira, à Paris, n'y pas avoir cru au premier instant. « Non seulement pour moi, mais aussi pour les gens autour de moi, c'était une sorte de rêve éveillé d'abord. C'était tellement dramatique, qu'il y avait un élément de peur. On était angoissé, car on se disait : qui sait ? N'est-ce pas encore un piège de l'histoire ou de la politique ou des politiciens ? » Invité à Oslo pour la fête de l'Indépendance au mois de mai 1993, par Jo Benkow, ancien président du Parlement norvégien, qui sans aucun doute savait que les négociations avaient commencé, lui, Elie Wiesel, n'a pas été mis dans la confidence. « Cela aurait été le plus grand scoop de ma vie. J'étais choqué de ne rien avoir su », me dira-t-il sur un ton mi-sérieux, mi-humoristique.

Quelques mois plutôt, en février 1993, invité à Strasbourg pour l'inauguration du centre André Neher, il devait bien savoir quelque chose de ces négociations prochaines entre Israël et l'OLP, pour avoir déclaré : « Vous verrez, très bientôt, dans très peu de temps, il y aura de bonnes nouvelles. » Oui, les nouvelles du Moyen-Orient seraient très bonnes pour tout le monde, ajouta-t-il. Tout porte à croire en conséquence, qu'il en savait plus qu'il ne pouvait le dire. Mais si vraiment, il fut tenu à l'écart, il y a de quoi être interloqué. Il est vrai que dans son récent livre sur les accords de paix [1], Shimon Peres ne cite pas une seule fois Wiesel.

Lors de cette même rencontre avec lui de septembre 1993, il me fit part de sa position relative à la question de Jérusalem, où il montrait beaucoup plus d'audace qu'Itz'hak Rabin. Pour Wiesel, il était clair que de la même manière que les lieux saints chrétiens devaient être cédés aux Eglises qui en réclament la charge, avec un statut d'extra-territorialité, la mosquée El Aqsa devait l'être dans les mêmes conditions, avec en plus, pourquoi pas, le drapeau palestinien qui flotterait à cet endroit.

Depuis Ben Gourion jusqu'à Rabin, Wiesel a connu tous les Premiers ministres d'Israël, parfois même avant qu'ils ne le deviennent. Il avait une affectueuse admiration pour Golda Meir et un grand respect pour Begin, « une sorte de roi Lear juif », me dira-t-il. Il est celui qu'il aura le moins connu de tous. On se souvient de la rencontre qu'il fit, en 1967, quelques jours après la fin de la guerre et la réunification de Jérusalem, avec le général Itz'hak Rabin, commandant en chef de l'armée israélienne. Il la retrace dans son livre *Entre deux soleils*:

« – Rendriez-vous les territoires occupés ?

« – Là n'est pas le problème, répond-il en "colombe" qu'il est. Nous n'avons pas fait la guerre en conquérants, mais en défenseurs. Il s'agissait pour nous de survie et non d'expansion. Nous ne voulons plus de guerre. Que l'adversaire accepte de négocier avec nous, et tous les différends seront applanis.

« – Pourquoi Israël ne célèbre-t-il pas sa victoire ? [...]

1. Editions Odile Jacob, Paris, 1993

« – Trop d'orphelins se promènent dehors ou n'osent pas sortir [...]. Trop de veuves portent le deuil ou le cachent, chez nous aussi bien que de l'autre côté. L'heure n'est pas aux réjouissances. »

Dans ce même chapitre, Wiesel rapporte une histoire surprenante, qui se passa le jour de la libération de Jérusalem, dans la Vieille Ville, où les militaires israéliens venaient d'atteindre le Mur des Lamentations. Un Arabe se fait conduire à un officier pour le supplier d'envoyer un médecin auprès de sa femme en train d'accoucher. Après un moment d'hésitation – « je l'aime pour cette hésitation », écrit Wiesel – l'officier accepte, et un médecin part aider cette parturiente. Décision magnifique – « je l'aime encore davantage pour l'avoir prise » – qui permit à un Juif israélien d'aller peut-être sauver un futur ennemi d'Israël. Et Wiesel d'écrire : « Pourquoi voulez-vous que cet officier, redevenu civil, se découvre après coup un penchant pour la brutalité, un instinct de tortionnaire. »

En 1989, Israël fut secoué par une crise grave, fomentée par quelques rabbins fondamentalistes : la question *Mi Yéhudi ?*, qui est juif ?, devenait matière à division, à exclusion. Wiesel fut indigné par cette campagne fanatique. « Personne n'a le droit de parler ainsi. Pendant deux mille ans, nous avons pu vivre sans cette question, alors pourquoi l'invoquer tout d'un coup, sans la moindre justification [1] ? » La réponse qu'il apporte, lui, est de même nature que l'épisode où l'officier israélien envoya un médecin à une femme arabe en train d'accoucher. C'est celle que lui fit la jeune et belle Juive russe, le soir de *Sim'hat Tora*, à Moscou en 1965 : « Parce que j'aime chanter » Ces réactions de l'ordre de la générosité, de l'hospitalité juives immémoriales montrent combien il lui est difficile de concevoir la réalité d'Israël en termes politiques.

Aujourd'hui, Elie Wiesel nourrit un autre projet qui dé-

1. *Construire*, 8 mars 1989. Propos recueillis par Bernard-Claude Gauthier.

pend entièrement de la concrétisation du plan de paix. Il s'agit de susciter des rencontres d'intellectuels palestiniens et arabes, israéliens et juifs, du monde entier, afin qu'ils ne soient pas que les spectateurs sans pouvoir de cette indépendance, mais qu'ils puissent participer de cette paix et de cette construction d'un Etat palestinien aux portes d'Israël. Mais le rêve d'Elie Wiesel ne s'arrête pas là, il aimerait que des enfants israéliens aillent rendre visite à des enfants palestiniens dans leurs écoles, à l'intérieur de ces territoires qui furent occupés de trop longues années, pour être enfin libérés en... 1994 ? Et qu'à leur tour, des enfants palestiniens soient accueillis dans des écoles d'Israël. Ce serait là une belle entreprise pour la Fondation Elie Wiesel. Si seulement les responsables politiques voulaient faire de ses rêves des réalités !

Le rapport si particulier d'Elie Wiesel avec Israël et Jérusalem, j'ai cru le pressentir, dans un texte très court intitulé *A Niggun for Shabbat*[1]. Ces lignes sont peut-être la clé de son inextinguible attachement à la Capitale éternelle de l'Etat juif, c'est pourquoi je tiens à les publier ici pour la première fois en français : « Si quelque chose me manque aujourd'hui, ce n'est pas tant *Yom Kippur* ou même les vacances à Sighet, c'est *Shabbes.* Il y avait en lui quelque chose de spécial, quelque chose qui ne pourra jamais plus être vécu, parce que le monde de Sighet a disparu. Pas même en Israël, ni à Jérusalem, je ne sens le *Shabbat* de la même façon. Pourquoi ? Parce que pour nous le *Shabbat* signifiait Jérusalem. Même quand vous êtes à Jérusalem, ce n'est pas la même chose. Un jour, quelqu'un m'a demandé où je me sentais chez moi. Et j'ai répondu : "Je me sens chez moi surtout à Jérusalem – quand je ne suis pas à Jérusalem." »

Sans doute Wiesel n'a-t-il jamais été aussi loin pour dire

1. *Against Silence*, t.I, *op. cit.* Traduction d'André Cressenville.

l'incomplétude qui le lie à une Jérusalem qui n'existe que dans ses rêves, son imagination, c'est-à-dire sa mémoire. C'est que Sighet et Jérusalem se rejoignent en lui et que la disparition de la première de ces – et ses – deux villes eut pour effet d'exiler la seconde d'elle-même. Jérusalem n'a pas été rédimée, pas plus que le Shabbat. La renaissance de la Ville Sainte n'a pas effacé le deuil, bien au contraire, elle stigmatise l'absence des six millions de disparus. La plénitude du Shabbat lui-même est brisée dans le cœur des rescapés.

Un texte du Talmud dit que celui qui se lamente sur la destruction de Jérusalem vivra pour voir Jérusalem dans la joie de sa renaissance. Nous nous souvenons qu'Elie Wiesel pleurait la nuit, dans sa synagogue de Sighet, celle du Borsher Rebbe, sur Jérusalem. Trente-cinq ans plus tard, il fut témoin de sa réunification. Sauf que ce fut une réunification sans résurrection des morts !

XIII

LE PRIX NOBEL ET LE PRÉSIDENT

De Charles de Gaulle à François Mitterrand, y aurait-il une continuité ?

C'est dans l'antichambre du bureau du président de la République, le 8 juin 1993 – peut-être deux heures après l'assassinat de René Bousquet – que je me suis posé cette question. En effet, c'est le général de Gaulle qui accepta d'accueillir sur le sol de France les quatre cents jeunes rescapés juifs de Buchenwald. Quarante ans plus tard, le président Mitterrand l'éleva tour à tour en 1984 au grade de Commandeur de la Légion d'honneur, puis en 1990 à la dignité de Grand Officier. M'étant donc demandé si entre cet accueil et cette reconnaissance, il n'y aurait pas l'empreinte de la mission de la France vis-à-vis de l'enfant du Shtetl devenu écrivain français, il me semblait aller de soi que le Président serait le mieux placé pour répondre. « C'est peut-être beaucoup dire, mais Wiesel a le don d'écrire, le don de penser. Il a une valeur de symbole. Son parcours a été un parcours de souffrances et aujourd'hui le voici reconnu, mais il ne pourra jamais oublier ses souffrances. C'est un homme symbole. »

Mais, au fait, où commence l'histoire ? Quelques mois seulement avant qu'il soit élu à la charge suprême. « Je vous l'ai peut-être déjà dit, j'ai connu Elie Wiesel à travers ses dialogues sur France-Culture, dix émissions sur la Bible. J'ai été frappé par le ton, l'originalité d'explication, la simplicité. Tout ce qui me paraissait fantasmagorique à travers la Bible, redevenait des choses de la vie quotidienne. C'était tout à fait remarquable. »

Puis les choses vont vite. Mitterrand confie à Jack Lang qu'il aimerait le rencontrer. Le 19 mars 1981, le futur ministre de la culture organise un grand show d'intellectuels, qui répondait au souhait qu'avait formulé Salvador Allende dix ans plus tôt, peu de temps avant son assassinat, de réunir à Paris un congrès culturel mondial. Tenu à l'Unesco, ce Symposium pour la science et la culture accueille en deux temps des personnalités exceptionnelles. Premier acte, l'après-midi autour du président Léopold Sédar Senghor, se retrouvent trois prix Nobel, Perez Esquivel, Alfred Kastler et George Wald, ainsi qu'Elie Wiesel et d'autres encore. Second acte le soir, autour de François Mitterrand, avec Willy Brandt, Felipe Gonzales, Olof Palme, Andras Papandreou, ainsi que Melina Mercouri ; Peter Brook et d'autres encore, tous ralliés à la candidature de François Mitterrand aux élections présidentielles. A cette occasion, Jack Lang reçut ses invités chez lui pour une réception, au cours de laquelle François Mitterrand apparut. C'est là, qu'il rencontra Elie Wiesel. Il n'en fallut pas davantage pour les faire devenir amis.

Cherchant à savoir ce que François Mitterrand avait tout d'abord retenu chez Wiesel, il me répondit : « Lui-même a une qualité d'émotion rare, dans sa pensée et dans son style. »

Ce symposium marqua le début d'une ère nouvelle entre la politique et la culture comme entre Elie Wiesel et la France. Depuis près de vingt-cinq ans qu'il habitait New York, il ne s'est pour ainsi dire jamais intéressé au débat politique français. Il réagit avec force à la petite phrase de de Gaulle prononcée au lendemain de la guerre des Six Jours « peuple d'élite, dominateur et sûr de lui », et qualifia le Président français d'antisémite. Mais il ne publia qu'une seule fois un article hostile à la France et à sa politique. C'était dans l'édition du 20 janvier 1977 du *New York Times*, où il acheta une page entière pour publier sa « Lettre ouverte au président Giscard d'Estaing », dans laquelle il lui exprimait sa tristesse et son indignation après qu'il eut fait libérer le terroriste Abou Daoud, l'auteur du massacre de Munich.

Dans le numéro spécial du *Matin*, que Jack Lang fit éditer au lendemain du symposium de l'Unesco, se trouvait le texte de l'allocution de Wiesel, centré sur la mémoire d'Auschwitz. A le relire, au milieu de tant d'autres textes souvent très puissants comme celui de Senghor, de Brandt ou d'Albert Cohen, je repense à ce que Roger Ascot me disait, à savoir que grâce à Wiesel – et par conséquent grâce à son amitié avec François Mitterrand – toute une prise de conscience de la Shoah eut lieu parmi une partie de l'intelligentsia française.

Le 21 mai, après la cérémonie d'investiture à l'Elysée, François Mitterrand invita deux cents amis et proches pour le premier déjeuner du septennat, avant la cérémonie du Panthéon. Elie Wiesel en était, lui qui avait répondu, quelques semaines plus tôt, à Emmanuel Plas de *L'Unité*, l'ancien organe du PS, qu'il était venu à Paris « pour soutenir François Mitterrand... Mais il ne faut pas le dire... On parlerait d'ingérence dans les affaires françaises ».

Chacun sait que tout au long de sa vie, François Mitterrand eut de très proches amis juifs et l'on n'a pas oublié que son geste, son premier hommage, au lendemain de sa victoire électorale, le 11 mai 1981, fut d'aller fleurir la tombe de Georges Dayan, l'ami de quarante ans, mort trop tôt, dont il devait emmener le fils pour son premier voyage d'Etat en Israël en mars 1982.

A partir de ce 21 mai, la porte du Palais de l'Elysée est ouverte à Elie Wiesel. Il lui suffit de prévenir le Président de ses passages à Paris pour être reçu. Depuis 1984, il passait par Jacques Attali ou sa secrétaire, ce qui eut pour fâcheux résultat de fournir la matière première des conversations au conseiller spécial, qui utilisera plusieurs passages de ces entretiens privés pour son livre *Verbatim*. A l'indignation d'Elie Wiesel, qui lui demandera, par média interposé, des excuses publiques et leur supression, car ces propos, utilisés sans autorisation, sont une partie des *Dialogues Mitterrand-Wiesel*, annoncés pour 1995, à la fin du second mandat de l'hôte de l'Elysée. Depuis le départ de Jacques Attali en avril 1991, Wiesel est enfin reçu seul par le président de la République.

Si pour Elie Wiesel avoir le Président pour ami est important, pour François Mitterrand avoir Elie Wiesel est un atout majeur. Même avant qu'il soit prix Nobel, le fait d'avoir un tel ami outre-Atlantique était précieux. On sait qu'à son retour à New York, au lendemain de la cérémonie du Panthéon, Wiesel téléphona au président Reagan, qui lui avait témoigné son admiration en arrivant à la Maison Blanche, pour lui demander d'appeler Mitterrand, qui y serait très sensible. En fait, parlant très mal l'anglais et Reagan pas du tout le français, le dialogue fut bref.

A chaque voyage officiel ou d'Etat aux Etats-Unis, les deux amis se rencontrent. Au dernier jour de son premier voyage d'Etat, le 28 mars 1984, Elie Wiesel organise à la demande de François Mitterrand, à son domicile de Central Park West, une rencontre avec des écrivains américains. Le 3 juillet 1986, retrouvailles des deux hommes à New York, pour une célébration exceptionnelle à l'occasion du centenaire de la Statue de la Liberté, où le président français est invité. Ronald Reagan décernera ce jour-là la « Médaille de la liberté » à douze Américains célèbres d'origine étrangère, parmi lesquels le psychologue Kenneth Clark et les écrivains juifs Saul Bellow, Isaac Bashevis Singer et bien sûr Elie Wiesel.

Ouvrons ici une courte parenthèse. Pourquoi Wiesel et Singer ne s'entendaient-ils pas ? Léon Leneman me raconta que Wiesel accepta une fois d'écrire un article sur le prix Nobel de littérature dans *Forvaertz*, le grand quotidien yiddish new yorkais, dans lequel il critiqua les descriptions du Shtetl de Singer et notamment tout l'érotisme qu'il y mettait. En réponse à quoi, Singer écrivit que Wiesel n'était pas un écrivain, mais tout juste un *maggid*, un conteur. On peut arguer que Wiesel se définit lui-même comme tel, mais c'est une chose lorsqu'il le dit de lui, et c'en est une autre lorsque Singer l'écrit contre lui, pour le diminier. Fermons la parenthèse.

De quand date le premier projet intellectuel entre les deux amis ? En 1983, Elie Wiesel proposa à François Mitterrand de tenir à Paris une conférence internationale sur la haine, l'antisémitisme et le racisme. Celle-ci devait avoir lieu en 1985 sous le patronage du président de la République. En septembre 1984, les choses semblaient se préciser puisqu'Elie Wiesel l'annonçait pour la fin 1985 à la Sorbonne, où il n'espérait pas moins d'une trentaine de chefs d'Etat ou de gouvernement. Il avait déjà projeté que le sujet serait repris par l'Education nationale et ferait l'objet d'un cours dans toutes les écoles. Une « grande soirée apothéose » était prévue au Palais de Chaillot, et devait être diffusée par satellite dans le monde entier. Et fait incroyable, le Congrès américain – dont Wiesel venait de recevoir la plus haute distinction des mains de Reagan – avait prévu de soutenir la manifestation. Que s'est-il donc passé ? La raison n'est pas très claire, c'est le moins que l'on puisse dire. Faut-il l'imputer à des questions financières ou philosophiques ou d'opportunité ? Quelque part, Elie Wiesel avança la raison selon laquelle certains eurent peur du sujet. Ce qui peut, pour le moins, surprendre. La cause est peut-être à chercher dans un coup de force de Reagan, obtenant un désengagement du Congrès, après que l'écrivain l'eut publiquement prié de ne pas se rendre au cimetière de Bitburg.

En vérité, il aura fallu attendre le prix Nobel de la paix de 1986, pour que l'écrivain et le Président puissent entreprendre de grandes choses – et surtout les mener à bien. Ce n'est pourtant pas faute des idées d'Elie Wiesel, qui le 1er avril 1985 ne proposa à François Mitterrand rien moins que de se rendre à Hiroshima le 7 août, pour marquer le quarantième anniversaire de l'explosion atomique, avec Leonard Bernstein et Barbara Heindricks. Mais le Président refusa [1] comme refusera Reagan, lorsque Wiesel proposera, lors d'un colloque à Montréal en 1986, que sa prochaine rencontre au sommet avec Gorbatchev s'y déroule.

Quoi qu'il en soit, le 14 octobre 1986, il y eut le message de François Mitterrand envoyé à New York: « J'apprends avec une grande joie votre élection comme Prix Nobel de la Paix. Vous avez consacré votre vie à vous battre contre les guerres, contre les fanatismes, contre les souffrances et contre l'indifférence qui nous entourent. Votre œuvre est une prière universelle pour la paix et un signe de foi en l'humanité. Elle permet d'espérer. Je vous adresse mes félicitations les plus chaleureuses et le témoignage de ma fidèle amitié. »

Dès qu'il apprit que l'honneur le plus grand lui était décerné, Elie Wiesel s'envola pour l'Union soviétique, célébrer une nouvelle fois *Sim'hat Tora* avec les Juifs de Moscou, et essayer de rencontrer Gorbatchev pour plaider le sort de Sakharov et des *refuzniki*. Voyage important pour Wiesel, où il prenait conscience que son Nobel de la paix semblait représenter quelque chose aux yeux des Soviétiques de la *glasnost* et de la *Perestroïka*. Il ne rencontra pourtant pas Gorbatchev lors de ce voyage. Sur le chemin du retour, il était attendu à déjeuner par François Mitterrand.

Au cours de leur conversation, le Président lui demanda: « Qu'est-ce que vous allez faire de l'argent du prix? » et Wiesel de lui répondre: « Vous aussi! » Chaque journaliste lui avait posé cette question depuis l'annonce du 14 octobre. Comme il le dit avec humour, on ne lui demandait pas ce qu'il pensait du monde, ni de la vie, ni de Dieu. Rien d'autre ne semblait intéresser les journalistes que de savoir ce qu'il allait faire de l'argent. Et voici que François Mitterrand lui posait la même question. Ce qui explique son « Vous aussi! » Alors, il lui parle de la fondation qu'il envisage de créer et à haute voix, il se met à rêver: « "Imaginez, si j'avais

1. Cf. *Verbatim*, Fayard, Paris, 1993.

avec moi dix prix Nobel, ce que nous pourrions faire!" Et tout en parlant, j'ai dérapé et lui ai dit: "Vous savez quoi, je vous propose de faire ce que l'on n'a encore jamais fait: faisons une réunion de tous les prix Nobel du monde, dans toutes les disciplines. Et puisque vous demandez ce que je ferai de l'argent, j'ai une proposition: faisons-le ensemble, et partageons les frais!"» François Mitterrand accepta et la conférence et le cofinancement. Inimaginable aux Etats-Unis!

Il faut dire ici la stupéfaction d'Elie Wiesel qui n'avait jamais imaginé que le président de la République française eût accepté de partager les frais d'une telle entreprise avec lui. Au contraire, il croyait que Mitterrand lui aurait dit: «Bon! Elie, vous savez, la France est une grande puissance...» De retour à New York, il se met à réfléchir et tout d'un coup, il se dit: «Zut! Qu'est-ce que j'ai fait là? Je n'ai pas assez d'argent, parce qu'il y a toujours deux cents prix Nobel vivants. Or, moi, avec les deux cent quatre-vingt mille dollars que le prix comporte, je n'aurai pas assez pour les inviter tous [1].»

Un mois et demi après cette rencontre, à la veille de recevoir son prix Nobel dans la capitale norvégienne, Elie Wiesel fit une escale à Paris, où l'attendait François Mitterrand, en pleine turbulence politique et estudiantine. Un jeune Français d'origine algérienne, Malik Oussekine, avait été matraqué à mort par des CRS dans une manifestation. Le Président, accompagné d'Elie Wiesel, visita la famille de la victime, à Meudon-la-Forêt, où il s'entretint en particulier avec sa mère, puis avec ses frères et sœurs. Interrogé sur son geste, Elie Wiesel écarta toute connotation politique afin de faire ressortir le sens profond de sa démarche: «Le président de la République, vous le savez, est un ami très proche. Quand j'ai reçu la nouvelle de ce deuil, comment pouvais-

1. Conférence prononcée à Strasbourg le 1er février 1993, dans le cadre des Conférences Gutenberg.

je ne pas visiter la famille ? Je l'ai alors accompagné. Il y avait là une femme, une mère, sept frères et sœurs. Le juif que je suis sait que réconforter les endeuillés est une très grande mitzva. Je m'y suis donc rendu. Spontanément. C'est tout [1]. »

Finalement, la tenue de la Conférence « Promesses et menaces à l'aube du XXIe siècle » fut rendue possible grâce à un don généreux de la Mutual of America de New York, accordé par son Président directeur-général, William J. Flynn, à The Elie Wiesel foundation for Humanity, dont la présidente, cette année-là, était l'admirable Sœur Carol Rittner, R.S.M., sans la participation active de laquelle l'organisation de cette réunion des 75 lauréats du prix Nobel en janvier 1988, à Paris, au Palais de l'Elysée, n'eût pu être menée à bien.

Les invités étrangers furent logés au Concorde-La Fayette et les débats eurent lieu à l'hôtel de Marigny, habituellement résidence des chefs d'Etat étrangers reçus en France. Les séances d'ouverture et de clôture, qui se déroulèrent dans la salle des fêtes de l'Elysée, furent ponctuées par les discours de François Mitterrand et d'Elie Wiesel. Les premières phrases du président de la République étaient un hommage appuyé à son ami : « ... Elie Wiesel est un grand écrivain, de langue française et universaliste, c'est aussi un homme de foi ; la sienne est communicative. Il aime soulever les montagnes, et, comme on le voit, y réussit. Car il ne se contente pas de manier les concepts, de remuer rêves et symboles, il agit sur la réalité. Ainsi sommes-nous passés d'une idée à un projet, puis du projet à l'événement. Qu'il soit ici remercié pour son audace et sa constance [2]. » On ne saurait mieux louer les mérites de cet homme, de ce Juif universel qui fit de Paris, l'espace de quatre jours, la capitale intellectuelle du monde.

1. *L'Arche*, janvier 1987, propos recueillis par Elvis Journo.

2. Cf. Conférence des Lauréats Nobel, *Promesses et Menaces à l'aube du XXIe siècle*, Editions Odile Jacob, Paris, 1988.

La plupart des participants de cette Conférence étaient physiciens, chimistes ou biologistes, parmi lesquels Rita Levi-Montalcini, Ilya Prigogine, Abdus Salam, le Dr Samuelson, président du Comité Nobel de physiologie et médecine, lui-même prix Nobel, Jean Dausset, François Jacob, Jean-Marie Lehn et André Lwoff. Pour les seuls Etats-Unis, vingt-cinq scientifiques. Il y avait cinq écrivains avec Wiesel, dont Wole Soyinka, dramaturge et poète nigérian, premier Africain lauréat du prix Nobel de littérature, qui prononça un discours d'une très grande force sur l'intégrisme religieux. Parmi les lauréats du Nobel de la paix étaient présents notamment Oscar Arias Sanchez, président de la République du Costa Rica, Willy Brandt, Henry Kissinger, et deux Irlandaises, Mairead Corrigan Maguire et Betty Williams Perkins, fondatrices de la Community of Peace People. Les absents remarqués furent Desmond Tutu, Mère Teresa, Lech Walesa et Andréï Sakharov, dont Elie Wiesel se plut à dire dans son discours d'ouverture que « Sa présence dans cette salle aurait sûrement contribué à l'élévation de nos débats ». Sa Sainteté le dalaï-lama ne reçut le prix Nobel qu'en 1989. Trois économistes américains avaient également répondu à l'appel d'Elie Wiesel : Gerard Debreu, Lawrence R. Klein et Wassily Leontief.

Parmi les non-lauréats, Elie Wiesel s'était entouré d'Hélène Ahrweiler et surtout de son ami très cher le professeur François Gros, biologiste de renommée internationale, qui occupe la chaire de biochimie cellulaire au Collège de France. Les deux hommes partagent une vigilance sans relâche et un humanisme communicatif. Ce qui caractérise François Gros, c'est son intégrité de scientifique et d'homme qui occupa des fonctions aux lourdes responsabilités. Conseiller scientifique de François Mitterrand à la veille de son accession à la présidence de la République, il appela à lui Elie Wiesel, lorsque fut créé à Paris l'Institut Mondial des Sciences, en 1992. Lorsque je rencontrai Elie Wiesel au début de cette année-là, il me dit : « Je ne suis pas scientifique, mais je dois dire d'abord que j'ai un immense respect pour François Gros. Ce qu'il fait me touche. Et pour moi, c'est une grande joie de coopérer avec lui à ce projet, car il est vrai que le monde se rétrécit. La planète est devenue très petite et ce qu'on entreprend dans le domaine scientifique affecte tous les autres domaines. » Puis, il ajouta, à propos de l'Institut Mondial des Sciences, qui se situait évidemment dans une perspective proche de la Conférence Nobel, à ceci près, qu'il n'est composé que de scientifiques, dont un grand nombre d'ailleurs de prix Nobel : « Quand ce conseil scientifique se prononcera sur certaines questions, par la qualité de ses membres, je suis sûr que le monde entier écoutera. Et si le monde écoute, le monde aussi se fera entendre. Alors, cela influencera, cela agira sur les gouvernements [1]. »

Tout semblait bien parti pour que Wiesel apportât un souffle inspiré au milieu de cette assemblée de scientifiques prestigieux. Mais c'était sans compter avec François Mitterrand, qui lui confierait à la même époque la charge de créer l'Académie Universelle des Cultures. Ce qui n'alla point sans quelques grincements de dents parmi les membres fondateurs de l'Institut Mondial des Sciences, dont Louis Albou, qui reprocha à Wiesel de s'être accaparé leur idée à ses fins personnelles. Ce qui est, de toute évidence, le méconnaître gravement.

La Conférence des Nobels fut indiscutablement un succès, même si certains reprochèrent, là encore, à François Mitterrand de l'avoir voulue à trois mois des élections présidentielles. Il ne faut pas oublier tout de même que la condition *sine qua non* de la tenue de cette rencontre exceptionnelle était l'attribution du prix Nobel à Elie Wiesel et que d'autre part, au moment où les dates en furent arrêtées, on peut avancer l'hypothèse selon laquelle le président Mitterrand n'avait encore rien décidé de sa nouvelle candidature.

Il est de toutes les façons indéniable qu'une amitié de la

1. *Le Quotidien de Paris*, 28 janvier 1992.

nature de celle d'Elie Wiesel et François Mitterrand recouvre une double dimension politique et philosophique des choses. Comme me le disait Jack Lang, Elie Wiesel n'est peut-être pas progressiste au sens où on l'entend parfois en Europe, en tout cas « il a toujours été avec nous d'une fidélité sans faille. Les intellectuels courageux et de caractère sont rares. Il tranche par sa classe, par sa noblesse et sa hauteur de vue. Ce qui est impressionnant chez lui, c'est qu'il puisse à la fois avoir une vie intérieure intense, qui se traduit par une œuvre philosophique, historique, littéraire, abondante, et par ailleurs une présence au monde assez forte ».

Si l'idée du colloque Nobel est bien de Wiesel, plusieurs autres et non des moindres sont de Lang, à commencer par celle de l'Académie Universelle des Cultures, qui remonte à 1982 ou 83, sur laquelle nous reviendrons, ainsi que celle de ce livre de dialogues entre l'écrivain juif et le président Mitterrand, qui date de 1985, et dont il fut beaucoup question avec l'affaire *Verbatim.* Elie Wiesel soumit le projet à François Mitterrand, qui en accepta le principe et la forme. Ce serait dix entretiens sur des thèmes humains immuables tels que la foi, l'enfance, la Bible, la guerre, le Peuple juif, le pouvoir, la mort. Les sept premières conversations eurent lieu entre 1987 et 1989, à presque chacun des passages de l'écrivain à Paris. Les dialogues se tenaient dans le bureau du président, lui assis dans un sofa et Elie Wiesel sur une chaise, le magnétophone étant installé derrière un paravent, afin de ne pas perturber l'échange, sous l'œil attentif de deux techniciens chargés de l'enregistrement. Jacques Attali était un témoin mais un « témoin muet », comme le souligne Elie Wiesel. On peut alors s'étonner que les deux interlocuteurs aient accepté qu'il soit présent. Wiesel lui-même l'invita à leur premier entretien en accord avec François Mitterrand. Ce qui pouvait sembler, à ce moment-là, normal à l'un et à l'autre, ne l'était pas. Lorsque de Gaulle s'entretenait en tête-à-tête avec André Malraux, il n'y avait pas de tierce personne.

Pour tout arranger, lors du premier entretien, le magnétophone tomba en panne et c'est Jacques Attali qui prit les notes. Il assista ainsi à toutes les rencontres, jusqu'à son départ de l'Elysée en 1991 pour Londres.

Les quarante-trois « emprunts » des seuls propos de François Mitterrand dans *Verbatim*, s'ils sont inadmissibles d'un point de vue moral, laissent, malgré tout, présager de la vraie force de ce dialogue entre le chef d'Etat et le chantre de la mémoire juive, où l'émotion des souvenirs de la guerre, ne le cède en rien à la profondeur de la pensée. Depuis la reprise de leurs entretiens le mercredi 1er septembre 1993, il leur faut encore avoir quatre ou cinq rencontres pour achever le livre et reprendre les parties citées pour aller plus loin.

En marge de ces conversations entre un grand écrivain qui voudrait agir sur les hommes et implicitement sur le fondement éthique de la politique, et un président de la République, qui s'inscrit dans une longue tradition humaniste et intellectuelle, j'ai demandé à François Mitterrand ce qui l'avait le plus frappé dans l'approche wiesélienne de la Bible. « Ce qui est merveilleux avec Elie Wiesel, c'est qu'il raconte la Bible et la comprend bien, il enlève le côté mythique. Si c'est une histoire vraie, il faut la raconter vraiment. Souvent je plaisante avec ça, je lui dis : “Mais, au fond, vous avez réussi à décrire le fondateur d'Israël, l'inventeur du mot même Israël, Jacob, à peu près comme le seul juif crétin de l'histoire.” Le fondateur, hein ! Le coup de Léa, le coup de Rachel ! Et pendant quatorze ans, son beau-père reçoit gratuitement ses services... Au fond, la Bible, c'est le livre de raison d'un peuple et non simplement d'une famille... »

Il me semblait évident que François Mitterrand ne pouvait pas ne pas être sensible au caractère de protestation, qui est inhérent à la lecture qu'Elie Wiesel fait de la Bible juive. « On en parle tout le temps, c'est une idée fixe. Je lui dis : “Votre Bible, c'est une histoire de massacres, de sang, de viols, d'assassinats. Qu'est-ce que vous me racontez avec ça?" Une fois passé la Genèse, le reste c'est vraiment cela.»

Cela ne dit pourtant rien du vrai sens métaphysique de la protestation wieselienne. Mais pour le Président, ce qui est tout à fait sûr en revanche, c'est que le message de Wiesel transcende les valeurs proprement juives. «C'est un aspect particulier qui tend à l'universel. Après tout, la souffrance, c'est l'universel. Toutes les formes de souffrance, souffrance physique, souffrance morale, souffrance d'un peuple séparé de lui-même. Avec un homme de talent, cela touche très vite à l'universel.»

Au-delà de la spécificité de son œuvre, François Mitterrand discerne-t-il quelque parenté avec celle d'Albert Cohen, une autre de ses admirations et non des moindres, et ce, malgré les mondes si différents qui habitent les deux écrivains. «Une parenté frémissante, oui, à l'égard du peuple juif. Mais non, autrement je n'en vois pas. Il y a le sens de l'ironie naturellement. C'est un homme frémissant, Wiesel. Cohen était plus rationaliste devant ce genre de choses. Quant au style, au contraire, c'est le style de Wiesel qui est plus limpide et celui de Cohen plus luxuriant. Je les vois très différents.»

Il est incontestable – sauf à vouloir tout contester!– que le dialogue Wiesel-Mitterrand vole haut et d'autant plus que l'un et l'autre sont enracinés dans une tradition philosophique et religieuse, mais si l'écrivain juif connaît la Bible, c'est-à-dire l'«Ancien Testament» des chrétiens, comme un «professionnel», le président français la connaît, lui, comme un «amateur», pour reprendre ses propres mots. Un amateur qui est un grand connaisseur de l'*Ecclésiaste*, qu'il relit fréquemment dans la traduction de Renan, dont il s'honore de conserver «précieusement l'édition originale».

L'autre pôle de leur dialogue concerne l'Etat d'Israël, le peuple juif: «Je me comporte à l'égard du peuple juif [déclare le Président], comme je crois qu'il est utile, honnête et juste de se conduire. C'est quand même une histoire qui s'impose à nous. Là où j'étais, là où je suis, j'ai contribué à rendre justice, mais pas plus que cela. Je n'exagère pas mon rôle. L'histoire juive a inspiré le type de civilisation dans laquelle je vis moi-même [1]. » Quelques mois avant que ne s'achève son premier septennat, il confie à Wiesel : « Vous savez ce que j'aimerais faire après ce mandat ? Aller à Jérusalem étudier et écrire là-bas. » Mais François Mitterrand reste un homme politique, un homme d'Etat, et il ne peut se permettre dans ces conditions d'oublier le deuxième terme de l'équation, à savoir les Palestiniens. A partir de là, on n'est pas surpris que de profondes divergences de vue aient pu se faire jour au moment où le Président reçut Arafat en 1989, à l'Elysée, comme au moment de la crise du Golfe, deux ans plus tard, où il entendait régler sur le même plan la question des territoires occupés par Israël et le retrait des Irakiens du Koweit. Plus récemment encore, après le dépôt de la gerbe présidentielle sur la tombe de Pétain le 11 novembre 1992, Elie Wiesel, eut une réaction très vive : « Bien sûr, j'étais profondément, mais *profondément* blessé par cette gerbe en tant que juif et en tant qu'ami du président, et en tant qu'ami de la France. J'espère qu'un jour, il me l'expliquera. Vraiment, je l'espère. Pour moi, ça fait mal, ça fait très très mal [2]. » Si le 11 novembre 1993, il n'y eut plus de dépôt de gerbe ordonné par l'Elysée, faut-il y voir la prise en considération par François Mitterrand de la douleur juive, que symbolisèrent peut-être à ses yeux plusieurs de ses amis juifs soucieux du respect de la mémoire des crimes commis sur le sol de France, depuis Robert Badinter jusqu'à Elie Wiesel ?

Pour revenir aux questions de politique internationale touchant Israël, on aurait pu imaginer que le Président, éloigné qu'il était des positions qui furent celles de Wiesel jusqu'aux accords de paix israélo-palestiniens de Washington

1. *Verbatim, op. cit.*
2. Conférence de Strasbourg, *loc. cit.*

de septembre 1993, eût du mal à les admettre plus qu'à les comprendre. Bien entendu, il n'en est rien. « Je les comprends. Il s'efforce d'ailleurs à une attitude aussi impartiale que possible. Je lui dis souvent : "Mais vous devriez prendre des positions plus catégoriques en faveur des Palestiniens, car eux aussi, ils ont besoin d'une terre, d'une patrie, eux aussi, ils sont opprimés, c'est indiscutable." Comme c'est un homme généreux, il le comprend bien, mais je crois que comme tout juif, qui a beaucoup souffert de l'être, il éprouve un sentiment de solidarité fondamentale avec le peuple d'Israël, et même s'il condamne certains de ses actes, il ne voudrait pas lui nuire. C'est un sentiment moral, un réflexe moral. »

Toutefois, il exprimait à mi-mot le regret qu'il n'ait pas fait montre de plus d'initiative pour tenter de rapprocher les deux peuples – même si cela n'eût abouti à rien. « Je dis simplement qu'en raison de son autorité, il serait utile... Mais je pense qu'il est bloqué, un peu par souci de ne faire aucun tort à une collectivité qui a tant souffert et à laquelle il appartient. »

Au mois d'août 1991, lors du putsch contre Gorbatchev François Mitterrand décida d'envoyer son ami Elie Wiesel, en sa qualité de prix Nobel de la paix, porter un message au président soviétique, lui aussi prix Nobel depuis quelques mois. Face à ce télescopage de l'actualité, on pense au voyage que Wiesel effectua en 1986 à Moscou, au lendemain du choix des sages d'Oslo, qui le consacraient « messager de l'humanité », pour demander la libération de Sakharov et des *refuzniki*. Ce sont là les surprises du destin.

Le 21 août, Jack Lang créait avec son ami, et quelques autres, le Comité international de solidarité et de défense de la démocratie en URSS – dont on ne peut pas dire qu'il eut un brillant avenir !– alors que le retour de Gorbatchev au Kremlin était déjà officiellement annoncé à Moscou. Le 22, Elie Wiesel partait non sans difficulté pour la capitale soviétique. Le témoignage de l'ancien ministre de la Culture est ici capital. Il avait même été question qu'il fasse partie du voyage comme représentant du gouvernement français avec, bien entendu, l'aval du président de la République. Or, certains proches collaborateurs de Roland Dumas, voire lui-même, s'y opposèrent, arguant que ce n'était pas à lui de le faire. Pour Jack Lang, « l'essentiel était que Wiesel puisse y aller ». Un avion fut affrété pour transporter les présidents de la commission des Affaires étrangères du Parlement, Michel Vauzelle, et du Sénat, Jean Lecanuet. Il semble qu'au départ, Wiesel ne devait pas embarquer. Mais c'était compter sans l'opiniâtreté de Jack Lang, qui voulait absolument que son ami monte à bord « contre le vœu d'ailleurs d'un certain nombre d'officiels, qui avaient la plus grande méfiance à l'égard de Wiesel. Alors, je leur ai dit : "Ecoutez ! Vous savez, c'est plus important vis-à-vis des Russes que ce soit Wiesel, prix Nobel de la paix, que votre député X ou Y." Il a fallu que j'aille voir Mitterrand et je lui ai dit : "Je n'arrive pas à faire partir Wiesel." Il a donc fallu que le Président tape du poing sur la table et c'est lui, qui a ordonné qu'il parte dans l'avion avec Vauzelle et Lecanuet ». Et Jack Lang de me dire : « J'ai mis Wiesel de force dans l'avion », avant d'ajouter : « Les responsables socialistes ont toujours considéré les intellectuels comme des "rigolos". »

Après des prolégomènes, qui eussent été inextricables sans l'acharnement de l'homme des Grands travaux mitterrandiens, il revenait à Wiesel l'honneur d'être le messager du Président. Et ce n'est pas un petit mot que celui de messager dans la bouche du rescapé d'Auschwitz. Dans l'avion qui le conduisait à Moscou, a-t-il pu ne pas songer à celui qui est à ses yeux « le personnage le plus tragique de Kafka, celui qui n'arrive pas à délivrer son message ». Mais pour Wiesel, ce qui est plus grave, c'est que le messager oublie à qui il doit remettre le message. Il reste encore quelque chose de pire, c'est que le messager oublie le message ou oublie qu'il porte un message. « Est-ce la fin ? Non, ce n'est pas la fin.

La fin c'est lorsque le messager oublie de qui il a reçu le message [1]. »

Le message oral du président de la République, transmis par Elie Wiesel, devait témoigner à Mikhaïl Gorbatchev l'admiration de la France et le soutien personnel de François Mitterrand, dont les déclarations télévisées au lendemain de sa mise à l'écart par un groupe de hauts fonctionnaires de l'Etat et du Parti, dans sa résidence d'été de Foros, avaient été fortement critiquées.

Gorbatchev fut très ému qu'Elie Wiesel ait fait le voyage de Paris, pour lui porter les paroles du président français. Emu peut-être parce qu'il devait se souvenir qu'en 1986, il n'avait pas reçu le nouveau prix Nobel, mais ému surtout parce que la charge symbolique était trop lourde de sens pour qu'il n'en soit pas touché. Quoi ! c'était lui, le pélerin de la mémoire juive, qui ne le ménagea pas de ses critiques, mais qui lui apportait en ce jeudi 22 août 1991, jour de sa libération, ce message d'amitié. Au cours de leur tête-à-tête, Elie Wiesel fut frappé par le double sentiment de solitude et de colère qui émanait du numéro un soviétique. « J'ai senti une colère en lui, une très grande colère – peut-être une colère dirigée contre lui-même, pour avoir fait confiance à des personnes qui ne le méritaient pas. Il se disait clairement qu'il s'était trompé quelque part [2]. » C'est un Wiesel plein de confiance en Gorbatchev mais en même temps plein d'angoisse quant à l'avenir de la *Perestroïka*, qui est revenu à Paris.

1992 marque le début d'une nouvelle aventure entre François Mitterrand et le prix Nobel de la paix : l'Académie Universelle des Cultures, dont Jack Lang revendique à juste titre la paternité. Il ne fallut pas moins de dix ans pour

1. Conférence d'Elie Wiesel à la FNAC-Montparnasse, 5 septembre 1989.
2. *Le Figaro*, 24 août 1991, propos recueillis par François Hauter.

vaincre, une fois de plus, les oppositions de tous les technocrates pourfendeurs de rêves qui sévirent au cœur de l'Etat socialiste, mais qui sont de tous les gouvernements, de tous les Partis, de toutes les époques. Il suffit que le Président le veuille et tôt ou tard les choses se réalisent. Le 4 février 1992, une lettre partait du Palais de l'Elysée dans une enveloppe portant en haut à gauche la mention « Le président de la République », à l'adresse d'Elie Wiesel. En voici le texte :

« Cher ami,

« Vous savez que l'Académie Internationale des Cultures, composée de penseurs du monde entier, aura pour but de lutter pour la démocratie et pour la défense des Droits de l'Homme. Elle décernera chaque année un prix récompensant l'action et la pensée d'une femme ou d'un homme incarnant ce combat et diffusera l'enseignement correspondant.

« Je vous serais très reconnaissant de bien vouloir concevoir, organiser et diriger cette académie qui, je l'espère, fera entendre et reconnaître les voix de la liberté.

« Je vous prie de croire, cher ami, en l'assurance de mes sentiments les meilleurs – et de mes amitiés,

« François Mitterrand. »

Un an plus tard, le vendredi 29 janvier 1993, le président de la République inaugure aux côtés d'Elie Wiesel et d'un Jack Lang étonnamment silencieux, dans les salons du duc de Morny, situés dans l'aile Richelieu du Palais du Louvre, l'Académie Universelle des Cultures. Dans son discours d'ouverture, Elie Wiesel s'adressa à François Mitterrand : « Dans une lettre datée du 4 février 1992, vous m'avez fait l'honneur de me confier une mission que nombre de mes pairs ont raison de m'envier. Si César Pavese a raison de dire que la vraie joie est dans le commencement, cette joie, aujourd'hui, c'est à vous que nous la devons.

« [...] Eh bien, Monsieur le président de la République,

cette Académie, je suis fier de pouvoir vous la présenter. Elle vous accueille aujourd'hui pour vous dire tout d'abord son immense gratitude de la confiance que vous lui accordez. »

Puis, évoquant le soutien du gouvernement, il rendit un hommage particulier à Jack Lang, qui, dit-il, le « lui apporte avec une passion qui le caractérise et une sincérité qui nous touche ». Enfin, Elie Wiesel rappela la vocation universelle et culturelle de l'Académie, qui « fera honneur à la France ». Ce « cadeau » fait à Elie Wiesel, n'avait, à cette date, qu'un si petit budget de fonctionnement, qu'il ne lui permettait pas d'agir. Etait-ce cette fois le « cadeau » de certains hauts fonctionnaires socialistes ?

Cohabitation oblige ! Depuis le printemps 1993, c'est avec Jacques Toubon, le nouveau ministre de la Culture et de la Francophonie, qu'Elie Wiesel et sa collaboratrice Françoise Barret-Ducrocq discutent pour défendre l'Académie, bien mal en point, qui comprend déjà quarante membres, de quatre continents. Lors de la séance annuelle qui se tint dans le grand amphithéâtre de la Sorbonne les 16 et 17 décembre 1993, François Mitterrand, qui avait d'abord donné son accord pour prononcer le discours d'ouverture, s'est finalement fait excuser. Que peut-on attendre de cette académie ? « Ah ! Ah ! si je le savais, je vous le dirais ! » s'exclamait, avec humour, Elie Wiesel en janvier 1993 devant l'Association des Médecins Israélites de France.

Le simple fait que parmi ceux qui répondirent présent à Elie Wiesel, se trouvent des personnes aussi exigentes que Adonis, Umberto Eco, Bronislaw Geremek, Javier Perez de Cuellar, François Gros, Yehudi Menuhin, Paul Ricœur, Jorge Semprun, Liv Ullmann, deux prix Nobel de littérature, Wole Soyinka et Toni Morisson et deux de médecine, Joshua Lederberg et Rita Levi-Montalcini, est déjà un gage de sérieux. Un autre intellectuel à avoir donné son accord, est Jo Benko, celui-là même qui félicita au nom du Parlement norvégien, en décembre 1986, à Oslo, le nouveau prix Nobel. D'origine juive biélorusse, plusieurs membres de sa famille furent déportés et assassinés à Auschwitz.

S'il y avait un reproche à formuler à la composition de cette assemblée, ce serait de toute évidence la disproportion entre non-scientifiques et scientifiques. Lorsque j'en fis l'observation au président François Mitterrand, je l'entendis me répondre : « Je vous donne raison. C'est certain qu'il y a là une carence. » Bien qu'il ne soit pas scientifique, Elie Wiesel devrait avoir davantage conscience que si les scientifiques seuls ne peuvent pas sauver la planète, il est sûr que sans eux on ne pourra pas la sauver du tout, comme le répète sans fin Louis Albou, de l'Institut Mondial des Sciences.

Il n'en demeure pas moins que la particularité de ces académiciens sans frontière est à la fois d'être de toutes les disciplines de l'esprit et de vouloir faire bénéficier le plus grand nombre d'hommes de leurs propres expériences. C'est pourquoi, le thème de leur première année de travail fut celui de l'Intervention. Est-il débat plus grave et plus actuel...

Si Elie Wiesel eût été Français, François Mitterrand n'eût-il pas aimé – qui sait ? – en faire son ministre de la culture ? Mais eût-il accepté, qu'il n'en eût pas moins démissionné à la première gerbe déposée sur la tombe de Pétain ! Façon de penser à Jack Lang... Américain, il aura été certes plus libre, mais a contrario moins médiatisé, et en conséquence un peu moins connu en France qu'il ne l'est dans son pays d'adoption – et cela, malgré ceux de ses amis « français » qui disent qu'il a succombé au « mal des médias ». Il est cependant exact que certaines émissions « grand public » auxquelles il accepte de participer sur des sujets qu'il ignore parfois complètement, comme une « Marche du siècle » en direct de Bordeaux le mercredi 7 juillet 1993, sur la science, « desservent » plutôt son message.

L'amitié forte qui le lie à François Mitterrand, et qui ne se compare ni à ses bons rapports avec Jimmy Carter ou George Bush – auquel il remit en 1991 le prix de sa Fondation, deux ans après Danielle Mitterrand, en lui offrant son stylo pour qu'il signe le jour venu les accords de paix israélo-palestiniens!– ni à ceux, sans doute plus profonds bien que mouvementés avec Ronald Reagan, a très certainement gagné dans le fait que les hasards – encore et toujours la question du hasard... – de sa destinée lui aient fait préférer à la Vieille Europe le Nouveau Monde.

XIV

UN HOMME APPELÉ ELIE WIESEL

S'il y a en Wiesel « un juste dominateur », comme me le dit un poète de ses amis, qui fut déporté pour faits de Résistance, au camp de Mathausen-Güsen, et revint avec « ce chant tragique sur les lèvres », dont parlait Mauriac, il y a également un autre homme, moins connu. Me Théo Klein, ancien président du Congrès Juif Européen, qui fut à la tête de la délégation juive aux pourparlers de Genève sur le carmel d'Auschwitz, me parla de ce Shabbat après-midi passé avec Elie Wiesel à une terrasse de Saint-Germain-des-Prés, il y a de nombreuses années. Il traversait alors les moments difficiles de son divorce. « En quittant Elie, je me suis senti subitement débarassé d'un fardeau. Pourtant nous n'avions parlé de rien qui toucha à mes problèmes. Je ne lui en ai jamais rien dit. »

Elisabeth Huppert, de passage à New York fin décembre 1984, téléphona à Elie Wiesel qui lui demanda :

« – Que faites-vous à New York ?

« – Je suis venue vous voir, lui répondit-elle simplement. »

Elle voulait parler avec lui, l'écouter – et chose rare – n'avait aucun service à lui demander. « Elie Wiesel, ce jour-là, m'a livré quelque chose, avec sa voix basse, qui apaise. » Serait-ce donc vrai que par sa présence, sa parole, son écoute, il libère, il apaise son interlocuteur, lui qui paraît souvent si tourmenté, si triste ?

Un autre Shabbat, des années plus tôt, Théo Klein et son ami se trouvaient en Israël, à Jaffa, d'où il leur fallait remonter à Jérusalem, où Elie Wiesel devait rencontrer Levi Eshkol, qui était à l'époque chef du gouvernement israélien.

Sur la route, ils forgèrent le souhait d'organiser une pérégrination pédestre avec quelques amis communs, à travers les collines de Judée, pour chanter, parler, communier, célébrer l'amitié. Ce rêve naquit d'une nostalgie ressentie à travers les paysages qui évoquent tant la millénaire histoire du Peuple juif sur sa terre. Cette marche n'eut bien sûr jamais lieu et avec qui d'autre Théo Klein eût-il désiré l'entreprendre ?

David de Rothschild présidait un soir une conférence organisée par le Fonds Social Juif Unifié, où Elie Wiesel était l'invité d'honneur. Eh bien ! le charme de Wiesel, sa musique, eurent, ce soir-là, raison de l'« indifférence polie » dont témoigne la plupart du temps David de Rothschild. L'écrivain avait provoqué en lui une émotion. Lorsque Claude Kelman, arrivé de Pologne sans un sou avant la guerre, et qui créa à son lendemain la fameuse marque Natalys, me reçut dans sa maison parisienne, il me dit qu'Elie Wiesel « a laissé des traces profondes dans l'âme de ses auditeurs ». « Pas un Juif qui n'ait été amené, en l'écoutant, à s'identifier aux victimes. Aucun autre, ni romancier, ni historien, n'a fait ce que lui seul a pu faire pour maintenir vivante l'actualité de la Shoah, pour l'amener à notre époque, où elle est devenue Histoire. Il a le grand mérite d'avoir œuvré toute sa vie pour que ni les juifs, ni le monde, ne puissent oublier. »

A quoi donc cela est-il dû, sinon à cette « qualité d'émotion rare », dont me parlait le président François Mitterrand. Mais chez Wiesel, l'émotion, le tragique, n'éliminent pas l'humour ni la joie nécessaires pour vivre. Si son humour est fréquent en famille ou avec ses amis, ceux qui ne le connaissent que par le truchement de la télévision se font généralement une fausse image de lui. L'un des épisodes les plus significatifs de sa manière de faire rire ses étudiants, eut lieu tout à la fin de son cours donné à Boston, une semaine après l'annonce du prix Nobel, en octobre 1986. Il se mit à leur raconter que les organisateurs du championnat de baseball, qui se déroulait précisément cette semaine-là, voulaient lui faire l'honneur de la première balle le samedi 18 octobre. Or, n'étant en rien sportif, il fut bien soulagé de leur répondre, qu'en raison du Shabbat, il ne pouvait accepter l'invitation. Les organisateurs très fair play lui dirent : qu'à cela ne tienne, nous vous invitons dimanche. La chance était encore du côté de Wiesel, puisque ce dimanche 19 octobre était la fête juive de *Souccoth* ou fête des Cabanes. Finalement, les organisateurs eurent gain de cause en lui proposant, avec le consentement de plusieurs rabbins, de lancer la première balle samedi soir, à la fin du Shabbat. « J'étais coincé, je l'ai fait, mais pardonnez mon tir ! » lança-t-il, « hilare », à ses étudiants [1]. Un autre jour, il se mit à comparer le football à la littérature. « Le football – je n'ai jamais fait de sport de ma vie ! – un ami m'a expliqué en quoi ça consiste : il faut attraper le ballon et ne jamais le garder pour soi. Eh bien, la littérature, la philosophie, l'art, c'est la même chose. »

L'histoire la plus drôle que j'ai entendue de lui est celle-ci. Le Rabbi de Louvavitch décida qu'il fallait tout faire pour que chaque homme juif mette chaque jour les *tephiline* et que chaque femme juive allume les bougies du Shabbat le vendredi soir. Alors, les loubavitch sillonnèrent les campus avec leurs camionnettes. Devant l'université de Columbia, un *Shalia'h*, un émissaire du mouvement Loubavitch, arrêtait les étudiants. « Vous êtes juif ? Alors entrez ! » Si c'est un garçon, il lui demande : « Vous avez mis les *tephiline* ce matin ? » Une fille s'approcha. « Vous êtes juive ? – Oui. – Alors prenez les bougies pour Shabbat ! » Mais elle de dire : « Non, je veux mettre les *tephiline*. Alors, le *Shalia'h* de lui répondre : Mais non, comment ! Vous ne pouvez pas. – Si, répondit-elle. Votre Rabbi n'a-t-il pas dit que nous vivons maintenant une époque messianique, donc quand le Messie viendra toutes ces lois changeront et les femmes pourront

1. Cf. *Tribune juive*, décembre 1987.

mettre les *tephiline.* » A ces paroles, le *Shalia'h* ne put rien répondre. Il était rouge d'embarras. L'étudiante le laissa et partit. Il lui a couru après et lui dit : « Mademoiselle ! mademoiselle ! je vois que vraiment vous pensez au Messie, mais dites-moi : quand viendra-t-il ? Et elle de lui répondre : « *Il* ! ? Elle ! » [1]. Sans doute faut-il l'avoir entendue, cette histoire vraie, racontée par Elie Wiesel, pour bien sentir son humour. A défaut, elle prouve au fond son aptitude non seulement à faire rire les autres mais également à rire lui-même.

Plus récemment, lors du dernier Festival du film américain à Deauville, en septembre 1993, recevant un journaliste du *Figaro*, il lui dit : « On me demande qui je suis, quel acteur ? Quel metteur en scène ? C'est une belle leçon d'humilité » ? C'est en fait son propre rôle qu'il joue. Et, à l'occasion, il redevient chanteur. Un soir du mois de mars 1987, à l'occasion d'un dîner de gala qu'il présidait à Paris, pour une organisation juive, il se mit à chanter. Pas n'importe quel chant, naturellement, des chants hassidiques ! Mais il y a peu d'écrivains que l'on imagine se mettre à chanter comme cela, devant une centaine de personnes, sans préparation, seulement pour l'amour du chant. Le lendemain de ce gala, il donnait une conférence de presse au centre Rachi à propos de son livre *Le Crépuscule, au loin*, à laquelle assistaient Enrico Macias, le père Riquet, André Schwartz-Bart, et là à nouveau il se mit à chanter son chant préféré *Ani Maamin* – Je crois en la venue du Messie et bien qu'il tarde, je l'attendrai chaque jour.

Le point d'orgue se déroula dans le grand amphithéâtre de l'université d'Oslo, le jeudi 11 décembre 1986. En effet, « s'il est habituel de demander aux lauréats de choisir les musiques qu'ils aimeraient écouter pour les cérémonies de remise de leur prix, il est évident qu'on ne leur demande jamais de chanter », ainsi que l'écrivit Nicole Zand [2]. C'est

1. Conférence au Centre communautaire de Marseille, janvier 1992.
2. *Le Monde*, 13 décembre 1986.

pourtant ce que fit Elie Wiesel avant de prononcer sa conférence Nobel: *Espoir, Désespoir et Mémoire*[1]. Devant une assistance stupéfaite, il commença à fredonner *Ani Maamin*, ce chant devenu l'un des hymnes des ghettos durant la Shoah. Comme la tradition le prévoit, chaque récipiendaire doit choisir les musiques qu'il aimerait entendre lors de la grande cérémonie. Elie Wiesel fit donc connaître son choix, mais celui-ci se prêtait mal au répertoire de l'orchestre symphonique qui joue en la circonstance. C'est qu'il avait demandé trois chants, *Yaassé Shalom*, le chant de la paix, si désigné pour ne pas dire prédestiné pour le Nobel de la paix; le Chant des partisans juifs et bien sûr *Ani Maamin*. On imagine l'embarras des organisateurs de la cérémonie. Ils préférèrent oublier tout cela. Au lieu de quoi, ils programmèrent une symphonie post-romantique, qui n'avait ni le souffle épique de celles de Beethoven, ni la pureté de celles de Schubert, ni non plus la légèreté de celles de Mozart. Bref, loin du goût de Wiesel. C'est pourquoi, le lendemain, avant de prononcer sa conférence, il trouva tout naturel de se prêter à ce qui a pu paraître une digression, alors qu'en vérité c'était la quintessence de ce qu'il avait à dire.

L'un des témoins «obligé!» de cette soirée était Bernard-Henri Lévy, son éditeur à l'époque. Il faut avouer pourtant que ses lignes laissent passer une émotion non recherchée, profonde. C'est que le très médiatique philosophe reconnaît le charisme si pur qui caractérise Elie Wiesel. «A-t-on jamais entendu un lauréat du Prix Nobel de la Paix psalmodier en hébreu son discours de réception? [...] On ne l'a probablement même jamais imaginé. Mais la voix est si belle, la mélodie si prenante, la mélancolie qui se dégage de cet homme est soudain si pathétique que tout ce joli monde, le premier instant d'hésitation passé, finit par se mettre au diapason; et c'est toute la salle, tout le grand amphithéâtre légendaire de l'université d'Oslo qui, emporté par le chef

1. *Discours d'Oslo*, Grasset, Paris, 1987.

d'orchestre improvisé, se met à reprendre en chœur le refrain du chant wieselien. »

Si Elie Wiesel parle tant, c'est parce qu'il veut protéger ce chant qu'il porte en lui, et qui est ce qu'il a de plus pur. De même, s'il écrit, c'est parce qu'il n'est pas devenu musicien. Il a cependant partagé à certains moments avec des amis ou le public d'un soir, sa passion du chant. C'est aussi pourquoi il écrivit sa cantate *Ani Maamin, un chant perdu et retrouvé*[1], dont il confia la partition à Darius Milhaud, à ses yeux, le musicien juif majeur de notre époque. Plus qu'une cantate *Ani Maamin* est « une véritable Passion », comme l'écrit Paul Méfano, qui créa l'œuvre en France – dix-neuf ans après la création mondiale à New York – à la salle Pleyel, le dimanche 15 novembre 1992, dans le cadre d'un concert de gala donné au profit de la Fondation pour la Mémoire de la Déportation, et placé sous le haut patronage de François Mitterrand.

Passion d'Israël – Passion du Peuple juif selon Rabénou Elie Wiesel. Si la musique de Darius Milhaud est d'une facture plus classique que celle de Penderecki dans son *Dies Irae – Auschwitz Oratorio*, les textes de celui-ci, excepté les quelques lignes de deux déportés, Wladyslaw Broniewski et Tadeusz Rozewicz, sont comme déconnectés de la réalité que le musicien veut servir par son œuvre, comparés aux pages ignées d'Elie Wiesel. Texte totalement tragique, l'*Ani Maamin* proclame non plus l'espoir de la venue du Messie mais le désespoir devant sa non-venue.

Bénis sois-tu
Israël
Pour ta foi en Dieu –
Malgré Dieu.

1. Disque Arion, 1994, avec Sharon Cooper, les récitants Bernards Freyd, Michaël Lonsdale, Michel Hermon, Jean Négroni, le Madrigal de Bordeaux, l'Ensemble 2e 2m, direction Paul Méfano. Premier enregistrement mondial

Béni sois-tu
Israël
Pour ta foi en l'homme
En dépit de l'homme.
Béni sois-tu
Israël
Pour ta foi en Israël
Malgré les hommes
Et malgré Dieu[1].

On a beaucoup comparé l'œuvre de Wiesel au Livre de Job. Cette cantate en est probablement après *La Nuit* l'expression la plus nue, la plus éprouvante.

Sur l'homme qu'était Job, on sait bien peu de chose hors de sa pensée. Ses « amis » en savaient, à n'en pas douter, plus que nous. Nous mesurons la chance d'être les contemporains d'un homme tel qu'Elie Wiesel, à plus d'un titre, le Job contemporain. Et à réfléchir sur lui, sur l'homme qu'il est, on en vient à se demander s'il peut encore dormir, si ses yeux peuvent encore trouver le repos après avoir vu ce qu'ils ont vu – sans devenir aveugles ?

Il raconta, lors d'une conférence, que lorsqu'il a terminé d'écrire un livre, il se dit qu'enfin il va pouvoir se coucher et dormir sur ses deux oreilles.« Mais pas du tout, parce qu'alors tous les personnages que j'ai humiliés en les refusant, toutes les situations que j'ai rejetées et toutes les ambiances que j'ai écartées, et tous les événements, que j'ai renvoyés, maintenant, ils viennent et ils pleurent la nuit. Qu'est-ce qu'ils pleurent la nuit ! Ce qui explique pourquoi je dors si peu la nuit[2] ! »

Pour chaque être qu'il essaye de faire revivre, combien d'autres qui n'ont pas survécu dans sa mémoire ? Pour chaque visage qu'il évoque, « combien de visages s'engloutissent

1. In *Un Juif aujourd'hui.*
2. Centre culturel juif de Montpellier, janvier 1992.

dans la nuit ? Et l'oubli ? ». Son sens de la compassion est réel. Samuel Freedman raconte qu'il se trouva deux fois dans l'appartement de Wiesel, quand il reçut un appel téléphonique d'Europe lui annonçant le suicide d'un survivant, qu'il ne connaissait d'ailleurs pas. On voulait simplement l'informer. « Elie parut être plongé dans une tristesse sans fond. » Le suicide de Paul Celan l'affecta comme la mort inexpliquée de Primo Levi. « Nous sommes fatigués. Je suis fatigué. Mon imagination est fatiguée. Comment continuer à parler ? A réveiller ? Et à changer ? Juste se coucher est facile. » Je serais terrifié, dit-il, d'être le dernier survivant. « Vous n'avez aucune idée du nombre d'enterrements qui nous attend. Combien d'années nous reste-t-il ? Cinq ? Dix ? Quinze ? D'autre part, chaque moment est un moment de grâce [1]. »

Lorsque Elie Wiesel dit qu'il ne voudrait pas être le dernier survivant, cela a plusieurs sens, dont un au moins, que nous avons déjà vu plus haut, l'habita longtemps après son retour, et finit par lui faire accepter de donner la vie. Cette même acception se retrouve dans cette question que pose Yudith Orin : « Que fera-t-il si son fils veut épouser une « *Shiksé* » (une non-juive) ? Il la recevra, à condition qu'elle se convertisse. – N'est-ce pas en contradiction avec l'homme éclairé, libéral ? Non, ce n'est pas en contradiction. Mais il veut tellement ne pas être le dernier de sa lignée à mettre les *tephiline* [2]. »

Mais n'allons pas imaginer que ces paroles sur la fatigue datent d'hier. Elles ont plus de dix ans. On pourrait penser que Wiesel n'a jamais tant fait que depuis le Nobel. Cela aussi n'est pas juste. Jenka Sperber m'a affirmé que depuis trente ans qu'elle le connaît, il a toujours été aussi submergé. Disons qu'aujourd'hui, on le sait plus. Submergé, il l'est parce qu'il n'ose pas dire non. Il refuse rarement de participer à telle manifestation ou de présider tel colloque, telle confé-

1. *The New York Times Magazine*, 23 octobre 1983.
2. *Yedioth Ahronot*, 27 mai 1988. Traduction de Yaël Armenet.

rence. Lorsqu'il vint à Strasbourg en février 1993, à la fin de sa conférence, il fit cette réponse à une question d'un spectateur : « Bon, suis-je fatigué ? Oui, je suis fatigué. Mais je le fais quand même. Vous pensez que je voulais venir ici ? Je ne voulais pas venir à Strasbourg, croyez-moi ! J'ai beaucoup de travail. J'ai mes cours, j'ai mes livres, je suis débordé de travail. »

S'il dort peu, il ne mange pas davantage. Il n'a d'ailleurs jamais beaucoup mangé. La nourriture et la boisson occupent si peu de place dans sa vie que l'on peut aisément comprendre qu'il partage avec Mendès France cette caractéristique de pouvoir recevoir quelqu'un chez lui, sans lui offrir ni à boire ni à manger. « Les gens viennent me voir pour discuter avec moi, pas pour boire un bon coup [1] », disait Mendès.

A croire que le seul ressourcement de Wiesel est le travail ! Et c'est exact, le travail et l'étude, pour être précis. « Elie n'est pas capable de se mettre en vacances. Pour lui, vivre c'est être sous tension », dit Marion. Même au golf, il ne joue pas, seulement de temps en temps aux échecs. Heureusement encore qu'il lui reste le Shabbat, où ils peuvent gagner leur maison du New Jersey, où là, avec de grands amis à eux, il prend le temps d'aller voir un film au cinéma. Mais l'une de ses plus grandes joies reste la musique. Il en écoute beaucoup, surtout en travaillant, et ses musiciens favoris sont Bach et Beethoven, mais aussi Schubert. Il a une prédilection pour la musique religieuse catholique, et le chant grégorien, dans lequel il subodore une captation d'héritage faite à la musique du Temple de Jérusalem.

Marion rapporte une anecdote typique. « Un ami m'appelle et me dit : "Elie s'est surpassé dans sa conférence." Quand Elie m'appelle, je lui demande comment ça s'est passé, il me répond : "J'aurais pu faire mieux". » On dirait qu'Elie Wiesel aime à se dépeindre un peu négativement,

1. Propos rapporté par son fils, Michel, in *Le Citoyen Mendès France*, de Jean Daniel et Jean Lacouture, Le Seuil, Paris, 1993.

comme un homme « introverti », sans vie sociale, fermé, timide, alors qu'il paraît justement être le contraire. Mais dans le même temps, il est incapable de faire de la peine – ou s'il en fait c'est bien involontairement, sans en avoir conscience –, de juger quelqu'un, de dénier, de critiquer une œuvre d'art, un livre, même s'il n'aime pas, il ne le dira pas. Il n'est pas capable non plus de donner une mauvaise note à un étudiant ou de renvoyer une secrétaire négligente.

Ce qui fait la force et la vulnérabilité de Wiesel, c'est qu'il a davantage conscience que beaucoup d'autres, de la fragilité de la vie. Il sait par expérience que la vie ne tient qu'à un fil. En 1955, il devait prendre un avion pour se rendre en Israël. Sa gentillesse fit qu'il céda sa place à une mère en lui procurant de plus deux billets pour ses enfants. L'appareil a été abattu par la chasse bulgare. « C'est la fatalité », commente-t-il. Il échappa une autre fois à un accident d'avion, en Inde. D'où ce sentiment d'urgence perpétuelle pour la vie, contre la mort. C'est la raison pour laquelle il n'ose jamais refuser un service, une demande de préface, de conférence, même s'il sait par expérience qu'il lui sera extrêmement difficile de tenir toutes ses promesses. Ce qui fait que certains le critiquent, non pas tant parce qu'il ne tient pas que parce qu'il laisse espérer en vain. « Si Elie n'avait personne pour le protéger, il serait attendu à six *Bar-Mitzva* le même jour », atteste Georges Borchardt [1].

Chaque jour, sauf le Shabbat et les fêtes juives, Elie Wiesel se lève entre cinq et six heures et il écrit environ deux heures, avant de commencer ses multiples activités extra-littéraires, comme la préparation de ses cours, d'un ou plusieurs colloques, de conférences. Mais il rencontre également beaucoup de monde, sans même parler des journalistes du monde entier qui veulent un entretien avec lui. A quoi s'ajoute son volumineux courrier quotidien, auquel il répond dans pres-

1. *The New York Times Magazine*, art. cité.

que tous les cas et lui-même. Comment fait-il pour tout faire ? C'est son mystère.

Après cela, on se dit qu'il n'a plus de temps pour rien. On se trompe, car un jour ne se passe qu'il n'étudie seul ou avec un ami telle page du Talmud. Après quoi, reste la prière. Elie Wiesel est quelqu'un qui prie ou plus exactement qui tente de le faire. « Lorsque j'étais jeune, je savais prier. Maintenant, j'essaye de prier par des détours immenses. La prière de mon enfance est tellement enfouie en moi-même que je dois faire beaucoup d'efforts pour en retrouver les contours », confia-t-il un jour à un jésuite, Jean-François Thomas [1]. Il y a certaines prières du rituel qu'il ne peut plus dire qu'en se forçant terriblement, et même ainsi il est incapable, littéralement incapable de prononcer ces mots *Ahavat Rabbah Ahavtanu* – Tu nous as aimés d'un grand amour. « Combien de temps devrais-je me battre et me disputer avec Lui ? Ainsi je les dis, mais en même temps je ne les dis pas [2]. »

Elie Wiesel trouve encore le temps de lire. Il lit beaucoup, mais toujours en français – quand il ne s'agit pas de l'étude sacrée ou de littérature yiddish surtout relative au *'Hurban* – et même les auteurs américains il les lit en traduction – ce qui les surprendrait, s'ils le savaient. Lorsqu'il voyage, la moitié de ses bagages est pour lire, l'autre moitié pour écrire. Et depuis plus de quarante ans, Wiesel est resté quelque part journaliste dans l'âme, puisqu'il continue d'écrire épisodiquement pour *The New York Times*, *Libération* ou *Yedioth Ahronot*, et d'autres journaux encore.

Mais il a maintenant, en plus de tout le reste, sa nouvelle Académie des Cultures sans oublier sa Fondation de New York, dont sa femme s'occupe beaucoup. Elle s'est occupée particulièrement de l'établissement d'un centre d'accueil pour les enfants de Falachas, destiné ensuite aux enfants des

1. *Etudes*, juillet-août 1987.
2. *Against Silence*, t. III, *op. cit.*

nouveaux immigrants, en majorité d'origine russes. Ces projets coûtent cher et la Fondation n'est pas riche, mais les Wiesel ont heureusement des amis dans les grandes banques ou les sociétés d'assurances, qui ont à cœur de les aider et qui sont des philanthropes. La première personne à qui Elie Wiesel annonça que le Nobel venait de lui être attribué, est Yossi Chernover, alors directeur du Konzern de la Banque Discount, avec lequel il partageait l'enseignement de Harav Lieberman. Lors du Forum sur l'Intervention organisé par l'Académie des Cultures en décembre 1993, la *Carnegie Foundation* fut l'un des mécènes aux côtés d'Administrations et de sociétés françaises.

En décembre 1991, il organisa avec sa fondation un colloque à Moscou consacré à « L'anatomie de la haine », et le hasard voulut qu'il eut lieu dans les dernières heures du pouvoir gorbatchévien. A la fin de la Conférence, Mikhaïl Gorbatchev invita Wiesel à venir le voir au Kremlin. Là s'engagea un dialogue entre les deux hommes. Le président soviétique commença à lui parler du succès de son livre sur la *perestroïka* qui se vendit à cinq millions d'exemplaires et lui rapporta 800 000 dollars en une année. Quand il eut finit, Elie Wiesel lui dit : « Monsieur le Président, j'ai trois questions à vous poser. Premièrement, pourquoi est-ce dramatique, chaque fois que je vous vois ? » Et Gorbatchev de lui répondre : « Ça fait six ans que c'est dramatique pour moi. »

« Deuxièmement, vous êtes écrivain, je suis écrivain. Vous êtes prix Nobel, je suis prix Nobel. Pourquoi êtes-vous un best-seller et moi non ? Et troisième question : vous avez commencé par être président, ensuite vous êtes devenu prix Nobel. Est-ce que je peux envisager d'inverser les rôles ? » Et Gorbatchev de lui répondre : « Je ne vous conseille pas, ça ne vaut pas la peine. » Deux heures après, Boris Eltsine le démissionnait. Et Wiesel d'ajouter : « Nous étions les derniers étrangers à être reçus par lui en tant que président. »

Elie Wiesel a aujourd'hui un projet important avec sa

Fondation, celui d'organiser en 1995, à Hiroshima, le dernier colloque sur le thème de « L'anatomie de la haine », et qui devrait se tenir au moment du cinquantième anniversaire de l'explosion atomique.

Après deux ans de silence littéraire, il termine ses Mémoires, au titre biblique emprunté à *L'Ecclésiaste*, qui paraîtront en deux tomes. Le premier, *Tous les fleuves vont à la mer*, et qui couvre la période 1928-1969, marquera le cinquantième anniversaire de sa déportation, en paraissant à la fin de 1994. Le deuxième tome, *Et La mer n'en est pas remplie*, symbolisera le cinquantième anniversaire de sa libération et de la Libération des camps, en paraissant fin 1995. Il apporte dans cette œuvre, fondée sur son Journal, certaines clés qui éclairent ses autres livres et en premier lieu *La Nuit*. Ce n'est donc pas son Journal qu'il nous livre à l'état brut, mais une œuvre poétique au sens étymologique.

L'homme qui dit : « sans Auschwitz, je ne serais pas devenu écrivain, je serais toujours à Sighet », avant d'ajouter : « D'une certaine manière, nous sommes tous coupables, même si la culpabilité du bourreau n'est pas celle du témoin ou celle du survivant [1] » – est aussi celui qui sait, avec Malraux, que la littérature est là pour corriger les injustices de l'histoire. Piètre consolation sans doute, mais probablement la plus noble, car elle est celle qui fait droit à la mémoire.

L'ultime question n'est-elle pas finalement pour lui, plus que celle de la culpabilité, celle de la justification d'une vie, qui prévaudrait sur toutes les autres. Car, si la première est une notion négative – sauf pour Lévinas, qui eut le génie d'en faire une valeur positive ! – c'est cette quête d'une impossible et en même temps incessante justification, qui est peut-être la plus belle part, chez cet homme, dont les *cauchemars martèlent les souvenirs*. C'est par là évidemment qu'Elie Wiesel irrite le plus, étant donné que la majorité

1. *La Quinzaine Littéraire*, 16 juillet 1970. Propos recueillis par Gilles Lapouge.

des êtres ne cherchent ni justification ni responsabilité. Mais ce qu'il faut à tout prix justifier, c'est le mystère d'une survie et plus simplement la vie elle-même. « Les gens voient bien qu'Elie est guidé, et pensent que c'est de l'ambition. Mais je sais que c'est quelque chose qui lui est extérieur. S'il conduit, il n'est pas le pilote », dit Marion.

On peut le dire certes de chaque artiste, de chaque créateur, mais quand il s'agit d'un survivant, cela prend un caractère spécial. Wiesel croit-il donc que l'homme est vraiment libre ? Aussi curieux que cela puisse paraître, il ne le pense pas. Il croit plutôt que « nous sommes programmés, prédestinés. Néanmoins, il y a tout de même une certaine liberté restreinte que j'assume [1]. »

Plus curieux encore est le fait qu'il soit d'une certaine manière superstitieux. Par exemple, il ne se relit jamais avant d'avoir mis le point final à son livre. Comme il ne signe jamais de contrat avant d'avoir achevé un manuscrit. C'est la raison pour laquelle, s'il y a bien un contrat « moral » avec Odile Jacob pour les *Dialogues avec François Mitterrand*, rien n'a été signé à ce jour. C'est peut-être aussi pour cette raison qu'il ne voyage jamais dans le même avion que Marion.

Elie Wiesel écrit comme un artisan travaille, ou plus exactement comme un violoniste joue du violon. Il a besoin d'un rapport direct avec l'écriture, donc avec son stylo. Il se dit tout à fait incapable d'écrire directement à la machine ou pire sur une machine à traitement de texte. Il y a quelques années, des amis lui ont offert un ordinateur. D'abord il ne comprend rien à la mécanique, comme un certain nombre de gens de plume. Il se mit donc à utiliser son clavier exactement comme il utilise sa machise à écrire, en ignorant tout de ses touches. Après quelques heures de travail, l'écran est devenu tout noir. « Panique ! « Il n'avait pas fait de sauvegarde et ainsi dix ou vingt pages disparurent, en un éclair,

1. *Le Monde*, 15-16 novembre 1981. Entretien avec Guitta Pessis-Pasternak.

dans le néant informatique. Il s'est bien juré de ne plus jamais toucher à un ordinateur.

L'une des consolations d'Elie Wiesel, après presque quarante ans d'écriture, est de voir le travail accompli par les jeunes en ces dernières années du XXe siècle. Quand il apprend qu'un garçon de dix-sept ou dix-huit ans a obtenu une bonne note au concours de la Résistance, organisé en France pour les élèves de Terminale, il prend son stylo pour écrire à sa grand-mère, Marie-Louise Saddier, ancien professeur de philosophie au lycée Toulouse-Lautrec de Toulouse : « Tout d'abord : Patrice a bien mérité le 19/20. Son texte devrait être publié quelque part. Il justifie l'espoir que nous plaçons dans les générations d'après. Ainsi les voix continuent de vibrer malgré le bruit des années. »

Après l'appel désespéré de la Mort, Elie Wiesel nous transmet l'appel désespéré de la Vie. Si chaque être a son chant à chanter, comme le pensait Rabbi Na'hman de Bratzlav, Eliezer ben Schlomo de Sighet nous offre le sien. Chant d'Eliezer et de nul autre. Chant de douleur, lourd d'un désespoir sans nom, mais au-delà, chargé d'une invincible espérance...

D'habitude l'espérance nie le désespoir et le désespoir l'espérance. Mais, rhapsode de la mémoire, le Hassid de New York, tellement plus hassid dans les derniers retranchements de son âme que tant de hassidim de Brooklyn ou d'ailleurs, sait que ces deux pôles opposés en apparence ne doivent pas se substituer l'un à l'autre, mais vivre l'un grâce à l'autre. Ainsi, nul n'a le dernier mot pour Elie Wiesel du désespoir ou de l'espérance, pour la bonne raison qu'il n'y a pas de dernier mot – seulement parfois un dernier cri...

BIBLIOGRAPHIE DES ŒUVRES D'ELIE WIESEL

Un di velt hot geshvign, (Et le monde se taisait), Buenos Aires, Tzentral Farband fun poïlishè yidn in Argentinè, 1956.
La Nuit, Paris, Editions de Minuit, 1958.
L'Aube, Paris, Editions du Seuil, 1960.
Le Jour, Paris, Editions du Seuil, 1961.
La Ville de la chance, Paris, Editions du Seuil, 1962.
Les Portes de la forêt, Paris, Editions du Seuil,1964.
Les Juifs du silence, Paris, Editions du Seuil, 1966.
Le Mendiant de Jérusalem, Paris, Editions du Seuil, 1968.
Zalmen ou la Folie de Dieu, Paris, Editions du Seuil, 1968.
Entre deux soleils, Paris, Editions du Seuil, 1970.
Célébration hassidique, Paris, Editions du Seuil, 1972.
Ani Maamin, A Song Lost and Found Again (Un chant perdu et retrouvé), édition bilingue, New York, Random House, 1973.
Le Serment de Kolvillag, Paris, Editions du Seuil, 1973.
Célébration biblique, Paris, Editions du Seuil, 1975.
Un juif, aujourd'hui, Paris, Editions du Seuil, 1977.
Le Procès de Shamgorod, Paris, Editions du Seuil, 1979.
Le Testament d'un poète juif assassiné, Paris, Editions du Seuil, 1980.
Contre la mélancolie, Célébration hassidique II, Paris, Editions du Seuil, 1981.
Paroles d'étranger, Paris, Editions du Seuil, 1982.
Le Cinquième Fils, Paris, Editions Grasset, 1983.
Signes d'exode, Paris, Editions Grasset, 1985.

Against Silence, The Voice and Vision of Elie Wiesel, edited by Ivring Abrahamson, New York, Holocaust Library, 1985 (3 tomes).
Discours d'Oslo, Paris, Editions Grasset, 1987.
Le Crépuscule, au loin, Paris, Editions Grasset, 1987.
Silences et Mémoire d'homme, Paris, Editions du Seuil, 1989.
L'Oublié, Paris, Editions du Seuil, 1989.
Célébration talmudique, Paris, Editions du Seuil, 1991.
A Passover Haggadah – Haggadah Shel Pessa'h (commented by), published by Simon and Schuster Inc., New York, 1993.

LIVRES DE DIALOGUES

Job ou Dieu dans la tempête, en collaboration avec Josy Eisenberg, Paris, Editions Fayard-Verdier, 1986.
Le Mal et l'Exil, entretiens avec Philippe-Michaël de Saint Cheron, Paris, Editions Nouvelle Cité, 1988.

LIVRES SUR ELIE WIESEL EN LANGUE FRANÇAISE

Joë Friedmann, *Le Rire dans l'univers tragique d'Elie Wiesel*, Paris, Editions Nizet, 1981.
Brigitte-Fanny Cohen, *Elie Wiesel, qui êtes-vous ?*, Lyon, La Manufacture, 1987.
Robert McAfee Brown, *Elie Wiesel : un message à l'humanité*, traduit de l'américain par Dominique Rueff, Paris, Editions Grasset, 1988.
Myriam B. Cohen, *Elie Wiesel, Variations sur le silence*, La Rochelle, Rumeur des Ages, 1988.
David Banon, Marc Faessler, Jean-Claude Favez, Isabelle Graesslé, Jean Halpérin, Fiodey Lovsky, *Présence d'Elie Wiesel*, préface d'Elie Wiesel, Genève, Labor et Fides, Centre Protestant d'Etudes, 1990.

ACTES DE CONFÉRENCES

Leo Eittinger (Ed.), *The Antisemitism in Our Time – A Threat against Us All*, Proceedings of the First International Hearing on Antisemitism, Oslo, The Nansen Commitee, 1984.

Institut Maïeutique «G. Mastropaolo», *Hommage à Elie Wiesel* [Conférence d'Elie Wiesel, le 9 novembre 1987], Lausanne, *Cahier de Maïeutique* n° 26, 1988.

Conférence des Lauréats du Prix Nobel, *Promesses et Menaces à l'aube du XXIe siècle*, Paris, Editions Odile Jacob, 1988.

1989. Les Droits de l'Homme en question, Commission nationale consultative des Droits de l'homme, Paris, La Documentation française, 1989.

My Brother's Keeper, World Conference on Antisemitism and Prejudice in a changing World, Bruxelles, The World Jewish Congress, 1992.

Alexandre Seacheka, *La Cité de la Réussite ou réflexions sur les principaux défis actuels*, Paris, Filipacchi, 1993.

Cancer, Sida et Société, (sous la direction de Gabriel Bez et Claude Jasmin), ESF éditeur, Paris, 1993.

SOURCES AUDIO-VISUELLES

Elie Wiesel ou la ferveur hassidique, film de Marie Grinevald et Marlène Bertin, diffusé le 24 novembre 1982 sur TF1.

Justice, histoire, mémoire, film sur le procès Barbie, présenté lors de l'émission «La Marche du siècle» de Jean-Marie Cavada, France 3, septembre 1993.

Lehyot Yehudi, Diokano shel André Neher – Etre Juif – Portrait d'André Neher, émission de la Télévision Israélienne [Videoproductions, Jérusalem] 1978.

Au bon plaisir d'Elie Wiesel, une émission d'Antoine Spire, France Culture, 1987.

Rencontres bibliques Elie Wiesel-Philippe Nemo, France-Culture, Paris. Cassettes Radio France (K 1023-1030).

Rencontres hassidiques Elie Wiesel-Philippe Nemo, six émissions présentées sur France-Culture, enregistrement Radio France. Hors commerce.

Chouchani, mon maître, Elie Wiesel-Shlomo Malka, Série de dix-huit émissions, Radio Communauté judaïques FM, hors commerce.

Cérémonie de remise de la croix de Grand Officier de la Légion d'Honneur à Elie Wiesel, par François Mitterrand, Service audiovisuel, Présidence de la République, 1990, hors commerce.

Conférence d'Elie Wiesel sur le fanatisme prononcée au Centre communautaire culturel Juif de Montpellier, à l'invitation du Fonds social juif unifié, janvier 1992. Cassette hors commerce.

Conférence d'Elie Wiesel sur le fanatisme prononcée à Marseille à l'invitation du FSJU, janvier 1992. Cassettes hors commerce.

Elie Wiesel aux « Conférences Gutenberg », 1er février 1993, Strasbourg. Cassettes hors commerce.

Cérémonie de remise du Prix Nobel de la paix le 10 décembre 1986, Oslo. Cassette vidéo, The Norwegian Nobel Institute. Hors commerce.

Cérémonie d'ouverture et de clôture de la Conférence Nobel au Palais de l'Elysée, les 18 et 21 janvier 1988. Cassette vidéo, Présidence de la République, hors commerce.

Facing Hate, Elie Wiesel with Bill Moyers, Mystic Fire Video, New York, PolyGram Video.

Les Prix Nobel de la Paix, Elie Wiesel, Lech Walesa, Mgr Desmond Tutu, le dalaï-lama, cassette vidéo Le Mémorial de Caen, FR3 Normandie, 1990.

Conférence d'Elie Wiesel à Toulouse, à l'invitation du Fonds Social Juif Unifié, septembre 1991. Cassette vidéo hors commerce.

Conférence d'Elie Wiesel sur le Fanatisme, prononcée à Nice, à l'invitation du Fonds social juif unifié, janvier 1992. Cassette vidéo hors commerce.

DISCOGRAPHIE

Ani Maamin, Un chant perdu et retrouvé, cantate pour soprano, récitants, chœurs et orchestre de Darius Milhaud, sur un texte d'Elie Wiesel, avec Sharon Cooper, les récitants Bernard Freyd, Michel Hermon, Michaël Lonsdale, Jean Négroni, chœur Le Madrigal de Bordeaux, l'Ensemble 2e 2m, direction Paul Méfano. Premier enregistrement mondial. Disque Arion, 1994.

REMERCIEMENTS

Ne pouvant ici remercier tous ceux qui m'ont reçu pour m'évoquer leurs souvenirs d'Elie Wiesel, et qui sont devenus des personnages de son histoire, je ne remercierai nommément que ceux qui m'ont ouvert leurs archives et procuré les documents sans lesquels je n'aurai pu mener à bien ce travail. A ces noms, j'ajouterai ceux de mes amis qui ont eu la patience et la grande gentillesse de me traduire des textes d'Elie Wiesel, souvent longs, publiés en yiddish, en hébreu ou en anglais.

Que chacun trouve ici l'assurance de ma profonde gratitude.

Madame Danielle Mitterrand

Madame Judith Hemmendinger, Madame Renée Neher, Madame Marianne Picard, Madame Marie-Louise Saddier, Madame Vivette Samuel, Madame Hilda Wiesel-Kudler, Monsieur Jean Halpérin, Monsieur Jack Kolbert, Monsieur Daniel Morgaine, et Monsieur Geir Lundestad, directeur du Norwegian Nobel Institute, Oslo.

Madame Béatrice Marre, chef de Cabinet du Président de la République,

Madame Muriel de Pierrebourg, attachée de presse de la Présidence de la République,

Madame Perrine Canavaggio, chef du Service des Archives et de l'Information documentaire de la Présidence de la République,

Madame Martine Demoulin, Messieurs Roger Douez et Christian Rover, du Service des Archives et de l'Information documentaire de la Présidence de la République,

Mademoiselle Mathilde Ajame, Service de presse des Editions du Seuil,

Madame Françoise Barret-Ducrocq, secrétaire général de l'Académie Universelle des Cultures,

Monsieur Georges Borchardt, agent littéraire, New York,

Monsieur Alain Brillon, chef du service de la documentation de *Libération*,

Madame Chantal Bruel, attachée de presse aux Editions Gallimard,

Madame Brigitte Camus-Lazaro, documentaliste au journal *Le Monde*,

Madame Mariane Delmarie, documentaliste du Parti socialiste,

Madame Sylvie Goldschmidt, chef du service de coordination interministérielle des Editions de la Documentation française,

Madame Marie-Annick Huet, attachée de presse à Radio-France,

Monsieur Bruno Flamand, directeur de collection aux Editions du Seuil,

Madame Elizabeth Garreault, Radio Judaïca Lyon,

Madame Hélène Guil, Académie Universelle des Cultures,

Monsieur Albert Kadouche, directeur du Centre Rachi de Paris,

Monsieur Jean-Claude Kuperminc, bibliothécaire de l'Alliance Israélite Universelle,

Monsieur Shlomo Malka, rédacteur en chef de Radio Communauté Judaïques FM,

Monsieur Raphy Marciano, directeur des programmes, Centre Rachi, Paris,

Madame Marie-Brigitte Metteau, attachée de presse du Livre de Poche, Hachette,

Madame Michèle Rollot, administrateur de l'Ensemble musical 2e 2m,

Madame Antoinette Vallotton, directrice des Rencontres de la Rotonde, Lausanne,

Madame Laurence Vandame, attachée de presse aux Editions du Cerf,

Madame Dominique Véret, attachée de presse aux Editions Grasset

Madame Anne Zuber, attachée de presse aux Editions du Seuil,

Monsieur Cohen-Grillet, Monsieur André Cressenville, Monsieur Tony Engel, Madame Marie Grinevald, Monsieur et Madame Jacques Perl, Monsieur Georges Saulnier, Mademoiselle Karine Vincent.

Je veux dire maintenant ma très profonde reconnaissance à Yaël Armenet, qui fut en Israël, pour moi, plus qu'une émissaire et une incomparable collaboratrice, mais à proprement parler, mon intermédiaire auprès de Dov Youdkovski et Itz'hak Wolff. Et ce, sans compter l'énorme travail de recherche et de traduction d'articles et d'entretiens parus dans la presse israélienne, qu'elle réalisa et qui me furent une véritable mine d'informations. Pour cela aussi je n'ai de mots pour la remercier.

Ma reconnaissance va aussi à Madame Jenka Sperber, qui m'a ouvert la correspondance de Manès Sperber, mort en 1984, et qui, de plus, n'a cessé de me prodiguer des conseils toujours judicieux.

Je suis heureux de pouvoir honorer ici la mémoire du grand poète Pierre-Emmanuel, mort également en 1984, en exprimant ma gratitude à sa femme, Madame Janine Pierre-Emmanuel, qui eut l'extrême gentillesse de m'offrir à la mort du poète cet exemplaire d'*Ani Maamin* dans son édition originale, et dédicacée ainsi par Elie Wiesel: « Pour Pierre Emmanuel, qui a vu Jacob devenir Israël, avec admiration, Elie Wiesel. Le 1.4.1974. »

Je n'oublie pas les heures passées dans l'hospitalité rare de Madame Gaby Cohen, m'évoquant les années d'après guerre et le retour à la vie de Lázár et de ses compagnons.

Je dois à Jacques Mandelbaum de m'avoir fait découvrir d'extraordinaires textes d'Elie Wiesel en yiddish – et lui en suis particulièrement reconnaissant.

Mes remerciements enfin à Madame Marie-Hélène Reliquet et à Monsieur Anthony Rowley, mon éditeur, qui ne m'ont pas ménagé leurs encouragements dans les moments difficiles.

Le dernier mot sera pour remercier Séréna, ma femme, qui a eu la patience de préparer l'index des noms cités, de relire mon manuscrit, et qui m'a, chaque fois, apporté des conseils si justes, dans le sens d'une compréhension et d'une ouverture toujours plus large.

INDEX DES NOMS CITÉS

TABLE

La photocomposition de cet ouvrage
a été réalisée par
GRAPHIC HAINAUT
59690 Vieux-Condé
et imprimé par la S.E.P.C. à Saint-Amand-Montrond (Cher)
en mars 1994
pour le compte de la librairie Plon
12, avenue d'Italie, 75627 Paris Cedex 13

N° d'impression : 834. N° d'édition : 12415
Dépôt légal : avril 1994
Imprimé en France